KB032880

공녀의
두번째시간
II

공녀의
두번째시간

II

Princess's second time

성지혜 장편소설

로맨티카

CONTENTS

2부

제10장
귀환

　아르한의 귀환을 축하한다는 명목으로 수도에서는 성대한 연회가 한창이었다. 하지만 아직 아르한이 전쟁터에 있는 탓에 이번 연회의 실질적인 주인공은 약혼녀인 로젤이었다.

　"역시, 황태자 전하께서도 반할 미모시군요. 이렇게 아름다운 라슈아 공녀님을 뵙게 되어 영광입니다."

　"칭찬 감사합니다."

　이미 비슷한 내용의 칭찬을 이번 연회에서만 대략 스물일곱 번 정도 들었던 터라, 큰 감흥은 없었다. 하지만 겉으로는 그런 내색을 하지 않기 위해 로젤은 무던히도 노력했다.

　황제가 손수 연 사냥 대회가 이틀 앞으로 다가온 시점이라서 그런지 연회장에는 제국의 귀족들뿐만 아니라, 초대를 받은 타국의 왕족과 귀족들까지 자리하고 있었다.

그 틈에서 은근히 델티를 찾고 있던 로젤은 문득, 이상한 낌새를 감지했다.

'어쩐지 낯이 익은 상황이네.'

그녀의 보랏빛 눈동자가 부지런히 연회장을 살폈다.

기이할 정도로 영웅들의 수가 많다. 사냥 대회 때문이라고 여기고 넘기기에도 수상할 정도로 압도적인 비율이었다.

'이번에도 제법 애를 쓰셨군.'

자신을 발견하고 웃는 낯으로 다가오는 한 은발의 왕족을 보며 로젤은 자연스레 떠오른 조소를 감추기 위해 노력했다.

기이할 정도로 많은 남자들의 수.

그리고 더욱 기이한 것은 대부분의 남자들이 은발에 적안, 혹은 최소한 은발을 가진 미남들이라는 점이었다.

설마, 황제는 자신이 아르한을 마음에 담은 이유가 은발에 붉은색 눈동자를 가졌기 때문이라고 생각하는 걸까? 우습지도 않은 가정이었으나, 지금의 상황을 보면 충분히 신빙성이 있었다.

"제게 잠시 순서를 양보해 주시면 안 되겠습니까?"

"네? 하지만 제가 먼저 공녀님께 드릴 말씀이……."

낯익은 목소리와 낯선 목소리가 번갈아 가며 들리자, 로젤은 그쪽으로 시선을 옮겼다. 그러자 그곳에는 제가 그리도 열심히 찾던 델티가 있었다.

"초면에 실례인 줄은 알지만, 공녀님께 급히 드릴 말씀이 있어서요."

"그것은 저 역시 마찬가지입니다. 왕녀의 용건이 중요하듯, 제 용건 역시 중요하다는 사실을 모르시는 겁니까?"

"그런 의미는 아니었습니다. 저는 단지…….."

"됐습니다. 왕녀께서 아무리 부탁하셔도 저는 제 순서를 양보할 마음이 없습니다."

그녀는 로젤을 발견하고 다가오던 은발의 왕족과 가벼운 실랑이를 벌이고 있었다.

"죄송하지만, 리페도라의 왕녀님께 넓은 아량을 베풀어 주시면 안 되겠습니까?"

문득 들려온 로젤의 음성에 두 사람의 시선이 동시에 그녀에게로 향했다. 그러자 로젤은 적당히 상냥해 보이는 얼굴로 말을 이었다.

"왕녀님과 잠시, 나누고 싶은 이야기가 있어서요."

"아, 그러시군요. 알겠습니다. 제가 조금 더 기다리도록 하죠."

연회의 실질적인 주인공인 라슈아 공녀가 그리 말하니, 은발의 왕족은 군소리 없이 물러나 주었다.

조금 전 델티와 실랑이를 벌일 때와는 무서울 정도로 다른 태도였다.

그 모습이 제법 거슬렸는지 델티가 잠깐 미간을 일그러트렸다가 이내 아무 일도 없었다는 듯 입을 열었다.

"공녀께선 참으로 친절하시군요."

"그리 말씀해 주시니 감사합니다."

두 사람 모두 분명 웃는 얼굴을 하고 있었으나, 그것은 결코 좋은 의미일 수가 없었다. 이를 알기에 로젤이 가볍게 덧붙였다.

"우선, 자리를 좀 옮기고 싶은데 괜찮을까요?"

"물론이죠."

그런 렐티의 말과 함께 두 사람은 그대로 자리를 옮겼다. 황궁에서 특별히 로젤에게 배정해 준 전용 휴게실로.

보통 전용 휴게실은 고위 귀족들이 주로 이용하기 때문에 사생활 보호를 위해서라도 완벽에 가까운 방음 시설을 자랑한다. 그렇기 때문에 그 어떤 이야기든 부담 없이 꺼낼 수가 있었다.

"궁금한 것이 있습니다."

휴게실의 문이 닫히고, 둘만 남기 무섭게 먼저 입을 연 것은 의외로 로젤이었다. 그녀가 차분한 어조로 물었다.

"왕녀께서는 어찌 아셨습니까?"

"무엇을요."

"제가 그녀라는 사실을요."

"……"

평화롭기 짝이 없는 어조였으나, 그와 함께 건네진 물음은 의미를 들키는 순간, 수도를 발칵 뒤집어 놓을 만한 것이었다.

이에 렐티가 어이없다는 듯, 실소했다.

"이젠 작정하고 막 나가기로 하신 겁니까?"

"어차피 왕녀도 내가 그녀라는 것을 알고, 나 역시 왕녀가 알고 있다는 것을 압니다. 그러니 굳이 쓸데없이 말을 돌릴 이유는 없지 않겠습니까?"

대담하기 짝이 없는 말에 델티는 그저 웃었다. 제 육체에 들어앉은 계집이 그 천덕꾸러기 공녀 에르샤 마르아넬이 맞나 싶었다.

"이젠 정말 '진짜'가 되신 것 같군요."

"그리 말씀해 주시니 영광입니다."

비꼼에 가까운 말에 로젤이 산뜻한 웃음으로 화답하자, 델티가 잠시 미간을 일그러트렸다가 이내 펴며 입을 열었다.

"영광이셔야죠. 지금의 당신이 가진 것은 하나같이 고작 사생아 계집 따위는 감히 쥘 수도 없는 고귀하고, 값진 것들뿐일 테니."

"그런가요?"

조금 의아한 기색을 띤 얼굴로 로젤이 물었다.

"그렇다면 왕녀께서는 어찌, 그것으로 만족하지 못하셨습니까?"

"……."

"왕녀께서 원래 자신이 갖고 있던 것으로 만족하셨다면, 적어도 지금과 같은 모습은 아니실 텐데요."

로젤을 비웃고자 꺼낸 말이었으나, 그것은 오히려 델티의 발목을 붙잡았다. 이에 델티가 애써 웃는 낯으로 입을 열었다.

"공녀께서는 그 삶이 어떤 의미인지 모르실 겁니다."

"제가, 모른다고요?"

"네. 당신은 모릅니다. 로젤 라슈아의 삶을."

그리 단언하는 델티를 물끄러미 쳐다보던 로젤이 이내 물었다.

"제가 무엇을 모른다는 겁니까?"

"부친인 공작에게 사랑받는 라슈아 공녀, 사교계의 꽃이라 불리는 라슈아 공녀, 황태자의 약혼녀인 라슈아 공녀.”

갑작스레 입을 연 델티가 로젤을 곧게 응시한 채 말을 이었다.

“이들 중 단 하나라도 제게 의미 있는 것이 있습니까?”

“…….”

“부친인 공작의 사랑, 사교계에서의 지위, 황태자 전하의 사랑. 이들 중 단 하나라도 ‘진짜’ 로젤 라슈아가 가졌다고 말할 수 있는 것이 있느냔 말입니다!”

없다.

감히 그리 단언할 수 있었다.

그녀는, 진짜 로젤은 부친의 사랑도, 아르한의 사랑도 가지지 못했다. 이런 스스로를 비웃듯 델티가 말을 이었다.

“대외적으로 부친인 공작에게 사랑받는 공녀면 뭐 합니까? 그것은 그저 가짜고 가식일 뿐인데.”

“…….”

“황태자의 약혼녀면 뭐 합니까? 그는 단 한 순간도 내게 눈길을 주지 않고 그저 다른 여인만 보고 있는데.”

그리 말한 델티의 시선이 로젤에게로 향했다. 그 찰나의 순간 저를 향한 날카로운 적의에 로젤은 목덜미가 서늘해지는 것을 느꼈다.

“사교계에서의 지위 역시, 완전하다고 할 수는 없지요.”

‘그나마 사교계에서의 지위는 가졌다.’라고 쳐줄 수도 있으나, 멜리아 영애처럼 로젤에게 반발심을 가진 이들이 종종 있는 것을 보면 그것 역시 완전하다고 보긴 어려웠다. 하지만 그 사실에 새삼 연민을 느낄 이유는 없었다. 오히려 로젤은 이제 와 제게 이런 이야기를 꺼내는 델티가 우스웠다.

"그러니 왕녀는 결국, 라슈아 공녀의 삶이 그리도 비참했다는 말이 하고 싶으신 겁니까? 제게 동정이라도 사시려고요?"

산뜻한 웃음을 머금고 떨어진 말에 델티의 표정이 싸늘하게 굳어졌다. 하지만 로젤은 아랑곳하지 않고 말을 이었다.

"지금 말씀하신 부친의 사랑, 사교계에서의 지위, 황태자 전하의 사랑 등을 얻기 위해 단 한 번이라도 노력한 적이 있으십니까?"

"……."

아마 없을 것이다.

그녀가 가진 것은 대부분 태어날 때부터 자연스레 손에 쥐어져 있었던 것들이다. 그러니 당연히 뭔가를 얻기 위해 아등바등 노력할 이유도, 필요도 없었겠지.

"근데 대체 뭐가 그리 억울하다고 이제 와 동정을 사려 하십니까. 정말이지 이건 너무……."

구질구질하지 않습니까.

작게 덧붙인 말에는 델티를 향한 진심 어린 경멸이 담겨 있었다. 이를 느낀 델티는 자연스레 싸늘한 냉소로 화답했다.

"주제를 모르고 건방을 떠는 건 여전하시군요."

그리 말한 델티가 그녀를 향해 한 발 다가왔다.

"제가 이래서 공녀를 싫어합니다. 사람이 진창에 처박혔으면, 제 주제를 알고 곱게 길 줄도 알아야지."

"……."

"계속 주제넘게 나서면, 더 밟아 주고 싶어지지 않습니까."

"그거참 다행이군요. 저 역시 왕녀님이 거슬려 미칠 것 같거든요."

여상한 어조로 대꾸하는 로젤을 무표정하게 응시하던 델티가 이내 입을 뗐다.

"저번에도 말씀드렸던 것처럼. 제가 정말 라슈아 공작님을 찾아가면 어쩌려고 이리 나오십니까?"

"아 이런, 제가 그것을 간과했군요. 하지만 어쩌죠? 안타깝게도 공작께서는 현재 제국에 계시지 않습니다. 아마, 적어도 사냥 대회가 끝난 후에나 돌아오실 것 같군요."

그것은 결코 우연이 아니었다. 델티는 이를 직감했다. 자신이 지금 이 타이밍에 제국에 온 것이 우연이 아니듯, 로젤 역시 어떤 수를 쓴 것이리라.

"꼭 직접 얼굴을 마주해야 할 필요는 없지요. 서신을 보내 연락을 취할 수도 있으니."

"공작께서 일면식도 없는 왕녀의 서신을 읽어 보실 거란 자신감은 대체 어디서 나온 것인지 모르겠군요."

애써 여유로운 웃음을 띤 델티를 향해 로젤 역시 웃어 주었다. 그리고는 이내 델티가 무어라 대꾸하기 전에 선수를 쳤다.

"왕녀께 한 가지 묻고 싶은 것이 있습니다."

물끄러미 저를 응시하는 델티를 향해 로젤이 조금 느릿하게 입을 뗐다.

"당신은 황태자 전하를 사랑하십니까? 혹은, 사랑하셨습니까?"

"……."

설마 로젤이 제게 그런 질문을 하리라고는 예상치 못했는지, 델티가 그대로 입을 다물었다. 그렇게 시작된 침묵 속에서 로젤은 차분히 말을 이었다.

"그래서 전하께서 마음에 둔 이가 저라는 사실을 알고……."

"공녀를 함정에 빠트렸냐고 묻고 싶은 겁니까?"

금세 로젤의 말을 단호하게 자른 델티가 덧붙였다.

"제가 만약 진심으로 황태자 전하를 사랑했다면, 결코 후작에게 접근하지 않았을 겁니다."

"……."

"평생 나를 봐 주지 않을 전하의 껍데기라도 가진 것에 만족하고, 결혼식부터 올렸겠지요."

조금 의외의 대답이었다. 델티가 자신을 미워하는 이유가 아르한의 마음을 갖지 못했기 때문이라고 생각했었는데 그건 아니었던 모양이다. 그리고 그런 로젤의 생각을 읽기라도 한 듯, 델티가 말했다.

"물론 그것이 공녀를 살려 두었을 거란 의미는 아닙니다. 전하의 껍데기라도 손에 넣은 후, 당신을 죽였겠지요."

덤덤한 델티의 말에 로젤은 그저 물끄러미 그녀를 응시했다.

"전하께서 저를 사랑하지 않는 것은 상관없습니다. 그러나 전하의 눈이 다른 곳을 향하는 일은 결코 용납할 수 없습니다."

"……."

결국 그녀는 아르한을 사랑한 것이 아니었다. 그저, 그가 다른 여자에게 마음을 준 상황이 싫었을 뿐.

로젤은 적어도 그녀가 아르한을 사랑할 거라고 믿었다. 사랑 정도는 되어야 누군가를 죽이고, 이용하고 해할 수 있다고 믿었다.

하지만 지금 제 눈앞에 있는 그녀는 아니었다.

차라리 질투였다면, 사랑으로 인해 생긴 일이었다면 로젤은 그녀의 비인간적인 모습에 분노할지언정, 어느 정도 납득은 했을지도 모른다. 하지만 그녀는, 사랑도 아니었다고 말한다.

아르한을 사랑한 것도 아니면서, 그저 그를 독점하고 싶은 마음에 제 배 속의 아이를 죽였다고. 그리고 결국엔 지금과 같은 상황을 맞았다고. 그리 말한다.

"······당신은, 미치셨군요."

속에서 올라오는 격한 감정에 비해, 로젤은 더없이 차분한 음성을 뱉었다. 하지만 그런 그녀의 눈에는 차분한 음성과 대비되는 깊은 적의와 분노가 담겨 있었다.

"글쎄요. 그럴지도 모르죠."

로젤의 말 따위, 분노 따위는 조금도 두렵지 않다는 듯 가벼운 태도로 그녀가 말을 이었다.

"아까 내 몸에 든 것이 당신임을 어찌 알았느냐 물으셨지요?"

"······."

"모를 수가 없었습니다."

그리 말한 델티가 잠시 생각에 잠긴 듯, 두 눈을 내리깔았다가 이내 다시 로젤을 응시했다.

"공녀와 황태자 전하가 연회장 뒤뜰에 함께 있었던 그 밤을 기억하십니까?"

그런 델티의 물음에 로젤이 작게 고개를 끄덕였다.

아무래도 두 왕녀 중 하나에게 미행을 당했던 그날을 말하는 듯했다. 범인은 짐작대로 델티였던 모양이다.

"그날 전하가 당신을 보는 눈은 결코, 로젤 라슈아를 보는 눈이 아니었습니다."

에르샤 마르아넬을 보는 눈이었지…….

작게 덧붙인 뒷말에서 지독한 허탈감이 묻어났다. 그러나 이를 금세 지워 낸 델티가 차분히 말을 이었다.

"마지막으로 충고를 하나 하죠. 그 누구도 믿지 마세요."

"하."

자신의 죽음을 그 누구보다 바라고 있을 델티가 제게 그런 충고를 한다는 사실이 로젤은 우스웠다.

"공녀가 아끼는 사람도, 공녀를 아끼는 사람도. 공녀를 적대하는 사람도. 그렇지 않으면 아마."

"……."

"제게 죽으실 겁니다."

그 말을 끝으로 델티는 그대로 휴게실을 나섰다. 로젤이 미처 그녀를 붙잡을 틈도 없이.

그렇게 순식간에 끝나 버린 델티와의 만남을 통해 로젤은 직감했다. 아마 다음번에 이런 식으로 델티와 마주하게 된다면 그것은 결코 지금처럼 온건한 결말을 맺지 못할 것이다. 적어도 둘 중 하나는 파국을 맞겠지.

문득, 그런 예감이 들었다.

"요즘, 왕녀는 어떻죠?"

"눈에 띄는 움직임은 없었습니다. 오히려 배정된 숙소에서 단 한 발자국도 나오지 않고 있으며, 필요한 물건 역시 대부분 하녀나 하인들을 시켜 사 오게 하는 듯합니다."

"사 오라고 한 물건들 중 특이한 것은 없었나요?"

"딱히 없었습니다. 대부분 수도에서 유행하는 모자나, 장신구 따위를 구입하는 듯했습니다."

"그렇군요."

제 곁에 있던 기사의 보고에 로젤은 들고 있던 찻잔을 입가로 가져갔다.

델티에게 사람을 붙인 지 나흘째. 그녀는 단 한 번도 숙소 밖으로 나오지 않은 채 방에만 틀어박혀 있다고 한다. 자신과의 만남 이후 수상할 정도로 움직임이 없다. 썩 좋은 징조는 아니었기에 로젤은 꾸준히 그녀를 주시하고 있었다.

특히, 델티가 했던 마지막 말이 뇌리에 박혀 그 이후로 계속 심란했다.

'그 누구도 믿지 마세요.'

'공녀가 아끼는 사람도, 공녀를 아끼는 사람도. 공녀를 적대하는 사람도.'

내가 아끼는 사람, 나를 아끼는 사람, 나를 적대하는 사람. 델티는 그 세 부류의 사람을 조심하라고 했다. 아마 그것은 델티가 주는 일종의 힌트일 것이다. 제가 쳐 놓은 덫을 피할 수 있다면, 어디 한번 피해 보라는 자만심이 담긴 힌트.

문제는 그녀가 준 힌트에 해당되는 사람이 꽤 많다는 점이었다.

첫 번째와 두 번째에 둘 다 해당되는 사람도, 하나만 해당 되는 사람도 차분히 생각해 보니 상당히 많았다. 그나마 세 번째에 해당되는 사람은 당장 떠오르는 이름이 몇 없기에 유추하기 쉬울 것 같았지만, 그마저도 확신할 수는 없었다.

"……저, 그리고 전에 말씀하셨던 대로 조치를 취했습니다."

그런 로젤의 생각을 멈추게 한 것은 곁에 있던 기사의 목소리였다. 다소 급작스러운 보고에 로젤이 의아한 얼굴을 했다.

"무엇을요?"

그러자 기사는 조금 당황한 기색을 보이다가 이내 입을 열었다.

"……멜리아 백작 영애에 대한 것 말입니다."

"아아, 그 얘기였군요. 계속하세요."

"네. 전에 말씀하셨던 대로 모두 능력이 뛰어난 기사들을 붙여 두었습니다."

"연락할 수단은?"

"수상한 낌새를 보이면, 바로 신호를 보낼 수 있도록 특별히 통신용 마도구를 모든 기사들에게 나눠 주었습니다."

"잘하셨어요."

모든 대륙의 마법사가 사라지다시피한 상황에서 마도구의 가치는 결코 낮지 않았다. 오히려 거금을 주고도 구하기 힘든 물건이었다. 그런 물건을 기사들 개인에게 모두 지급할 정도로 로젤은 이번 일에 대한 투자를 아끼지 않았다.

델티가 언젠가 한 번은 멜리아 영애를 이용할지도 모른다는 생각이 든 탓이다. 로젤과 에반의 관계를 그녀에게 알려 준 것 역시 그러한 이유에서가 아닐까 싶었다.

게다가 델티가 준 힌트 중 '공녀를 적대하는 사람'에 멜리아 영애가 포함되는 것 역시 마음에 걸렸다. 거기까지 생각하던 로젤이 불현듯, 뭔가를 떠올린 얼굴로 입을 뗐다.

"황실에서 별다른 연락은 없었나요?"

"네. 사냥 대회가 미뤄졌다는 연락 이후론 어떤 소식도 없었습니다."

로젤이 휴게실에서 델티와 만난 이후, 공교롭게도 사냥 대회가 미뤄졌다는 소식이 전해져 왔다.

황실에서 발표한 내용에 따르면, 황태자인 아르한의 귀환 이후 대회를 진행하는 쪽으로 계획이 변경된 듯했다. 그러나 이와 함께 그것은 그저 핑계일 뿐이고, 사실은 황제의 건강이 급작스레 나빠졌다는 소문이 돌고 있었다.

로젤 역시 황태자를 기다리기 위해서 대회를 미뤘다는 황실의 발표를 곧이곧대로 믿지는 않았다. 지금의 황제는 결코, 아르한이 세운 공이 부각되는 것을 원치 않는다. 그래서 종전 협상을 맺은 것에 대한 축하 연회 역시 아르한이 제국으로 돌아오기 전에 열어 버리지 않았던가.

이를 생각하면 정말 황제의 건강이 급격히 나빠졌거나, 혹은 황제가 다른 꿍꿍이를 숨기고 있다는 가정이 좀 더 앞뒤가 맞았다.

"저, 아가씨……."

갑작스러운 하녀의 부름에 로젤이 무심한 눈으로 그녀를 응시했다. 그러자 순간 움찔했던 하녀가 잠시 머뭇거리다가 입을 열었다.

"……손님이 찾아오셨습니다."

"손님이라고? 누구?"

손님이라는 말에 로젤은 질색했다.

최근, 사냥 대회에 참석하기 위해 타국에서 온 왕족, 혹은 귀족 사내들의 방문 신청이 눈에 띄게 늘어난 탓이다.

그냥 늘어난 정도가 아니다.

아르한이 제국으로 돌아오기 전에 어떻게든 승부를 보려는 듯, 매일 같이 이어지는 방문 신청과 날아드는 연서로 인해 공작가의 업무가 마비될 지경이었다.

"어쭙잖은 용건이라면 알아서 적당히 거절해. 그런 이들을 상대하며 낭비할 시간 따위 없으니."

은발에 적안, 혹은 은발. 그거 하나 믿고 제게 거침없이 들이대는 사내들은 로젤에게 불쾌함 그 자체였다.

원래대로라면 황태자의 약혼녀이자 미래의 황후가 될지도 모르는 로젤에게 타국의 남성들이 지금처럼 대놓고 들이대는 일 따위가 가능할 리 없었다. 그것이 가능한 이유는 모두 황제가 이를 묵인, 혹은 은근히 권장하고 있기 때문이다. 그리고 황제는 이를 적당히 포장했다.

'공녀는 미래의 황태자비가 될 사람이 아닌가. 그러니 타국의 왕족, 혹은 고위 귀족들과 인맥을 쌓아 둬서 나쁠 것은 없지.'

그래 황제의 말처럼 나쁠 것은 없다. 하나, 그 인맥이라는 것이 왜 죄다 은발의 사내들이란 말인가.

그것도 말이 좋아 고위 귀족이지 계승권이 없다시피 한 왕족이나, 자작 이하의 귀족들도 더러 섞여 있었다. 그저 은발에 적안, 혹은 은발. 그리고 허울뿐일지라도 귀족의 신분을 가진 남자이기만 하면 가리지 않고 뽑아 온 듯했다.

"그, 전에도 방문하신 적이 있는 분이라……."

조심스레 말끝을 흐리는 하녀의 모습에 로젤이 의아한 얼굴을 했다. 제 기억이 맞는다면 그 많은 은발의 사내 중 공작가의 정문을 넘는 데 성공한 이는 단 한 명도 없었다.

"적어도 은발의 외국인은 아니다. 이건가?"

"네. 아니십니다."

"그럼 누구지?"

"그게……. 후작가에서 오신 것 같습니다."

그리 말한 하녀의 시선이 잠시 창밖으로 향했다. 이를 따라 로젤이 시선을 옮기자, 그곳에는 아델노프 후작가의 문양이 그려진 마차가 있었다.

그와 동시에 로젤은 습관처럼 한숨을 내쉬었다.

"정말이지 지치지도 않으시는 모양이구나."

나직한 중얼거림에는 지친 기색이 역력했다. 하녀는 처음으로 그런 로젤의 심정을 이해했다. 지난번 에반의 방문은 하녀들 사이에서도 얼마간 최악이라는 평가를 들을 정도로 무례했으니까.

"그냥 돌아가시라고 할까요?"

제 눈치를 보며 조심스레 그리 묻는 하녀의 모습에 로젤은 잠시 고민했다. 꽤나 달콤한 제안이었지만, 그리한다고 해서 에반이 순순히 돌아갈 것 같진 않았다.

아마 적어도 그는 공작가를 방문한 목적을 달성하거나, 혹은 나중에라도 로젤이 자신을 만나 줄 것이란 확신을 갖기 전엔 돌아가지 않을 것이다. 그러나 이를 알면서도 로젤은 에반을 그대로 문전박대하고 싶었다.

"아니, 그냥 응접실로 모셔."

하지만 그럼에도 에반을 안으로 들이기로 한 것은, 그가 혹 델티에 대한 새로운 정보를 가지고 왔을지도 모른다는 생각에서였다.

"네. 알겠습니다."

그리 대답한 하녀가 방을 나서자 로젤은 거울을 보며 간단히 제 상태를 점검했다.

치장을 다시 할 정도로 공을 들이고 싶진 않았으나, 어느 정도 예의는 차려야 할 것 같아서였다.

이윽고, 준비를 마친 로젤이 아래층에 있는 응접실로 향했다. 그리고는 응접실의 문을 열고 안으로 들어서기 무섭게 입을 열었다. 에반의 무례를 지적하기 위함이었다.

"제가 이렇게 불쑥 찾아오지 말아 달라고, 이미 몇 번이나 경고를……."

"아."

"……."

"정말 죄송합니다."

자신을 향해 진심으로 고개를 숙이는 남자를 보며, 로젤은 그 자리에 굳어지듯 멈춰 섰다. 결코, 그녀가 예상했던 상황은 아니었다.

"이렇게 예고도 없이 갑작스레 불쑥 방문하는 것이 무례임을 저도 압니다."

"……."

"하지만 무례라는 것을 알면서도, 공녀님을 꼭 다시 뵙고 싶었습니다."

그리 말한 그가 어색한 웃음을 띤 얼굴로 들고 있던 꽃다발을 로젤에게 안겨 주었다. 얼떨결에 이를 받아 든 로젤을 향해 그가 정식으로 인사를 해 왔다.

"공녀님께 예절 교육을 받았던 아델노프 후작가의 리오 아델노프가 정식으로 인사드립니다."

그녀가 에반일 것이라 생각했던 후작가의 사람은 다름 아닌 리오

26

였다.

"……소후작께서 이곳엔 어쩐 일이십니까."

"공녀님께서 건강이 많이 안 좋아지셨다는 말을 들었습니다. 그래서 이렇게 실례를 무릅쓰고 찾아뵙게 되었습니다."

그리 말하는 리오의 얼굴엔 걱정스러운 기색이 가득했다. 이를 물끄러미 응시하던 로젤이 이내 입을 뗐다.

"저를 그리 걱정해 주셨다니 감사합니다. 그 덕분인지 지금은 상태가 꽤 많이 좋아졌습니다."

건강이 나빠져 예절 교사를 맡을 수 없다는 핑계를 대놓고, 이렇게 빨리 나아졌다고 말하는 것이 우습지만 다른 변명거리가 없었다.

"그러시군요. 안 그래도 건강해 보이셔서 다행이라고 생각했습니다."

하지만 리오는 로젤이 거짓말을 했을 거란 생각은 하지 못하는 듯했다. 혹은, 어느 정도 짐작하고 있음에도 아무것도 모르는 척 넘어가려는 것일 수도 있겠지. 어쩐지 양심이 찔린 로젤은 자연스레 화제를 돌리기 위해 말을 꺼냈다.

"그런데 이 꽃다발은 무엇입니까?"

화제를 돌리려는 의도로 한 말이었으나, 조금 이상하다는 생각이 들기도 했다. 자신이 들고 있는 꽃다발은 올해로 고작 여섯 살이 된 리오가 골랐다고 보기엔 지나치게 화려했던 것이다.

"보통, 귀족 영애들께서는 화려한 꽃다발을 좋아하신다고 들었습니다. 그래서 나름 열심히 골랐는데……. 혹시, 마음에 안 드시나요?"

그리 말한 리오가 조심스레 로젤의 눈치를 보며 말을 이었다.

"만약 마음에 차지 않으신다면, 제가 다른 것으로······."

"아뇨, 마음에 듭니다."

단호한 대답과 함께 로젤의 시선이 꽃다발로 향했다.

분홍색 장미와 붉은색 장미가 적당히 뒤섞인 꽃다발은 최근 공작
가로 물밀 듯 밀려오던 선물과 비교해도 결코 뒤지지 않을 만큼 화려
했다.

물론, 이 꽃다발의 가치는 그 화려함에 있는 것이 아니었다. 이를
선물한 사람이 리오라는 점을 생각하면, 길거리에 굴러다니는 돌멩이
를 받았다고 해도 가치가 있었을 테니.

"소후작의 성의는 감사히 잘 받겠습니다."

"그리 말씀해 주시니 감사합니다."

짤막한 인사를 나눈 후, 로젤은 하녀를 시켜 다과를 내오게 하려고
했다. 하지만 리오가 난처한 얼굴로 웃으며 이를 만류했다.

"죄송한 말씀이나, 저는 이만 돌아가 봐야 합니다."

"벌써, 돌아가시겠다고요?"

"오늘 이렇게 공작가를 방문한 것은 제 독단적인 결정이었습니다."

"······."

조금 놀란 얼굴로 자신을 응시하는 로젤을 향해 리오가 말했다.

"미리 후작님께 허락을 구한다면, 분명 마찰이 생길 것 같아 어쩔
수 없었습니다. 덕분에 공녀님께도 미리 허락을 구하지 못한 점 다시
한번 진심으로 사과드립니다."

"아닙니다. 저는 오히려, 오늘 소후작께서 이렇게 찾아 주셔서 매우 기뻤습니다."

연신 제게 허리를 숙이며 미안해하는 리오를 향해 로젤이 한쪽 입매를 휘며 웃었다.

"그리고 혹, 기회가 된다면 오늘처럼 종종 이렇게 공작가를 찾아 주셔도 괜찮습니다. 예절 교사를 끝까지 맡지 못한 제 잘못을 그렇게나마 사죄드리고 싶거든요."

"사죄하실 필요 없습니다. 그것은 공녀님의 잘못이 아니니까요."

단호한 리오의 말에 로젤은 조금 흐뭇한 얼굴로 웃으며 입을 뗐다.

"그리 말씀해 주시니 감사합니다. 하지만 이렇게 가끔이나마 공작가를 찾아 달라는 말은 진심입니다. 부디, 제 성의를 거절하지 않으셨으면 좋겠군요."

"……공녀님께서 그렇게까지 말씀하신다면, 종종 실례하도록 하겠습니다."

그 말과 함께 간단한 인사를 나눈 후, 리오는 그대로 공작가를 떠났다. 그리고 다음 날부터 리오는 며칠에 한 번씩 꼬박꼬박 로젤을 찾아왔다.

손에는 늘 화려한 꽃다발을 든 채로.

리오가 가져오는 꽃다발을 이루는 꽃은 다양했다. 어느 날은 푸른색 장미, 어느 날은 프리지아, 또 어느 날은 수국. 그 다양함 속에서 공통점을 찾자면, 어떤 꽃다발이든 감탄이 절로 나올 정도로 화려했다는 점이다.

덕분에 로젤의 방은 점점 더 다채로운 꽃들로 가득 찼다.

그녀의 방에 더 이상 꽃을 꽂아 둘 공간이 없어질 즈음, 아르한이 수도에 도착했다는 소식이 들려왔다. 그리고 그가 무사히 수도로 돌아왔다는 사실에 안심하던 로젤에게 한 통의 서신이 도착했다.

황태자의 무사 귀환을 축하하는 의미에서
공녀도 함께 오찬을 들었으면 좋겠군.

황제가 보내온 서신의 내용은 함께 오찬을 들자는 것이 전부였다. 하지만 고작 그것만으로도 로젤은 숨이 턱 막혀 오는 기분이 들었다.

* * *

오찬장으로 들어서는 로젤의 발걸음은 무겁기 짝이 없었다. 꼬박 몇 주 만에 하는 아르한과의 재회임에도 그러했다.

지금의 로젤에겐 제 맞은편에 앉을 아르한보다, 제 옆에 앉을 황제가 몇 배는 더 신경 쓰이고 거슬렸다. 당연한 일이다.

"라슈아 공작가의 적녀 로젤 라슈아가 제국의 태양이신 황제 폐하를 뵙습니다."

"그래, 거창한 인사는 거기까지 하고 어서 앉아."

고작 두 달도 안 되는 기간 동안 이런 거창한 인사를 두 번이나 하게 될 줄은 상상도 못했다고 로젤은 생각했다.

하지만 그런 생각과는 별개로 그녀는 언제나처럼 그린 듯 완벽한 얼굴로 준비된 자리에 앉았다. 그러자 로젤의 맞은편에는 몇 주 만에 보는 아르한이 적당한 미소를 띤 얼굴로 그녀를 응시하고 있었다.

늘 그녀에게 지어 주던 진심 어린 미소가 아닌, 예의상 얼굴에 덧댄 그런 미소였다.

"둘 다 꽤 오랜만에 만났을 텐데. 편히 인사 좀 나눠."

둘 사이를 가르는 황제의 말에 로젤이 살짝 미소를 그리며 입을 열었다.

"그리 배려해 주시니 진심으로 감사할 따름입니다."

틀에 박힌 감사 인사가 머릿속을 거치지도 않고, 멋대로 입 밖으로 나간다. 이제 이 정도는 로젤에게 아무것도 아닌 일이 되어 버렸다는 의미였다.

"황태자 전하께서는 그동안 무탈하셨습니까?"

조금 전 아르한이 그랬던 것처럼 로젤은 적당히 꾸며 낸 웃음을 띤 얼굴로 그리 물었다.

"네. 무탈했습니다. 또한 한편으로는 그다지 특별할 것 없는 시간을 보냈습니다."

아르한은 조금 전 가짜로 덧그린 미소를 지웠으나, 그럼에도 여유로운 태도를 유지하고 있었다.

덤덤하고도 건조한 어조로 그가 말을 이었다.

"전쟁터는 무채색과 같았습니다."

"무채색이요?"

로젤이 의아한 얼굴로 묻자 고개를 끄덕인 아르한이 짤막하게 덧붙였다.

"그곳을 밝힐 불이 없으니까요."

"……네?"

아무리 전쟁터라고 해도, 황태자인 아르한이 머무르는 곳에 작은 불빛 하나 없을 리가 없다. 그러니 이것은 일종의…….

"저는 지금 고백을 하고 있는 겁니다."

"……."

"공녀가 없는 시간이 제겐 무채색이었다고. 그렇게 말하고 있는 겁니다."

얼굴빛 하나 바뀌지 않고 그리 말하는 아르한의 모습에 로젤은 어찌할 바를 몰랐다.

단둘이 있는 상황이라면 모를까 지금 곁에는 그와 그녀의 관계를 탐탁지 않아 하는 황제가 있었다. 아마 아르한 역시 이를 알고 있을 것이다. 그런데 그는 도대체 왜 저런 말을 하는 걸까.

"과연 황태자는 참으로 거침이 없군. 역시 배포가 남달라."

"그리 말씀해 주시니 영광입니다."

"……."

황제의 말을 아무렇지 않게 받아치는 아르한을 보니, 아무래도 조금 전에 한 말은 그저 황제의 앞임을 생각해 의도적으로 꺼낸 듯했다.

그 후로도 두 사람은 은근한 신경전을 이어 갔고, 덕분에 로젤은 순서대로 등장하는 요리를 먹는 둥 마는 둥 하며 적당한 타이밍에 미소를 짓거나 맞장구를 치며 시간을 보냈다.

"그나저나 두 사람은 그렇게 사이가 좋으면서 왜 당장 혼인하려 들지 않는 거지?"

막 메인 요리가 등장할 무렵 들려온 물음이었다. 이에 로젤은 칼로 고기를 자르던 손을 잠시 멈추고는 옅게 웃는 낯으로 입을 열었다.

"혼사가 어디 당사자들의 마음만으로 할 수 있는 것이겠습니까."

황제가 어떤 의도를 가지고 질문을 했던 빠져나올 수 있도록 적당히 한 발 뒤로 물러난 대답이었다.

"하긴, 그렇지. 게다가 당사자들의 마음이란 언제 바뀌어도 이상하지 않을 변덕스러운 것이니까."

이어지는 황제의 말이 어쩐지 불길하다.

"그나저나 요즘 공녀에게 관심을 보이는 사내들이 많다지?"

아니나 다를까 이어진 황제의 말에 아르한의 표정이 굳어졌다. 아주 찰나였기에 아르한의 옆에 앉은 황제는 보지 못했으나, 맞은편에 있던 로젤은 이를 똑똑히 보았다.

덕분에 황제의 의도를 대강 눈치챈 로젤이 말을 이었다.

"제게 관심을 갖는 분이 많다는 건, 그만큼 제국과 우호적인 관계를 유지하고 싶어 하는 나라가 많다는 의미겠지요."

매일같이 공작가로 날아드는 편지들은 분명 나라 대 나라의 교류보다는 사적인 감정을 앞세운 연서가 대부분이었으나, 로젤은 아무것도 모르는 척 그리 답했다.

"그럴 수도 있겠군."

황제는 그저 한번 던져 본 것에 불과하다는 듯 대수롭지 않게 말했다. 아르한은 이에 대해 별말이 없었으나, 조금 전처럼 싸늘한 눈빛을 하고 있지는 않았다.

이 정도면 어느 정도 상황이 정리된 건가 싶어 로젤이 안도하던 찰나.

"그런데 공녀, 내가 듣기론 최근에 아델노프 후작과 몇 번 단둘이 만난 적이 있는 것 같던데."

"……."

"그는 요즘 어찌 지내지? 내가 후작의 얼굴을 볼 기회가 통 없었던 탓에 소식이 궁금하군."

거짓말이다. 로젤은 직감적으로 알 수 있었다. 제국의 황제쯤 되는 인물이 후작인 에반의 얼굴을 볼 기회가 없었을 리 없다. 최근 아르한의 귀환을 축하하는 연회에 에반 역시 참석했었다. 그러니 황제가 그에게 따로 볼일이 있었다면 그때 불러서 이야기를 나눴으면 됐을 것이다. 그럼에도 불구하고 이런 식으로 제게 에반의 안부를 묻는 의도야 뻔했다.

"죄송한 말씀이나, 안부를 대신 전해 드릴 만큼 가까운 사이는 아닙니다. 그저 우연이 몇 번 겹쳤을 뿐."

부드럽지만 단호한 로젤의 어조에 황제는 은근한 미소를 지으며 입을 열었다.

"후작과의 만남을 탓하려는 의도는 아니야. 공녀는 아직 어리고, 황태자가 오랜 시간 전장으로 떠나있으니 외로울 때도 많겠지. 그러니 그런 식으로 가끔 누군가를 만나 줄 필요가 있지 않겠어? 아마 그 정도는 황태자도 이해해 줄 거야. 안 그런가?"

"……물론, 입니다."

그리 말하는 아르한의 어조는 부드러웠으나, 날이 서 있었다. 황제는 이를 간단히 모르는 체하며 말했다.

"거봐. 그러니 공녀도 불편해할 것 없어."

물론 불미스러운 일이 생긴다면, 그건 좀 곤란하겠지만.

작게 중얼거리듯 덧붙여진 말이었으나, 이를 듣지 못한 사람은 없었다. 돌아가는 상황을 보아하니, 황제는 어떻게든 자신과 아르한의 사이를 갈라놓으려고 애를 쓰고 있는 듯했다.

그리 놀라운 사실도 아니었으나, 이렇게 대놓고 노골적으로 이간질을 시도할 줄은 몰랐기에 오히려 당황스러웠다.

"폐하께서 우려하시는 불미스러운 일은 결코 없을 것입니다."

단언하는 로젤을 보며 황제는 낮게 웃었다. 그저 웃는 것뿐인데도 좋지 않은 예감이 들었다.

"사담은 여기까지 해 두고, 이젠 짐이 오늘 두 사람을 부른 진짜 이유를 말해야 할 것 같군."

진짜 이유. 대체 또 어떤 폭탄을 터트리려나 싶어 로젤은 초조한 기색을 애써 감추며 이어질 황제의 말을 기다렸다.

이를 즐기듯 얼마간 더 뜸을 들이던 황제가 별안간 입을 뗐다.

"짐은 올해 안으로 두 사람의 국혼을 진행할 생각이야."

통보에 가까운 말이었으나, 사실 두 사람에게는 해가 될 것이 없었다. 오히려 황제가 가장 원하지 않는 상황일 텐데 싶어 로젤은 의아했다.

"그리 급하게 진행할 문제는 아닐 텐데. 갑작스레 그런 결정을 내리게 된 이유라도 있으십니까?"

그녀의 의문을 대변하듯 던져진 아르한의 물음에 황제가 여유로운 태도로 말을 이었다.

"짐에게 남은 시간이 그리 많지 않다."

"시간이 많지 않다는 건……."

"황궁의 의원이 그러더군. 살날이 얼마 남지 않았다고."

황제는 마치 자신이 아닌 다른 사람의 죽음을 말하듯 태연했다.

그 기묘한 모습에 로젤은 얼마간 황제를 주시하다가 이내 사뭇 비장한 기색으로 입을 뗐다.

"그렇다면 지금은 혼사가 아니라 폐하의 건강을 회복시킬 방법에 대해 논의해야 할 때인 것 같습니다."

"방법? 대체 무슨 방법을 논하겠다는 거지?"

의아함이 가득한 황제의 물음에 로젤은 적당히 머뭇거리다가 이내 조심스러운 태도로 입을 열었다.

"……마법사나 주술사를 찾아보시는 건 어떻겠습니까?"

마법사나 주술사라는 단어에 아르한이 찰나 동요했다. 이를 황제가 눈치채지 못하도록 로젤은 더욱 적극적으로 말을 이었다.

"그들이라면 황실의 의원도 알지 못하는 치료법을 알고 있을지도 모릅니다."

확신에 가까운 로젤의 말에 황제가 픽 웃으며 말했다.

"공녀는 짐이 최근에 금지된 주술과 흑마법에 대한 법을 만들었다는 사실을 잊은 모양이지?"

그럴 리가. 그 법안 때문에 하루하루 살얼음 위를 걷는 심정으로 살아가는 것이 누구인데. 이를 잊었을까.

로젤은 그런 심정과 다르게 은은한 웃음을 띤 채로 입을 열었다.

"금지된 주술이나 흑마법을 사용한 적이 없는 이들을 부르시면 문제는 없을 것입니다."

"그들이 정말 문제가 없다는 사실을 어찌 믿나. 혹, 문제가 있음에도 이를 감추고 나를 해하려 들지도 모르는데."

"온 제국 사람들이 다 알 정도로 공개적으로 그들을 부르십시오. 그리하면 섣불리 문제를 일으키지는 못할 것입니다. 혹, 문제를 일으키려는 낌새가 보인다면 처리하기도 쉽겠지요."

섬뜩할 정도로 냉정한 말을 부드러운 어조로 하는 로젤을 황제는 잠시 흥미로운 시선으로 응시하다가 이내 말했다.

"그래. 그들을 수소문한 후 공개적으로 부른다고 치자. 근데 그 주술사와 마법사라는 것이 애초에 남아 있기는 한가?"

그 점은 황제의 말대로였다. 괜히 대륙 전체에 마법사가 사라지고, 주술사들 역시 종적을 감췄다는 말이 있는 게 아니니까. 아무리 제국의 황제라 한들, 작정하고 숨어 버린 그들을 어찌 찾을 수 있을까. 황제는 지금 그 점을 지적하고 있었다.

"제게 그들을 찾을 방법이 있습니다."

"방법이 있다고?"

"네."

물론 로젤은 이미 그에 대한 방법을 생각해 두었다. 그저 아무 대책 없이 즉흥적으로 꺼낸 말이 아니었으니까. 하지만 황제는 이를 믿을 수 없다는 듯, 여전히 의심 가득한 눈으로 그녀를 응시했다. 이에 맞서 듯 로젤이 차분히 입을 뗐다.

"리페도라 왕국의 동쪽에는 대대로 왕족들만 아는 주술사의 마을이 있습니다. 이는 폐하께서도 한 번쯤 들어 보셨을 테지요."

귀족이라면 대부분 필수적으로 교육받는《대륙의 세계사》에 몇 번 등장하는 내용이다. 그러니 아마 제국 내에서 리페도라 왕국에 있는 주술사의 마을에 대해 모르는 귀족은 드물 것이다.

"그러니 리페도라의 왕족을 앞세워 마을의 위치를 안내받는다면 주술사를 찾는 일은 그다지 어렵지 않을 것입니다."

그리고 그 역할을 하기에 적합한 사람이 지금 제국에 있다.

리페도라의 왕족인 델티 왕녀. 로젤은 굳이 거기까지 입 밖에 내진 않았으나, 이 자리에 있는 황제도, 아르한도 그 사실을 알 것이다.

조금 급작스럽게 등장한 로젤의 제안에 황제는 잠시 고민하는 기색을 보이다가 입을 열었다.

"공녀는 리페도라의 왕족이 순순히 제 왕국의 비밀을 내게 알려 줄 거라고 생각하나?"

당연히 알려 주지 않으려 할 것이다. 그것도 주술과 마법에 대해 그다지 관대하지 않은 제국의 황제에게라면 더욱. 하지만.

"평범한 왕족이라면 순순히 알려 주지 않을 테지만, 그 왕족이라는 신분으로 인해 핍박을 받는 인물이라면 이야기는 달라질 겁니다. 오히려 꽤 좋은 길잡이가 될 테지요."

여러모로 델티는 지금의 황제가 할 수 있는 최선의 선택이었다. 하나, 그녀를 선택하는 것은 황제에게 또 다른 절망을 의미했다.

진짜 '델티'가 아닌 지금의 델티는 황제가 원하는 답을 주지 못할 것이다. 지금의 로젤이 로젤로서의 기억이 없듯, 그녀 역시 진짜 델티로서의 기억이 없을 테니까. 이를 알면서도 로젤은 델티를 황제 앞에 내밀었다. 잠시나마 그녀를 제국 밖으로 보내고 시간을 벌기 위해서.

"그것도 일리가 있군."

얼마간의 침묵 후 들려온 긍정에 가까운 말에 로젤은 기쁜 기색을 감추고 차분히 입을 뗐다.

"가능성을 조금이라도 더 높이려면 하루빨리 움직이시는 편이 좋을 것 같습니다."

로젤이 조심스러운 태도를 잃지 않은 채 그리 말하자, 옆에서 조용히 상황을 지켜보던 아르한 역시 거들었다.

"맞습니다. 주술사를 찾아 방법을 고민하려면 서두르시는 편이 좋습니다."

* * *

오찬장에서 황제에게 인사를 한 후, 아르한과 함께 돌아가는 길. 로젤은 별로 먹은 것도 없는데 체한 것 같은 느낌을 지울 수 없었다.

후반에는 나름 대화를 주도했다고 생각해도 될지 모르나, 그것은 어디까지나 황제가 이를 용인해 주었기에 가능한 일이었다. 결국, 오늘의 오찬에서 어떤 성과를 거뒀다고 해도, 그것은 황제의 예상 범위를 벗어나지 않았을 것이다. 문제는 그마저도 실패했다는 점이지만.

결과적으로 로젤의 제안은 기각되었다.

처음에는 그녀의 의견에 귀를 기울이는가 싶던 황제가 오찬의 막바지에 다다르자 갑자기 적극적으로 반대 의견을 편 것이다.

'공녀는 그 왕족이 우리에게 순순히 주술사의 마을에 대해 알려 줄 것이라 말하고 있지만, 짐은 그리 생각하지 않아.'

'……'

'핍박받는 왕족이기에 마을의 위치를 모를 수도 있고, 혹은 위치를 가짜로 알려 주고 함정을 팔 가능성도 있지.'

황제의 말도 일리가 있었다. 그러나 반박을 하려고 마음먹으면 얼마든지 반박할 수 있는 정도였다.

'그나저나 최근 제국 내에서 장미 박람회가 유행이라지? 덕분에 장미 개발 사업에 투자하는 가문들이 많다고 들었는데. 사업은 어떻게 진행되고 있나?'

하지만 황제는 대뜸 화제를 돌리며 로젤을 반쯤 외면한 채 아르한을 응시했다. 그 모습에서 그녀는 더 이상 주술사에 대한 이야기를 꺼내지 말라는 무언의 경고를 읽어 냈다.

'꽤 많은 가문들이 투자를 해 온 것으로 알고 있습니다.'

'그래. 그거 다행이군. 아무래도 내가 후계자 하나는 잘 둔 모양이야.'

'과찬이십니다.'

평소라면 절대 하지 않았을 아르한에 대한 칭찬까지 덧붙이는 황제의 모습에 로젤은 말없이 식사에 열중했다.

지금 이 자리에서 황제의 말에 대한 반박을 해 보았자 그녀에겐 득이 될 것이 없다. 오히려 그렇게까지 해서 주술사를 찾으려 드는 이유에 대한 의심을 받을 것이다. 그리고 그것은 최근 황제가 만든 법안을 통해 나쁜 쪽으로 엮이기 좋았다.

덕분에 오찬은 그렇게 끝이 났다. 상당히 묘하고도 어정쩡한 분위기로.

"안색이 좋지 않군요. 괜찮으십니까?"

어느새 바로 지척에 다가온 아르한이 그리 묻는다.

조금씩 올라오는 체기 때문인지, 아니면 황제와 나눴던 대화로 인해 지친 탓인지 안색이 좋지 않았던 모양이다.

"괜찮습니다. 그저 속이 좀 답답한 것뿐입니다."

"그렇다기엔 안색이 많이 안 좋으십니다. 일단, 의원에게 보이는 것이……."

"정말 괜찮습니다. 다만, 조금 쉬고 싶군요."

단호한 로젤의 대답에 잠시 머뭇거리는 기색을 보이던 아르한이 이내 어쩔 수 없다는 듯 말했다.

"……알겠습니다. 그럼 공작가로 돌아가시자마자 바로 쉬실 수 있도록 준비하라고 일러두겠습니다."

"아뇨, 굳이 그렇게까지 하실 필요는……."

"적어도 이번만큼은 제 말에 따라 주셨으면 합니다."

조금 전의 자신이 그랬듯, 단호한 기색을 보이는 아르한의 태도에 로젤은 잠시 망설였다. 이를 틈타 아르한은 로젤이 잠시 앉아서 쉴 만한 곳을 찾아 주변을 둘러보다가 적당한 의자를 발견하고는 그쪽으로 걸음을 옮겼다.

"잠시만요."

그때였다. 로젤이 그런 아르한의 제복 소매를 붙잡은 것은.

"혹, 어디 불편한 곳이라도 있으십니까?"

"아닙니다. 그저……."

의아한 얼굴로 저를 돌아보는 아르한을 향해 로젤이 잠시 말끝을 흐리다가, 이내 다시 이었다.

"잠시, 같이 있어 주시면 안 되겠습니까?"

그리 말하는 로젤의 머리카락이 바람을 타고 가볍게 흩날렸다. 이를 물끄러미 응시하던 아르한이 조금 느릿하게 입을 뗐다.

"정말 그걸로 괜찮으시겠습니까?"

"네. 충분합니다."

로젤이 고개를 끄덕였다. 그러자 아르한은 잠시 뭔가를 고민하는가 싶더니 이내 그녀의 손을 잡아끌었다.

아르한이 이끄는 대로 걸음을 옮기자 화려한 복도를 지나 황궁의 정원으로 통하는 길이 나왔다. 그 길을 따라 얼마간 더 걷자, 상당히 익숙한 장소가 나타났다.

"장미 정원이군요."

로젤은 어쩐지 복잡한 기분을 감추지 못한 얼굴로 그리 중얼거렸다. 이에 아르한은 그게 다가 아니라는 듯, 그녀를 정원의 안쪽으로 이끌었다. 미로처럼 여러 방향으로 갈라진 정원을 완벽하게 꿰고 있는 듯, 그는 걸음을 옮기는데 망설임이 없었다.

그리고 그 끝에 나타난 것은 당장 티 파티를 열어도 손색이 없을 정도로 깔끔하게 정돈된 테이블과 의자였다.

아르한은 그대로 로젤을 의자에 앉히고, 자신 역시 그 옆에 앉았다. 이에 로젤은 자연스레 제 옆에 앉은 그에게 몸을 기댔다. 그 상태로 주변을 둘러보던 로젤이 문득 신기하다는 얼굴로 입을 열었다.

"정원 안쪽에 이런 곳이 있었군요."

자신이 황궁에서 가장 좋아하는 장소가 장미 정원이라고 당당하게 말할 수 있을 만큼 그녀는 이 주변을 잘 알았다. 그런데 아무리 들어오는 길이 복잡하다고 해도, 장미 정원 내에 자신이 모르는 장소가 있었을 줄이야.

그런 로젤의 의문을 이해한 듯, 아르한이 말했다.

"저를 제외한 그 어떤 사람도 들어올 수 없도록 해 뒀으니 모르셨던 것이 당연합니다."

"마법을 걸어 두신 건가요?"

"네. 그러니 아마, 이곳에 저와 공녀님 외에 다른 사람이 들어올 일은 없을 겁니다."

웃으며 단언하는 아르한의 모습에 문득, 옅은 기시감을 느낀 로젤이 이내 물었다.

"전에 그건 어떤 마법이었는지 여쭤봐도 될까요?"

"마법이요?"

"전쟁터로 떠나시기 전 제게 거셨던 마법 말입니다."

갑작스레 던져진 물음에 잠시 그때를 회상하듯, 생각에 잠겼던 아르한이 이내 그녀의 손을 잡았다.

"사실 그건……."

그리 말문을 연 아르한이 이내 그때와 마찬가지로 로젤의 손등에 제 입술을 느릿하게 포갰다. 차가운 입술이 손등 위에 내려앉았다가 떨어지는 것을 물끄러미 응시하던 로젤의 귓가에 나직한 음성이 떨어졌다.

"제 사심이었습니다."

"……사심이요?"

담담하게 돌아온 대답에 로젤은 제 귀를 의심했다. 잘못 들은 건가?

"네."

하지만 뒤이어 들려온 대답 역시 단호했다. 잘못 들은 게 아니란 의미다. 이내 그의 손을 붙잡은 로젤이 말했다.

"정말 그 행동이 그저 사심에서 우러나온 것에 불과하다. 이 말씀이십니까?"

"네."

평소보다 빠르게 떨어진 대답이 오히려 수상했다. 하지만 로젤은
이를 지적하는 대신, 잡고 있던 아르한의 손등에 가볍게 입을 맞췄다.
조금 전에 그가 했던 것처럼 느리지만 담백한 동작이 이어졌고, 아르
한은 크게 동요하는 기색을 보였다.

"저도 전하께 사심이 좀 있어서요."

낯빛 하나 변하지 않고 말을 마친 로젤이 그대로 아르한의 손을 놓
았다. 그리고는 이내 대뜸 덧붙였다.

"그러니 지금부터 하는 말은 전하께 사심을 가진 인물이 하는 어설
픈 변명일지도 모릅니다."

"……."

"혹, 듣기 싫으시다면 미리 말씀해 주세요."

말을 마친 로젤이 물끄러미 아르한을 응시했다. 그러자 그는 잠시
고민하는 기색을 보이더니 이내 말했다.

"저는 원래 변명을 좋아하지 않습니다. 하는 것도, 듣는 것도 말
이죠."

단호하기 짝이 없는 대답에 로젤의 표정이 조금 흐려졌다. 이에 아
르한은 그대로 말없이 손을 뻗어 그녀를 제 무릎 위에 눕혔다. 얼떨결
에 아르한의 무릎을 베고 누운 로젤이 미처 어떤 반응을 보이기도 전
에 그가 말을 이었다.

"하지만 이런 상황이라면, 없던 변명도 듣고 싶어질 것 같군요."

"……."

"제가 원래 사심이 많은 사람이라."

덧붙여진 아르한의 말에 로젤이 작게 웃었다. 조소나 냉소 따위가 아닌 진심이 담긴 웃음에 아르한 역시 웃었다.

머리카락을 간질이는 바람이 천천히 두 사람을 스친다. 그 고요하고도 평화로운 감각이 좋았다. 오직 서로만을 생각할 수 있는 이 공간이 좋았다. 비록 얼마 가지 않을 찰나의 순간임을 알지만 그럼에도 좋았다.

"저는 후작에게 아무런 감정도 없습니다."

대뜸 그리 말문을 연 로젤을 의아한 눈으로 보던 아르한은 이내 그것이 그녀가 예고한 변명임을 깨닫고 조용히 이어질 말을 기다렸다.

"그저, 델티 왕녀에 대한 일 때문에 잠깐 만났던 것뿐입니다."

"그렇군요."

비꼬는 어조가 아닌 진심으로 이를 믿는다는 태도였기에 로젤이 안심한 얼굴로 말을 이었다.

"네. 그러니 걱정하실 것 없습니다. 다른 귀족 영윤이나, 왕족들 역시 마찬가지입니다. 저는 그들에게 마음을 줄 생각이 없으니까요."

단언하는 로젤을 향해 아르한이 뭔가를 고민하듯, 잠시 입술을 달싹이다가 이내 말했다.

"저는 공녀님을 믿지만, 다른 사내들은 믿지 않습니다. 그러니 공녀님 역시 후작이나, 다른 사내들을 너무 믿지는 마십시오."

그런 그의 말이 로젤로서는 조금 의외였다. 믿음이라는 말은 그다지 특별할 것 없는 단어였으나, 황태자인 그의 입에서 나오기엔 조금 거창한 단어였다.

"전하께서는 저를 믿으십니까?"

무의식적으로 흘러나온 물음에 아르한이 물끄러미 그녀를 응시했다. 그 시선에 담긴 의미를 읽어 보려던 로젤은 이내 그것을 관두고는 차분히 덧붙였다.

"진심으로 저를 온전히 신뢰하실 수 있느냔 말입니다."

로젤은 당연히 아르한이 자신을 완전히 믿지는 않는다고 생각했다.

그것은 말 그대로 '그녀를 믿지 않는다.'라는 의미가 아니라, 찰나의 순간마저 온전하게 그녀를 믿지는 못한다는 의미였다. 황제가 자신과 에반의 만남을 언급했을 때 아르한이 보인 반응을 로젤은 똑똑히 기억했다. 그는 조금 서늘한 눈빛으로 말없이 허공을 응시하다가 이내 표정을 풀었다.

요즘 그녀에게 관심을 보이는 사내가 많다는 황제의 말을 들었을 때에 비하면 지극히 담백한 태도였다. 하지만 그렇기 때문에 오히려 더 신경이 쓰였다. 마치 그녀가 에반과 만나리란 사실을 어느 정도 예상하고 있었다는 듯, 순식간에 냉정을 되찾는 모습이 거슬렸다.

얼마 전, 두 황자의 죽음과 아르한 사이에 어떤 접점이 있을지도 모른다는 황제의 말에 흔들렸던 제 모습이 생각나서.

그때의 흔들림은 찰나였으나 이는 그 자체로 로젤이 아르한을 완벽하게 믿지 못하고 있다는 증거였다. 아무렇지 않은 척, 괜찮은 척하고 있으나 과거 남편이었던 에반에게 당한 배신의 상처가 아직 아물지 않았다는 의미였다.

아르한과 에반이 같지 않다는 걸 머리로는 알아도 한 번 남은 상흔은 쉽게 사라지지 않으니까.

"……죄송합니다."

갑작스레 떨어진 말에 로젤이 생각을 멈추고 아르한을 응시했다. 무릎을 베고 누운 탓에 그의 얼굴이 지나치게 가까웠다. 하지만 로젤은 조금도 개의치 않은 채, 무심하게 물었다.

"무엇이 말입니까?"

"제가 공녀님께 큰 잘못을 저지른 것 같아서요."

"전하께서는 제게 잘못을 저지르신 적이 없습니다. 그러니 당연히 죄송해하실 필요도 없고요."

단호한 대답에 아르한이 피식 낮게 웃었다. 늘 보이던 가짜 웃음은 아니었으나, 그렇다고 진실로 즐거워 웃는 웃음도 아니었다.

어쩐지 조금 허탈한 웃음을 터트린 그가 말했다.

"조금 전, 공녀께서 하신 질문이 제 귀엔 제가 당신께 충분한 믿음을 드리지 못했다는 뜻으로 들립니다."

"……그런 뜻으로 드린 말씀은 아니었습니다. 그저……."

스스로 듣기에도 변명 같은 어조였으나, 그럼에도 그녀는 말을 이었다.

"저와 아델노프 후작의 만남을 언급한 폐하의 말에 동요하시는 전하를 보며, 아주 잠깐 그런 생각을 했을 뿐입니다."

무심코 뱉고 보니 모순이 너무 많은 말이었다. 이를 알아챔과 동시에 로젤은 자신이 크게 당황했음을 깨달았다.

"……물론, 그 찰나의 동요로 인해 전하를 힐난할 생각은 없습니다. 저 역시 마찬가지였으니까요."

점점 더 미궁 속으로 빠져 가는 말에 로젤이 그대로 몸을 일으켰다. 아무래도 계속 이곳에 있다간 돌이킬 수 없는 실수를 할 것 같았다. 이미 충분히 한 것 같지만, 그래도 더 이상 아르한의 앞에서 머저리 같은 모습을 보이고 싶진 않았다.

그녀가 죄송하지만 이만 가 보겠다는 말을 꺼내기 직전, 타이밍 좋게 아르한의 음성이 떨어졌다.

"저는 공녀님을 믿지만, 아델노프 후작은 믿지 않습니다. 그것이 폐하의 앞에서 제가 동요한 이유입니다."

"……"

조금 서늘할 정도로 단호한 음성이었다. 그것은 마치 과거에 진득한 원한이라도 있었던 것 같은 느낌을 주었다.

"또한, 폐하께서는 우리의 사이가 틀어지길 원하십니다. 공녀님의 곁에 꾸준히 다른 사내를 붙이는 것 역시 그런 이유겠지요."

그것은 로젤도 어느 정도 짐작했던 바였다.

"그러니 만약 제가 후작을 언급하는 폐하의 말에 흔들리는 기색을 보이지 않더라면, 폐하께서는 여전히 공녀님께 다른 사내들을 붙이려 하셨을 겁니다."

"……확실히 그럴 수도 있겠군요."

로젤은 조금도 고려하지 않았던 경우였다. 사실, 고려하지 않았다기보단 굳이 고려할 필요도 없었다는 쪽이 맞을 것이다. 고작 제게 사내 몇이 더 집적거리는 것을 피하자고 치밀한 계산까지 할 필요는 없으니까.

"저는 당신이 제가 아닌 다른 사내와 있는 것이 싫습니다."

"……."

하지만 그는 달랐다. 아르한은 황제의 앞에서 제 사소한 반응 하나까지 치밀하게 계산할 정도로 그런 상황이 싫다고 말한다.

"치졸하게 질투에 눈이 멀었다 생각하셔도 어쩔 수 없습니다. 저는 원래 그런 사람이니까요."

그리 말하는 어조는 차분했다. 그러나 모순적이게도 딱 그만큼 격앙되어 있었다. 그것을 그저 무심하게 응시하던 로젤이 이내 느릿하게 입을 뗐다.

"저도 그렇습니다."

담담한 긍정과 함께 로젤은 분명한 어조로 말을 이었다.

"전하께서 다른 여인과 함께 다정히 있는 모습을 보게 된다면, 기분이 매우 불쾌할 것 같군요."

그녀는 무심코 에반의 불륜을 목격했던 순간을 떠올렸다. 그때 느낀 감정은 배신감, 모멸감, 분노 등 온갖 부정적인 것들뿐. 결코 다시 하고 싶지 않은 경험이었다.

그나마 그때는 에반을 사랑하지 않았기에 그 정도에 그칠 수 있었다. 하지만 만약 아르한에게 배신을 당한다면 자신이 과연 그 상처를 극복할 수 있을까. 그녀는 솔직히 자신이 없었다.

이를 차분히 생각하던 로젤은 아르한에게 다가갔다. 그리고는 그의 얼굴에 손을 갖다 댔다.

"그러니 전, 노력할 겁니다. 전하께서 감히 다른 여인에게 눈을 돌릴 여유가 없도록."

"……."

제 얼굴을 부드럽게 쓸어내리는 손길에 아르한의 붉은색 눈동자가 못 박힌 듯 그녀를 응시했다. 그러다가 이내 제 얼굴에 닿은 로젤의 손 위에 자신의 손을 포갰다.

"그 노력에 동참해도 되겠습니까?"

"물론이죠."

짧은 긍정의 대답이 떨어지기 무섭게 아르한의 팔이 로젤의 허리를 휘감고 당겼다. 덕분에 가뜩이나 가까운 거리가 더욱 바짝 당겨졌다.

서로의 옅은 호흡까지 느껴지는 거리. 언제든 마음만 먹으면 입술이 닿을 법한 거리에서 두 사람은 얼마간 말없이 눈을 맞췄다. 그리고는 이내 그 좁은 간격도 아쉽다는 듯, 욕심을 드러낸 아르한에 의해 로젤의 입술이 삼켜졌다.

아르한은 그녀의 입 안을 조심스레 탐했고, 로젤은 그의 목에 팔을 두르며 적극적으로 입맞춤에 응했다.

* * *

날이 제법 어두워졌다. 그만큼 많은 시간이 흘렀음을 의미했다.

"전하께 부탁드리고 싶은 것이 있습니다."

고요한 정적을 깨는 로젤의 목소리에 아르한의 시선이 자연스레 그쪽으로 향했다. 그런 그의 붉은색 눈동자를 마주한 그녀가 말했다.

"비아노 백작님과 단둘이 만날 수 있는 자리를 마련해 주세요."

"비아노 백작을요?"

아르한의 얼굴에 의아한 기색이 떠올랐다. 이에 로젤이 가볍게 고개를 끄덕이며 말했다.

"가능하면, 최대한 은밀하게 만났으면 좋겠군요."

"대체 그는 왜……."

만나려는 거냐고 물으려던 아르한이 그대로 입을 닫았다. 이래서야 마치 그녀를 의심해서 추궁하는 것 같지 않은가.

"알겠습니다. 따로 자리를 마련하도록 하죠."

"감사합니다."

순순히 떨어진 대답에 로젤이 감사를 표했다. 그 후엔 다시 침묵이 이어졌고, 이를 깬 것은 또다시 로젤이었다.

"……한 가지 여쭙고 싶은 것이 있습니다."

"편히 말씀하십시오."

"큰 실례가 될지도 모르는 질문이니 미리 사죄드리겠습니다."

그리 말한 그녀가 잠시 머뭇거리는 기색을 보이다가 이내 말했다.

"사실…… 최근 황제 폐하와 델티 왕녀에게 전하를 믿지 말라는 말을 들었습니다. 특히 폐하께서는 황태자 전하와 두 황자님의 죽음이 어떤 연관성을 갖고 있을지도 모른다고 하시더군요."

"그랬군요."

로젤이 이 이야기를 꺼내기 위해 몇 번이나 갈등하고, 고민했던 것에 비해 아르한은 별다른 반응이 없었다. 그 점이 조금 의아했으나, 그녀는 이내 차분히 뒷말을 이었다.

"솔직히 말씀드리자면 잠깐이지만, 저는 흔들렸습니다. 어쩌면, 전하께서도 두 분의 죽음을 바라지 않으셨을까…… 하고요. 그러니 제가 더 이상 흔들리지 않도록 진실을 알고 싶습니다."

그가 먼저 제게 말을 꺼내지 않는 이상 그저 조용히 때를 기다리는 것이 옳다고 생각했다.

정적이었다고는 해도, 이복형제였던 그들의 죽음은 아르한에게 있어서 결코 유쾌한 주제가 아닐 테니까. 그는 그런 사람이니까. 하지만 그렇다고 해도 지금까지처럼 마냥 믿고 기다리다가 또다시 타인의 말 한마디에 아르한을 의심하게 되는 것은 싫었다. 그러니 결국 그녀는 제 알량한 믿음을 위해 아르한에게 더없이 이기적인 요구를 하고 있었다.

이에 대한 대가처럼 두 사람 사이에 묵직한 침묵이 내려앉았다. 조금 전의 침묵이 평화를 의미했다면, 지금의 침묵은 폭풍전야를 의미했다.

이윽고 아르한이 입을 뗐다.

"저는 결코, 두 사람의 죽음을 바라지 않았습니다. 하지만 폐하께서는 다르셨죠."

그리 말하는 그의 어조는 평온했으나 그것이 밑바닥에 깔린 슬픔마저 감춰 주지는 못했다. 아무래도 아르한은 그녀의 예상보다 훨씬 더 황자들을 아낀 것 같았다. 그리고 로젤은 새삼 자신이 그에게 얼마나 이기적인 요구를 했는지 깨달았다.

"그 이후는 공녀께서 아시는 그대로입니다."

단 한 줌의 감정도 없이 그저 있는 그대로의 사실을 전하듯 담백한 대답이었다. 하지만 그렇기 때문에 그녀는 오히려 크게 당황했다.

"……죄송합니다. 제가 감히, 함부로 물어볼 주제가 아니었는데…….."

고작 제 알량한 믿음을 위해 묻기에는 지나치게 무거운 주제였다. 로젤은 차마 고개를 들 수 없었다. 이번만큼은 자신이 경솔했다. 멍청했다. 하지만 그는 그저 바보처럼 웃으며 금세 그녀의 사과를 받아 주었다.

"괜찮습니다."

이젠 정말 끝이 머지않았으니까요.

중얼거림에 가까운 아르한의 뒷말을 로젤은 굳이 아는 척하지 않았다. 그녀는 그가 한 말의 의미를 모를 만큼 순진하거나 어리지도 않았고, 그 역시 이를 알았으나 두 사람은 그것을 그냥 넘겼다.

지금의 평화가 오래가지 못할 것임을 알기에.

제11장
전조

'황제가 죽어 간다.'라는 내용이 담긴 신문이 거리에 뿌려졌다. 신문이라고 말하기도 민망할 정도로 조잡한 인쇄물이었으나, 그런 것은 중요치 않았다. 누구의 소행인지 밝혀지지 않은 신문은 피바람을 불러왔고, 덕분에 황제를 향한 민심이 하나둘 돌아서기 시작했다.

'문제의 신문이 집 앞에 떨어져 있었으니 너 역시 이번 일에 동조했다.'라는 식으로 고작 이틀 만에 수백 명이 죽어 나갔으니 당연한 일이었다. 그리고 이런 소란을 틈타 델티가 멜리아 영애에게 은밀히 선물을 보냈다는 소식이 전해졌다. 자세한 것은 알 수 없으나, 옷이나 장신구, 모자 따위를 선물한 듯했다.

다른 때도 아니고 이런 상황에 선물이라니. 너무 대놓고 수상한 일이라 오히려 의심이 생겼다.

"무슨 생각을 그리하십니까."

갑작스러운 아르한의 물음에 로젤은 생각을 멈추고 그를 보았다. 조금 전부터 아르한은 델티에 대한 소식을 비롯한 주변의 정세를 그녀에게 알려 주고 있었다.

"조금 이상해서요."

이상한 점이 한두 개가 아니었기에 그다지 의미 있는 대답은 아니었다. 이를 깨달은 아르한이 작게 한숨을 내쉬며 물었다.

"크리스, 아니, 비아노 백작과의 만남은 어떠셨습니까."

"나쁘지 않았습니다. 의외로 이야기가 잘 통했거든요."

그것은 그녀가 자신이 에르샤이고 샬롯의 친구임을 밝혔기에 가능한 일이었다. 하지만 이유 따위는 아무래도 좋았다. 어쨌거나 무리 없이 목적을 달성했으니까.

"……제게는 끝까지 어떤 대화를 나누었는지 알려 주지 않으실 겁니까?"

"죄송하지만, 그렇습니다."

단호한 로젤의 대답에 아르한이 조금 씁쓸하게 웃었다.

"생색을 내려는 것은 아니나, 제가 지금 이곳에 있는 이유가 오로지 공녀님 때문임을 아시지 않습니까."

황제를 비롯한 황실에 대한 여론이 악화되어 가는 상황 속에서 이를 수습하느라 바쁠 아르한이 굳이 시간을 내어 이곳에 있는 이유.

그것이 자신을 조금이라도 더 오래 보기 위함임을 로젤은 알았다. 그래서 그녀는 이내 그를 향해 차분히 입을 뗐다.

"사실……."

"아가씨."

하지만 로젤의 말이 미처 그 끝을 맺기도 전에 바깥에 있던 하녀의 목소리가 들려왔다. 이에 그녀는 하려던 말을 그대로 삼킨 채, 조금 신경질적으로 물었다.

"무슨 일이지?"

그러자 하녀가 조심스레 문을 열고 안으로 들어왔다. 긴장한 얼굴로 고개를 푹 숙인 그녀가 이내 말했다.

"그게…… 손님이 오셨습니다."

"손님?"

고작 그런 이유로 황태자인 아르한과의 만남을 방해했다고? 로젤이 어이가 없다는 듯 조금 싸늘한 얼굴을 했다.

"그게 누구지?"

급작스레 떨어진 아르한의 물음에 하녀는 조금 당황한 기색으로 더듬더듬 말을 이었다.

"그것이…… 아델노프 후작 영윤이십니다."

뜬금없이 등장한 이름에 로젤의 표정이 애매하게 흐려졌다. 리오의 등장 자체는 반길 만한 것이었으나 자신을 보러 온 아르한이 있는 지금의 상황에서는 조금 난감했다.

잠시 고민에 잠긴 로젤은 결국, 오늘만큼은 이례적으로 리오를 그냥 돌려보내는 쪽으로 마음을 정했다.

"들이십시오."

"네?"

"고민하지 마시고 영윤을 들이시란 의미입니다."

마치 그런 그녀의 생각을 읽기라도 한 듯, 자연스러운 대답에 로젤은 잠시 멍한 얼굴을 했다. 이를 물끄러미 응시하던 아르한이 이내 차분히 물었다.

"후작 영윤과 제가 서로 척을 진 것도 아닌데 무엇이 문제입니까?"

"……."

"오히려 제 입장에서는 영윤과 가까워질 기회가 생긴 것 같아 더없이 기쁩니다."

그리 말한 아르한은 진심으로 들떠 보이기까지 했다. 이에 바로 조금 전까지 긴가민가하던 로젤은 결국 얼떨결에 리오를 안으로 들였다.

"아델노프 후작 영윤께서는 참으로 영특하시군요."

"과찬이십니다. 저는 그저 배운 것을 적당히 흉내 내는 선에 그칠 뿐이니까요."

아르한이 빙긋 웃으며 건넨 칭찬을 리오는 적당히 공손한, 그러나 비굴하지는 않아 보일 법한 태도로 받았다.

로젤과 단둘이 있을 때와 달리 단호할 정도로 깍듯하고 정돈된 태도였다. 이를 통해 그녀는 리오가 아르한을 어려워한다는 사실을 깨달았다.

"배운 바를 그대로 실천하는 것이야말로 가장 어렵고 힘든 일이지요. 특히 영윤처럼 어린 나이에는 더욱."

그에 비해 아르한은 마치 제 아들이라도 되는 것처럼 다정하고, 애정이 넘치는 눈으로 리오를 응시하고 있었다. 하지만 아쉽게도 리오는 오늘도 그리 긴 시간을 머물지 못하고 후작가로 돌아가야 했다.

"오늘도 후작께는 말씀드리지 않으신 모양이군요."

"……네."

그리 말하며 죄인이라도 된 것처럼 고개를 숙이는 리오의 모습에 로젤은 마음 한구석이 아렸다. 그가 이런 식으로 계속 죄책감을 가져야 한다면 차라리 에반에게 솔직하게 털어놓는 편이 낫지 않나 싶었다. 애당초 리오가 이렇게까지 죄책감을 가질 필요가 없는 일이었으니까.

"제가 후작과 대화를 나눠 보겠습니다."

갑작스레 들려온 아르한의 말에 리오와 로젤의 시선이 그에게로 쏠렸다. 순식간에 제게 쏟아진 시선에도 그는 흔들림 없이 말을 이었다.

"아델노프 후작과는 나름 안면이 있는 사이입니다. 과거 아카데미 시절엔 제법 친하기도 했었죠."

그런 아르한의 고백은 로젤로서는 예상치 못한 것이었다. 그러나 차분히 생각을 되짚어 보니 두 사람이 동갑인 데다, 같은 시기에 아카데미를 다녔다는 사실이 문득 떠올랐다.

"……아뇨, 이건 제 문제이니 스스로 해결하고 싶습니다."

단호한 리오의 말에 아르한은 더 나서지 않았다. 결국, 리오는 조금 어색하게 웃고는 이내 후작가의 마차에 올랐다.

"아. 죄송하지만 오늘은 제가 직접 꽃을 사러 갈 여유가 없었습니다. 그래서 따로 꽃을 가져와 달라고 말했으니, 아마 곧 도착할 겁니다."

마차가 출발하기 직전 리오가 다급하게 건넨 말에 로젤은 그렇게까지 할 것 없다며 고개를 저었다. 그러자 리오가 옅게 웃으며 말했다.

"그저 제 작은 성의일 뿐이니 받아 주셨으면 합니다."

그리 말하는 리오의 얼굴이 어쩐지 슬퍼 보였다면 그것은 착각일까. 하지만 이에 대해 로젤이 깊게 생각할 틈도 없이 마차가 움직이기 시작했고, 이내 그대로 시야에서 사라졌다. 그리고 리오가 주문한 것으로 추정되는 꽃바구니가 도착한 것은 그로부터 5분 후였다.

배달된 꽃은 여느 때와 마찬가지로 화려했다. 화려한 붉은 장미와 로젤의 보랏빛 눈동자를 닮은 보라색 장미가 바구니 안을 가득 채우고 있었다.

"화려하군요."

그리 말한 아르한의 시선이 무심코 꽃바구니를 훑었다. 이에 그녀는 바구니 안에 있는 장미를 꺼내 건네기 위해 손을 뻗었다.

그런데 그때.

탁! 아르한이 로젤의 손을 쳐 냈고, 덕분에 들고 있던 꽃바구니가 그대로 바닥을 뒹굴었다.

"이게 대체 무슨……!"

로젤이 무어라 항의하기 위해 입을 열었으나 그녀의 말은 미처 끝을 맺지 못했다.

"제게 손대지 마십시오."

"……."

"가까이 오지도 마시고요."

그리 말하는 아르한의 얼굴이 무서울 정도로 냉정했다. 하지만 그녀는 이를 신경 쓸 겨를이 없었다.

"전하, 소, 손이……."

로젤이 꺼내려던 장미에 닿은 아르한의 손에서 검붉은 피가 쉴 새 없이 흘렀다. 그가 입고 있던 제복이 순식간에 엉망이 될 정도로.

리오가 가져온 꽃다발 속 장미는 항상 가시 부분이 매끈하게 다듬어져 있었고, 그것은 이번에도 마찬가지였다. 그러나 그럼에도 아르한의 손은 엉망이 되었다.

그런 상황 속에서 무심하게 제 손을 응시하던 아르한이 말했다.

"아무래도 꽃에 독이 묻어 있는 것 같습니다."

"……독이요?"

무심코 되물은 로젤은 이내 그의 말에 수긍했다.

있지도 않은 장미 가시에 찔려서 생긴 것이라고는 생각하기 어려울 만큼 아르한의 상처는 심각했다. 장미 가시가 아니라 칼에 베인 것 같았다.

상처 자체는 별거 아닌 듯했으나, 피가 울컥울컥 분수처럼 끊임없이 올라왔고 지혈조차 쉽게 되지 않았다. 게다가 피부가 서서히 보라색으로 물들어 가고 있었다.

으드득. 로젤이 이를 악물었다.

아르한의 손이 저렇게 된 이유는 결국, 그의 말대로 꽃바구니 속 장미에 독이 묻어 있었기 때문이다.

그리고 그 장미를 로젤에게 준 것은.

'*그저 제 작은 성의일 뿐이니 받아 주셨으면 합니다.*'

리오였다. 리오가 그녀에게 준 장미에 독이 묻어 있었다.

"그저 닿는 것만으로도 순식간에 피부를 뚫고 들어올 정도로 강한 독입니다."

창백할 정도로 하얗게 질린 로젤과 달리 아르한은 마치 타인의 상처를 보듯 무심하기 짝이 없었다. 이내 근처에서 대기하고 있던 시종을 불러 붕대를 받아 낸 아르한이 간단히 상처를 지혈하며 물었다.

"혹, 이것 외에 다른 선물을 받은 적은 없으십니까?"

"……"

로젤은 대답하지 않았다. 떠오르는 것이 너무 많다. 리오가 공작가를 방문할 때마다 그녀에게 안겨 주었던 꽃들이 산더미였으니까.

"있으신 모양이군요."

그녀의 침묵이 의미하는 바를 손쉽게 읽어 낸 아르한이 이내 제 기사들을 시켜 로젤의 방에 있는 꽃들을 조사하기 시작했다.

"다행이라는 말을 사용해도 될지 모르겠으나, 우선은 다행이라고 해 두겠습니다."

그리 말문을 연 아르한은 이내 기사들을 통해 조사한 결과를 차분히 늘어놓았다.

"공녀님의 방에 있던 것들 중 조금 전 제가 손을 댄 장미처럼 닿는 즉시 몸에 해를 끼치는 꽃은 없었습니다."

당연한 일이다. 만약 그랬다면 아무리 리오가 준 것이라고 해도 그리 쉽게 방에 꽂아 두진 않았을 테니. 그 역시 같은 생각을 했는지 조금 싸늘하게 굳어진 얼굴로 덧붙였다.

"오히려 이상할 정도로 아무 문제가 없습니다. 분명 겉으로 보기엔."

겉으로 보기엔. 의미심장하게 덧붙여진 말이 의미하는 바는 명백했다. 겉으로 보이지 않는 무언가가 숨겨져 있다는 뜻이겠지. 그리고 그런 로젤의 예상이 맞았음을 증명하듯, 아르한이 그녀와 자신만 들을 수 있는 정도의 목소리로 말했다.

"그러나 마법사인 제가 보기에 이 꽃들엔 모두 주술이 걸려 있습니다."

"……주술이요?"

예상치 못한 단어의 등장에 로젤은 조금 놀란 얼굴을 했다가 이내 이를 갈무리했다. 손에 닿기 무섭게 피부를 뚫고 심각한 상처를 내는 독의 존재도 목격한 마당에 주술 정도야 놀라울 것도 없겠다 싶었던 것이다.

"어떤 주술인가요?"

"당장 몸에 이상이 생기는 것은 아닙니다. 주술 하나하나의 힘도 보잘것없는 편이고 고작해야 잠을 설치게 하는 정도가 전부죠."

거기까지 말한 아르한이 잠시 망설이는 기색을 보였다. 그러다가 이내 결심이 선 듯, 차분히 덧붙였다.

"하지만 주술이 걸린 꽃이 조금씩 쌓이다 보면 그 공간에서 오랜 시간 생활한 사람의 목숨을 앗아갈 수도 있는 그런 주술입니다. 말하자면 저주에 가깝죠."

"……."

저주. 그 단어에 로젤은 자동으로 멜티를 떠올렸다. 제 주변에서 이런 짓을 할 만한 사람은 그녀밖에 없다.

대체 어떻게 리오를 구슬렸는지 의문이 들긴 하지만, 그럼에도 현재로서 가장 유력한 용의자는 그녀였다.

"그러니 결국, 자칫 잘못했으면 당신께서는 이 주술로 인해 허망하게 목숨을 잃으셨을지도 모릅니다."

그런 아르한의 말은 경고에 가까웠다. 얼마간 현실감 없이 멍한 얼굴로 꽃바구니를 응시하던 로젤을 향한 경고.

이를 알아챈 그녀가 망연하게 웃었다.

"그럴 리가 없다고 부정하고 싶지만."

"……."

"그럴 수 없는 상황이군요."

자신을 대신해 부상을 입은 아르한을 생각해서라도 로젤은 그럴 수 없었다. 그래서 그녀는 이내 곁에 있던 공작가의 기사에게 명령했다.

"당장, 아델노프 후작 영윤을 잡아들이세요."

냉정하고도 고고한 로젤의 음성에는 단 한 점의 흔들림도 없었다.

하나 일말의 망설임도 없다면, 이는 거짓일 테지.

로젤은 리오가 자신의 의지로 이런 일을 벌였다고는 생각하지 않았다. 분명 다른 무언가가 숨겨져 있을 것이다.

"후작 영윤은 나를 해하려다가 황태자 전하의 몸에 큰 상처를 입혔습니다. 그러니 이는 황실의 법도에 따라 엄격히 처벌해야 합니다."

그러나 그럼에도 모든 정황이 리오를 가리키고 있는 상황에서 로젤이 할 수 있는 최선의 선택은 이것이었다.

"알겠습니다."

로젤의 명령보다 무거운 기사의 대답이 떨어지고, 상황은 순식간에 정리되었다.

그녀가 명령을 내린 공작가의 기사들과 더불어 아르한이 데려온 황실의 기사들까지 리오가 탄 마차를 쫓기 시작했다. 이를 틈타 아르한은 잠시 공작가의 손님방에서 머무르기로 했다. 마차에 올라 황궁으로 향하는 것만으로도 몸속의 독이 빠르게 퍼질 수 있으니 안정을 취해야 한다는 이유에서였다.

"어째서 아프다는 내색 한번 하지 않으셨습니까?"

"견딜 만했으니까요."

덤덤한 아르한의 대구에 황궁에서 급히 불려온 의원은 경악을 금치 못했다. 보기보다 그의 상태가 심각했던 탓이다.

"다행히도 최악의 상황은 넘겼습니다. 그러니 생명에는 지장이 없으실 겁니다."

고작 손에 난 상처 하나에 생명을 운운하는 것이 이상하게 여겨질지 모르나, 이는 그만큼 아르한이 당한 독이 치명적인 독성을 자랑한다는 것을 의미했다.

"전하께서 당하신 독은 제국 내에서 구하기가 쉽지 않은 독입니다. 워낙 맹독인 데다 희귀한 탓에 대륙 전체에서도 구하기가 쉽지 않지요."

이는 바꿔 말하면 해독제 역시 흔하지 않을 거란 의미였다.

"……혹, 후유증이 남지는 않겠습니까?"

당사자인 아르한은 태연하기 짝이 없는 데 반해, 오히려 곁에 있던 로젤이 창백한 얼굴로 그리 물었다. 그러자 의원은 잠시 생각에 잠긴 얼굴을 하더니 말했다.

"다행스럽게도 제가 치료를 해 본 적이 있는 독이기에 별다른 후유증은 남지 않을 겁니다. 물론 그렇다고 해도 당분간은 안정을 취하셔야 합니다."

말을 마친 의원은 몇 가지의 약과 연고 등을 처방해 주고는 당분간 안정을 취하라는 말과 함께 방을 나섰다.

"괜찮으십니까?"

안정을 취해야 한다는 명목으로 방에 있던 모든 사람들을 물린 아르한이 로젤에게 그리 물었다. 이번 일로 인해 부상을 입은 것도, 죽을 고비를 넘긴 것도 그였으나, 아르한은 여전히 로젤을 우선시했다.

그 바보 같을 정도로 우직한 배려에 로젤은 차마 쉽사리 입을 뗄 수 없었다. 그는 그런 로젤을 조용히 응시하다가 이내 말없이 다치지 않은 손으로 그녀를 당겨 안았다.

"대답하기 싫다면, 하지 않으셔도 됩니다."

그리고는 마치 어린아이를 달래듯, 가볍게 로젤의 등을 두드려 주었다. 어쩐지 조금 우스운 상황이었으나, 그녀는 웃을 수 없었다.

"……전하께서는 참으로 바보 같으십니다."

"그런 말은 또 처음 듣는 터라 신선하군요."

아르한이 장난스럽게 답하자, 잠시 입술을 달싹이던 로젤이 이내 말했다.

"무엇이 전하를 이렇게까지 하게 만드는지 저는 모르겠습니다."

과거의 자신은 감히 상상치도 못할 만큼 사랑받고 있음에도 로젤은 여전히 아르한을 이해할 수 없었다. 아르한을 사랑하지 않아서가 아니라, 자신의 무엇이 그를 이렇게까지 하게 만드는지 계속 의문이 들었다.

과거, 자신이 기억하지 못하는 만남을 통해 아르한이 제게 마음을 주었다고 해도, 그것이 과연 이럴 만한 가치가 있는 것인지 확신할 수 없었다.

그런 그녀의 물음에 얼마간 침묵을 지키던 아르한이 곧 입을 뗐다.

"……제 모친이신 전대 황후께서는 대륙 동쪽 끝에 위치한 아일렌이라는 부유한 왕국의 왕녀셨습니다."

뜬금없이 등장한 주제였으나, 로젤은 굳이 입을 열어 그의 말을 끊는 대신, 이어질 이야기를 기다렸다.

"황후께서는 아일렌의 왕족 중에서도 유독 냉정하고 이성적인 분으로 유명하셨습니다. 제 기억 속 몇 안 되는 모친에 대한 기억 역시 그러하고요."

아르한과 샬롯의 모친인 파르티타 샤르칼 아일렌은 그런 사람이었다. 내뱉는 숨결 하나까지 전부 왕국의 미래를 위해 계산하고 가치를 재어 보는 냉정한 여인. 하지만 어떻게 하면 자신의 인생이 조금이라도 더 높은 값을 받아 아일렌에 힘을 가져다줄 수 있을까를 고민하던 그녀도 사랑 앞에서는 바보가 되었다.

'저를 제국의 황후로 만들어 주십시오.'

그것이 파르티타가 제 일생을 걸고 부친인 왕에게 한 처음이자 마지막 부탁이었다. 부유하기는 하나, 그럼에도 왕국에 불과한 아일렌으로서는 파르티타를 제국의 황후로 만드는 일이 그다지 나쁜 선택은 아니었다.

그러나 그렇다고 해서 큰 이익이 떨어지는 것도 아니었기에, 평생 자신의 인생에 비싼 값을 매기려던 그녀가 하기에는 조금 수상한 선택이었다. 그리고 그런 파르티타답지 않은 선택이 사랑에서 비롯된 것임을 아일렌의 사람들은 금세 알아챘다.

"저는 아직도 생각합니다. 모친께서 지금의 황제 폐하를 마음에 품지만 않았더라면, 혹은 폐하께서 그분을 사랑하셨더라면. 어쩌면 제 모친이 그렇게 돌아가시는 일은 없지 않았을까 하고……."

파르티타의 비극은 그녀가 황제를 사랑했고, 황제가 그녀를 사랑하지 않았기에 시작되었다.

아르한은 여전히 그 모습을 기억한다. 제 어미가 죽기 전, 황제는 처음이자 마지막으로 모친과 샬롯, 그리고 아르한을 불러 함께 식사를 했었다.

마치 늘 그래 왔던 것처럼 자연스럽게. 그리고 식사가 끝난 후 얼마 지나지 않아 파르티타는 죽었다.

"공녀께서도 들어 보셨겠지요. 당시의 황비 전하, 그러니까 지금의 황후께서 제 모친을 독살했다는 소문을요."

그런 아르한의 말에 머뭇거리던 로젤이 이내 고개를 끄덕였다. 어지간한 귀족들이라면 다들 한 번씩은 들어 봤을 이야기였다.

병 때문에 죽었다고 알려진 전 황후는 사실, 1황비였던 현 황후에게 독살을 당한 것이라는 말이 한창 암암리에 돌았었으니까. 그리고 그런 로젤의 생각을 읽은 듯, 이내 아르한이 단호하게 말했다.

"하지만 그건 사실이 아닙니다. 제 모친의 목숨을 거둔 것은."

"……."

"지금의 황제 폐하셨으니까요."

덤덤하게 떨어진 아르한의 말에는 다양한 감정들이 복잡하게 얽혀 있었다. 그러나 그는 이내 스스로의 감정을 완벽하게 감춘 채로 말을 이었다.

"저는 결국, 모친께서 돌아가신 이유가 사랑 때문이라고, 폐하를 사랑했기 때문이라고 생각합니다."

황제를 사랑했기에 그녀는 제 마지막을 사랑하는 그의 손에 맡겼다.

스스로의 삶을 냉정하게 계산하고, 저울질하던 왕녀에게 사랑이란 자신의 마지막을 기꺼이 내어 줄 수 있는 것이었다.

과거의 아르한은 그런 파르티타의 결정을 이해하지 못했고, 이해하고 싶지도 않다고 생각했다. 하지만 지금의 그는, 이제야 자신이 그녀와 같은 길을 가고 있음을 깨달았다. 더불어 결코 돌이킬 수 없으리란 사실도.

"공녀께서는 어찌 생각하실지 모르나, 저는 지금 이 감정에 제 모든 것을 걸어도 아깝지 않습니다."

단호하고도 분명한 아르한의 어조에 로젤이 차분한 얼굴로 입을 뗐다.

"결국, 전하께서 제게 이렇게까지 하는 이유가 사랑이란 말씀이시군요."

"네."

그런 아르한의 대답에 그대로 몸을 일으킨 로젤이 그의 품에서 벗어났다.

"사실 저는, 한순간의 감정에 휩쓸리는 것을 좋아하지 않습니다."

조금 냉정하기까지 한 로젤의 말에 아르한의 눈동자가 아주 잠깐 흔들렸다가 이내 고요함을 되찾았다.

이를 응시하던 그녀가 차분히 덧붙였다.

"그러나 적어도 전하에게만은, 예외를 두고 싶군요."

"……."

"저 역시 지금의 이 감정에 제 모든 것을 걸어 보겠다는 의미입니다."

"……공녀께서는 참으로 짓궂으시군요."

아르한의 말에 가볍게 웃던 로젤이 이내 조금 비장한 얼굴로 입을 뗐다.

"그러니 이를 위해, 이번 한 번만큼은 전하께서 나서지 않으셨으면 합니다."

그런 그녀의 말에 평화롭던 아르한의 얼굴이 미묘하게 굳어졌다. 그저 농담처럼 하는 말이라고 여기기엔 타이밍이 좋지 않았다.

"……무슨 의미로 하신 말씀입니까?"

"말 그대로입니다."

"이유를 말해 주지 않으시겠다면, 나서지 않을 수 없습니다."

"아직은 알려 드릴 수 없습니다. 그저, 제 쓸데없는 기우에 불과할 수도 있으니까요."

뜻 모를 말을 중얼거리듯 내뱉는 로젤의 모습에 아르한은 그대로 입을 다물었다. 어쩐지 대화가 묘하게 겉도는 느낌이 든다. 그리고 덕분에 내려앉은 침묵은 금세 들려온 다급한 노크 소리와 함께 깨졌다.

"무슨 일이지?"

높낮이 없이 일정한 로젤의 목소리는 어쩐지 날이 서 있었다. 이를 눈치챈 듯 바깥에 있던 하녀가 조금 머뭇거리는 기색을 보이다가 이내 입을 열었다.

"……기사님들께서 돌아오셨습니다. 두 분께 급히 드릴 말씀이 있다고 하시는데. 어찌할까요?"

하녀가 말하는 기사들이라면 아마 로젤이 리오의 뒤를 쫓으라고 명했던 이들일 터다. 이에 로젤은 허락을 구하듯 아르한을 응시했고, 그는 고개를 끄덕였다.

"들어오라고 해."

그런 그녀의 음성이 떨어지기 무섭게 몇몇의 기사들이 안으로 들어왔다. 그들은 아르한과 로젤에게 예를 취한 후 차분히 입을 열었다.

"······송구한 말씀이나 아델노프 후작 영윤을 놓치고 말았습니다."

"영윤을 놓쳤다?"

"예······. 진심으로 면목이 없습니다."

아델노프 후작가의 후계자라고는 하나, 그래 봤자 아직 어린 귀족 영윤이다. 그런 리오를 호위하는 이들이 적지는 않을 것이나 그렇다고 해도 황실과 공작가의 기사단에 비할 바는 못 된다. 하지만 기사들은 그런 리오를 놓쳤다고 말하고 있었다.

"그게 지금 말이 된다고 생각하십니까?"

그리 말하는 아르한의 음성은 차분했으나, 묘하게 날카로웠다. 그에 반해 로젤은 별다른 반응을 보이지 않은 채, 그저 침착하게 입을 열었다.

"우선, 구체적으로 어떤 상황이었는지 듣고 싶군요."

그런 그녀의 말에 주뼛주뼛 앞으로 나선 기사가 상황을 설명하기 시작했다.

"저희는 곧장 영윤이 꽃을 구매한 가게로 향할 이들과 마차를 쫓을 이들. 이렇게 두 조로 갈라졌고, 이후엔 꽤 순조로웠습니다."

거기까지 말한 기사가 슬쩍 로젤과 아르한의 눈치를 보다가 이내 말을 이었다.

"후작가의 마차가 워낙 눈에 잘 띄는 터라 어렵지 않게 발견할 수 있었고. 마차를 붙잡는 것까지도 성공했습니다. 그런데."

그들은 그리 어렵지 않게 리오의 마차를 찾는 데 성공했다. 하지만 마차의 문을 억지로 열었을 때.

"마차 안에는 아무도 없었습니다."

짤막한 기사의 말에 주변에는 순식간에 묵직한 침묵이 내려앉았다. 이에 로젤은 그런 기사의 말을 천천히 되짚어 보다가 물었다.

"마차 안에 다른 건 없었나요? 사람이 타고 있던 흔적이라든가."

"마차 바닥이 조금 어지럽혀져 있었습니다."

그리 말한 기사가 제 뒤에 있던 이에게 눈짓을 하자, 그가 하얀 봉투를 들어 로젤에게 건넸다. 봉투를 열어 내용물을 살피니 바싹 마른 잎들이 잔뜩 보였다.

"바닥에 떨어져 있기에 가져왔습니다."

"말린 장미로군요. 그것도 푸른색의."

곁에 있던 아르한이 대뜸 그리 말했다. 그 말을 듣고 보니 제 손 위에 있는 잎에서 로젤은 언뜻 푸른색 장미를 떠올릴 수 있을 것도 같았다.

"푸른색의 말린 장미라······."

푸른 장미는 귀하다. 말린 장미 역시 귀하다. 그러니 이 둘이 합쳐진 것은 오죽 귀할까. 문제는 그 귀한 장미 잎이 왜 아델노프 후작가의 마차 바닥에 널려 있었느냐는 점이었다.

공작가를 떠난 직후 급히 마차를 갈아타느라 바닥이 엉망이 되었다고 생각하기엔 장미의 존재가 너무 수상하고 이질적이었다.

"우선, 제가 따로 명령을 내릴 때까지 모두 나가서 대기해 주십시오."

싸늘한 정적을 깬 아르한의 말에 기사들은 잠시 눈치를 보다가 이내 하나둘 밖으로 나갔다. 덕분에 금세 로젤과 단둘이 남은 그가 물었다.

"알고 계셨습니까?"

"무엇을 말입니까."

"후작 영윤을 찾지 못할 거란 사실 말입니다."

"글쎄요. 다만, 결코 순탄하지 않으리란 것은 예상했습니다."

아들인 리오가 실종되었다는 말을 듣고도 로젤은 무서우리만치 태연했다. 그 점이 아르한은 어쩐지 마음에 걸렸다.

"저는 아무것도 모릅니다."

그런 아르한의 생각을 읽기라도 한 듯, 로젤이 단호하게 대꾸했다. 그의 짐작처럼 그녀가 모든 상황을 예측했던 것은 아니다. 그저 제 방을 가득 채운 꽃들을 통해 이번 일이 꽤 오래전부터 계획되어 왔음을, 그러니 결코 순탄하게 끝나지 않으리란 것을 짐작했을 뿐.

로젤은 차라리 리오가 금세 잡혀서 제 앞으로 끌려오는 쪽이 더 낫다고 생각했다. 그리된다면 그가 누명을 썼다는 정황만 잡아내면 될 일이니까. 정 안 되면 가짜 증인을 내세워 리오의 죄를 없던 것으로 만들 수도 있겠지. 하지만 이런 식으로 아예 행방이 묘연해져 버리면 일이 복잡해진다. 황태자에게 해를 끼치려 했다는 것이 기정사실화될 테니까.

"그러니 저는 그저 조금이라도 빨리 영윤을 찾을 수 있기를 바랄 뿐입니다."

덤덤한 로젤의 대꾸에도 아르한은 여전히 의문을 거두지 못했다. 아무리 그렇다고 해도 로젤의 저 지나친 침착함은 어딘가 이상했다.

그녀는 냉정하고, 차분한 사람이다. 하지만 이런 상황에서까지 그럴 수 있냐고 묻는다면, 그는 아니라고 할 것이다.

"혹, 후작과 미리 어떤 이야기가 오간 겁니까?"

"……."

로젤은 침묵했다. 하지만 그것이 긍정의 의미임을 아르한은 알 수 있었다. 그는 이내 조금 복잡한 얼굴로 낮게 한숨을 내쉬었다.

"후작을 너무 믿지 마십시오. 그는 그리 믿을 만한 사람이 못 됩니다. 공녀께서도 아시지 않습니까."

"……압니다. 하지만 어쩔 도리가 없었습니다. 이번 일은 그가 아니면 안 되는 것이었으니까요."

"대체 무슨 이야기를 나누신 겁니까?"

"그가 구체적으로 지금의 상황을 입에 담은 것은 아닙니다. 오히려 후작은 제게 이번 일에 대해 어떤 언질도 해 주지 않았습니다."

그리 말한 로젤이 생각에 잠긴 듯 시선을 내리깔았다가 이내 다시 정면을 응시했다.

"사실, 저는 델티 왕녀가 후작 영윤을 노릴지도 모른다는 생각을 했습니다. 그래서 남몰래 호위 기사들을 붙였지요."

"그걸 후작이 눈치챘나 보군요."

"……네. 그리고 이를 빌미로 협박을 해 오더군요. 자신의 동의 없
이는 사람을 붙일 수 없다면서."

"무엇을 요구하던가요?"

그리 묻는 아르한의 표정이 썩 좋지 않았다. 에반이 아무 이유 없이
그런 말을 꺼냈을 리가 없다는데 생각이 미친 탓이다.

"자신과 몇 번 만나서 차나 마시자고 하더군요."

뻔뻔한 자식. 아르한은 차마 대놓고 하지 못한 욕을 속으로 삼켰다.
로젤 역시 아직도 기가 차는지 얕게 조소했다.

"어찌나 차에 집착하던지 귀찮아 죽을 뻔했습니다."

짜증 섞인 로젤의 말에 아르한은 굳어지는 표정을 애써 아닌 척 펴
기 위해 노력했다. 고작 함께 차를 마신 것 정도로 에반에게 질투를
느끼는 자신이 치졸하게 느껴졌다.

그런 그를 물끄러미 바라보던 로젤이 이내 말했다.

"혹, 질투하시는 겁니까?"

"……."

"질투, 하십니까?"

연달아 이어진 물음에 아르한이 나직한 한숨을 내쉬었다. 그리고는
이내 고개를 끄덕이며 말했다.

"치졸하다고 생각하셔도 어쩔 수 없습니다만, 그렇습니다."

"……진짜였군요."

마치 그를 놀리듯 그리 말한 로젤이 이내 덧붙였다.

"하지만 그러실 필요 없습니다. 걱정하실 만한 일은 없었으니까요."

"……네?"

"계속 차에 집착하기에 후작의 얼굴에 차를 부어 줬을 뿐."

"……."

"다정하게 앉아 차를 마시지는 않았습니다."

말을 마친 로젤의 얼굴에 더없이 해사한 웃음이 번졌다.

"……."

"……."

상상치 못한 대답에 아르한이 침묵하자, 두 사람 사이에는 잠깐 정적이 내려앉았다. 그러자 그녀는 아주 당연한 사실을 말하듯, 평온하게 덧붙였다.

"애당초 저는 그와 마주 보고 앉아서 차나 마실 만큼 비위가 좋지 못합니다."

"아, 그렇군요."

그녀와 눈을 맞춘 상태로 아르한이 짤막하게 대꾸했다. 로젤은 덤덤한 그의 반응을 물끄러미 응시하다가 문득, 입을 뗐다.

"그리고 호위 기사들 역시 몰래 다시 붙여 두었습니다."

그 말은 즉, 그들에게 연락이 닿기만 하면 금세 리오를 찾을 수 있다는 의미였다. 그제야 아르한은 로젤이 리오의 실종에도 태연했던 이유를 알았다.

"당장 연락을 취할 방법이 있는 겁니까?"

"기사들 개인에게 모두 통신용 마도구를 지급했으니, 곧 연락이 올 겁니다."

멜리아 영애를 미행하도록 한 기사들에게 준 것과 같은 마도구였다.

겉보기엔 그저 작은 손수건처럼 생긴 마도구는 세세한 소식까지 전할 수는 없으나, 대략적인 신호 정도는 전할 수 있었다. 기사들이 가진 마도구를 다섯 번 연달아 두드리면 즉시 로젤이 가진 마도구에 위치가 잡히도록 설정되어 있었다.

마도구가 아예 파괴되지 않는 한, 설정은 계속 유지된다.

"연락이 오리라 보십니까?"

"……."

갑작스러운 아르한의 물음에 로젤은 그대로 입을 닫았다. 애써 마음 한구석으로 밀어 두었던 불안감이 다시금 피어오른다. 평소 같았으면 이를 그냥 모르는 척 넘어가 주었을 그도 오늘만큼은 그럴 수 없었던 모양이다.

"공녀께서 영윤의 호위를 맡을 이들을 허투루 고르셨을 리가 없지요. 그런 이들이라면 분명, 영윤이 마차를 갈아탈 때부터 이상한 낌새를 눈치챘을 겁니다."

그런 아르한의 말처럼 로젤은 공작가의 기사들 중에서도 호위 경험이 많고, 은신에 뛰어난 이들을 위주로 리오에게 붙였다. 그리고 그 정도 실력을 가진 이들이라면 분명, 이미 제게 연락을 하고도 남았을 시간이다. 그 사실을 로젤도 안다.

사실, 평소의 그녀였다면 진작 연락이 끊겼을 경우를 대비해 다른 방법을 찾아보고 있었을 것이다. 하지만 지금의 로젤은 결코 그럴 수 없었다.

"전하께서 말씀하신 것처럼, 그들은 공작가의 최정예 기사들입니다. 그런 이들이 수도 내에서 그리 쉽게 당할 리가 없습니다."

그들은 그리 쉽게 당하지 않을 것이다. 애써 그리 생각하며, 최악의 상황을 대비하지 않는 것은 그녀가 리오의 실종 앞에서 그다지 침착하지 못한 상태라는 것을 의미했다.

"물론 그것도 일리가 있는 말이나……."

삑. 삐빅-

아르한이 미처 말을 끝맺기도 전에 이상한 소리가 들려왔다. 그것이 자신이 지닌 통신용 마도구에서 나는 소리임을 깨달은 로젤이 서둘러 마도구를 꺼냈다.

"영윤을 쫓던 기사들에게서 연락이 온 겁니까?"

기대에 찬 아르한의 물음에 마도구를 확인하던 로젤이 고개를 저었다.

"……아뇨, 멜리아 영애에게 붙인 기사들의 연락인 것 같습니다."

그리 말한 그녀는 애써 실망한 기색을 감추며, 몸을 일으켰다. 비록 기다리던 연락은 아니나, 신호가 온 이상 멜리아 영애가 있는 곳으로 가 봐야 했다.

"가실 겁니까?"

"그래야죠."

"그렇다면 저도 함께 가겠습니다."

그리 말한 아르한이 서둘러 몸을 일으키자 로젤의 표정이 굳어졌다.

"전하께서는 이곳에 계십시오."

"그럴 순 없습니다."

"누군가는 이곳에 남아 전체적인 지휘를 해야 합니다."

그리 말한 로젤이 아르한의 손에 마도구를 쥐여 주었다. 혹, 자신이 자리를 비운 사이에 리오를 쫓던 기사들에게서 연락이 올 것을 염두에 둔 행동이었다.

"하지만……."

"전하께서 걱정하시는 바가 무엇인지 잘 압니다. 그러나 저는 아마 위험하지 않을 겁니다. 운이 좋아 두 사건에 접점이라도……."

무심코 시작된 로젤의 말이 그대로 멎었다. 문득 뇌리를 스치는 한 가지 사실이 그녀를 혼란하게 했다.

"……전하께 한 가지 여쭤보고 싶은 것이 있습니다."

"편히 말씀하십시오."

그리 말한 아르한이 고개를 끄덕였다. 그러자 그녀가 조금 다급하게 물었다.

"이번 장미 개발 사업에 참여한 가문의 명단을 급히 확인하고 싶은데, 가능할까요?"

분명 오찬에서 황제와 아르한이 대화를 나눈 주제였다. 언뜻 들은 것이라 확실하지는 않지만, 그가 꽤 많은 것을 알고 있는 듯 보였기에 로젤은 지푸라기라도 잡는 심정으로 물었다.

"……가능은 합니다만, 지금 당장이요?"

"네. 급한 일입니다."

그런 로젤의 말에 아르한은 조금 의아한 얼굴을 하다가 이내 말했다.

"이번 사업을 주도하고 있는 것이 황실이기 때문에 명단을 확인하는 일 역시 꽤 복잡한 절차를 거쳐야 할 겁니다."

결국, 당장 이를 확인하는 건 무리인가 싶어 로젤이 입술을 짓씹었다. 이를 물끄러미 응시하던 아르한이 이내 입을 열었다.

"그러니 확인하고 싶으신 내용이 있다면 말씀해 주십시오. 제가 확인해 드리겠습니다."

"……네?"

"어지간한 사업의 내용 정도는 외우고 있으니까요."

어쩐지 놀림을 당한 것 같은 기분이 들었으나, 그녀는 일단 급한 불부터 끄자는 심정으로 입을 뗐다.

"사업에 참여한 가문 중 멜리아 백작가가 있습니까?"

최근 멜리아 백작가의 재정 상태가 그리 나빠진 이유가 황실이 벌인 사업에 무리하게 투자를 한 탓이라는 말을 들은 기억이 있었다.

"네. 꽤 거금을 투자한 가문 중 하나입니다."

역시. 그런 제 예상이 맞았음을 확인한 로젤이 다시 한번 그에게 물었다.

"혹시, 멜리아 백작가가 개발하기로 한 장미의 품종이 무엇인지도 기억하십니까?"

"백작가가 담당한 장미의 품종은 아마 블루 로즈……."

거기까지 말한 아르한이 문득 말을 멈췄다. 그리고는 이내 뭔가를
깨달은 얼굴로 로젤을 바라보았다.

"설마?"

"……네. 푸른색 말린 장미는 함정이었던 것 같습니다."

* * *

다각다각. 말발굽이 땅을 박차는 소리가 힘차게 울렸다.

그 위에 올라타 정신없이 말을 모는 로젤은 조금만 중심을 잘못
잡아도 그대로 바닥에 추락할 것처럼 위태로웠다. 그만큼 빠른 속도
였다.

하지만 그녀는 개의치 않았다. 조금 전부터 닿을 듯, 말 듯 아슬아
슬하게 제 앞에서 달리고 있는 마차를 세울 수만 있다면 영혼이라도
팔 것 같았다.

'조금만 더, 조금만 더 손을 뻗으면 닿을 거리인데……!'

이미 두 번이나 허탕을 친 전적이 있어서인지 그녀의 초조함은 한
계에 달했다.

기사들의 연락을 받은 로젤은 그 길로 마차를 타고 마도구에 표시
된 지점으로 이동했다. 그리고 멜리아 영애를 감시하고 있던 기사들
과 합류했다. 거기까지는 나름대로 순조로웠다. 멜리아 영애가 탄 것

과 같은 마차가 갑자기 세 대로 늘어나더니 동시에 전혀 다른 방향으로 향하기 전까지는.

그 많은 기사들의 눈을 피해 가짜를 두 개나 더 준비한 상대방의 철두철미함에 로젤은 진심으로 감탄했다.

'그것도 이젠 끝이겠지만.'

이미 앞서 발견한 두 대의 마차는 가짜였다. 그러니 지금 그녀의 눈앞에서 달리고 있는 마차가 진짜일 것이다. 그 증거로 앞선 두 마차에는 붙어 있지 않았던 호위 기사들까지 있었다. 호위 기사들이 공작가의 기사들을 상대하는 동안에 도망칠 생각이었겠지만, 안타깝게도 그들은 로젤의 존재를 간과했다.

어느 정도 승마에 자신이 있었던 그녀는 곧장 달리는 마차를 쫓아 말에 올랐고, 지금의 상황에 다다랐다. 마차를 잡아 세운 후 멜리아 영애와 만나기만 하면 설득은 어렵지 않을 것이다. 로젤은 이미 그녀를 회유할 근거도 준비해 왔다.

문제는 어떻게 마차를 세우느냐인데.

"언제까지 도망칠 수 있을 거라 생각하십니까."

초조함을 애써 감춘 목소리로 로젤이 그리 외쳤다. 덕분에 몸이 조금 휘청거렸으나, 그녀는 아랑곳하지 않고 말을 이었다.

"설마, 제가 마차를 세울 방법도 고민하지 않고 여기까지 쫓아온 줄 아십니까?"

힘찬 그녀의 물음에도 돌아오는 대답은 없었다. 그러자 로젤은 손이 아플 정도로 고삐를 세게 쥔 후, 몸을 전보다 말에 밀착했다.

속도를 더 올려 마차를 추월한 후, 틈을 봐서 앞으로 뛰어들어 마차를 세울 계획이었다.

다소 난폭한 방법이지만, 백작가에서 사용하는 고급 마차 정도면 안에 있는 멜리아 영애는 물론이고, 마부 역시 크게 다치지 않을 것이다.

문제는 오히려 별다른 장비 없이 말을 타고 있는 로젤이었다. 이번 계획을 실행할 경우, 최소 낙마에 잘못하면 낙마 후 마차에 치이기까지 할 수 있다. 하지만 그녀는 고민하지 않았다. 고삐를 힘껏 쥔 오른쪽 손목에 자리 잡은 팔찌 덕분이었다.

'이걸 가져가십시오.'

'······이게 뭐죠?'

'단 한 번뿐이나, 물리적인 공격을 막아 주는 팔찌입니다.'

그리 말하며 제게 팔찌를 건넨 아르한의 의도는 투명했다. 그녀가 자신의 눈이 닿지 않는 곳에서 위험에 처할까 봐 불안한 것이다.

그것을 떠올리니 로젤은 새삼 아르한에게 미안한 마음이 들었다. 그가 제게 팔찌를 준 것은 혹시 모를 위험으로부터 안전하길 바라서이지, 이를 기회 삼아 위험에 뛰어들라는 의미는 아니었을 테니까.

하지만 그럼에도 그녀는 위험에 뛰어들 수밖에 없었다.

이내 결심이 선 로젤이 발을 굴러 말의 속도를 높였다. 허공을 가르는 바람 소리가 조금 전에 비해 훨씬 살벌해졌다.

말에서 떨어지면 그대로 즉사할 것 같다는 생각이 들자 순간 등줄기에 소름이 돋았으나, 그녀는 이를 애써 무시한 채, 마차와 일직선으로 달리는 데 집중했다.

조금 전까지만 해도 아슬아슬하게 로젤을 앞질러가던 마차가 옆으로, 그리고 이내 그녀의 뒤에서 달리기 시작한다.

마차의 창 너머로 익숙한 모자가 언뜻 눈에 들어왔다. 앞선 두 마차에서 멜리아 영애의 대역으로 타고 있던 여자들이 쓰던 모자다. 델티가 그녀에게 선물한 것과 꼭 같은 모자. 이번에야말로 제대로 찾았구나 싶어 안도하던 로젤은 필사적으로 마차 앞에 끼어들 틈을 찾았다.

그런데 그때.

탕!

총소리와 함께 진한 화약 냄새가 전해졌다. 더불어 나무가 끼이익 어긋나는 소리도.

'설마…….'

혹시나 하는 생각에 마차를 응시하자, 한쪽 바퀴가 어그러지고 있는 것이 보였다. 아무래도 누군가가 마차 바퀴에 총을 쏜 모양이다.

워낙 빠른 속도로 달리고 있었던 터라, 바퀴 하나가 망가지기 무섭게 마차의 중심이 한쪽으로 쏠렸다. 그것도 하필 로젤이 있는 방향으로.

게다가 마차가 달리고 있는 방향엔 갑자기 웬 바위가 자리를 잡고 있었다. 아마 이대로 가다간 바위에 부딪혀 마차가 박살 나고 말 것이다.

"으아악!"

그저 침착하게 말머리를 돌려 피하면 될 일임에도, 조금 전 들린 총소리 때문인지 마부는 평정심을 잃은 상태였다. 지척에서 들리는 마부의 비명, 저를 덮쳐 오는 거대한 마차. 예상치 못한 방향으로 흘러가는 상황 속에서 로젤은 곧장 말머리를 돌려 제 위에 드리워진 마차의 그림자 속에서 빠져나왔다.

그리고는 조금 전의 계획대로 마차를 완전히 앞지른 후, 그 앞에 뛰어들었다. 바퀴가 망가져 마차의 속도가 느려지고 있었기에 가능한 일이었다.

"아악! 비켜요!"

갑작스러운 로젤의 등장에 당황한 마부가 마차를 반대 방향으로 꺾었다. 덕분에 마차는 로젤과도, 바위와도 부딪히지 않은 채 무사히 적당한 곳에 세워졌다. 이를 확인한 로젤은 그대로 고삐를 당겨 말을 멈췄다. 그리고는 말 위에서 내려와 바퀴가 고장 난 것 외에는 멀쩡한 마차로 다가갔다. 마냥 떨고 있을 줄 알았던 마부는 그새 사라져 마부석은 텅 비어 있었다. 로젤은 이내 멜리아 영애가 있을 마차로 향했다.

"괜찮아요, 영애?"

그리 말한 로젤은 예의상 그녀의 대답을 기다렸으나, 얼마간의 시간이 흘러도 돌아오는 대답은 없었다.

그러자 로젤은 그대로 마차의 문손잡이를 돌렸다. 어쩌면 조금 전의 소란으로 인해 놀라서 기절했을 수도 있다는데 생각이 미친 탓이다.

철컥- 손잡이가 돌아가고 마차의 문이 열렸다. 그리고 그 안에는……

"……영애?"

로젤의 목소리에 당혹스러운 기색이 서렸다. 제 눈앞에 있는 멜리아 영애의 꼴이 말이 아니었기 때문이다.

"으흡, 흐윽."

입에 재갈을 문 채, 온몸이 밧줄로 꽁꽁 결박되어 있는 그녀. 그리고 우습게도 그런 영애의 머리 위에는 델티가 선물한 모자가 아주 곱고 정갈하게 씌워져 있었다.

"대체 이게……"

무슨 꼴이냐고 물으며 마차 안으로 한 발을 내디딘 로젤의 얼굴에서 순식간에 핏기가 가셨다. 마차 바닥에 그려진 무언가를 본 탓이다.

제물을 매개체로 하는 저주의 진. 그것을 로젤이 눈치챘을 때는 이미 늦은 상태였다.

순식간에 바닥에 있던 진을 따라 마차 안에 불길이 치솟았다. 타오르는 불길로 인해 멜리아 영애가 고통에 신음했다.

"꺄아아악!"

"영애!"

로젤이 그리 외치기 무섭게 그녀의 앞으로 불기둥이 치솟았다. 그 엄청난 열기에 로젤이 반사적으로 뒷걸음질을 쳤다.

콰앙! 콰광!

그 순간. 그대로 마차가 폭발했다. 그리고 그 충격으로 인해 로젤의 몸은 마차로부터 꽤 멀리까지 날아갔다.

아르한이 건넨 팔찌 덕분인지 몸에 별다른 상처를 입지 않은 로젤은 그대로 다시 마차를 향해 다급하게 달려갔다. 하지만 마차는 이미 그녀가 손을 써볼 도리도 없이 바짝 타들어 간 상태였다. 분명 그 어떤 물리적인 상처도 입지 않았음에도, 온몸이 타들어 가는 기분이었다.

그리고 그것은 아마 안에 있던 멜리아 영애 역시 마찬가지였으리라.

* * *

멜리아 영애가 죽었다. 그리고 얼마 지나지 않아 그녀의 부친인 멜리아 백작 역시 죽었다. 그녀는 사고사라는 이름으로 죽었고, 백작은 그런 딸의 갑작스러운 죽음에 충격을 받아 자살했다.

리오가 타고 있던 마차 바닥에 푸른색의 말린 장미가 널려 있던 순간부터 로젤은 언젠가 이런 상황이 올 것이라고 예상했다. 이번 장미 개발 사업에서 멜리아 백작가가 맡은 품종은 블루 로즈. 푸른 장미라고 했다. 그리고 이번 일을 계획한 쪽이 그런 장미를 말려서 사건 현장에 잔뜩 늘어놓았다는 것은 백작가를 방패막이로 삼겠다는 선전 포고나 다름없었다.

델티에게 어떤 약속을 받았는지는 모르나, 그녀는 결국 당신을 버릴 속셈이라고. 로젤은 그리 말하며 멜리아 영애를 회유하려 했다. 결국엔 모든 것이 부질없는 일이 되고 말았지만.

거기다가…….

"괜찮으십니까?"

그런 아르한의 물음에 로젤은 차마 예의상으로도 괜찮다고 말할 수가 없었다. 멜리아 영애의 죽음을 눈앞에서 목격한 것도 충격이었지만, 더 큰 충격이 그녀를 기다리고 있었던 탓이다.

"……마도구가 전부 고장 났어요."

로젤은 황망하기 짝이 없는 눈으로 중얼거리듯 말했다.

"게다가 리오를 쫓던 기사들 역시 그를 놓쳤고요."

"……."

"이젠 리오를 찾을 방법이 없는데. 어쩌죠?"

그리 말한 로젤이 제 드레스 자락을 움켜쥐었다. 그럼에도 감춰지지 않는 손의 떨림이 현재 그녀의 심정을 대변하고 있었다.

"기사들은 어떻게 된 겁니까?"

"……다행히 대부분 큰 부상을 입지 않은 채 돌아왔어요."

그나마 다행이었으나, 어딘가 이상했다.

더 이상 리오를 찾을 수단이 없다는 사실에 절망하고 있던 로젤은 이를 눈치채지 못한 듯했으나, 아르한이 보기엔 그랬다.

"이상하군요."

그래서 그는 습관처럼 중얼거리듯 내뱉었다. 이에 로젤이 아르한을 보며 물었다.

"무엇이 이상하다는 겁니까?"

"큰 부상을 입은 자들은 얼마 되지 않는데, 마도구는 하나도 남김없이 고장 났다고 하지 않으셨습니까."

"그건…….."

"공작가의 기사단이 그리 쉽게 제압당할 리가 없는데. 어떻게 그런 일이 가능했을까요."

듣고 보니 확실히 그랬다. 애당초 상대방은 공작가의 기사들이 마도구를 가지고 있다는 사실을 어떻게 알았을까.

"……그러고 보니 상대의 수가 월등히 많았다는 말을 들은 것 같습니다."

로젤이 뒤늦게 떠오른 사실을 덧붙였다.

"공작가의 기사단에 비해 실력이 특별히 뛰어나진 않았으나, 수가 워낙 많았던 터라 어찌할 도리가 없었다더군요."

"그거야말로 이상한 일이군요. 그건 마치."

어느새 딱딱하게 굳어진 얼굴로 아르한이 말했다.

"상대가 미리 공녀께서 영윤에게 붙인 기사들의 수를 알고, 이를 압도할 수 있는 정도의 병력을 동원한 것 같지 않습니까?"

확실히 그랬다. 마치 기사단들의 실력을 고려해 숫자로 밀어붙이려 했다는 느낌이 강하게 들었다.

"……그렇다는 건, 전하께서는 이번 일의 범인이 델티 왕녀가 아니라고 생각하시는 겁니까?"

타국의 왕녀인 델티에게 그 정도 병력이 있을 리가 없다. 있다고 해도 이를 제국 내에서 운용할 수 있을 리 없다.

그런 로젤의 물음에 아르한이 고개를 저었다.

"아뇨, 저는 그저. 범인이 한 명이 아닐지도 모른다는 생각을 한 것뿐입니다."

"……"

"적당히 공녀의 곁을 맴돌며 정보를 빼낼 수 있고, 그만한 병력을 가진 사람이 한 명 있지 않습니까."

그런 아르한의 말에 로젤은 단번에 그가 말하는 인물이 누구인지 깨달았다. 하지만 그녀는 그것이 사실이 아니길 바랐다.

"……혹, 후작을 말씀하시는 겁니까?"

"확실하지는 않지만, 가능성 정도는 열어 두는 것이 좋다고 봅니다."

에반에게 특별히 어떤 감정이 남아 있는 것은 아니지만, 적어도 그가 제 아들인 리오의 목숨을 가지고 장난을 칠 정도로 최악인 인간은 아니길 바랐던 것이다.

"아무리 그래도 그가 제 아들인 리오의 목숨을 그리 하찮게 여길 리는 없습니다. 마음에 차는 구석이 없더라도 그래도 후계자이고, 아들이니까요."

"하지만 그런 것이 아니라면, 이렇게 때맞춰 영윤의 실종 사실을 공표할 리가 없습니다."

"……"

"게다가 그것이 후작가와는 조금도 관련이 없으며, 오히려 최근 불행한 일을 연달아 겪은 멜리아 백작가의 소행인 것처럼 엮이고 있다는 점 역시 꺼림칙한 부분이고요."

그런 아르한의 말처럼 돌아가는 상황이 조금 묘하긴 했다. 에반은 리오가 모습을 감춘 지 반나절 만에 실종 사실을 알리고 수색에 들어갔다. 그러면서 리오가 보낸 꽃바구니와 후작가는 조금의 연관도 없지만, 그럼에도 제 아들이 저지른 일이니 책임지고 끝을 보겠다는 태도를 보이는 것도 잊지 않았다.

그리고 이런 상황과 맞물려 멜리아 백작가에 대한 의혹이 반쯤 기정사실화되어 떠돌고 있었다.

의문의 사고로 죽은 멜리아 영애가 사실은 리오가 보낸 것으로 알려진 독이 묻은 꽃바구니를 공작가에 보낸 장본인이며, 이를 뒤늦게 알게 된 백작이 제 딸을 죽이고 자신 역시 자살을 한 것이 아니냐는 추측은 이미 어지간한 귀족들은 다 알 정도로 유명했다.

두 사건의 가장 큰 연결 고리가 되는 것은 역시, 실종된 리오의 마지막 흔적으로 추정되는 마차의 바닥에서 발견된 푸른색의 말린 장미 꽃잎이었다.

"아무래도 날이 밝는 대로 후작을 찾아가 보는 것이 좋겠군요."

로젤은 서둘러 결론을 내렸다.

"저, 아가씨……."

그런데 그때, 대뜸 낯선 하녀가 다가와 말을 걸었다. 얼굴을 본 기억이 별로 없는 것을 보면, 직접 시중을 들기보단 잡일을 주로 하는 쪽인 듯했다.

"무슨 일이지?"

"저, 제가 오늘 응접실 청소를 담당했는데, 소파 아래쪽에서 이런 것이 나와서……. 혹, 아가씨의 물건이 아닌가 하고 가져왔습니다."

그리 말한 하녀가 웬 구슬 서너 개를 로젤에게 내밀었다. 그중 세 개는 깨져 있었고, 딱 하나만이 온전한 구슬의 모양을 유지하고 있었다.

"마도구군요. 그것도 쓰임새가 꽤나 고약한."

이를 얼마간 유심히 관찰하던 아르한이 말했다. 확신에 찬 그의 태도에 로젤이 그 쓰임새를 물으려던 찰나.

파직- 팟!

유일하게 멀쩡했던 구슬이 이상한 소리를 내며 쩌적 금이 가더니 갑자기 혼자 깨졌다. 이를 무심한 눈으로 지켜보던 아르한이 말했다.

"아무래도 쓰임이 다하면 곧장 구슬이 깨져 버리도록 설정되어 있는 것 같습니다."

"어떤 용도로 쓰이는 마도구인가요?"

"타인의 말을 엿듣는 데 사용하는 마도구입니다. 적진에 설치해 두면 상대의 작전을 실시간으로 들을 수 있으니, 주로 전시에 사용되고는 하죠."

그런 아르한의 설명에 고개를 끄덕이던 로젤은 문득, 그 자리에서 굳어지듯 멈췄다. 그리고는 조금 싸늘한 얼굴로 하녀에게 물었다.

"혹시 오늘 말고도 또 이 구슬을 발견한 적이 있나?"

"……확실하지는 않으나, 두 달 전쯤에 저보다 먼저 응접실 청소를 담당했던 하인들이 이것과 비슷한 구슬을 들고 있는 것을 보았습

니다."

두 달. 리오가 처음으로 꽃다발을 들고 공작가를 찾아왔던 시기와 비슷하다. 그러고 보니 로젤과 리오는 언제나 응접실에서 이야기를 나누곤 했었다. 그를 경계하지 않았기에 차를 마시다가 종종 자리를 비우곤 했으니, 시간은 충분하다. 왜 진작 이를 눈치채지 못했나 싶을 정도였다.

"잠시, 자리를 비워 줬으면 좋겠군."

그런 아르한의 말에 곁에 있던 하녀가 서둘러 고개를 숙인 후 밖으로 나갔다. 이를 무심한 눈으로 응시하던 그가 말했다.

"저는 영윤이 자발적으로 이런 짓을 했다고는 생각지 않습니다."

"……저 역시 그렇습니다. 리오는 이런 짓을 할 아이가 아니지요."

안다. 리오가 그런 일을 자발적으로 했을 리가 없다는 걸. 하지만 이는 다르게 해석하면 그런 일을 시킨 사람이 있다는 의미가 된다.

"……결국, 후작에게 아들인 리오는 고작 그 정도 가치였던 모양입니다."

제 아들의 가치를 전 남편이란 작자를 통해 확인받은 로젤의 기분이 어떨지 곁에 있던 아르한은 차마 상상조차 할 수 없었다. 그랬기에 그는 의례적인 위로의 말마저 건넬 수 없었다. 이를 눈치챈 로젤은 그저 작게 웃더니 이내 몸을 일으켰다.

그리고는 주섬주섬 외투를 입으며 말했다.

"잠깐, 나갔다 오겠습니다. 혼자 바람을 좀 쐬고 싶군요."

"저도 함께 가겠습니다."

"전하께서는 이곳에서 안정을 취하셔야죠. 어차피 멀리 가지 않을 터이니, 걱정하지 않으셔도 됩니다."

"하지만……."

"전하."

짤막한 그녀의 부름은 조금 싸늘하기까지 했다. 이에 아르한은 잠시 고민하는 기색을 보이다가 이내 한숨처럼 말했다.

"……알겠습니다. 다만, 호위는 꼭 대동하시기 바랍니다."

"제 걱정은 말고 푹 쉬세요."

말을 마친 로젤은 외투를 챙겨 입은 상태로 곧장 방을 나섰다.

"일은 어떻게 되었지?"

그리 묻는 에반의 목소리가 조금 날카로웠다. 이를 눈치챈 기사가 얕게 고개를 숙이며 말했다.

"분부하신 대로 한 번에 정확하게 바퀴를 사격했습니다."

"마부는? 미리 알고 있었으면서 머저리같이 총소리에 놀라 끌고 가던 마차를 바위에 부딪치게 할 뻔했다지?"

"……그렇기는 했으나, 공녀께서 타이밍 좋게 마차 앞으로 뛰어들어 주신 덕분에 큰 문제는 없었습니다. 게다가 마차가 멈추기 무섭게 줄행랑을 쳤다고 하니, 다른 증거도 남지 않았을 테고요."

"그래, 수고했어."

기사의 보고에 그제야 표정이 풀린 에반이 그대로 소파에 깊숙이 몸을 기댔다. 그러다가 이내 뭔가를 떠올린 듯 급작스레 몸을 일으켰다.

"그 기사들 쪽은 어찌 되었지?"

"후작 영윤을 미행하던 공작가의 기사들 말씀이십니까?"

"그래."

"그들이라면, 후작께서 미리 말씀하신 대로 압도적인 숫자로 밀어붙였습니다. 그럼에도 사망자를 내지는 못했으나, 마도구는 전부 파괴했습니다."

"……숫자에서 밀려도 공작가의 기사들은 다르다 이건가?"

낮게 중얼거리는 에반의 음성이 어쩐지 서늘했다. 아직 떨쳐 내지 못한 해묵은 열등감이 고개를 드는 것 같았다.

"저, 그리고……. 손님이 와 계십니다."

그러나 다행스럽게도 때맞춰 들려온 기사의 말에 의해 그것은 금세 모습을 감췄다. 조금 의아한 빛을 띤 얼굴로 에반이 물었다.

"손님? 누구?"

"라슈아 공녀님이십니다."

"아. 그래?"

로젤의 방문 소식에 에반의 입매가 부드러운 곡선을 그리며 올라갔다. 급박하게 돌아가는 상황 때문이라고는 해도, 그녀가 이 늦은 시각에 자신을 찾아왔다는 사실이 꽤 마음에 든 탓이다.

"바로 응접실로 모셔. 나 역시 곧 갈 테니."

마음 같아서는 당장 달려가 그 고고한 얼굴이 어떻게 변했을지 구경하고 싶었으나, 지금은 당장 처리해야 할 서류들이 있었다. 모든 증거를 인멸하는 마지막 단계였기에 더욱 신속하게 처리해야 했다.

"이러시면 안 됩니다!"

"저, 일단 고정하시고……."

그때 문 하나를 사이에 두고 집무실 바깥에서 소란이 일었다. 이에 조금 불쾌한 기색을 내비친 에반이 물었다.

"대체 무슨 일……."

그리고 그런 그의 물음이 미처 끝을 맺기도 전에 집무실의 문이 벌컥 열렸다. 무례하기 짝이 없는 움직임에 에반의 시선이 자연스레 그쪽으로 향했다. 그러자 그곳에는 후작가에 도착한 지 얼마 되지 않았음을 증명하듯, 여전히 외투를 입은 상태로 로젤이 서 있었다.

그녀는 얼마간 무심한 눈으로 에반을 응시하다가 이내 천천히 그에게로 다가왔다. 그다지 빠르지 않은 걸음이었으나, 이를 제지하는 이는 없었다. 그나마 그녀를 제지하려던 기사를 향해 에반이 한 손을 들어 괜찮다는 뜻을 전한 탓이다.

"공녀님께선 성질이 꽤 급하신 것 같군. 더울 테니 일단 그 외투부터 좀 벗어."

여유로운 웃음을 띤 에반의 말에 로젤은 그저 꼿꼿이 그를 응시했다. 그리고는 이내.

짜악! 날카로운 소리가 허공을 갈랐다.

더없이 차분한 태도로 로젤이 그의 뺨을 후려친 것이다. 덕분에 에반의 고개가 반대쪽으로 돌아갔다.

"각하!"

"주, 주인님!"

"괜찮으십니까?"

갑작스레 벌어진 상황에서 누구보다 당황한 것은 곁에 있던 기사와 활짝 열린 문을 통해 이를 지켜보던 고용인들이었다. 순식간에 아수라장이 된 분위기 속에서 홀로 침착한 태도를 보이던 로젤이 입을 뗐다.

"쓰레기 같은 것."

그리 크지 않은 목소리였으나, 지금 이 자리에 있는 사람치고 그 음성을 듣지 못한 이는 없었다. 로젤은 마치 들을 테면 들으라는 듯, 말을 이었다.

"후작께서 사람을 놀리는 데 재미라도 들린 모양이지?"

그런 그녀의 행동이 의미하는 바는 간단했다. 이 늦은 시각에 후작가를 방문한 것이 결코 사사로운 이유 때문이 아님을 반쯤 의도적으로 알리고 있는 것이다.

그것을 눈치챈 에반이 이를 악물었다.

대체 무슨 바람이 불어 질 나쁜 소문이 돌지도 모르는 위험을 감수하면서까지 이 시각에 저를 찾아왔나 했더니, 처음부터 이럴 작정이었던 모양이다.

애써 차분하게 제 감정을 억누른 에반이 입을 뗐다.

"다들, 잠깐 나가 있어."

"하지만……."

"닥치고 나가!"

이미 눈이 반쯤 돌아 버린 상태로 에반이 소리쳤다. 그 흉흉한 기세에 눌린 기사와 고용인들이 서둘러 집무실 밖으로 나갔다. 그대로 문이 닫히고, 두 사람만 남은 집무실에는 위험한 정적이 흘렀다.

"……대체 다짜고짜 이게 무슨 짓이지?"

싸늘하기 짝이 없는 에반의 음성에 로젤은 여전히 무심한 눈으로 그를 응시하다가 이내 말했다.

"고작 뺨을 맞는 일 정도는 내 아들의 손에 독이 묻은 꽃바구니와 마도구를 쥐여 줄 때부터 각오했어야지."

"지금 대체 무슨 소릴 하는 건지 나는 잘……."

"발뺌해도 소용없어. 다 알고 왔으니까."

"……하대가 제법 자연스럽군. 이젠 경어를 써 주는 것조차 싫다. 이건가?"

"그래. 당신 같은 인간에게 경어를 써 줄 이유 따위 없지. 그러니 괜히 말 돌리지 말고 대답해. 대체 지금 뭐 하자는 거야?"

그런 로젤의 말에 에반은 무의식적으로 제 뒤쪽에 있는 집무실 책상을 떠올렸다. 그곳에는 아직 미처 없애 버리지 못한 증거가 가득했다.

"뭘 원하지?"

"……뭐?"

대뜸 들려온 에반의 물음에 로젤이 미간을 찌푸렸다. 또 어떤 같잖은 수작을 벌이려는 건가 싶었던 것이다.

"뭘 원하느냐고 물었어. 그러니 공녀는 그저, 원하는 걸 말하기만

하면 돼. 그럼 내가 그에 맞는 대답을 줄 수도 있잖아?"

정말이지 꽤 유혹적인 제안이었다. 하지만 이를 덥석 물기엔 상대가 에반이라는 점이 걸렸다.

"왜? 내가 못 미덥다. 이건가?"

"안다니 다행이네."

'……나는 결코 델티 왕녀와 뜻을 함께하지 않을 거야.'

그런 에반의 말을 믿었던 것은 아니나, 또 이런 식으로 속고 나니 기분이 썩 좋지 못한 것은 사실이었다.

"날 한두 번 속인 것도 아니면서 이리 나오다니. 후작 각하께선 양심이라는 게 없는 모양이지?"

"세상을 살아가는 데 양심만큼 쓸모없는 것도 없지."

그리 말한 에반이 웃었다. 그 웃음의 의미를 이해하지 못한 로젤이 그를 빤히 응시했다. 이에 에반은 무어라 설명을 덧붙이는 대신, 다른 주제를 입에 담았다.

"리오가 어디 있는지 궁금하지 않아?"

확실히 그녀의 관심을 끌기엔 더없이 적합한 내용이었다.

"공녀가 원한다면 알려 줄 수도 있어."

"……거래라도 하자. 이건가?"

"그래. 참고로 말하자면, 리오는 지금 델티 왕녀와 함께 있어."

"뭐?"

"정확하게는 납치를 당한 상태지."

덤덤하기 짝이 없는 에반의 대답에 로젤이 처음으로 동요했다. 이를 물끄러미 응시하던 그가 덧붙였다.

"그러니까 그녀의 심기를 거스른다면, 그대로……."

목숨을 잃을지도 몰라.

나직하게 덧붙여진 에반의 말에 로젤의 표정이 일그러졌다. 이것이 정녕 아이의 아비라는 작자가 할 소리인가 싶었다.

"그러니 리오를 구하고 싶다면 나와 거래를 해. 그럼 내가 책임지고 모든 걸 해결할 테니."

웃음조차 나오지 않을 정도로 비정한 제안이었다. 하지만 모순적이게도 차마 단칼에 거부할 수 없는 유일한 동아줄이었다.

"물론 공짜는 아니야."

"……공짜는 아니다?"

"그래."

로젤이 자신의 제안을 거절할 리가 없다고 생각했는지 에반이 거침없이 말을 이었다.

"오늘 나와 자도록 해. 그럼 네가 원하는 대로 해 주지."

제12장
서로를 안다는 것

"하."

기가 차지도 않는다는 듯, 로젤이 그대로 손을 휘둘렀다. 하지만 이는 손쉽게 막혔다. 조금 전과 달리 에반이 그녀의 손목을 간단히 잡아낸 탓이다.

"난 두 번이나 같은 수에 당하는 머저리가 아니야."

"그래?"

자신만만한 에반의 말에 여전히 그에게 손목이 잡힌 채로 작게 조소한 로젤이 이내 얼굴에서 웃음을 지웠다. 그리고는.

콰직!

"으아악!"

그대로 신고 있던 구두 굽으로 에반의 발등을 내리찍었다. 예상치 못한 공격에 당한 그가 반쯤 주저앉은 채로 고통에 신음했다. 이를 틈타 에반에게 잡힌 손목을 빼낸 로젤이 말했다.

"두 번이나 같은 수에 당하는 머저리가 아니라고? 웃기는 소리."

"너, 너……!"

구두 굽에 밟힌 고통 때문인지 제대로 말을 잇지 못하는 에반을 향해 로젤은 후작가에 도착한 이후로 가장 화사하게 웃어 주며 말했다.

"그거 알아? 당신, 거짓말할 때 표정에서 다 드러나."

"뭐?"

말도 안 되는 소리를 들은 사람처럼 에반의 표정이 기이하게 일그러졌다. 표정이 다양하지 않아 속을 알 수 없다는 말은 들어 봤어도, 속이 훤히 읽힌다는 말은 처음 들은 탓이다.

그러나 로젤은 아랑곳하지 않고 덧붙였다.

"당신이랑 내가 함께 산 세월이 몇 년인데. 겨우 그것도 구분하지 못할까."

좋고 싫고를 떠나 두 사람은 꽤 오랜 시간을 부부라는 이름으로 함께 살아왔다. 그러니 그녀가 다른 이들이 모르는 에반의 습관이나 버릇을 알고 있는 것은 그다지 놀라운 일이 아니었다.

"게다가 난 당신이 고용인들에게 약한 모습을 보이는 걸 죽기보다 싫어한다는 것도 알아. 아까 대놓고 당신의 뺨을 올려붙인 것도 그런 이유에서였지."

그녀는 의도적으로 에반을 조롱한 것이다. 그것도 그가 가장 싫어하는 방식으로. 이를 깨달은 에반의 표정이 싸늘하게 굳어졌다.

"계속 그렇게 나와 봤자. 난 네 도발에 넘어가지 않아. 그러니 단념해."

"그래? 그럼 어디 한번 계속해 볼까?"

보란 듯이 입매를 끌어올려 웃는 로젤의 모습에 에반의 표정은 풀릴 줄을 몰랐다. 그리고 이를 즐기듯, 그녀가 말을 이었다.

"당신이 공작가의 기사단을 상대하기 위해 후작가의 기사들을 잔뜩 보낸 이유. 그거 열등감 때문이지?"

"……그게 무슨, 말도 안 되는 소리지?"

그리 말하는 에반의 눈동자가 흔들렸다. 이를 눈치챈 그녀가 여유로운 태도로 덧붙였다.

"당신, 황태자 전하를 싫어하잖아. 정확하게는."

"……."

"전하께 지는 걸 끔찍할 정도로 싫어하지."

더 이상의 부정이 의미가 없다고 느낀 것인지 에반은 그대로 입을 다물어 버렸다. 이를 물끄러미 응시하던 로젤이 이내 말했다.

"후작가의 기사들과 공작가의 기사들을 통해 당신과 전하를 비춰 본 거 아니야?"

"……."

"그래서 병력을 잔뜩 동원해서라도 어떻게든 이겨 보려 한 거잖아."

수도 내에서 그 많은 병력을 움직인다는 것 자체가 큰 모험이었다. 자칫 잘못하면 반란을 계획하고 있다는 식으로 몰리기 좋았으니까.

하지만 그럼에도 에반은 이를 감행했다. 마도구를 부숴야 한다는 본래의 목적도 중요했지만, 언제나 그의 내면에 가라앉아 있던 열등감이 고개를 든 탓이다.

"……그래. 네 말이 맞아. 넌 역시, 참으로 똑똑한 계집이야."

에반은 의외로 순순히 이를 인정했다.

로젤의 말처럼 아무리 숫자로 밀어붙여 봤자 후작가의 기사들은 공작가의 기사들을 이길 수 없다. 아마 황실 기사단에게는 상대조차 되지 않겠지.

후작인 에반이 영원히 황태자인 아르한을 이길 수 없는 것처럼 그 것은 결코 변하지 않을 사실이었다. 하지만 그는 이겼다. 아르한은 결코 갖지 못한 에르샤와 결혼했으니까. 그리고 이번에도 그녀를 갖는 것은 자신이다. 그러니 결국, 자신이 이긴 것이다.

"착각하지 마. 나는 당신을 열등감에서 벗어나게 해 줄 도구가 아니야."

마치 그런 에반의 속을 읽기라도 한 듯 이어진 로젤의 음성이 싸늘했다. 오랫동안 쌓인 감정이 입 밖으로 쏟아지듯 흘러나온다.

"고작 당신의 가치 따위를 올려 주기 위해 살아온 게 아니라고."

"……넌 내가 마치 널 과시할 대상. 그 이상으로 보지 않는다는 것처럼 말하는군."

"그럼 아니야?"

"전혀 아니라고는 못하지만, 난 널 제법 사랑해."

제법. 그 말이 로젤에겐 참으로 우습게 들렸다. 마치 선택권을 가진 쪽이 자신인 것처럼 말하는 에반의 태도가 소름 끼치게 우스웠다.

"그건, 나를 사랑하는 게 아니야. 당신은 그냥 나를 소유하고 싶은 거지. 당신이 진짜 날 사랑한다면 이런 식으로 나올 리가 없어."

"그걸 어떻게 장담하지? 내가 널 사랑하지 않는다고, 어찌 확신하느냐 말이야."

그런 에반의 물음에 낮게 조소한 로젤이 서늘하게 말했다.

"리오, 당신이 데리고 있지?"

그런 그녀의 물음에 에반의 표정이 미묘하게 굳어졌다. 그것은 허를 찔린 표정 같기도 했고, 황당한 이야기를 들은 탓에 표정이 굳어진 것 같기도 했다.

"리오, 당신한테 있잖아."

"……왜 그렇게 생각하지?"

"당신은 비정한 사람이지만, 멍청한 사람은 아니거든."

확신에 가까운 로젤의 말에 에반이 입을 다물었다. 그러자 그녀는 더없이 차분한 태도로 말을 이었다.

"제 유일한 후계자인 리오를 미끼로 쓸 정도로 비정하지만, 리오의 목숨을 고작 왕녀의 기분 따위에 걸 만큼 멍청한 사람은 아니지."

만약 에반이 그렇게까지 어리석은 사람이었다면, 그는 결코 후작이 되지 못했을 것이다.

"리오를 아끼기 때문이 아니라, 당신의 위치가 불안해지는 게 싫잖아. 그래서 당신에겐 후계자인 리오가 필요하지."

그러니 그런 리오를 에반이 쉽게 사지로 내몰았을 리가 없다. 그리 생각한 로젤이 다시 한번 그에게 뭔가를 캐내려던 찰나.

"아니. 내 위치는 조금도 불안하지 않아."

단호한 에반의 음성이 떨어졌다. 그는 마치 그런 그녀의 추측을 비웃듯 말을 이었다.

"고작 후계자가 없다는 이유로 위치가 불안해질 만큼 헛살진 않았어. 게다가 만약 후계자가 없다고 해도, 다시 아이를 가지는 일쯤이야 어렵지 않지. 난 아직 젊으니까."

제 아들인 리오를 간단히 다른 아이로 대체할 수 있다는, 꽤나 비정한 대답에 로젤의 시선이 날카로워졌다. 이를 감지한 에반이 피식 낮게 웃으며 덧붙였다.

"근데 그렇게 하기 싫어."

"……."

"그만큼 네가 좋으니까."

참으로 그 속을 종잡을 수가 없다. 그래서인지 그녀는 에반과 대화를 나눌수록 현기증이 나고 극심한 피로가 몰려오는 것을 느꼈다.

"……그래. 그렇다 치자. 당신이 진짜 날 사랑한다고. 그럼 후작 각하께서는 사랑하는 날 위해 뭘 해 줄 수 있지?"

"말했잖아. 나와 자면 모든 걸 원래대로 되돌려 주겠다고."

"대체 뭘?"

"납치된 리오를 다시 데려오지. 원한다면 델티 왕녀가 있을 아지트의 위치도 알려 주고."

"리오가 당신의 손에 있는 걸 뻔히 아는데. 내가 순순히 당신과 잘 것 같아?"

"정말?"

"……."

"진심으로 내가 리오를 데리고 있다고 확신할 수 있나?"

허를 찌르는 에반의 말에 로젤이 그대로 입을 다물었다. 제게 뺨을 맞고도 뭐가 그리 좋아 헤실거리나 했더니. 여전히 눈치 하나는 기가 막히다.

이윽고 은근한 미소를 띤 에반이 차분히 입을 뗐다.

"내가 리오를 데리고 있을 거라고 확신했다면. 넌 진작 후작가를 떠났을 거야. 나한테 같이 자자는 말까지 들었으니, 어쩌면 아까처럼 뺨을 올려붙이고 돌아갔겠지."

"……."

"하지만 지금의 네가 그리하지 않는 것은 내가 리오를 데리고 있다고 완벽하게 확신할 수 없기 때문이겠지. 그러니 혹시 모를 상황에 대비해 왕녀의 위치를 알아 두려는 걸 테고."

"……어차피 그녀와 나는 결코 공존할 수 없는 관계야."

이어지는 에반의 말을 간단히 자른 로젤이 늘 그랬듯 차가운 어조로 덧붙였다.

"꼭 리오 때문이 아니라도 언젠가는 끝을 봐야 하지."

그것이 에반에게는 그저 변명처럼 들렸으나, 일리가 있는 말이기는 했다. 델티가 있는 한 로젤은 평생 언제 터질지 모르는 시한폭탄을 끌어안은 채 살아가야 할 테니까.

"그렇다면 내가 그 끝을 돕는 걸로 하지."

"다시 한번 말하지만 난 당신과 잘 생각이 없어."

"소름 끼치도록 단호한 대답이군."

중얼거리듯 그리 말한 에반은 이내 조금 쓸쓸하게 웃더니 제 책상 위에 있던 종이 한 장을 가져와 그녀에게 건넸다.

"델티 왕녀의 아지트가 있는 도시로 향하는 지도야. 지금의 내가 해 줄 수 있는 최선이지."

"……무슨 꿍꿍이야?"

"거창한 건 아니고. 그저, 만약 네 옆자리가 빈다면 그 자리에 날 넣어 달라고 주는 일종의 뇌물이지."

조금 의미심장한 에반의 말에 로젤이 미간을 찌푸렸다. 억측일지도 모르나, 그런 에반의 말은 꼭 아르한을 죽이기라도 하겠다는 것처럼 들렸다.

"이제 볼일도 다 끝났을 테니. 이만 돌아가 봐. 그 잘나신 황태자 전하께서 불안해하실라."

여전히 의뭉스럽게 웃으며 그리 말하는 에반의 태도에 로젤은 찜찜함을 감출 수 없었다. 그러나 그렇다고 여기서 더 시간을 지체할 수는 없었기에 그대로 집무실을 나섰다.

후작가에서 나와 마차에 오른 로젤은 곧장 공작가로 돌아가는 대신, 근처에 있는 공원 앞에 잠시 마차를 세웠다. 그리고 그녀가 마차를 세운 지 얼마 지나지 않아 정체 모를 이의 마차가 근처에 세워졌다.

그 후엔 누군가가 마차 문을 세 번 두드리는 소리가 들렸다. 이에 화답하듯 로젤 역시 문을 세 번 두드렸다. 그러자 문이 열리고, 그 너머로 익숙한 흑발의 남자가 안으로 들어왔다.

"오랜만이군요. 비아노 백작님."

"나야 말로 오랜만입니다. 공녀님."

마차의 문이 닫히는 것을 확인한 로젤이 느긋하게 말했다. 그것이 인사의 전부였음에도 어색한 공기는 흐르지 않았다. 로젤은 제 옆에 있던 책을 크리스에게 건넸고, 그는 제 품에서 작은 주머니를 꺼내 그녀에게 건넸다.

"난 에르⋯⋯, 아니, 이젠 로젤인가. 아무튼 누님의 취향을 도통 모르겠어. 대체 이런 책은 어디에 쓰려고 읽는 거야?"

로젤에게 받은 책의 겉면을 살피던 크리스가 이해할 수 없다는 얼굴로 말했다. 그 책은 원래 로젤의 부탁으로 그가 그녀에게 구해다 준 것이었다.

《저주에 대한 101가지 진실》

제목에서부터 느껴지는 섬뜩한 기운과 그에 어울리는 기괴한 그림들을 보며 크리스가 작게 고개를 저었다.

이를 물끄러미 응시하던 로젤이 차분하게 입을 뗐다.

"이젠 제가 비아노 백작보다 어릴 텐데. 누님이라는 호칭은 어울리지 않을 것 같군요."

그녀는 크리스의 의문을 해결해 줄 마음이 없다는 뜻을 담아 화제를 돌렸다. 하지만 고작 그 정도로 포기할 그가 아니었다.

"내가 구해다 준 '그것'을 갖고 대체 뭘 할 속셈이야?"

"······."

"전에 구해 달라고 부탁했던 이 책도 그렇고, 아마 결코 평범한 일은 아니겠지?"

그런 크리스의 말에 로젤은 어떤 답도 하지 않았다. 그 역시 대답을 바라고 한 말은 아니었는지 이내 미련 없이 몸을 일으켰다. 그대로 금세 마차의 문 앞에 도달한 크리스가 문득 뭔가를 떠올린 얼굴로 입을 뗐다.

"참. 누님께 충고를 하나 하자면. 지금 그 꼴로 후작은 속일 수 있었을지 몰라도, 내 친우는 절대 못 속여."

그저 대수롭지 않은 사실을 말하듯 이어진 그의 말에 로젤의 두 눈이 조금 흔들렸다. 이를 통해 제 추측이 맞았음을 확인한 크리스가 나직하게 덧붙였다.

"누님의 몸, 지금 정상이 아니잖아. 언제 죽어도 이상하지 않을 만큼."

"······."

순간적으로 정적이 흘렀다. 그러나 길지 않았다.

"······눈치채셨습니까?"

"날 그 머저리 같은 후작과 같은 취급하지 말아 줘."

그런 크리스의 말에 로젤이 작게 웃었다. 나름 오랜 세월을 함께 부부로 살아온 에반도 눈치채지 못했기에 그 역시 알아채지 못할 줄 알았다.

"다시 말하지만, 내가 눈치챘을 정도면 황태자 전하께서는 보는 순간 바로 아실 거야."

"……역시, 그럴까요?"

그리 묻는 로젤의 표정이 조금 굳어졌다. 당장 아르한이 알게 되는 것을 그녀는 원치 않았다. 가뜩이나 떠안은 짐이 많은 사람에게 또 다른 짐을 지워 주고 싶지는 않았다.

사실, 마지막으로 아르한을 봤을 때까지만 해도 이 정도로 상태가 나쁘지는 않았다. 후작가로 향하는 마차에 올랐을 때부터 몸 상태가 급격히 나빠지더니. 잠시 응접실에서 기다리라는 말을 들었을 때는 정말이지 속이 메스껍고, 온몸이 타들어 가는 것 같았다.

서둘러 에반이 있을 집무실로 향한 것도 그런 이유에서였다. 조금이라도 빨리 해결을 보고 돌아가고 싶어서.

아마 상태가 그렇게 급작스레 나빠진 이유는 저주에 걸린 이후 처음으로 아르한과 멀어진 탓이리라.

조금 전 크리스에게 돌려준 책《저주에 대한 101가지 진실》에 따르면 저주에 걸린 자가 마법사나 주술사를 가까이하면 저주의 진행 속도가 느려진다고 했다. 지금까지는 아르한과 계속 붙어 있었기에 저주의 진행이 느렸고 고통 역시 크지 않았으나, 이제는 다르다. 이미 한번 저주가 빠르게 진행되기 시작한 이상 앞으로는 그를 속이는 일이 쉽지 않을 것이다.

"자."

그리 말한 크리스가 작은 병을 로젤에게 던졌다. 얼떨결에 이를 받아 든 그녀의 두 눈이 병으로 향했다. 병 안에는 하얀색의 알약 같은 것이 잔뜩 들어 있었다.

"난 저주나 마법에 대한 건 잘 모르지만, 아마 임시방편 정도는 될 거야."

"……이 냄새는 아몰이군요."

마취제, 혹은 진통제의 원료로 사용되는 아몰의 냄새가 약병을 열기 무섭게 코를 찔렀다. 아무래도 상당한 양의 아몰을 이용해 만든 알약인 듯했다.

"그래. 꽤 효과가 좋은 편이니, 그거라면 당분간은 통증을 거의 느끼지 않을 거야."

그런 크리스의 설명이 끝나기 무섭게 로젤이 한 알을 입에 털어 넣었다. 진한 아몰 냄새와 함께 알약이 금세 목구멍으로 넘어갔다. 덕분에 순식간에 온몸을 잠식해 가던 고통이 사라졌다. 완전히 나은 게 아닌가 하는 착각이 들 정도로…….

"신경 써 주셔서 감사합니다."

임시방편에 불과하나 이 정도면 당분간은 아르한을 속일 수 있을 것 같았다. 또한 계획을 실행하는 데 무리도 없겠지.

"내 친우를 너무 오래 속일 생각은 마."

"……"

"어차피 그럴 수도 없겠지만, 비밀을 만든다는 건 잘못하면 돌이킬 수 없는 거짓 속에서 상대를 잃을지도 모른다는 의미니까."

"……명심하죠."

그런 로젤의 대답이 떨어지기 무섭게 낮게 웃던 크리스가 이내 마차를 나섰다. 그리고 얼마 지나지 않아 곧 마차 바퀴가 굴러가는 소리가 들리더니 주변이 고요해졌다.

바로 마차를 출발시키려던 로젤은 이내 멈칫하며, 조금 전까지만 해도 타들어 가는 듯 아팠던 고통을 되짚었다. 고통의 시작은 멜리아 영애의 죽음으로부터였다. 그녀가 타고 있던 마차의 문을 연 순간부터, 그 안에 발을 들인 순간부터 시작되었다.

불길 속에서 타들어 가던 영애의 밑에 있던 진은 분명한 저주의 흔적이었다. 렐티는 멜리아 영애를 제물로 바쳐, 로젤을 저주한 것이다. 과거의 에르샤가 스스로를 제물로 바쳐, 로젤을 저주했던 것처럼.

덕분에 그녀는 직감적으로 알 수 있었다. 어서 렐티를 만나 끝을 보지 않으면, 얼마 안 가 자신이 죽게 되리란 사실을. 제게 남은 시간이 얼마인지 구체적으로 알 수는 없으나, 아마 일 년을 넘기지는 못할 것 같았다.

"하……."

누구를 향한 것인지 모를 조소가 고요한 마차 안을 울린다. 새삼 자신과 에반이 함께한 세월이 얼마나 부질없는 것인가를 느낀 탓이다.

에반은 로젤이 필사적으로 렐티의 위치를 알아내려 한 이유를 리오 때문이라고 단정 지었다. 리오가 에반에게 있으리란 사실을 완전히 확신하지 못해서라고. 하지만 그것은 틀렸다. 로젤은 지금도 리오를 데리고 있는 것이 에반이라 확신한다. 그녀는 그만큼 그를 잘 알았다.

그럼에도 로젤이 델티의 위치를 알아내려 한 것은 그저 이 저주를 끊어 낼 방법을 찾기 위해서였다. 아마 델티 역시 로젤이 직접 자신을 찾아오길 바랄 것이다. 이런 저주 따위로 천천히 죽어 가는 것이 아니라, 당장 제 손으로 로젤의 목을 조르기를 원할 테니까.

"어디를 다녀오셨습니까."

본의 아니게 시간을 지체한 탓에 로젤이 공작가로 돌아온 것은 꽤 늦은 시각이었다. 그럼에도 아르한은 잠 한숨 자지 않은 얼굴로 그녀를 맞았다.

"……전하께 심려를 끼쳐 죄송합니다."

"제게 사과하실 필요는 없습니다. 그러나 이 늦은 시각에 대체 어디를 다녀오셨는지 정도는 듣고 싶군요."

"후작가에 다녀왔습니다."

로젤은 구구절절한 변명을 늘어놓는 대신 솔직하게 털어놓았다. 그리고는 에반에게 받은 종이를 그에게 건넸다.

"델티 왕녀의 아지트가 있는 도시의 위치입니다."

"……확실한 정보입니까?"

"네. 아마 왕녀가 직접 후작에게 흘린 것일 테니까요."

에반은 자신이 로젤에게 선심이라도 쓰는 양 말했으나, 그것은 아마 델티가 세운 계획의 일부일 것이다.

그런 것이 아니라면 그 델티 왕녀가 이리 쉽게 에반에게 제 위치를 흘렸을 리 없다. 어쩌면 에반과 델티가 한통속으로 자신을 끌어들일 덫을 쳐 둔 걸 수도 있겠지. 어느 쪽이든 확실한 건 델티가 함정을 쳐 두었을 거란 사실이었다.

"……가실 겁니까?"

"네."

로젤의 대답에 망설임이란 없었다. 이를 예상했음에도 아르한의 표정이 급격하게 어두워졌다.

"위험합니다."

단호한 그의 말에 잠시 생각에 잠긴 듯, 입술을 달싹이던 로젤이 말했다.

"……리오를 구하기 위해선 어쩔 수 없습니다."

리오가 델티에게 납치되지 않았음을 로젤은 확신한다. 하지만 이를 아르한에게 알리면 그녀가 델티를 쫓아야 할 이유가 사라진다. 그렇게 되면 자연스레 저주에 대해 설명해야 할 테니……. 결국 로젤은 리오를 핑계 삼을 수밖에 없었다.

"일단 정보를 흘릴 사람이 필요합니다."

"……이미 계획까지 다 짜 두신 모양이군요."

한숨에 가까운 아르한의 말에 로젤이 고개를 끄덕였다. 그 단호한 고갯짓에 아르한은 직감했다. 자신이 말려 봤자 그녀는 제 말을 듣지 않을 것이다. 이를 알기에 그는 우선 한발 물러나기로 했다.

"일단, 어떤 계획을 세워 두셨는지 들어 볼 수 있을까요?"

"제가 미끼가 될 겁니다."

"……."

"우선, 대외적으로는 휴식을 위해 방문한 척……."

"절대 안 됩니다."

미끼라는 한마디에 기함하는 아르한을 보며 로젤은 한숨을 내쉬었다. 그를 설득하는 일이 쉽지는 않으리라 예상했으나, 이렇게 시작부터 난관에 부딪힐 줄은 몰랐다.

"전하."

"그렇게 부르셔도 안 됩니다. 너무 위험한 일입니다."

"전 위험하지 않을 겁니다."

그리 말한 로젤이 그가 무어라 반박을 하기 전 재빨리 덧붙였다.

"제가 말하는 미끼라는 건 그리 거창한 게 아닙니다. 저는 안전한 곳에 있을 테고, 그저 델티 왕녀가 먼저 연락을 취할 수 있을 정도의 틈만 만들어 두면 됩니다."

"지금 그 말, 맹세할 수 있으십니까?"

"네. 저는 세상에서 가장 안전할 겁니다. 제 곁에는 전하께서 계시니까요."

"아뇨, 제 말은 그런 뜻이 아닙니다."

아르한이 단호하게 고개를 저었다. 이에 로젤은 의아한 기색이 가득한 얼굴로 그를 응시했다.

"공녀께서는 정말 델티 왕녀와 연락이 닿은 후, 계속 제 곁에 계실 자신이 있으십니까?"

"그게 대체 무슨 말씀이신지 잘……."

"아마, 델티 왕녀가 연락을 시도하는 건. 공녀님의 목숨을 빼앗기 위한 준비를 마친 후일 겁니다."

"……."

"그런데 과연 후작 영윤이 인질로 잡혀 있는 상황에서 공녀님이 이성적인 판단을 하실 수 있을까요?"

허를 찌르는 질문이었다. 그의 의문처럼 그녀는 결코, 인질로 잡힌 리오 앞에서 이성적이고 냉정한 판단을 할 자신이 없었다.

"만약 이성적인 판단을 하실 수 있다고 해도, 그것이 스스로의 목숨을 버리고 영윤을 구하는 길이라면 저는 그 결정에 따를 수 없습니다."

그제야 로젤은 그가 걱정하는 바를 알았다. 하지만 그것은 어디까지나 리오가 인질로 잡혀 있을 때 해당되는 이야기였다.

"전하께서 걱정하시는 바가 무엇인지 잘 알겠습니다. 하지만 저는 그렇게 모성애가 넘치는 사람이 아닙니다."

그리 말문을 연 로젤이 단호한 태도로 덧붙였다.

"물론 리오는 제가 낳은 아이이고, 제게 무엇보다 소중한 존재입니다. 그러나 저는 리오를 위해 기꺼이 목숨까지 바칠 자신은 없습니다."

지금 로젤이 한 말은 어쩌면 과거 배 속의 아이를 죽인 진짜 로젤에게 복수를 하겠다고 저주까지 건 그녀가 할 말은 아닐지도 모른다. 그러나 그때는 자신이 세상에서 가장 불행하다고 느꼈고, 더 이상 잃을 것이 없다고 느꼈기에 그럴 수 있었다. 오직 악밖에 남지 않은 상태였으니까.

하지만 지금의 로젤은 결코 그럴 수 없었다.

아무렇지 않게 목숨을 버리기엔 소중한 것들이 너무 많다. 그리고 그 많은 것들 중 그녀에게 가장 소중한 것은……

"지금의 제게 가장 중요한 것은 어디까지나 저 자신이니까요."

바로 자신이었다.

로젤이 그렇게까지 말하는데 차마 더는 반대를 할 수는 없었는지 아르한은 결국 그녀의 계획에 동참하기로 했다. 다만, 로젤의 안전을 위해 만발의 준비를 하는 쪽으로 마음을 굳힌 듯 바쁘게 움직였다. 덕분에 두 사람은 그로부터 나흘 후, 델티의 아지트가 있다는 제국의 남쪽 도시 아틀란티에 도착할 수 있었다.

저주와 관련된 일이었기에 공개적으로 델티의 위치를 수색하는 것은 불가능했다. 나쁜 쪽으로 엮이기 좋은 상황이었으니까. 그래서 그들은 우선 자리를 잡고, 도시에 대해 알아 가는 것부터 시작했다.

델티가 괜히 이곳을 아지트로 고른 것이 아님을 보여 주듯, 아틀란티는 도시라기보단 작은 해양 국가에 가까웠다. 타국과의 무역이나 관광업으로 먹고 사는 도시였기 때문에 외지인도 많고, 범죄를 저지르고 숨어든 사람도 많아 치안이 좋지 않은 편이었다.

"공녀께서 원하신 대로 저희에 대한 소문이 적당히 돌고 있는 것 같습니다."

"처음에 정보를 흘린 이들이 제 역할을 톡톡히 한 모양이군요."

"네."

늦은 아침 식사를 하고 있던 로젤에게 아침 일찍부터 바깥에 다녀와 상황을 보고한 아르한은 이내 그녀의 옆에 앉아 서류를 살피기 시작했다.

로젤이야 아프다는 핑계로 일정을 죄다 정리해 버렸고, 이번 여행역시 요양차 잠시 지방에 내려온 것으로 적당히 둘러대 놓은 탓에 상황이 꽤 여유로웠다. 그러나 황태자인 아르한은 그럴 수 없는 입장이었다. 그랬기에 그는 이곳에 와서도 서류를 놓지 못한 채, 평소보다 몇배는 바쁜 시간을 보내고 있었다.

자신은 푹 자고, 느긋하게 식사를 할 때. 잠도 제대로 못 자고, 끼니도 거르면서 일에 매달리는 그가 로젤로서는 진심으로 안돼 보였다. 그랬기에 그녀는 농담 반, 진담 반으로 그에게 물었다.

"그리 바쁘시면 역시, 전하께서는 먼저 수도로 돌아가시는 편이 낫지 않을까요?"

"……절대 안 됩니다."

아르한은 차라리 이곳에서 과로사로 죽는 한이 있어도 혼자 수도로돌아갈 수는 없다며 강경한 태도를 보였다. 이에 작게 웃던 로젤이 제접시에 있던 연어구이를 잘라 입에 넣었다.

"입에 맞으십니까?"

"네."

"원래 생선을 잘 못 드셨던 걸로 기억하는데. 이곳의 요리는 마음에 드시는 모양이군요."

그런 아르한의 말에 로젤은 그저 고개를 끄덕이는 것으로 답을 대신했다. 그러자 그는 잠시 그녀의 접시에 눈길을 주다가 말했다.

"잠시, 자리를 좀 비우겠습니다. 아마 오래 걸리진 않을 겁니다."

"네. 다녀오세요."

그런 로젤의 대답이 떨어지기 무섭게 몸을 일으킨 아르한이 어딘가로 향했다. 로젤이 아닌 척 은근히 그가 가는 쪽을 주시하자 그 끝엔 식당의 주방이 있었다.

현재 여관을 통째로 빌린 상태였기 때문에 두 사람과 주방에 있는 인원을 제외하고, 식당엔 아무도 없었다.

쨍그랑! 와장창!

그러니 갑자기 주방에서 저렇게 요란한 소리가 난 원인은 아르한일 확률이 컸다. 이를 알기에 로젤은 애써 소리가 난 쪽을 외면한 채 식사를 이어 갔다. 의외로 소란은 길지 않았고, 자리를 떠난 지 20분도 채 되지 않아 그가 돌아왔다. 마치 식당의 종업원이라도 된 것처럼 디저트 접시를 든 채로.

"식사는 다 하셨습니까?"

"네."

"이건, 디저트입니다."

짤막한 로젤의 대답에 그가 들고 있던 접시를 그녀 앞에 내려놓았다. 접시에는 보기만 해도 상큼한 레몬타르트가 곱게 담겨 있었다. 나름 즐겨 먹는 디저트였기에 로젤은 별말 없이 타르트에 포크를 가져갔다. 그러나 약간의 의문이 들긴 했다. 식사를 주문할 때 시킨 디저트는 분명 레몬타르트가 아니라, 크림치즈케이크와 다즐링티였으니까. 그리고 그런 로젤의 의문을 읽어 낸 듯, 아르한이 차분히 덧붙였다.

"원래 예정되어 있었던 디저트에 문제가 생긴 모양이더군요. 그래서 급히 다른 것으로 대체한 듯합니다."

"그렇군요."

혹, 그 이유가 조금 전에 있었던 소란과 관계가 있는 것은 아닌가 싶어 조금 의문이 들었으나, 로젤은 굳이 이를 캐묻지 않았다.

"아무것도 궁금하지 않으십니까?"

대뜸 이어진 아르한의 물음에 그녀는 바삐 움직이던 포크를 내려놓았다. 그리고는 그를 빤히 응시하며 말했다.

"전하께서 그러셨다면, 그럴 만한 이유가 있을 테니까요."

덤덤한 로젤의 대답에 아르한은 기뻐해야 할지, 아니면 아쉬워해야 할지 감을 잡을 수가 없었다. 그랬기에 그는 이내 변명처럼 덧붙였다.

"요리사를 섭외하는 과정에서 작은 소란이 있었습니다."

"섭외요?"

"네. 공녀께서 요리사의 솜씨를 마음에 들어 하시는 것 같기에 수도로 데려갈까 했습니다."

"그렇군요."

결코, 작은 소란이라는 말 정도로 넘어갈 수 있는 일이 아니었으나 로젤은 굳이 그 점을 지적하지 않았다.

그는 그녀가 보아 온 사람들 중 그 누구보다 냉정하고 이성적인 사람이다. 아무 이유 없이 조금 전과 같은 소란을 피웠을 리가 없다. 그럼에도 소란을 피운 이유를 제게 설명하지 않는다는 건, 이를 알리고 싶지 않다는 의미일 테지.

"오늘은 잠시 외출을 하고 싶은데 가능할까요?"

결국, 로젤은 그런 아르한에게 뭔가를 더 묻는 대신, 다른 이야기를 꺼냈다. 그렇게 물 흐르듯 자연스레 화제를 전환하는 로젤을 보며 아르한이 고개를 끄덕였다.

"다니는 동안 불편하지 않으시도록 함께 다닐 호위 다섯에 은신한 호위 열둘을 붙이겠습니다."

"……그건 너무 과합니다."

함께 다닐 호위 다섯에 은신한 호위 열둘이면 어지간한 영지 내에 있는 기사의 수보다 많다. 게다가 그들이 그냥 호위 기사들도 아니고 무려 황실의 기사단이라는 점을 생각하면, 너무나 과한 처사였다.

"과하지 않습니다."

늘 이런 곳에서만큼은 고집을 꺾지 않는 그였기에 로젤이 한숨을 내쉬며 말했다.

"그렇게 많은 인원을 데리고 다니다간 상대의 경계심만 자극할 겁니다."

가뜩이나 조심성 많은 델티가 그리 많은 인원을 대동하고 다니는 로젤의 앞에 나타날 리가 없다. 이쪽에서 계속 아닌 척 틈을 보여야 그녀는 겨우 모습을 드러낼 것이다.

도시를 떠들썩하게 만들고 싶지 않다는 이유를 들어 자신과 아르한의 방문을 비밀에 붙인 것도, 그다지 고급스럽지 않은 여관을 통째로 빌린 것도 그런 의도에서였다.

시간을 끌면 불리한 것은 제 쪽이니만큼, 로젤은 조금이라도 빨리 그녀와 대면할 필요가 있었다.

"그렇다면 은신한 호위는 그대로 두고 같이 다닐 호위를 둘로 줄이지요."

이 정도도 아르한으로서는 제법 많이 양보한 편이었다. 하지만 그녀는 단호하게 고개를 저었다.

"함께 다닐 호위 하나에 은신한 호위 셋으로 하지요."

"절대 안 됩……."

"계속 그리 나오시면, 이제부터는 전하께 그 어떤 계획도 말씀드리지 않을 겁니다."

아무것도 알리지 않은 채, 거침없이 위험에 뛰어들겠노라 선전 포고를 하는 것과 다름없었다. 이를 눈치챈 아르한이 한숨을 내쉬었다. 그리고는 이내 망설이듯, 잠시 입술을 달싹이다가 말했다.

"……그렇다면 이번에도 팔찌를 만들어 드리겠습니다."

"좋습니다."

델티의 접근을 기다리는 로젤로서는 완벽하게 제 곁을 지켜 줄 호위 기사보다는 있는 듯, 없는 듯 위장할 수 있는 팔찌가 더 반가웠다. 잘하면 저번처럼 급작스레 닥친 일을 해결하기 위해 사용할 수도 있을 테니까.

"단, 조건이 있습니다."

"조건이요?"

"네."

그리 말하는 아르한의 눈이 제법 비장했다. 그가 대체 어떤 조건을 입에 담을까 싶어 조금 긴장이 될 지경이었다. 못 박힌 듯, 곧은 시선으로 로젤을 응시한 그가 차분히 입을 뗐다.

"만약 이번에도 팔찌를 믿고 저번처럼 위험에 뛰어드신다면. 그땐 모든 걸 제게 맡기고 수도로 돌아가셔야 할 겁니다."

"……."

그것은 지금의 로젤이 겪을 수 있는 최악의 상황이었다.

결국, 몇 번이나 로젤에게 다짐을 받아 낸 후에야 아르한은 더 이상 그녀를 붙잡지 않았다. 덕분에 로젤은 애초의 바람대로 함께 다닐 호위 기사 하나와 은신한 채 제 뒤에 따라붙은 호위 기사 셋, 그리고 하녀 한 명을 데리고 밖으로 나왔다.

"어디로 모실까요?"

그런 마부의 물음에 로젤은 품에서 지도를 꺼내 보여 주었다.

"아, 플라워 투어를 하시려는 거군요. 멀리서 온 여행객들이 자주 찾는 관광 코스지요."

익숙한 일이라는 듯 그리 말하는 마부를 향해 로젤이 고개를 끄덕였다. 그가 생각하는 것처럼 관광의 목적은 아니나, 투어를 하려는 것은 맞았다.

"이곳을 모두 돌아보려면 얼마나 걸리지?"

"음, 아마 오늘 해 질 무렵까지 도신다고 해도 반의반도 돌아보지 못하실 겁니다."

"그런가?"

"네. 아틀란티가 유명해진 이유 중 하나가 플라워 투어 때문이기도 한 만큼, 고작 하루 안에 그 많은 꽃 가게들을 전부 둘러보시는 건 무리입니다. 그나마 느긋하게 잡으시면 일주일. 빠듯하게 돌아보셔도 나흘 이상은 소요될 겁니다."

일주일에서 나흘. 지금의 로젤에게 그 정도 시간을 투자하는 것은 무리였다. 아몰을 섭취해 가며 악착같이 버티고는 있으나, 슬슬 한계가 오는 것이 느껴졌으니까.

"……일단 가지."

운이 좋으면 금세 찾아낼 수 있을지도 모른다. 그리 생각한 로젤은 달리기 시작한 마차의 창밖으로 무심한 시선을 던졌다.

그녀가 이렇게 뜬금없이 플라워 투어 따위를 하게 된 이유는 간단했다.

수도에서 리오에게 독이 든 꽃바구니를 판매한 직원이 사라졌다. 꽃바구니를 공작가에 보낸 직후, 집에 급한 일이 생겼다며 서둘러 고향으로 내려갔다고 한다. 그러나 직원의 지인, 친척, 가족 등을 전부 털어 수소문한 결과 그녀는 고향에 오지 않았다. 오히려 고향과 전혀 다른 곳으로 향했다는 사실이 드러났고, 그녀가 향한 곳이 바로 이곳

아틀란티였다.

돈을 많이 벌면 자신만의 꽃집을 차리는 것이 꿈이라고 입버릇처럼 말했던 그녀가 향하기에 더없이 적합한 곳이었다. 그러니 이곳의 꽃 가게를 둘러보다 보면 직원에 대한 단서를 찾을 수 있지 않을까 싶었다.

하지만 그것은 의외로 쉽지 않았다. 마부의 예상처럼 꼬박 한나절을 투자했음에도 도시 전체 꽃집의 반의반도 돌아보지 못한 것이다.

'이래서야 내일은 다 돌아볼 수 있으려나.'

아무래도 무리겠지 싶은 생각을 하던 로젤이 무의식적으로 하늘을 바라보았다. 속절없이 흐른 시간을 증명하듯, 어느덧 해가 져 주변이 조금씩 어둠에 잠기고 있었다.

어쩌다 보니 골목의 꽤 안쪽까지 들어온 터라 꽃집도 더는 보이지 않았다. 더 이상 마차를 타고 이동하는 것은 무리였기에 로젤은 마차에서 내려 걷기 시작했다.

그 뒤를 호위 기사와 하녀 한 명이 따랐다. 아마 보이지 않는 곳에서 은신 중인 기사들도 있을 것이다. 그 많은 이들을 데리고 그저 정처 없이 걷기만 하는 것은 별로 좋은 선택이 아닌 것 같아 로젤은 대뜸 지나가던 여인을 붙잡았다.

"한 가지 묻고 싶군."

"……네?"

갑작스레 붙잡힌 탓인지, 아니면 자신을 붙잡은 로젤의 화려한 차림새에 놀란 것인지 그녀는 깜짝 놀란 기색을 보였다.

"무, 무슨 일이시지요?"

"이 골목 근처에 꽃집이 있는지 묻고 싶군. 플라워 투어를 하는 중이라……."

그리 말하던 로젤이 문득, 말끝을 흐렸다.

자신이 붙잡은 여인의 옷차림이 어쩐지 눈에 익었다. 수도에서 유행하는 것과 꼭 같은 스타일이었기에 로젤은 이내 물었다.

"혹시, 외지인인가?"

"아, 아닙니다! 저는 쭉 이곳에서 살았습니다!"

과할 정도로 단호하게 고개를 젓던 그녀가 이내 손가락으로 오른쪽 골목길을 가리키며 말했다.

"이쪽으로 쭉 가셔서 왼쪽으로 꺾으시면, 꽃집이 하나 있을 겁니다. 그, 그럼 전 이만!"

로젤이 무어라 더 묻기도 전에 그녀는 방금 전에 알려 준 것과 딱 반대 방향으로 뛰어가더니 이내 시야에서 사라졌다.

"……아, 아무래도 이런 지방에 사느라 귀하신 분을 뵐 기회가 없어 많이 놀란 모양입니다."

혹, 로젤이 그런 그녀의 행동에 불쾌해할까 곁에 있던 하녀가 서둘러 덧붙였다. 이에 로젤은 별다른 말 없이 조금 전 여자가 달려간 방향을 응시하다가 이내 몸을 돌렸다.

"꺄아아악!"

그런데 그때 그리 멀지 않은 골목에서 비명이 들려왔다. 목소리가 제법 낯이 익은 것을 보니, 아무래도 조금 전 그 여자인 것 같았다. 원래 정의감이 그다지 투철한 타입은 아니었기에 잠시 갈등하던 로젤이 조금 느릿하게 입을 뗐다.

"셀리라고 했던가?"

"네. 아가씨."

조금 전부터 계속 제 곁을 지킨 하녀의 이름을 입에 담은 로젤이 말했다.

"넌 여기 있어."

"네?"

갑작스레 떨어진 그녀의 말을 셀리가 제대로 이해하기도 전에 제 드레스 자락을 쥔 로젤이 소리가 난 방향을 향해 달리기 시작했다.

"아가씨!"

당황한 얼굴을 한 하녀를 뒤로 한 채, 로젤의 호위 기사들이 그녀를 쫓았다. 애당초 그리 멀지 않은 거리였기에 로젤은 금세 비명 소리가 들린 현장에 도달할 수 있었다.

예상대로 조금 전에 길을 알려 준 여자가 울면서 바닥에 쓰러져 있고, 그 주위를 서넛의 남자들이 둘러싸고 있었다. 그녀의 옷이 군데군데 찢겨 나간 것을 본 로젤은 어렵지 않게 돌아가는 상황을 짐작할 수 있었다. 자신이 이대로 아무것도 못 본 척 지나가 버리면 여자에게 어떤 일이 벌어질지도.

"사, 살려 주세요!"

로젤을 발견한 여자가 다급하게 외쳤다. 이에 무심한 눈으로 그녀를 응시하던 로젤이 또각또각 구두 소리를 내며 그들 사이를 갈랐다.

"……뭐야?"

어둡고 좁은 골목길에 대뜸 나타난 로젤의 모습은 어찌 보아도 이질적이었다. 순간적으로 로젤의 미모에 혹해 눈을 떼지 못하던 남자들은 이내 그녀의 곁에 있는 기사의 존재를 깨닫고 정신을 차렸다.

"당신들 대체 뭐야?"

"여긴 왜 나타난 거지?"

그런 남자들의 물음을 가볍게 무시한 로젤이 바닥에 애처롭게 엎드려 있는 여자의 지척에 다가섰다. 그리고는 그녀를 내려다보며 물었다.

"내가 널 구해 주길 바라니?"

"……네?"

"내가 널 구해 주길 바라느냐고."

"무, 물론입니다. 제발, 제발 살려 주세요!"

"여기서 널 구해 주면, 넌 내게 뭘 해 줄 수 있는데?"

그런 로젤의 물음에 여자는 멍한 얼굴을 했다. 뭘 해 줄 수 있냐고? 척 보기에도 돈 많고 지체 높은 귀족인 데다, 아름답기까지 한 아가씨에게 과연 자신이 해 줄 수 있는 것이 있을까?

"나는 그렇게 정의감이 투철한 사람이 아니야."

어서 자신의 관심을 끌 만한 무언가를 생각해 내라는 듯, 로젤이 은근히 독촉했다.

이에 그녀는 덜덜 떨며 열심히 머리를 굴리기 시작했다. 그러나 아무리 생각해 보아도 떠오르는 것이 없었다. 이대로 로젤 일행이 아무것도 보지 못한 척 골목을 떠나 버리면, 그녀는 지금 눈앞에 있는 이 남자들에게 험한 일을 당할 것이다.

"제안을 하나 할게."

그때 떨어진 부드러운 음성에 그녀가 로젤을 응시했다. 로젤은 천사처럼 자비로운 얼굴로 말했다.

"지금부터 내가 하는 질문에 솔직하게 대답하렴. 그럼, 기꺼이 널 도와줄 테니."

파격적일 정도로 간단한 제안이었다. 그랬기에 그녀는 지푸라기라도 잡는 심정으로 고개를 끄덕였다. 그러자 로젤이 만족스럽게 웃으며 물었다.

"네게 독이 묻은 꽃바구니를 팔게 한 사람과 널 이곳으로 보낸 사람이 동일 인물이니?"

"……!"

여전히 태연한 로젤과 달리 여자의 얼굴은 금세 엉망으로 일그러졌다. 이를 즐기듯 로젤이 우아하게 말했다.

"왜 그런 얼굴을 하니. 설마, 내가 널 끝까지 찾아내지 못할 거라고 생각한 거야? 그런 거라면 좀 섭섭한데. 넌 날 모르겠지만, 난 네 인상착의 정도는 알고 이곳에 왔거든."

그런 로젤의 말에 석상처럼 굳어진 여자의 얼굴 위로 온갖 복잡한 감정이 떠올랐다. 그 속에 꽤 크게 자리 잡은 의문을 읽어 낸 로젤이 덧붙이듯 말했다.

"너 쭉 이곳에서 살았다면서? 그런데 나 같은 귀족 영애한테 잠시 붙잡힌 걸로 덜덜 떨 정도로 겁과 경계심이 많은 네가 지금처럼 늦은 시각에 이런 골목을 배회하는 건 너무 이상하지 않니?"

"……."

"게다가 넌 우리에게 꽃집의 위치도 일부러 잘못 알려 줬지. 네가 가리킨 쪽은 딱 우리가 그 전에 허탕을 치고 온 방향이었으니까."

그건, 모른다고 말하면 될 것을 굳이 거짓 정보까지 흘리며 로젤 일행을 따돌려야 했을 만큼 여자의 상황이 절박했음을 의미했다.

덧붙이듯 이어진 로젤의 말에 여자가 덜덜 떨며 고개를 땅에 처박았다. 목숨만은 살려달라는 듯 자비를 구하는 그녀를 향해 로젤은 웃었다. 사실, 로젤이 처음부터 눈앞의 여자가 자신이 찾는 직원임을 확신한 것은 아니었다. 애초에 꽃집 직원의 인상착의는 그다지 특별할 것도 없었고, 범죄를 저지르고 숨어든 탓에 타인을 경계하는 이들이라면 아틀란티에 차고 넘치니까.

결국 로젤은 그저 떠보듯 한 번 찔러본 것에 불과했다. 그런데 이리도 순순히 제 죄를 인정할 줄이야.

"자. 다시 한번 말하지만, 지금부터 내가 하는 질문에 대답만 똑바로 해. 그럼 내 쪽에서 책임지고 널 거둬 줄 테니."

물론 그 이후에 그녀는 리오의 죄를 덮어 줄 증언을 해야 할 것이다. 로젤은 굳이 이를 덧붙이지 않았으나, 눈앞에 있는 여자는 이를 직감한 듯 망설이는 기색을 보였다.

"네게 꽃바구니를 팔게 한 사람과 널 이곳으로 보낸 사람이 동일 인물이니?"

조금 전과 같은 질문이 떨어졌다. 이에 여자는 얼마간 머뭇거리며 입술만 달싹이다가 겨우 결심이 선 얼굴로 말했다.

"⋯⋯아, 아뇨."

혹 거짓말을 하는 건 아닐까 싶어 유심히 살폈으나, 그런 기색은 보이지 않았다. 그리 판단한 로젤이 다른 질문을 던지기 위해 입을 뗐다.

"혹⋯⋯."

"너무 그렇게 쥐 잡듯 잡지 마. 그녀를 여기로 보낸 건 나니까."

그러나 이를 익숙한 목소리가 가로챘다. 덕분에 반사적으로 낮게 한숨을 내쉰 로젤이 몸을 돌려 상대를 응시했다. 그러자 그녀의 시야에 더없이 익숙하면서도, 짜증 날 정도로 지겨운 얼굴이 들어왔다.

"여기서 또 보는군, 공녀. 후작가에서 본 이후로 꽤 오랜만이지?"

그는 바로 에반이었다.

* * *

시기가 시기인지라 아르한은 아틀란티에 도착한 후에도 쉬지 않고 서류를 붙잡고 있어야 했다. 바로 지금도.

"저, 그런데 계속 이렇게 일만 하실 거라면 차라리 수도로 돌아⋯⋯."

"그럴 순 없다."

늘 그렇듯, 제 곁에서 투덜거리는 기사의 말을 단칼에 잘라 낸 아르한이 다시 바쁘게 서류를 넘기기 시작했다.

그러다가 문득, 떠오른 것이 있는지 느릿하게 입을 뗐다.

"경은 이곳의 음식이 어떻다고 생각하지?"

"꽤 괜찮은 편이죠. 아틀란티가 무역업과 관광업이 발달한 도시라 그런지 어지간한 나라의 음식은 다 있거든요. 맛 역시 괜찮은 편이고요."

"아니. 그게 아니라 내가 묵고 있는 이 여관의 음식 말이야."

"……최악이죠. 특히 생선 요리들은 정말, 하나 같이 토할 것 같을 정도로 비려요. 특히 연어는 진짜, 저 여기서 식사한 후로 연어는 입에도 못 대는 몸이 되어 버렸습니다."

"……그래. 그 정도란 말이지?"

"네. 그래서 전 이제 절대 이곳에서 식사 안 합니다. 차라리 전투 식량이 훨씬 나아요."

단호한 기사의 말에 잠시 생각에 잠긴 얼굴을 하던 아르한은 이내 그를 향해 나가 보라며 손짓했다.

기사가 밖으로 나가고 혼자 남겨진 방 안에서 아르한은 고민에 빠졌다. 조금 전까지 곁에 있던 기사는 그와 함께 몇 번이나 다양한 전쟁에 참전했던 인물이다. 덕분에 정말 어지간하면 음식에 대한 투정은 하지 않는다. 그러니 그런 그가 최악이라고 평가한 여관의 요리는 최악이 맞을 것이다.

'입에 맞으십니까?'

'네.'

'원래 생선을 잘 못 드셨던 걸로 기억하는데. 이곳의 요리는 마음에

드시는 모양이군요.'

그런데 그런 최악의 요리 중에서도 특히 최악이라는 연어구이를 로젤은 별다른 표정 변화도 없이 잘 먹었다. 그저 단순히 기호나 취향의 차이라고 생각하며 넘기기엔 로젤은 원래 생선을 좋아하거나, 잘 먹는 편도 아니었다.

그래서 그는 혹, 그녀가 아몰을 섭취하고 있는 것은 아닐까 하는 의심이 들었다. 마취제의 원료로 사용되는 아몰을 과다하게 복용할 경우, 미각을 비롯한 온몸의 감각들이 차례로 마비되기 시작하니까.

처음에는 그럴 리가 없다고 생각했다. 로젤이 자발적으로 아몰을 섭취할 이유가 없으니까. 그래서 그는 혹, 지난 며칠간 먹었던 식사에 아몰이 섞여 있었던 것은 아닌가 하는 쪽으로 의심을 굳혔다. 로젤이 식사를 하는 동안 주방을 찾은 것도 그런 이유에서였다.

'무엇을 그리 열심히 하고 계십니까?'

그리고 아르한이 주방에서 마주한 것은 로젤이 먹을 케이크와 다즐링티에 하얀 가루를 섞고 있는 요리사들의 모습이었다.

'그, 그게······.'

'오, 오해십니다!'

말도 안 되는 변명을 지껄이는 요리사들을 그대로 제압한 아르한은 그들이 섞고 있던 것이 아몰이 아님을 확인했다. 다행이라는 생각이 들던 찰나, 그것이 비른 왕국의 왕자가 흡입한 것과 같은 마약임을 알았을 때, 그의 심정은 이루 말할 수 없을 만큼 복잡했다.

로젤이 아몰을 섭취하고 있다는 것을 간접적으로 확인함과 동시에 누군가는 이미 그 사실을 알고 그녀를 해하기 위해 마약을 섞으려 했다는 의미였으니까.

이를 깨달은 아르한은 로젤이 외출한 틈을 타 요리사들을 고문해 이번 일의 배후에 대해 알아내려 했다. 하지만 꽤 복잡한 단계를 걸쳐 지시한 일인 듯, 이는 쉽지 않았다. 그들은 아는 것이 없었다. 그저 델티 왕녀가 한 짓이 아닐까 어렴풋이 짐작만 할 뿐이었다.

결국, 그는 별다른 소득 없이 요리사들을 수도에 있는 감옥으로 이송했다. 자신을 해하려 했다는 죄까지 덮어씌워서. 거기까지 하고 나자 문득 밀려온 생각을 아르한은 애써 머리에서 지우려 했으나, 쉽지 않았다.

그는 로젤이 자신에게 아몰을 섭취하고 있다는 사실을 숨겼다는 점이 마음에 걸렸다. 단순히 개인적인 감정을 떠나 이것은 신뢰의 문제였다. 스스로의 약점을 공유할 수 있을 정도로 그를 믿느냐, 그렇지 못하느냐와 같은.

그런 생각들이 끊임없이 머릿속을 맴돌았으나, 그는 일단 조금 더 기다려 보기로 했다. 아직 확실한 것은 아무것도 없으니까.

요리사들이 마약을 섞고 있음을 확인한 즉시, 로젤에게 그 어떤 말도 하지 않은 것은 그런 이유에서였다. 직접 주방에 있던 재료로 적당히 레몬타르트를 구워 로젤에게 준 것 역시 마찬가지였고.

요리란 것을 해 본 적이 별로 없는 아르한이었으니, 분명 맛이 없었을 텐데도 로젤은 표정 하나 변하지 않고 타르트를 먹었다. 그녀가 아몰을 섭취했다는 사실만 한 번 더 확인한 것 같아 속이 쓰렸던 그는 이내 제 능력 중 하나를 사용했다.

마나. 즉 마력의 흐름을 읽어 로젤의 상태를 살핀 것이다.

원래는 굳이 따로 능력을 사용하지 않아도 읽어 낼 수 있었으나, 꽃바구니 안에 있던 장미의 독에 당한 후로는 능력에 제한이 생겼다.

혹, 쓸데없는 걱정을 끼칠까 싶어 로젤에게는 구체적으로 어떤 문제가 생겼는지 말하지 않았으나, 어쩌면 그녀도 어느 정도 짐작은 하고 있을지 몰랐다.

그의 상태가 전에 비해 썩 좋지 않다는 것을.

그럼에도 아르한은 이를 크게 신경 쓰지 않았다. 능력이 조금씩 회복되고 있는 것을 보면, 언젠가는 원래대로 돌아올 것임을 알았으니까. 그러나 아직은 회복 속도가 더딘 편이었다.

'……역시, 지금은 이 정도가 한계인가.'

로젤의 상태에 대해 읽는 것 역시 마찬가지였다.

독에 당하기 전이었다면, 구체적인 내용까지 알 수 있었을 테지만. 지금은 그저 그녀가 어떤 주술에 걸려 있다는 것 정도밖에 알 수 없었다. 아마 아몰을 섭취하고 있는 것 역시 그녀에게 걸린 주술과 관련이 있겠지.

거기까지 생각하던 아르한의 귀에 가벼운 노크 소리가 들렸다. 그가 들어오라 말하기 무섭게 바깥에 있던 시종이 로젤의 귀환을 알렸다.

"바로 가도록 하지."

말을 마친 그는 그대로 시종의 안내에 따라 로젤이 기다리고 있는 응접실로 향했다.

문을 열고 안으로 들어서자 응접실 가운데에 있는 소파에 앉아 있던 로젤이 몸을 일으켜 인사를 건넸다. 이에 됐다는 듯 그가 한 손을 들자 그녀가 다시 자리에 앉았다.

아르한 역시 그 맞은편에 앉았다.

그 후, 얼마간의 의문스러운 침묵이 흐르고 먼저 입을 연 것은 로젤이었다.

"……조금 전, 수도에서 도망친 꽃집의 직원을 찾았습니다."

"그때 사라진 직원 말씀이십니까? 영윤께 꽃바구니를 팔았다던?"

"네. 골목길을 전전하며 수색에서 벗어나 보려고 한 것 같았으나. 제가 우연히 발견하여 우선, 증인의 신분으로 구금해 두었습니다."

"그렇군요. 그런데 과연 그녀가 영윤에게 유리한 증언을 해 줄까요?"

로젤이 직원을 발견한 자세한 경위를 알지 못하는 그로서는 그녀의 존재에 대해 회의적일 수밖에 없었다. 애초에 자신이 저지른 죄를 덮기 위해 이 먼 아틀란티까지 도망쳐 온 사람이 이제 와 순순히 모든 사실을 인정할 리 없으니까. 오히려 그녀가 리오에게 불리한 증언이라도 한다면 일이 더 복잡해질 터였다.

"그 부분은 걱정하지 않으셔도 될 것 같습니다."

확고한 대답이었다. 마치 뭔가를 더 알고 있는 듯한 태도로 로젤이 차분히 덧붙였다.

"애당초 그녀가 이 도시로 향한 것부터가 저희에게 유리한 쪽으로

판이 기울었다는 증거니까요."

"판이 기울었다? 무슨 의미입니까?"

"그녀는 애초에 저희의 편에 서서 리오에게 유리한 증언을 해 주기 위해 설계된 말에 불과합니다."

조금 씁쓸하고도, 싸늘한 로젤의 말에 아르한은 그 의미를 잠시 곱씹어 보았다. 그리고는 이내 뭔가를 떠올린 듯 차분히 물었다.

"……혹, 그 일을 계획한 인물이 아델노프 후작입니까?"

사라진 직원의 행방을 알고, 그녀를 이곳까지 오게 할 수 있는 사람이라면 델티와 에반 정도가 있다. 하지만 델티라면 굳이 그녀를 아틀란티로 보내 두 사람의 눈에 띄게 하기보다 죽여 없애는 쪽을 택했을 것이다. 그쪽이 여러모로 간편하고, 또 유리한 선택이니까.

반면 에반은 리오를 완전히 버릴 생각이 아니라면 제 아들에게 유리한 증언을 해 줄 직원이 필요했다. 그러나 그렇다고 해서 자신이 직접 그녀를 데리고 있기에는 여러 가지로 위험 부담이 클 터였다. 그녀를 매수해 제 아들을 살리려 한다는 말이 돌 수도 있고, 델티의 눈에 띄면 문제가 복잡해질 수도 있으니.

"……네. 그녀를 이곳으로 보낸 건 후작이었습니다."

그런 아르한의 물음에 로젤이 고개를 끄덕이며 말했다. 이에 그는 허탈한 웃음을 터트리다가 이내 표정을 굳혔다.

"아무 생각 없이 후작 영윤을 이용한 것은 아니란 말이군요."

"네. 델티 왕녀는 리오를 끝까지 이용만 하고 버릴 생각이었던 것 같으나, 그는 이를 반대하고 리오가 빠져나갈 구멍을 만들어 둔 모양입니다.”

두 사람 사이에 의견 차이가 생긴다는 것은 로젤로서는 환영할 만한 일이었다. 에반과 델티의 사이가 완전히 틀어진다면 그녀가 유리한 고지를 점할 확률이 높아지니까.

“혹시, 오늘 후작을 만나셨습니까?”

갑작스레 던져진 아르한의 질문에 로젤은 잠시 망설이는 기색을 보였다. 그러다가 이내 어차피 숨겨 봤자 금방 들통날 거란 사실을 깨닫고 뒤늦게 고개를 끄덕였다.

“네. 도망친 직원을 발견하고 구금하는 과정에서 우연히 만났습니다.”

로젤은 그저 우연이라고 말했으나, 아르한이 보기에 그것은 결코 우연이 아니었다. 아마 에반은 의도적으로 직원을 미끼로 던져 그녀와의 만남을 계획했을 것이다. 그리고 로젤 역시 이를 모르지 않겠지. 그럼에도 그녀가 우연이라는 단어를 쓴 이유는 제게 숨겨야 할 무언가가 있기 때문일 것이다.

이를 깨달은 아르한의 얼굴에 찰나 씁쓸함이 번졌다. 그것을 눈치챈 로젤의 눈동자가 조금 불안하게 흔들렸다.

이내 다시 침묵이 내려앉았고 이를 깬 것은 아르한이었다.

“공녀께서는 낭만 소설이나 통속 소설을 읽어 본 적이 있으십니까?”

“……아뇨, 그저 소문으로 접해 본 것이 전부입니다.”

지금의 상황에서 등장하기엔 다소 뜬금없는 주제였다. 게다가 황태자인 아르한의 입에서 나오리라고는 감히 생각해 본 적이 없는 주제이기도 했다.

"저 역시, 그것들을 제대로 읽어 본 적은 없으나 이를 즐겨 보는 기사들이 종종 있었기에 꽤 많은 소설의 내용을 압니다."

그런 그녀의 생각을 아는지 모르는지 그는 조금도 개의치 않고 말을 이었다.

"그중에서도 특히 낭만 소설은 보통 등장인물 간의 오해나 소통의 부재 등으로 인해 갈등이 생기는 경우가 많습니다. 그리고 저는 그런 상황이 특히 싫더군요."

"……그러셨군요."

이젠 조금 두서없다는 생각마저 들 정도로 아르한의 말은 도통 그 끝을 예측할 수 없었다. 그럼에도 로젤은 차분히 그의 말이 끝을 맺기를 기다렸다.

그런 그녀의 속을 읽기라도 한 듯, 아르한이 입을 열었다.

"공녀께 한 가지 여쭤보고 싶은 것이 있습니다."

"하문하십시오."

차분히 떨어진 로젤의 허락에도 그는 얼마간 망설이는 기색을 보이다가 이내 물었다.

"제게 숨기는 것이 있지 않으십니까?"

그런 아르한의 물음에 순간적으로 로젤의 시선이 흔들렸다. 그것만으로도 이미 대답은 충분했으나, 그는 여전히 그녀를 뚫어져라 응시하며 말했다.

"당신께서 전에 그러셨지요. 타인의 말에 흔들리지 않도록 진실을 알고 싶다고. 저 역시 그렇습니다."

"……."

"공녀님에 대한 일은 공녀님께 직접 듣고 판단하고 싶습니다. 제가 직접 듣지 않고, 보지 않은 것으로 당신을 판단하고, 오해하게 될까 두렵습니다."

그리 말한 아르한의 시선이 고요하지만 분명하게 그녀를 응시했다. 이에 로젤은 조금 멍한 얼굴로 그를 마주 보았다.

그러자 아르한의 잔잔하고도 낮은 음성이 다시 한번 그녀의 귓가를 울렸다.

"그러니 부디, 말씀해 주십시오. 당신께서 제게 숨기고 계신 비밀을."

다소 정중하고도 분명한 어조로 그리 묻는 아르한을 향해 로젤이 입술을 달싹였다. 그 달콤한 말에 이대로 넘어가 버리고 싶은 충동이 들었다. 그냥 못 이기는 척, 그에게 모든 것을 털어놓아도 괜찮지 않을까 싶었다.

그러나 그러다가도 이내 절대로 아르한에게 진실을 털어놓아서는 안 된다는 생각이 로젤을 흔들었다. 염치없이 또 다른 짐을 그에게 떠넘겨서는 안 된다는 마음이.

"얼굴빛이 좋지 않으십니다."

그런 로젤의 상념을 깬 것은 걱정으로 가득한 아르한의 목소리였다. 어느새 몸을 일으켜 로젤의 옆자리에 앉은 그가 그녀의 손을 잡왔다.

"손도 차가우시고요."

그 자연스러운 접근에 로젤은 어떤 반응을 보여야 할지 알 수 없어 그대로 굳어진 듯 있었다. 그러자 그는 잠시 생각에 잠긴 듯 시선을 내리깔며 말했다.

"공녀께서 입을 열지 않으시는 이유가 저를 신뢰할 수 없기 때문이라면, 끝까지 그리하셔도 좋습니다. 어쩔 수 없지요."

의외로 순순히 그녀의 뜻을 존중해 주겠다는 아르한의 말에 로젤은 조금 의아했다. 이를 눈치챈 듯 그가 차분히 덧붙였다.

"다만, 그리하신다면 저는 어쩔 수 없이 제 방식대로 당신의 상황을 재단하고 이해하겠습니다."

"……무슨 의미입니까?"

그런 로젤의 물음에 아르한은 작게 웃었다. 척 보기에도 의미심장해 보이는 미소에 로젤은 불안한 마음을 감출 수 없었다.

이에 정점을 찍듯 그가 느긋하게 입을 뗐다.

"제가 원할 때 공녀님께 회복 마법을 사용하겠다는 의미입니다."

"……회복 마법을요?"

"네."

로젤이 경악할 틈도 없이 아르한이 고개를 끄덕였다. 그저 그녀에게 겁을 주기 위한 것이 아닌, 철저한 진심임을 로젤은 직감적으로 알 수 있었다.

"……알겠습니다. 전하께 모두 말씀드리도록 하지요."

결국, 그런 아르한의 말에 로젤은 백기를 들었다.

"대신, 조건이 있습니다."

"조건이요?"

로젤의 말에 아르한이 의아한 기색으로 되물었다. 그러자 작게 고개를 끄덕인 로젤이 덧붙였다.

"네. 제게 한 가지 약조해 주십시오."

"어떤 약조를 원하시는 겁니까?"

"제 말을 듣고 난 후에는 그 어떤 일이 있어도 제게 회복 마법을 사용하셔서는 안 됩니다. 그것이 제 조건입니다."

회복 마법으로 자신을 협박한 아르한에 맞서듯, 그녀가 확고한 태도를 보였다.

"만약 이를 약조하실 수 없다면, 저는 아무것도 털어놓지 않을 겁니다."

"……."

전에도 이와 비슷한 이야기가 오간 적이 있었다. 그때 로젤은 분명 제게 다시 회복 마법을 사용한다면 죽어 버릴 것이라는 협박을 했었다.

그럼에도 그녀가 이제 와 다시 이런 약조를 받아 내려 하는 것은 지금의 상황이 그때와 같지 않기 때문이다. 당시에는 그저 막연한 미래의 일이었던 로젤의 부상이 지금은 현실이 되었으니까.

게다가 로젤이 이런 요구를 한다는 것은 현재 그녀의 상태가 그다지 좋지 않음을 의미했다. 이를 깨달은 아르한이 저도 모르게 표정을 굳혔다.

"약조하실 수 있으십니까?"

그런 그를 재촉하듯, 이어진 로젤의 물음에 잠시 고민하던 아르한이 곧 입을 뗐다.

"……네."

조금 위태롭게 떨어진 대답에 로젤은 또렷한 눈으로 아르한을 응시했다. 그의 붉은색 눈동자가 불안하게 흔들리고 있었다. 그 불안을 없애 주지는 못할망정 오히려 더 잔인한 소리를 해야 하는 스스로의 처지가 로젤은 참으로 가엾다는 생각이 들었다.

"아마, 제게 남은 시간은……."

그래서 그녀는 온기라곤 없는 차디찬 손으로 그의 얼굴을 어루만지며 말끝을 흐리다가 이내 덧붙였다.

"일 년도 되지 않을 겁니다."

"……."

그런 로젤의 대답을 아르한이 조금도 예상하지 못했다면 그건 거짓말일 것이다. 하지만 그럼에도 그는 새삼, 지금의 로젤이 어떤 상태인지를 알게 되고 나니 숨이 멎을 것만 같았다. 가슴이 턱 막혀 오고, 누군가가 제 목을 조르는 기분이 들었다.

"……언제부터였습니까?"

당장 묻고 싶은 것이 너무 많아 복잡한 머리와 반대로 그리 묻는 아르한의 어조는 지극히 평화로웠다. 그리고 그것이 주술에 걸린 당사자인 그녀를 불안하게 만들지 않으려는 그의 배려라는 것을 로젤은 알았다.

"멜리아 영애의 마차 사고 때부터였습니다."

담담한 로젤의 대답에 아르한의 두 주먹에 힘이 들어갔다. 그날부터 오늘에 이르기까지 꽤 많은 시간이 흘렀음에도 이를 진작 눈치채지 못한 스스로가 한심했다.

그런 그의 자책을 읽어 낸 로젤이 서둘러 말했다.

"전하의 곁에 있는 동안은 주술의 진행 속도가 더뎌집니다. 게다가 주기적으로 아몰을 복용해 고통을 거의 느끼지 못하고 있었으니, 알아채지 못하신 것이 당연합니다."

"……역시, 꾸준히 아몰을 복용하고 계셨군요."

역시. 무심코 들려온 단어를 통해 로젤은 그가 정말 아무것도 모르고 있었던 것이 아님을 깨달았다. 아무래도 크리스의 예상처럼 아르한을 완벽하게 속이는 일은 애초에 무리였던 모양이다.

"전하께서는 대체 언제부터, 그리고 어디까지 알고 계셨습니까?"

"눈치를 챈 것은 얼마 되지 않았습니다."

로젤의 물음에 그리 말문을 연 아르한이 이내 생각을 되짚듯, 잠시 말을 멈췄다가 다시 이었다.

"그저, 사소하지만 이질적인 것들이 하나둘 보이기 시작했고, 막연하게 어떤 주술이 공녀님께 걸려 있다는 사실을 알았을 뿐입니다."

구체적인 증거만 없었을 뿐, 대략적인 윤곽은 잡고 있었다는 의미다. 덕분에 로젤은 이런 아르한 앞에서 진실을 털어놓을지, 말지를 고민했던 스스로가 어리석게 느껴졌다.

이 정도면 거의 다 알고 있었다고 봐도 무방하니까.

"그런데 지금은 괜찮으신 겁니까?"

"무엇이 말입니까?"

무심코 그리 되물은 로젤은 이내 그것이 제 몸 상태에 대한 질문이라는 것을 깨닫고 뒤늦게 덧붙였다.

"아무렇지 않습니다."

정말이었다. 크리스가 준 아몰로 만든 알약의 효과가 상당히 괜찮았던 탓이다. 문제가 있다면, 내성이 생긴 것인지 하루에 한 알이면 충분했던 것이 지금은 적어도 네 알 이상을 복용해야 한다는 점이었다.

"일단, 더 이상 아몰을 복용하는 일은 관두시는 게 좋습니다. 어떤 부작용이 남을지 모르니까요."

게다가 어떤 경로로든 요리사들이 디저트에 섞으려고 했던 마약을 흡입하는 날엔 죽음, 혹은 전신 마비라는 끔찍한 결과를 불러올 것이다.

당연히 로젤 역시 그 사실을 알고 있었다. 하지만……

"하지만 아몰을 복용하지 않으면 당장 내일부터는 제대로 걷지도 못할 겁니다."

마지막으로 약을 먹은 것이 어제였으니, 오늘 약을 먹지 않는다면 내일은 극심한 고통으로 인해 침대 밖으로 기어 나올 수조차 없을 것이다.

그만큼 현재 로젤의 상태는 심각했다.

이를 깨달은 아르한의 얼굴이 조금 창백하게 굳어졌다. 그러다가 이내 뭔가를 떠올린 듯 그가 말했다.

"한 가지 방법이 있습니다."

"……그게 뭐죠?"

"제 곁에 있는 동안은 주술의 진행 속도가 느려진다고 하셨지요?"

"네. 하지만 한 번 전하의 곁에서 멀어진 이후로는 별다른 효과를 보지 못했습니다."

물론, 여전히 아르한의 곁에 있으면 고통이 덜한 것은 사실이다. 그러나 그것은 말 그대로 고통을 덜어 주는 정도였지, 대부분의 고통은 여전히 남아 로젤을 괴롭혔다. 게다가 가뜩이나 바쁜 그가 언제까지 제 곁에만 붙어 있을 수도 없는 노릇이었기에 로젤은 진작 그 선택지를 버린 상태였다.

"아마 그 이유는 제가 마법사이기 때문일 겁니다. 그러나 지금은 주술이 꽤 많이 진행된 상황이니, 그저 붙어 있는 것만으로는 큰 효과를 보지 못합니다."

그것은 로젤 역시 어느 정도 짐작하고 있던 바였다.

"하지만 더 깊은 접촉이라면 이야기가 다릅니다."

"……더 깊은 접촉이요?"

"네."

짤막한 아르한의 대답에 로젤은 곧 생각에 잠겼다.

그러고 보니 크리스에게 빌렸던 책 《저주에 대한 101가지 진실》에도 그런 내용이 있었던 것 같다.

저주의 진행 속도를 늦추는 데는 주술사나 마법사를 가까이하는 방법이 있지만, 이는 저주가 어느 정도 진행되고 나면 별다른 효과를 보지 못한다. 그러니 그때부터는 다른 방법을 사용해야 하는데 그것이 바로 주술사나 마법사와 하룻밤을 보내는 일이었다.

아르한에게 저주에 대한 것을 끝까지 숨길 계획이었기에 한 번도 고려해 본 적은 없으나, 새삼 떠올리니 그다지 나쁜 방법은 아니었다.

냉정하게 생각하면, 어떤 부작용이 있을지 모르는 아몰을 꾸준히 복용하는 것보단, 그와 밤을 보내는 쪽이 훨씬 현명하니까. 그러나 로젤은 그저 자신의 필요에 의해 아르한과의 관계를 이용하고 싶지 않았다.

"죄송하지만, 저는 그리하고 싶지 않습니다."

"……어째서입니까?"

"전하의 의사는 없이. 저만 원하고, 제 이익만을 위하는 관계는 원치 않으니까요."

단호한 로젤의 말에 어느새 성큼 그녀의 곁으로 다가온 그가 조금 낮은 목소리로 말했다.

"이런 상황에서 드릴 말씀이 아닌 것을 압니다만, 어쩔 수가 없군요."

마치 고해성사라도 하듯, 말을 마친 아르한이 이내 로젤을 향해 지극히 담백한 어조로 물었다.

"공녀께서는 어찌 장담하십니까."

"······네?"

"혼자만 원하는 관계라고. 어찌 단언하십니까."

그리 묻는 아르한의 표정은 담백한 어조와는 반대로 지극히 위험한 빛을 띠고 있었다. 이를 본능적으로 직감한 로젤이 물었다.

"전하께서는 제가 필요에 의해 당신을 이용해도 상관없으십니까?"

"네. 이런 이용이라면, 기꺼이 몇 번이고 당해 드릴 수 있습니다."

"······."

"그러니 부디, 허락해 주시겠습니까."

당신을 갖는 일을.

나직하게 덧붙여진 아르한의 말에 로젤의 시선이 흔들렸다. 그러다가 이내 마음을 정한 듯, 그녀가 곧장 그에게 다가섰다. 그리고는 누가 먼저랄 것도 없이 서로의 입술이 닿았다. 따스하고 부드러운 아르한의 온기가 전해지는 것을 느끼며 로젤은 눈을 감았다.

그렇게 얼마간 정신없이 서로를 탐하고, 탐해지다 보니 그녀는 어느새 소파 위에 반쯤 누워 있는 상태가 되었다.

아르한은 그런 로젤을 더욱 파고들었고, 그녀는 그의 목에 팔을 휘감아 당겼다. 꽤 오랫동안 이어진 입맞춤으로 인해 입술이 잠깐씩 떨어질 때마다 가쁜 숨이 새어 나온다.

무겁고도 눅진한 공기가 응접실을 가득 채우는 것을 느끼며, 닫혀 있던 로젤의 눈꺼풀이 느릿하게 열렸다. 저를 내려다보는 아르한의 진득한 시선을 정면으로 마주한 그녀가 그의 어깨를 가볍게 두드렸다. 그러자 그가 아쉬운 기색을 숨기지 못하고 이내 느릿하게 떨어졌다.

"왜 그러십니까?"

평소보다 반쯤 낮아진 목소리가 위태롭게 들렸다. 그 목소리에서 묻어나는 음험한 빛을 감지한 로젤이 말했다.

"자리를 옮기는 게…… 좋을 것 같아서요."

그녀의 말에 아르한은 그제야 응접실 바깥에서 들리는 소란을 감지했다. 이곳을 통째로 빌린 상태기는 하나, 그렇다고 고용인들이 하나도 없는 것은 아니다.

더군다나 지금 두 사람이 있는 곳은 응접실이었다.

가장 많은 이들이 쉽게 드나들 수 있는 장소. 이를 깨달은 그가 이내 로젤을 가두듯 숙였던 몸을 일으켰다. 로젤 역시 그런 그를 따라 반쯤 누워 있던 몸을 바로 했다. 그러자 그는 그대로 소파에 앉아 있던 그녀를 안아 들었다.

"……지금, 이게 무슨. 어서 내려 주십시오."

"공녀께서는 건강 악화를 이유로 요양차 이곳 아틀란티를 방문하셨지요."

"……."

"그러니 이 정도는 약혼자 된 도리로서 당연히 해야 할 일입니다."

지극히 공적인 태도로 그리 말한 아르한은 이내 응접실을 나선 후, 자신이 묵고 있는 방으로 향했다. 그 말은 즉, 복도에 있던 대부분의 고용인들이 지금의 광경을 목격하고 있다는 의미였다. 로젤은 새삼 화끈거리는 낯을 감추지 못했다.

그런 로젤의 반응을 즐기듯 웃으며 복도를 걷던 그는 자연스레 제 방으로 들어간 후, 문을 닫았다. 낡은 문이 닫히는 소리와 함께 방 안이 어둠에 잠겨 들었다. 창문 너머로 새어 들어오는 달빛이 아니었다면, 아마 한 치 앞도 볼 수 없었으리라.

그 어둠을 뚫고 자연스레 로젤을 침대에 앉힌 그가 성급한 손길로 그녀의 턱을 쥐었다.

은은한 달빛을 머금고 번뜩이는 붉은색 눈동자와 그녀의 보랏빛 눈동자가 찰나 얽혔다. 그 후로는 다시 조금 전과 같은 진득한 입맞춤이 이어졌다.

침대 위에 꼿꼿이 걸터앉아 있던 로젤의 상체가 서서히 기울어지며, 그 위로 아르한이 무너지듯, 그녀를 가둬 나갔다.

얼마간 서로를 향한 소유욕을 아낌없이 드러내던 두 사람의 입술이 떨어졌을 때, 그들은 침대 위에 거의 완벽하게 포개진 상태였다.

"죄송하지만, 미리 사과드리겠습니다."

방금 전의 입맞춤으로 인해 그의 얼굴은 조금 상기되어 있었다. 그 덕분인지 평소와 다를 것 없는 깍듯한 어조가 조금 다르게 들렸다.

"……무엇을요?"

마찬가지로 로젤 역시 묘하게 다른 목소리로 그리 물었다. 이에 아르한은 제 얼굴 위로 번지려는 감정을 애써 감춘 채 조금 떨리는 목소리로 답했다.

"제가 공녀님을 조금, 힘들게 할지도 모릅니다."

그 대답에 담긴 의미를 읽어 낸 로젤의 눈꺼풀이 느릿하게 내리깔

렸다가 이내 다시 들어 올려졌다. 이윽고, 그녀의 얼굴을 비추는 달빛
처럼 고고한 음성이 떨어졌다.

"참지 않으셔도 됩니다."

"……."

"저 역시, 그럴 테니까요."

느릿하게 떨어진 로젤의 말에 아르한의 눈빛에 결연한 무언가가
깃들었다. 그것을 일부러 모르는 체한 그녀가 그의 얼굴을 붙잡은
후, 가볍게 입술을 맞댔다가 뗐다. 그 후, 그대로 뒤로 물러나자 이번
에는 아르한이 그런 로젤의 손을 붙잡았다. 그리고는 이내 차분히 말
했다.

"아까 그러셨지요. 오늘 아몰을 섭취하지 않으면, 당장 내일부터 제
대로 걷지도 못하실 거라고."

아르한의 붉은색 눈동자가 느릿하게 그녀를 훑더니 이내 완전히 눈
을 맞춰 왔다. 어느새 바로 코앞까지 다가온 그의 시선에 로젤이 무심
코 입을 열기 직전.

"어쩌면 내일 걷지 못하실지도 모릅니다."

주술이 아닌 저 때문에.

그녀의 머리 위로 위험한 경고가 떨어졌다.

* * *

까무룩 잠이 들었다가 눈을 뜨니 햇살이 머리 위에서 찬란하게 부

서졌다. 어쩐지 익숙한 상황에 로젤이 몸을 뒤척였다. 그러다가 저를 빤히 응시하고 있던 아르한과 눈이 마주쳤다. 그는 이번에도 저번과 마찬가지로 한숨도 자지 않은 듯 멀쩡한 얼굴이었다.

"안녕히 주무셨습니까?"

역시, 평소와 다를 것 없는 목소리였다. 이에 로젤은 고개를 끄덕이는 것으로 대답을 대신했다. 무례하다고 생각할 수도 있겠지만, 손가락 하나 까딱하기도 힘들었다. 그리고 그 원인은 주술이 아니라, 전적으로 어젯밤에 있었던 일들 때문이었다.

그 증거로 아몰로 만든 약을 먹지 않았음에도 온몸을 삼킬 듯한 고통은 없었다. 그저 진이 다 빠져 기운이 없을 뿐.

주술이 아닌 자신 때문에 걷지 못할 거라던 그의 말이 맞았다. 도무지 몸을 움직일 기운이 없었다.

그는 적당히를 모르는 사내였으니까.

"……공녀께서 많이 힘들어 보이시는군요."

헝클어진 그녀의 머리카락을 다정하게 넘겨 주며 아르한이 그리 말했다.

어쩐지 면목이 없다는 얼굴로 자신을 응시하는 그의 모습에 로젤은 웃음을 터트렸다. 어젯밤 몇 번이고 저를 안았던 남자와 동일 인물이 맞나 싶은 생각이 든 탓이다.

"왜 웃으십니까?"

갑작스러운 웃음의 의미를 이해하지 못한 아르한이 묻자, 로젤이 고개를 저었다.

"아무것도 아닙니다. 그저, 조금 신기해서요."

"무엇이 그리……."

신기하냐고 물으려던 아르한의 입이 그대로 다물렸다. 로젤이 기습적으로 그의 입술에 제 입술을 포갰다가 뗀 탓이다. 어젯밤처럼 길고 짙은 입맞춤은 아니었으나, 그를 당황케 하기에는 충분했다.

"좋은 아침입니다. 전하."

아르한을 놀리듯 그리 말한 로젤이 입매를 휘며 웃어 보였다. 아르한 역시 따라 웃었다.

이 잔잔한 행복이 마냥 좋았다. 마치 아무 일도 없었다는 듯, 앞으로도 없을 거라는 듯 평화로운 순간이 좋았다.

그러나 그 순간은 오래가지 않았다. 두 사람의 평화는 고작, 한 기사의 노크 소리로 인해 허무하게 깨져 버렸다. 그만큼 위태로운 것이었다.

"무슨 일이지?"

여전히 지친 기색이 역력한 로젤에게 조금 더 자라며 이불을 덮어 준 아르한이 옷을 챙겨 입으며 물었다. 그러자 바깥에 있던 기사가 칼같이 답했다.

"나와서 직접 확인하시는 편이 나을 것 같습니다."

이에 아르한은 대체 무슨 일인가 싶어 서둘러 옷을 입은 후, 문을 열고 밖으로 나왔다.

"응접실에서 낯선 편지가 발견되었습니다."

"편지?"

"네. 바로 이겁니다."

아르한이 밖으로 나오기 무섭게 기사가 응접실에서 발견되었다던 편지를 건넸다. 이를 받아 든 후, 차분히 살피던 그의 표정이 순식간에 굳어졌다.

발신인:

편지를 보낸 이의 이름은 적혀 있지 않았다. 그러나 그곳에는 리페도라 왕국의 상징인 수국이 그려져 있었다. 이는 결국, 편지를 보낸 인물이 델티라는 의미였다. 그녀가 기어이 로젤에게 연락을 해 온 것이다.

소소한 장난질이 아닌 진짜 승부를 해 보자고 델티는 로젤을 향해 그리 말하고 있었다. 결국, 평화는 깨졌다.

이젠 꿈에서 깰 시간이다.

로젤이 어느 정도 상태를 회복한 것은 정오가 조금 지나서였다. 덕분에 아르한은 그녀가 늦은 점심 식사를 마치고 난 후에야 편지의 존재에 대해 알릴 수 있었다.

"델티 왕녀가 보낸 모양이로군요."

봉투의 겉면을 살핀 로젤이 중얼거리듯 말하자, 아르한이 고개를 끄덕였다.

"아마 어젯밤 저희가 응접실에 있었던 시각 이후 누군가가 가져다

놓은 것 같습니다. 그래서 일단 고용인들을 조사해 범인을 찾고 있는 중입니다."

그리 말한 아르한이 이내 문득 무심코 떠오른 의문을 입에 담았다.

"……혹, 알고 계셨습니까? 그들이 이곳에 편지를 가져다 놓으리란 사실을."

"아뇨, 그건 아닙니다. 다만……."

로젤이 단호하게 고개를 저었다. 자신은 신이 아니다. 그렇기에 상대의 모든 수를 읽어 내지는 못한다.

"만약 그들이 먼저 연락을 취해 온다면, 가장 쉽게 접근할 수 있는 장소가 응접실일 거라고 생각했습니다."

"……그러셨군요."

결국, 어젯밤 그와 응접실에서 입을 맞추던 순간까지도 로젤의 머릿속에는 온통 그들에 대한 생각뿐이었다는 이야기가 된다. 그래서 그녀는 혹, 델티가 제게 연락을 취해 올지도 모른다는 사실을 고려해 아르한에게 자리를 옮기자고 제안한 것이다.

다수의 사람들이 쉽게 드나들 수 있는 응접실이 아닌 다른 곳으로.

그 점에 새삼 섭섭한 마음이 들었으나, 아르한은 굳이 이를 내색하지 않았다. 오히려 자연스레 화제를 돌렸다.

"또한 편지와 함께 이런 것이 놓여 있었다고 합니다."

그리 말한 그가 편지 옆에 놓여 있던 하얀 봉투를 로젤에게 건넸다. 그것을 받아 열어 보니 안에 하얀 가루 같은 것이 들어 있었다. 이를 본 아르한의 표정이 굳어졌다. 그에 반해 로젤은 덤덤한 얼굴로 봉투를 내려놓은 후, 편지를 열었다. 그리고는 고요한 시선으로 편지를 읽어 내려간 후, 그것을 아르한에게 건넸다. 그 역시 금세 편지를 끝까지 읽은 후 입을 뗐다.

"혹, 편지에 적힌 대로 하실 겁니까?"

"아뇨. 저렇게 대놓고 수상한 가루를 전하께 먹일 수는 없습니다. 어떤 부작용이 있을지 모르니까요."

아르한의 물음에 로젤은 단호하게 고개를 저었다. 편지에 적힌 내용은 간단했다. 편지와 함께 보낸 하얀 가루를 아르한에게 먹이면, 잠시나마 그를 재울 수 있다. 그러니 이를 틈타 그녀 혼자 조용히 빠져나오라는 내용이었다.

혹시나 하는 마음에 한 번 더 편지를 읽던 아르한은 어이가 없었는지 실소를 터트렸다. 델티가 보낸 가루는 아마 수면제의 일종일 것이다. 그러나 아무리 효과가 좋은 수면제라고 해도, 겨우 그 정도로 마법사인 그를 완전히 재우고 따돌릴 수는 없다. 만약 따돌리는 데 성공한다고 해도…….

거기까지 생각이 미치자, 아르한이 무심코 말했다.

"……뭔가 이상하군요."

그런 아르한의 말에 로젤 역시 동의한다는 듯, 고개를 끄덕였다.

두 사람이 읽은 편지에는 아르한을 어떻게 따돌려야 하는지에 대해서만 적혀 있을 뿐, 어디로 오라는 것에 대한 내용이 없었다.

"혹, 이것 말고 편지 봉투가 한 장 더 있는 것은 아닐까요?"

"그건 아닐 겁니다."

조심스러운 로젤의 물음에 아르한이 고개를 저었다. 처음 편지를 발견한 고용인들의 증언에 따르면, 편지는 이것이 전부였다. 게다가 내용이 더 있다면 굳이 다른 봉투에 넣을 이유가 없었다. 그냥 함께 넣어서 보냈겠지.

로젤 역시 같은 생각을 했는지 더 이상 이에 대해 묻지 않았다. 그저 잠시 고민하는 기색을 보일 뿐.

"아무래도 생각을 더 해 봐야겠군요."

간단한 한마디로 상황을 정리한 아르한이 몸을 일으켰다. 오늘도 쌓여 있는 서류들을 제때 처리하려면 서둘러야 했다.

"이 문제는 나중에 다시 논의하는 게 좋겠습니다."

"네. 그게 좋겠군요."

그리 대답한 로젤은 이내 입술을 달싹이며 뭔가를 더 말하려는 듯한 모습을 보였다. 그것을 눈치챈 아르한이 그녀를 빤히 응시했다.

"제게 하실 말씀이라도 있으십니까?"

"……그게, 사실 전하께 한 가지 드리고 싶은 말씀이 있습니다."

"편히 말씀하십시오."

차분한 아르한의 말이 떨어지자 로젤은 잠시 생각을 정리하듯, 시선을 내리깔았다가 이내 들어 올리며 말했다.

"어젯밤 제가 다른 곳으로 자리를 옮기자고 말씀드린 것은 응접실이 다수의 사람들이 쉽게 드나들 수 있는 곳이기 때문이었습니다."

"그렇군요."

아르한이 순순히 고개를 끄덕였다. 이미 어느 정도 예상했던 바였기에 새삼스러울 것도 없었다.

덤덤한 그의 반응에 로젤은 잠시 말을 고르는가 싶더니 이윽고, 매끄러운 어조로 덧붙였다.

"그러나 그것이 델티 왕녀에게 올 연락을 고려해서 드린 말씀은 아니었습니다. 그저…… 전하와 보내는 시간을 혹여나 방해받고 싶지 않았을 뿐."

단호한 태도로 그가 예상치 못했던 대답을 내놓는 로젤의 모습에 아르한의 눈이 조금 흔들렸다. 그녀가 다시 말을 이었다.

"혹, 전하께 오해를 받을까 두려워 꺼낸 말이니 제 예상이 틀렸다면 크게 신경 쓰지 않으셔도 됩니다."

"……."

"그럼 이만."

말을 마친 로젤은 아르한을 홀로 남겨 둔 채, 서둘러 밖으로 향했다. 그런 그녀의 행동은 어쩐지 쑥스러움을 감추려는 것처럼 보였다.

로젤이 순식간에 사라진 방 안에서 아르한은 잠시 멍한 얼굴을 했다.

"방해받고 싶지 않아서, 라고……."

그저 그 한마디를 입 밖으로 꺼냈을 뿐임에도, 아르한의 입매가 자꾸 호선을 그리며 올라갔다. 이를 겨우 내린 그는 조금 전의 로젤이 그랬듯 이내 아무렇지 않은 척 방을 나섰다.

* * *

어느덧 해가 완전히 져 버린 탓에 저택 전체가 어둠으로 물들었다. 간혹 일렁이는 촛불에 의지해 두 남녀가 은밀한 시선을 주고받는다. 그렇게 얽힌 시선은 남녀 간의 연정이 섞여 있다기보단, 그저 동업자를 보듯 무미건조했다.

붉은 머리의 남자와 녹색 머리의 여자.

두 사람의 시선이 몇 차례나 느릿하게 허공에서 얽혔다가 떨어지며 상당히 묘한 분위기가 이어졌다. 그러다가 이내 붉은 머리의 남자, 에반이 느릿하게 입을 뗐다.

"일은 실패한 건가?"

"아무래도 그런 것 같군요."

은근한 비웃음을 머금은 에반의 물음에 델티가 명쾌할 정도로 간단히 답했다. 애초에 그리 공을 들인 계획도 아니니 아쉬울 것은 없었다.

요리사들을 제대로 회유한 것도 아니고 그저 돈 몇 푼 쥐여 주며 로젤이 먹을 디저트에 약을 섞으라는 명령을 내린 것뿐이니까.

덕분에 꼬리를 자르는 일 역시 크게 어렵지 않았다. 신분을 서너 번 세탁한 후 다른 이를 고용해 돈을 쥐여 준 것이었기에 정말 접점이라곤 눈곱만큼도 없었으니까.

"저런, 그거 아쉬운 일이군."

말은 그렇게 했으나, 에반의 얼굴에 아쉬워하는 기색이라곤 조금도 없었다. 오히려 상당히 즐거워 보였다. 그런 에반의 모습에 델티의 심사가 뒤틀린 것은 당연했다. 계획에 큰 공을 들이지는 않았으나, 눈앞의 남자가 저따위로 웃는 꼴이나 보자고 실행한 일은 아니었으니까.

"후작 각하께서는 함께 손을 잡은 협력자의 계획이 수포로 돌아간 것이 상당히 즐거우신 모양이군요."

델티가 상냥하게 웃으며 빈정댔다.

자신을 향한 가시 돋친 말에 에반은 가볍게 어깨를 한 번 으쓱이더니, 델티와 마찬가지로 상냥하게 웃는 낯을 했다.

"그럴 리가. 나는 그저 안타까운 마음을 에둘러 표현했을 뿐이야."

델티는 그런 에반의 성의 없는 변명을 굳이 더 지적하는 대신, 그냥 넘어가는 쪽을 택했다. 쓸데없이 에반의 말꼬리를 잡아 봤자 제 속만 터질 것이 뻔했으니까.

"그나저나 그녀가 아몰을 섭취하고 있다는 사실은 어떻게 안 거지? 나 몰래 첩자를 더 심어 두기라도 한 건가?"

그런 에반의 질문은 델티에게 그다지 달갑지 않은 것이었다. 그러나 가뜩이나 서로를 믿지 못해 위태롭기 짝이 없는 관계에 기름을 붓고 불까지 붙일 수는 없었다.

그래서 그녀는 나름대로 성의껏 대꾸했다.

"첩자를 더 붙일 정도의 가치가 있는 일은 아닙니다. 그저, 후작께 들은 것을 바탕으로 그 계집이 꽤 멀쩡한 꼴을 하고 있다는 사실을 알았고, 그것이 진통제를 섭취했기 때문임을 대강 짐작했을 뿐입

니다."

결국, 정확하게 아몰을 섭취하고 있다는 사실을 알았던 것이 아니라. 그저, 얻어걸리라는 심정으로 한 일이었다는 의미다.

"왕녀께서는 참으로 감이 좋군."

"칭찬 감사합니다."

서로 영혼 없는 말들을 주고받은 후, 두 사람 사이에는 잠시 침묵이 흘렀다. 감정적인 교류가 있는 사이가 아니기 때문인지 그 고요함은 꽤 무거웠다.

"그러고 보니, 그 계집에게 힌트는 제대로 주고 오셨습니까?"

지금 막 생각났다는 듯, 렐티가 에반에게 물었다. 다소 두루뭉술한 질문이었음에도 그는 그 의미를 금세 알아챘다.

"걱정 마. 그녀는 바보가 아니야. 적당히 말을 흘려 놓았으니, 아마 금세 눈치채고 이곳으로 올 테지."

"그렇다면 다행이겠지만, 과연 그 계집이 황태자 전하를 따돌리는 데 성공할 수 있을까요?"

"성공할 거야. 아, 넌 그녀가 실패하길 바라려나?"

그런 에반의 물음에 렐티는 그저 웃었다.

진심이라고는 조금도 담기지 않은 빈껍데기 같은 미소가 그녀의 얼굴에 번졌다가 이내 천천히 사라졌다.

"실패해서 그대로 천천히 죽어 가는 걸 지켜보는 것도 나쁘지 않지만, 그래도 이왕이면 성공해서 눈앞에 나타났으면 좋겠군요. 직접 그 목을 비틀어 버리고 싶으니까."

"그대는 참으로 무섭군."

"새삼스럽군요. 후작이야말로 황태자 전하의 죽음을 바라고 계시지 않습니까. 그런데 이제 와 왜 되지도 않는 내숭을 떠시죠?"

그렇다. 그녀의 말처럼 에반이 가장 원하는 것은 아르한의 죽음이었다. 그것을 원하기에 그는 델티와 손을 잡았다. 제 아들인 리오까지 미끼로 던져 가면서.

"내숭이라니. 난 그저 그녀를 원할 뿐이야. 그 외에 다른 것은 상관없어."

단호한 에반의 말에 델티는 한쪽 입매를 끌어올리며 그를 비웃었다. 방금 스스로가 한 말이 얼마나 우스운 것이었는지 그가 정말 모르나 싶었다.

"후작께선 그리 소중한 그녀가 제가 건 저주로 인해 죽어 가고 있음을 조금도 눈치채지 못하셨죠."

웃음기 섞인 델티의 말에 에반의 표정이 조금 굳어졌다. 그런 그녀의 말처럼 그는 로젤의 상태를 눈치채지 못한 유일한 사람이었다.

입으로는 끊임없이 로젤을 사랑한다. 그녀를 원한다고 말하는 주제에 정작 로젤이 그를 필요로 하는 순간에는 이를 알아채지 못하는 한심한 남자. 그것이 바로 현재 에반의 위치였다. 그 사실을 들먹이며 정곡을 찌른 델티는 이내 방금 자신이 찌른 에반의 상처에 대한 보상을 하듯, 뭔가를 내밀었다.

"각하께서 부탁하신 팔찌입니다. 이걸 착용한 상태로 상대의 입을 막으면, 즉시 그 상대를 잠재울 수 있죠."

그는 얼마 전 델티에게 주술로 제 안전을 지킬 만한 도구를 만들어 달라고 부탁했다. 그것은 진짜 제 몸을 지키기 위해서라기보다는 일종의 겉치레였다. 자신의 몸을 지킬 도구를 만드는 일을 맡길 정도로 델티를 신뢰하고 있음을 보여 주기 위한 것.

"고맙군. 유용하게 쓰도록 하지."

그리 말한 에반의 얼굴은 분명 웃는 낯을 하고 있었으나 묘하게 차가웠다. 이에 델티 역시 그를 향해 환하게 웃으며 말했다.

"그리 말씀해 주시니 기쁘군요."

서로를 마주한 두 사람의 얼굴에서는 미소가 사라지지 않았다. 그러나 그런 그들을 둘러싼 분위기는 퍽 매서웠다.

그 모순이 의미하는 바를 에반과 델티는 알고 있었다.

그들은 결코 서로를 완전히 믿지 않는다. 게다가 그 사실을 각자 무서울 정도로 잘 알고 있었다.

그들은 어디까지나 돌아가는 상황에 따라 협력자가 되었을 뿐. 서로에게 진심이었던 적은 단 한 번도 없었다. 장미 정원에서 열렬하게 입을 맞췄던 그 순간조차.

당시의 에반은 그저 에르샤에 대한 배신감 때문에 그녀를 원했고, 델티는 에르샤에 대한 호승심과 아르한으로 인해 망가진 제 자존심을 채우기 위해 그를 원했다.

에반은 로젤을 갖길 원하고, 델티는 아르한을 갖길 원한다.

사랑이 아닌, 그저 아르한을 소유하길 원하는 델티와 사랑이라 주장하며 로젤을 소유하길 원하는 에반. 그런 점에서 두 사람은 지독하게 닮아 있었다.

그랬기에 그들은 함께 손을 잡고 협력 관계가 되었다. 하지만 두 사람은 결코 영원한 협력자가 될 수는 없다.

에반이 아르한의 죽음을 원하고, 델티가 로젤의 죽음을 원하는 한.

제13장
뛰어들다

아직 밤이 깊다. 이를 증명하듯, 피부를 스치는 공기가 싸늘했다. 잠에서 깬 로젤은 그것을 느끼며 문득 몸을 일으켰다.

"어디 가십니까?"

그리 물은 아르한이 그녀의 팔을 덥석 붙잡았다. 꽤나 갑작스레 벌어진 일이었기에 움찔 놀란 로젤이 이내 몸을 돌리며 물었다.

"······아직 안 주무셨습니까?"

"네. 쉽게 잠이 오지 않더군요."

제법 자연스럽게 같은 방을 쓰게 되었음에도 그는 여전히 제 옆에 누워 있는 로젤의 모습이 익숙지 않았다.

잠깐 눈을 감았다가 뜨면, 혹여나 그녀가 사라지진 않을까 하는 불안감이 종종 밀려온 탓이다.

"달빛이 좋아 잠시 테라스로 나가 볼까 했습니다."

"테라스요? 지금, 그 상태로 말씀이십니까?"

"제 상태가……."

뭐 어떠냐고 무심코 물어보려던 로젤이 그대로 입을 닫았다.

얇은 슬립 차림인 것은 둘째치고, 피부 곳곳에 어젯밤 아르한이 남긴 흔적이 적나라하게 남아 있었던 것이다.

"확실히 이런 상태는 좀, 민망하군요."

그런 로젤의 말에 아르한이 무심코 제가 남긴 흔적을 눈으로 훑다가 덧붙이듯 말했다.

"게다가 아직은 날이 찹니다. 그러니 이렇게 얇은 차림으로 밖을 돌아다니는 것은 자제하시는 게 좋습니다."

그것도 그랬다. 침실에 있는 지금도 피부에 찬 공기가 닿을 때마다 오소소 소름이 돋는데, 바깥은 더하겠지. 그래서 그녀는 주변에 있던 겉옷을 간단히 걸친 후, 아르한과 함께 방에 딸린 테라스로 나왔다.

테라스의 난간에 반쯤 기댄 채, 아래를 내려다보던 로젤의 눈에 캄캄한 거리가 들어왔다. 그들이 머물고 있는 여관은 번화가와 많이 떨어져 있는 편이었기에 주변이 무서울 정도로 고요했다.

"고요하군요."

그 역시 같은 생각이었는지 작게 중얼거리듯 말했다. 이에 로젤은 얼마간 잔잔하게 불어오는 밤바람을 쐬다가 문득, 어슴푸레하게 뜬 달을 향해 시선을 주었다.

그렇게 얼마간 못 박힌 듯 달을 응시하는 로젤의 모습에 아르한은 조금 의아한 얼굴로 물었다.

"달이 마음에 드십니까?"

무심코 그리 묻고 나니, 애초에 로젤이 테라스로 나온 이유도 달빛이 좋아서였다는 사실이 떠올랐다.

하지만 이를 떠올리고 나니 그로서는 또 한 번 의문이 들었다.

취향의 차이일 수도 있으나, 오늘은 아무리 생각해 봐도 달이 아름답다고 말하기엔 무리가 있었다. 달의 절반 이상이 구름에 가려진 탓에 달빛이 너무나 희미했으니까.

"무언가를 감추기엔 더없이 좋은 날이지요."

조금 의미심장한 로젤의 말에 아르한은 다소 애매한 얼굴로 그녀를 응시했다. 방금 한 말의 의미를 묻고 싶었으나, 어쩐지 그러면 안 될 것 같은 기분이 들었다.

"생각보다 바람이 많이 차군요."

그래서 그는 적당히 화제를 돌릴 생각으로 그리 말하며 자신의 겉옷을 벗어 로젤에게 덮어 주었다. 로젤도 그런 그의 의도를 알아챘는지 별말 없이 호의를 받았다. 덕분에 두 사람 사이에는 잠깐의 침묵이 내려앉았다. 싸늘하지는 않지만, 어쩐지 어색한 그런 침묵이.

그런 침묵을 깬 것은 로젤이었다.

"……얼마 전에 읽은 책에 따르면 달빛은 사람을 홀리는 힘이 있다고 합니다. 그래서 고대의 주술사들은 달빛을 이용한 주술을 만드는 데 힘을 썼죠."

그녀는 대뜸 상당히 뜬금없는 주제를 입에 올렸다.

이에 아르한은 별다른 대꾸 없이 그저 가만히 로젤을 응시했다. 그런 그의 시선을 정면으로 마주한 그녀가 덧붙이듯 말했다.

"달이 지면 사라져 버리는 주술들을요."

말을 마친 로젤은 그저 희미하게 웃더니 이내 그대로 테라스를 벗어나 방 안으로 들어왔다. 이를 물끄러미 응시하던 아르한 역시 그녀를 따라 안으로 들어왔다. 그러자 로젤은 자신을 따라 방으로 들어온 아르한을 향해 입을 뗐다.

"죄송하지만……."

조금 갑작스레 들려온 그녀의 음성에 아르한의 시선이 자연스레 그쪽으로 향했다. 그런 그를 향해 로젤이 하려던 말을 이었다.

"물을 좀 가져다주실 수 있을까요? 제 방에 늘 마시던 것이 있을 겁니다."

"……물이요?"

상당히 이상한 부탁이었다. 물과 물을 따라 마실 잔 정도는 이 방에도 있다. 구석에 있는 탁자 위에 얌전히 잘 놓여 있었다.

이를 로젤 역시 모르지 않을 것이다. 그럼에도 그녀는 잠시 제 방에 들러달라고 말하고 있었다.

"네. 물을 좀 가져다주셨으면 합니다."

강조하듯 이어진 로젤의 말에 아르한은 여전히 혼란스러웠다. 그러나 이를 대놓고 내색하지는 않았다.

"……알겠습니다. 금방 다녀올 테니 푹 쉬고 계십시오."

그리 말한 그는 정말 아무것도 모르는 척 웃고는 그대로 방을 나섰다.

로젤이 제게 잠시나마 혼자 있고 싶다는 말을 돌려 한 것은 아닌가 싶었던 탓이다. 하지만 그럼에도 아르한은 로젤을 오랫동안 홀로 놔둘 생각은 없었다. 오늘의 그녀는 어쩐지 자신이 오래 자리를 비우면 그대로 사라져 버릴 것처럼 위태로웠다. 그래서 그는 그녀가 부탁한 대로 정말 물과 잔만 가지고 금세 방으로 돌아왔다.

"공녀님?"

조심스러운 아르한의 부름에도 로젤은 기척을 내지 않았다.

덕분에 그는 잠시 불길한 상황을 떠올렸으나, 침대 위에 누워 있는 그녀를 발견하고는 금세 안심했다.

아무래도 많이 피곤해서 그랬던 모양이라고 아르한은 서둘러 결론을 내렸다.

그리고는 이내 가져온 물과 잔을 근처에 있던 탁자에 적당히 내려놓았다. 그런데…….

"……물?"

그의 얼굴에 의아함이 번졌다. 원래 방에 있던 물이 탁자 위를 흥건하게 적시고 있었던 것이다.

물의 색은 제법 탁했다. 쏟아진 물 옆에 반쯤 뜯어진 채로 있던 봉투에서 나온 가루가 섞여 그런 듯했다. 그리고 그 봉투는 델티가 편지와 함께 로젤에게 보내온 것이었다.

"설마……."

불길한 감각이 아르한의 온몸을 스친다. 그와 동시에 아르한은 곧장 침대 위에 있는 로젤에게로 향했다.

제발, 그럴 리가 없지만. 제발!

하지만 그런 그의 바람을 철저하게 짓밟듯, 서둘러 안아 든 로젤의 몸은 차가웠다.

얼굴은 생기라곤 없이 창백했고, 손발 역시 차갑다. 입술은 핏기가 없어 푸른빛을 띤다. 마치, 생명이 전부 꺼져 버린 시신을 안고 있는 느낌이었다. 죽은 에르샤를 품에 안았던 그 순간처럼.

"제길!"

짤막하게 내뱉은 말에서 감출 수 없는 초조함이 느껴졌다. 그는 우선 서둘러 능력을 사용해 로젤의 상태를 살폈다.

일단 저주에 의한 것은 아니다. 그렇다면 결국, 원인은 그녀가 먹은 것으로 추정되는 약이다.

자신을 따돌릴 때 사용하라며 델티가 보내온 약.

이를 파악한 아르한은 로젤을 침대에 눕힌 후, 서둘러 방을 나섰다. 독약 때문에 저렇게 된 것이라면 조금이라도 빨리 의사에게 보여야 한다.

능력이 제대로 돌아오지 않아 사용할 수 있는 회복 마법의 한계가 분명한 지금이라면 더욱.

하지만 그렇다고 해서 로젤을 안아 든 채 움직였다간 그녀의 몸에 있는 독이 더 빨리 퍼질지도 모른다. 그래서 그는 순식간에 여관을 한 바탕 뒤집어 놓은 후, 의사를 데리고 방으로 돌아왔다.

제발, 제발 늦지 않았기를 간절히 바라며 돌아온 방에는.

"이게 대체 무슨……?"

곁에 있던 의사의 표정이 굳어졌다. 아르한의 표정 역시 좋지 못했다. 희게 질린 얼굴을 한 그가 서둘러 방 안을 둘러보았다.

로젤이 없다. 그녀가 사라졌다.

마치 처음부터 이 자리에 존재하지 않았다는 듯 완전히.

이를 깨달은 아르한의 뇌리에 문득 어떤 음성이 스쳤다.

'무언가를 감추기엔 더없이 좋은 날이지요.'

'……얼마 전에 읽은 책에 따르면 달빛은 사람을 홀리는 힘이 있다고 합니다. 그래서 고대의 주술사들은 달빛을 이용한 주술을 만드는 데 힘을 썼죠.'

'달이 지면 사라져 버리는 주술들을요.'

그것은 그저 로젤이 달빛에 취해, 혹은 잠결에 취해 내뱉은 말이라고 생각했다. 혹은, 혼란스러운 마음을 다잡기 위해 한 말일 뿐이라고 여겼다.

하지만 아니었다. 그것은 일종의 예고였다. 로젤은 아르한에게 자신이 사라지리란 사실을 이미 예고했던 것이다.

"하……."

허탈한 웃음이 새어 나왔다. 지금 제게 닥친 상황을 아르한은 도무지 믿을 수가 없었다.

그런데 그때, 다각다각 말발굽이 땅을 울리는 소리가 문득, 그의 귓가를 스쳤다. 이 늦은 시각에 들릴 리 없는 소리가. 이를 깨달은 아르한은 누가 무어라 하기도 전에 밖으로 뛰쳐나갔다.

그러자 아니나 다를까 웬 마차가 적막이 감도는 도로 위를 홀로 달리고 있었다. 그것을 본 아르한의 본능이 소리쳤다. 지금 이것은 결코 우연이 아님을. 덕분에 서둘러 달리는 마차를 쫓을 방법을 찾던 그의 눈에 여관 옆에 매여 있던 말 한 마리가 들어왔다.

아르한은 고민할 겨를도 없이 말 위에 올랐다. 안장이 없고 제대로 된 장비도 갖춰지지 않았으나, 그런 것쯤은 문제가 되지 않았다. 또다시 이런 식으로 로젤을 잃을 수는 없다는 생각만이 그의 머릿속을 지배했다.

이랴! 열심히 말을 채찍질하며 달린 덕분인지, 그는 금세 마차의 지척까지 도달할 수 있었다.

그렇게 마차를 조금씩 앞지르던 아르한은 이내 마부석에 타고 있던 중년의 마부를 향해 말했다.

"잠깐 마차를 세워 주십시오. 확인할 것이 있습니다."

부드럽지만 은근히 위압적인 그의 말에 마부는 당황한 얼굴을 했다. 뭔가 켕기는 구석이 잔뜩 있는 눈치였다.

"죄, 죄송하지만 그럴 수는 없습니다. 하루빨리 다른 도시로 넘어가야 하는 상황이라……."

"잠깐 마차를 세우는 것조차 안 된다는 겁니까?"

"그런 식으로 지체할 시간은 없습니다."

마부는 끝까지 단호한 태도를 보였다. 이에 아르한은 어쩔 수 없다는 듯 고개를 끄덕였다.

"그렇군요. 알겠습니다."

그리고는 말의 고삐를 당겨가며 서서히 속도를 늦추기 시작했다.

마부는 그런 그의 행동에 마음을 놓은 얼굴을 했다. 하지만 이를 비웃듯 아르한은 어느새 마부석이 아닌 마차와 일직선으로 달리고 있었다. 그것을 꿈에도 모르는 마부의 귓가에 곧 이상한 소리가 들려왔다.

끼긱!

마치, 달리는 마차의 문을 억지로 열어 버리려는 듯한. 거기까지 생각이 미치자 마부는 경악한 얼굴을 했다.

"지, 지금 대체 무슨 짓을 하는 겁니까!"

"잠깐 마차를 세울 시간도 없다기에 원하시는 대로 목적지로 향하는 동안 그 안을 확인하려는 것뿐입니다."

지극히 태연한 얼굴로 그리 말한 아르한은 기어이 마차의 문을 벌컥 열어젖혔다. 마부가 더 이상 무어라 항의를 할 틈도 없이 벌어진 일이었다.

열린 마차의 문틈으로 흐릿한 달빛이 조금씩 흘러 들어간다. 그리고 이를 통해 마차의 내부를 살피던 아르한의 표정이 굳어졌다.

"대체……."

마차 안에는 아무도 없었다.

솔직히 로젤은 이렇게 쉽게 아르한을 따돌릴 수 있으리라고는 생각지 않았다.

때맞춰 출발한 마차와 때맞춰 여관 주변에 매여 있던 말. 상황이 너무 작위적일 정도로 딱딱 들어맞는다. 그래서 그녀는 당연히 그의 의심을 사리라 생각했다. 아르한이라면 눈앞에 뻔히 보이는 마차를 쫓는 대신 주변을 수색할 것이라 여겼다.

하지만 아르한은 그리하지 못했다.

로젤의 실종 사실에 이성을 잃은 그는 그녀가 미리 준비해 둔 말을 타고, 그녀가 준비한 가짜 마차를 쫓았다. 덕분에 로젤은 델티가 편지에 적어 둔 이동 주술을 실행할 시간을 벌었고, 무사히 이동할 수 있었다.

지금 그녀가 있는 곳은 전에 있던 여관과는 꽤 멀리 떨어진 장소였다. 이미 로젤이 이곳까지 도달한 이상 아르한은 어지간하면 그녀를 쫓아올 수 없었다. 로젤의 위치도 모를 테고, 독에 당한 후 아직 후유증에 시달리는 몸으로는 마법을 쓰는 일 역시 쉽지 않을 테니까.

그만큼 효과가 강력한 이동 주술은 완성하는 데 걸리는 시간이 꽤 길었다. 만약 아르한이 마차를 쫓지 않고 곧장 여관 주변을 수색했더라면 아마 로젤의 계획은 실패했을 것이다. 그 정도로 단순하고 조금은 허술한 계획이었다.

물을 가져와 달라며 아르한을 방 밖으로 내보낸 로젤은 그사이 델티가 보낸 약을 방에 있던 물과 함께 삼켰다.

그 약은 삼킨 순간부터 대략 1~2분 정도 죽은 사람으로 위장할 수 있는 효과를 가진 것이었다. 델티는 이것을 아르한에게 먹여 정신을 잃게 한 후, 사람들을 불러 모아 상황을 최대한 크게 부풀린 다음, 혼란을 틈타 그곳을 빠져나오라고 했지만, 그녀는 그럴 수 없었다.

만약 이것이 진짜 독약이라면, 제 손으로 그의 목숨을 거두는 일이 될 테니까. 그럴 바에는 차라리 모든 위험을 혼자 떠안는 편이 나았다.

그랬기에 로젤은 망설임 없이 약을 제 입에 넣을 수 있었다.

"컥! 크흡."

그리 많지 않은 양을 삼켰음에도, 속이 타들어 가는 것 같았다. 그 충격으로 인해 그녀는 탁자 위에 있던 잔을 실수로 쳐 넘어트렸다. 물이 쏟아지고, 옆에 놓여 있던 약 봉투가 젖어 들었다.

하지만 로젤은 그런 것을 신경 쓸 겨를이 없었다. 괴로웠다. 약의 효력을 알고 먹은 것임에도 그러했다. 온몸을 잠식해 가는 고통 속에서 로젤은 본능적으로 침대로 향했다.

아르한을 기다리다 잠이 든 척하며 적절히 시간을 끌려면 침대만한 곳이 없었다.

그녀가 침대에 쓰러지듯 몸을 눕히기 무섭게 서서히 눈앞이 흐려지더니 마침내, 의식이 완전히 끊어졌다. 그리고 다시 눈을 떴을 때 로젤은 탁자 위에 새로 놓여 있는 물과 잔을 보았다.

이를 통해 그가 다녀갔음을 확인한 그녀는 약 기운으로 인해 여전히 무거운 몸을 이끌고 여관을 나섰다. 그 후엔 여관 앞에 말을 매어 둔 다음 미리 약속한 돈을 마부에게 건네며 때맞춰 마차를 출발시켰다.

'……역시, 너무 허술했나?'

그러나 얼마간의 시간이 지났음에도 마차를 쫓는 이가 없자. 로젤은 초조한 마음을 감출 수 없었다. 하지만 그것은 괜한 기우였다. 금세 나타난 아르한은 별달리 고민하는 기색도 없이 로젤이 준비해 둔 말을 타고 마차를 쫓았다.

이를 틈타 그녀는 미리 외워 두었던 주술의 진을 그리고 제 머리카락을 조금 잘라 매개체로 삼은 후 이동했다.

로젤이 처음부터 이런 식으로 아르한을 따돌릴 생각을 했던 것은 아니다. 그녀는 지금껏 단 한 번도 그를 따돌리고 혼자 움직일 생각은 하지 않았다.

그것이 자살 행위에 가깝다는 것을 알고 있으니까. 하지만 아틀란티에서 꽃 가게 직원을 만나고, 에반을 만났던 날을 기점으로 로젤은 계획을 수정했다.

그녀가 그런 결정을 내린 것은 에반과 나눈 대화 때문이었다.

'솔직히 말하자면, 전에 네가 했던 말이 맞아. 리오는 얼마 전까지 만 해도 내가 데리고 있었어.'

꽃 가게의 직원을 함께 온 기사들에게 지시해 구금한 후, 돌아가려 던 로젤에게 에반은 잠시 할 이야기가 있다며 불러놓고 대뜸 그리 말했다.

방금 한 말의 의도를 가늠하기 위해 무표정한 얼굴로 그를 응시하는 로젤을 향해 에반이 느긋한 태도로 말했다.

'하지만 지금의 리오는 델티 왕녀와 함께 아틀란티에 있어. 일종의 인질이지.'

'또 무슨 같잖은 수작질이지?'

'전에도 말했듯, 난 꼭 리오가 아니어도 상관없어. 아이는 또 가지 면 되니까.'

'하.'

당연히 처음에 로젤은 그런 그의 말을 믿지 않았다. 그저, 또 어떻게든 자신을 동요하게 만들려는 수작이라고 생각했다.

'그래서 난, 내가 원하는 바를 이루기 위해서라면. 아들쯤은 얼마든 지 희생시킬 수 있어. 네가 끝까지 믿지 못하겠다면 네 눈앞에서 리오 의 손이라도 잘라서 던져 주지.'

하지만 그런 에반의 얼굴은 도무지 그냥 하는 말이라고는 생각하기 어려울 정도로 냉정한 빛을 띠고 있었다. 이에 로젤은 애써 스스로가 동요하고 있음을 감추기 위해 노력하며 입을 뗐다.

'……네 그 잘난 목적이 뭔데?'

'내 목적?'

그런 로젤의 물음에 피식 웃던 에반이 이내 그녀만 들을 수 있는 정 도의 목소리로 말했다.

'네 잘난 약혼자의 죽음.'

말을 마친 에반은 어떤 설명도 없이 그저 웃었다. 이에 로젤은 평소 처럼 태연한 척이라도 해야 하나 고민하다가 이내 관뒀다.

아르한의 죽음을 바라기에 리오를 희생시켜도 상관없다는 말도 충 격이었지만, 그 모든 것을 이용해 에반이 최종적으로 얻고자하는 것 이 결국 자신이라는 사실이 로젤은 가장 소름 끼쳤다.

'사실, 그래서 난 네가 황태자를 따돌리는 데 실패했으면 좋겠어.'

그런 에반의 말이 의미하는 바는 간단했다. 그는 리오를 미끼로 로 젤을 불러들이고, 로젤을 미끼로 아르한을 불러들여 그를 죽이려는 것이다.

아르한의 유일한 약점이라고 불러도 좋을 그녀라면 그는 반드시 빈

틈을 보일 수밖에 없을 테니.

이를 깨닫기 무섭게 로젤이 제 입술을 짓씹었다. 그것을 물끄러미 응시하던 에반은 이내 조금 전까지 했던 말들이 모두 거짓인 것처럼 웃었다.

'얼마 후에 왕녀가 네게 따로 연락을 할 거야. 단, 그 내용을 아무나 볼 수 없도록 적절한 조치를 취해 둘 예정이지.'

'……만약 내가 전하께 그 내용을 들키기라도 하면 어쩔 셈이지?'

'네 아들의 목숨은 없겠지. 왕녀가 그를 살려 주는 건, 네가 혼자 왔을 때만 가능한 이야기니까.'

웃는 낯으로 아무렇지 않게 그리 말하는 에반을 보며 로젤은 문득 델티가 과거에 했던 말이 떠올랐다.

'그 누구도 믿지 마세요.'

'공녀가 아끼는 사람도, 공녀를 아끼는 사람도. 공녀를 적대하는 사람도.'

이제야 그녀는 그 경고에 담긴 의미를 완전히 알 것 같았다.

자신이 아끼는 리오에게 독이 묻은 꽃바구니를 받고, 자신을 아낀다고 주장하는 에반에게 제 아들이 죽어도 상관없다는 말을 듣고, 자신을 적대하는 델티에게 리오의 목숨을 협박당하고 나서야 로젤은 깨달았다.

스스로가 아닌 타인을 믿는다는 것이 얼마나 어리석은 일인가를.

하지만 이를 알면서, 이를 깨달았다고 말하면서도 로젤은 기어이 아르한에게 자신을 쫓아올 힌트를 주었다. 그를 따돌리고 사라진 이유가 리오를 살리고, 또 아르한이 자신 때문에 위험에 처하지 않기를 바라기 때문이면서…….

그녀는 결국, 아르한이 자신 때문에 위험에 처하지 않기를 바라지만, 한편으로는 그가 자신을 도와주길 바라고 있는 것이다.

철저한 모순이었다.

* * *

서둘러 말을 타고 여관으로 돌아온 아르한은 기사들과 고용인들을 시켜 주변을 샅샅이 수색하도록 했다. 덕분에 얼마 안 가 이동 주술의 흔적으로 보이는 진을 발견했다.

진 안에서 매개체로 사용된 것으로 추정되는 찬란한 금발이 발견되자 그는 주술을 행한 인물이 로젤임을 확신했다. 아르한이 쫓던 마차는 그저 이동 주술을 완성하는 데 걸리는 시간을 벌기 위한 미끼였던 것이다.

어쩌면 여관 앞에 매여 있던 말 역시 그럴지도 모른다. 이를 깨닫고 나자 아르한은 정말이지 돌아 버릴 것 같았다. 결국, 자신을 따돌리고 혼자 오라는 편지의 내용을 로젤이 순순히 따랐다는 의미였으니까.

그것은 그녀가 그만큼 자신을 믿지 못하고 있었다는 의미가 아닐까 싶어 머릿속이 복잡해졌다. 덕분에 얼마간 제 감정을 주체하지 못하던 아르한은 이내 겨우 머리를 식혔다.

그리고는 방으로 돌아와 델티에게서 온 편지부터 찾았다. 편지는 로젤이 누워 있던 침대에서 발견됐다. 그는 혹시나 하는 마음에 이를 차분히 읽어 내려갔다.

하지만 편지의 내용은 전과 달라지지 않았다.

추가로 다른 편지가 발견된 것도 아니었다. 전에 봤던 것과 같은 내용이었다. 어디로 오라거나, 약에 대한 자세한 쓰임조차 적혀 있지 않은 채, 그저 아르한에게 그것을 먹이고 그를 따돌린 후, 제게 오라는 내용이 전부였다.

이럴 리가 없는데.

'무언가를 감추기엔 더없이 좋은 날이지요.'

새삼, 로젤이 마지막으로 했던 말들이 떠오른다. 그때는 그저 복잡한 속을 주체하지 못해서 그런 말을 했다고 생각했는데, 그것마저 전부 계산된 것이었을 줄이야.

거기까지 생각하던 아르한은 편지를 든 채, 초조한 마음을 애써 가라앉히기 위해 방 안을 서성였다.

그러다가 이내 무심코 걸음을 멈췄다.

계산. 로젤은 자신이 사라지기로 마음먹은 순간부터 내뱉는 말 한마디, 한마디를 모두 계획적으로 골랐다. 그렇다는 건.

'……얼마 전에 읽은 책에 따르면 달빛은 사람을 홀리는 힘이 있다고 합니다. 그래서 고대의 주술사들은 달빛을 이용한 주술을 만드는 데 힘을 썼죠.'

'달이 지면 사라져 버리는 주술들을요.'

그때 했던 이야기들이 결코, 아무 이유 없이 되는 대로 꺼낸 말은 아니라는 뜻이다.

그리 결론을 내린 아르한이 혹시나 하는 마음에 들고 있던 편지를 달빛에 비춰 보았다.

그러자…….

"……착각이었던 건가."

아무것도 보이지 않았다. 그저 어슴푸레한 달빛을 머금은 종이가 조금 환해졌을 뿐.

아르한은 이내 미련을 버린 얼굴로 편지를 내려놓았다.

내일 날이 밝는 대로 기사나 고용인들 중 암호 해독에 능한 인물을 수소문해야겠다. 그리 생각한 그가 편지를 그대로 탁자 위에 올려놓으려던 찰나. 편지의 군데군데 얼룩이 져 있는 것이 보였다.

실수로 편지에 물을 쏟았다가 그것이 마르면서 생긴 자국 같았다.

"……설마?"

거기까지 생각한 아르한의 머릿속에 문득 한 가지 가능성이 떠올랐다.

그와 동시에 그는 조금 전의 빗나간 추측을 애써 잊으려 노력하며 한 손에는 편지를 그리고 다른 한 손에는…….

촤악!

물이 담긴 잔을 들고, 그것을 그대로 편지에 뿌렸다. 잔에 담겨 있는 물이 그다지 많지 않았던 터라 그리 심하게 젖지는 않았다. 적당히 얼룩덜룩해진 편지를 아르한이 기대 반, 걱정 반인 마음으로 달빛에 비췄다. 그러자.

편지와 함께 동봉한 약을 복용하는 즉시,

그로부터 1~2분간 죽은 것처럼 위장이 가능.

이를 이용해 황태자가 큰일을 당한 것처럼 위장하고 빠져나올 것.

만약 혼자 오지 않는다면 영윤의 목숨은 보장할 수 없음.

물에 젖은 부분이 달빛과 만나면서 전에 읽었던 것과 전혀 다른 내용이 나타나기 시작했다.

그 안에는 로젤이 사용한 것으로 추정되는 이동 주술에 대한 내용도 적혀 있었다.

하지만 그 부분은 유독 물에 많이 젖은 것인지 너덜너덜해져 정확한 내용을 알아보기가 힘들었다.

하지만 그럼에도 개의치 않고 편지를 끝까지 읽어 내려가던 아르한은 마침내.

위치: 워너렌가 11번지 96, 5-27

로젤이 향한 것으로 짐작되는 장소를 알아냈다.

* * *

로젤이 워너렌가 11번지 96, 5-27에 도착했을 때는 저물어 가는 태양으로 인해 하늘이 보랏빛으로 물든 상태였다.

아르한을 따돌리고 여관을 나온 지 꼬박 12시간 이상이 흐른 것이다. 어슴푸레한 달빛이 비치던 때에 시작된 여정은 해가 지고 마침내 다시 캄캄한 저녁이 되어 갈 무렵까지 계속된 것이다.

사실 로젤은 정오 무렵 워너렌가에 도착했다. 그러나 그녀는 바로 델티가 있는 곳으로 향하지 않고 날이 저물기를 기다렸다.

냉정하게 생각했을 때, 로젤이 홀로 저택에 들어가 무사히 리오를 구하고 살아나올 확률은 없다고 봐도 무방했다. 있다고 해도 상당히 희박하겠지.

그러니 그 희박한 확률을 조금이라도 높여 보려면, 변수가 필요했다. 운이나, 기적이라고 부를 만한 것이.

그리고 어둠은 변수를 만들기에 상당히 좋은 요인이었다.

이를 알기에 로젤은 태양의 절반 이상이 지평선 너머로 사라졌을 때 비로소 움직이기 시작했다.

'그 소문이 진짜였던 모양이네.'

날이 어두워지기를 기다릴 겸, 근방에 있는 식당들을 돌다가 알게 된 사실이 있었다. 델티의 아지트가 있는 이곳 워너렌가는 현재 지독한 자원 부족에 시달리고 있다.

덕분에 해가 지고 나면 대부분의 식당이나 시설들이 장사를 접는다. 자원 부족으로 인해 촛불 하나 켜기도 어려운 상황이기 때문이다.

그 때문에 치안 역시 좋다고는 말할 수 없는 편이었고, 자연스레 여행객들마저 기피하는 곳이 되었다. 그리고 워너렌가의 이런 상황들은 아마 렐티가 자신의 아지트를 이곳으로 정하는 데 큰 영향을 미쳤을 것이다.

대부분 촛불 하나 켜고 살기도 힘든 상황이니, 렐티 역시 괜히 눈에 띄지 않으려면 마찬가지로 불을 거의 사용할 수 없다는 단점이 있으나 이는 장점이기도 했다.

밤이 되면 워너렌가 전체는 어둠에 잠긴다.

더불어 애초에 인적이 드문 곳이기도 하니, 어떤 일을 은밀히 진행하기에 더없이 적합한 장소였다.

거기까지 생각하던 로젤이 문득, 생각을 멈추고 정면을 응시했다.

워너렌가 11번지 96, 5-27

그것이 렐티가 제게 보낸 편지에 적혀 있던 주소와 같음을 확인한 로젤의 시선이 자연스레 눈앞에 있는 거대한 저택으로 향했다.

규모가 꽤 큰 저택임에도 불구하고 불빛은 거의 보이지 않았다. 해가 다 진 탓에 대부분의 풍경이 어둠에 물들어 있음에도 그러했다.

아마 타인의 눈에 띄지 않으려는 나름의 전략일 것이다.

끼이익-

그때 갑작스레 들려온 소리에 로젤이 서둘러 소리가 난 쪽을 향해 시선을 주었다. 그러자 저택의 거대한 문이 저절로 열리고 있는 모습이 보였다.

"라슈아 공녀님이십니까?"

거대한 문이 열리면서, 안에 있던 사람들의 모습이 서서히 드러났다. 그중 기사로 보이는 남자의 물음에 로젤은 고민하던 기색을 거두고 고개를 끄덕였다.

이미 다 알고 왔을 것이 뻔한데 괜한 부정을 해 봤자 먹히지 않을 테니까. 게다가 혼자 왔음을 증명해야 리오를 살려 준다고 했으니, 더욱 정체를 숨길 이유가 없었다.

"나를 데리러 왔나?"

"예. 이곳에서 기다리다가 공녀님께서 도착하시면 저택 안으로 모시라는 명령이 있었습니다."

그것은 에반의 명령일까, 아니면 델티의 명령일까.

어쩌면 둘 다일 수도 있겠다는 생각을 하던 로젤을 향해 어느덧 성큼 다가온 기사가 대뜸 그녀의 손목을 잡아챘다. 갑작스러운 접촉에 로젤이 무어라 화를 내기도 전에 그는 갖고 있던 밧줄을 이용해 그녀의 양손을 등 뒤로 결박했다.

"지금 이게 무슨 짓이지? 지금, 감히 누구 몸에 손을⋯⋯!"

"한 가지만 충고하죠."

그런 로젤의 항의를 가볍게 무시한 기사는 밧줄을 손목이 아플 정도로 꽉 묶은 후 경고하듯 덧붙였다.

"이곳에서 공녀님을 지켜 줄 수 있는 건 아무것도 없습니다."

"⋯⋯."

"그러니 부디, 빨리 스스로의 주제를 파악하고 얌전히 구는 게 좋을 겁니다."

물론 그래 봤자 조만간 죽겠지만.

속삭이듯 덧붙여진 뒷말은 조롱에 가까웠다. 이를 눈치챈 로젤은 분한 마음을 담아 입술을 짓씹는 대신, 화사하게 웃었다.

"그래. 충고 명심하도록 하지."

기사는 그런 로젤의 반응에 의외라는 얼굴을 했으나, 이내 관심을 끄고는 앞장서서 걷기 시작했다. 로젤 역시 그런 기사를 따라 다른 기사와 고용인들에게 둘러싸인 채 정원을 가로질러 저택 안으로 들어왔다.

* * *

"전하, 아무리 생각해도 이건 너무……!"

옆에서 말리는 기사의 말을 간단히 무시한 아르한이 타고 있던 말을 채찍질했다.

로젤이 어디로 향했는지 알아내기 무섭게 말을 타고 이동하기 시작했으나, 그럼에도 아직 워너렌가는커녕 그 근처에도 도달하지 못했다.

그녀는 이동 주술을 썼고, 그들은 말을 타고 이동했으니 격차가 큰 것은 당연하다. 아르한 역시 이를 알지만, 그럼에도 마음이 급한 것은 어쩔 수 없었다.

지금의 로젤에겐 제 몸을 지킬 그 어떤 수단도 없다. 저번처럼 팔찌라도 만들어 줬다면 모를까. 그런 것 하나 없이 그를 따돌리고 델티와 에반이 있을 그들의 아지트로 향했다.

그런 그녀의 선택을 전혀 이해하지 못하는 것은 아니다. 리오의 목숨이 달린 일이었으니, 어쩔 수 없었겠지. 게다가 로젤 본인 역시 델티의 주술로 인해 죽어 가고 있었으니 이를 풀기 위해서라도 그녀는 이런 선택을 할 수밖에 없었을 것이다.

머리로는 안다. 로젤이 최선의 선택을 했다는 것을.

하지만 그것이 결국, 로젤의 죽음이라는 결과를 불러온다면, 아르한은 끝까지 그녀를 이해하려 하지 않을 것이다.

"경. 아까 내가 말했던 것은 어찌 되었나?"

그런 아르한의 물음에 그의 뒤에서 열심히 말을 타고 달리던 기사가 이내 말했다.

"백작의 승인은 떨어졌고, 준비도 이미 끝났다고 합니다!"

"그거 다행이군."

그리 답한 아르한은 이내 고삐를 쥐지 않은 손으로 제 주머니 속에 있는 종이를 꺼냈다.

위치: 워너렌가 11번지 96, 5-27

물에 젖었다가 마른 자국이 그대로 남은 편지를 다시 품속에 넣은 아르한이 이를 악물었다. 그는 이번에야말로 모든 것을 끝낼 생각이었다.

다시는 겨우 이런 편지 한 장으로 인해 로젤과 헤어지고 싶지 않았다. 그러니 이번에야말로 그는 최선을 다할 것이다.

그녀가 다시 위험에 처하는 일이 없도록 철저하게.

* * *

저택 안은 바깥보다 더 깜깜했다. 밖은 그나마 달빛이라도 있었지만, 이곳은 달빛을 대신할 정도의 불빛도 없었다. 드넓은 복도에 아주 간간이 있는 촛대와 촛불이 희미하게 주변을 밝히고 있는 것이 고작이었다.

덕분에 두 손을 등 뒤로 묶인 상태에서 걷는 일은 상당히 어려웠다.

주변에 있던 기사와 부딪히거나, 누군가의 발을 밟기 일쑤였다. 처음에는 실수에서 시작된 일이었으나, 어느새 로젤은 의도적으로 주변 사람들의 발을 밟기 시작했다.

"어머, 미안. 실수야."

영혼 없는 사과를 반복하며 구두 굽으로 발을 밟아 대니, 주변에 있던 이들이 하나둘 로젤과 거리를 두기 시작했다. 이를 틈타 로젤은 옆구리에 차고 있던 단도를 슬쩍 꺼내 손목을 묶은 밧줄을 조금씩 자르기 시작했다.

어찌 감히 귀족 영애의 몸에 손을 대냐며 로젤이 정색을 한 탓에 기사는 밧줄로 손을 묶는 일 외에 다른 조치는 취하지 않았다. 그 덕분에 가능한 일이었다. 당연히 무기를 갖고 있지 않을 거라고 생각하는 건지, 아니면 갖고 있다고 해도 금세 제압할 수 있으니 상관없다는 건지. 알 수 없었으나 로젤로서는 다행인 일이었다.

'조금만 더 하면 될 것 같은데.'

두 손에 힘을 조금만 제대로 주어 양쪽으로 당기면 끊어질 것 같은 정도에서 그녀는 밧줄을 자르는 일을 멈췄다.

우선은 리오가 무사한지부터 확인해야 했다. 밧줄을 끊는 것은 그 이후가 되어야 할 것이다.

"거기 지금, 무슨 수작을 벌이시는 겁니까?"

대뜸 들려온 아까 그 기사의 물음에 로젤은 당황한 티를 내지 않으려 했으나 쉽지 않았다.

혹, 자신이 밧줄을 자르던 걸 들켰나 싶어 조마조마했다.

"지금 무엇을 하고 계시느냐 물었습니다."

재차 들려온 기사의 물음에 로젤은 차분히 입을 뗐다.

"아. 혹시, 나한테 한 질문이었나?"

천연덕스럽게 그리 묻는 로젤을 향해 기사가 짜증 섞인 말을 내뱉었다.

"여기 공녀님 말고 또 누가 있습니까?"

"내 주변에 있는 기사들만 해도 다섯, 앞에 있는 시종과 하녀만 세도 벌써 일곱이 넘어 가지."

"……"

"그런데 나 말고 누가 있느냐는 질문은 다른 이들에게 실례 아닌가?"

여유롭게 제 말꼬리를 잡는 로젤의 모습에 기사는 여전히 표정을 굳힌 채 그녀에게 다가왔다.

"실례는 공녀님께서 저지르셨죠. 계속 주변 사람들의 발이나 밟지 않았습니까."

알고 있었군. 그러나 로젤은 개의치 않았다. 자신이 손목을 결박한 밧줄을 조금 잘라 냈다는 사실만 눈치채지 못했다면 아무래도 좋았으니까.

그래서 그녀는 변명하듯, 적당히 뻔뻔하게 말했다.

"워낙 캄캄한 데다. 손까지 묶여 있어서 어쩔 수 없었어."

"풀어 달라 이겁니까?"

"그럼 나야 좋지."

그리 말한 로젤이 속을 알 수 없는 얼굴로 웃었다.

자신이 곧 죽을 목숨이라는 것과 스스로를 지킬 그 어떤 수단도 없다는 사실을 전혀 신경 쓰지 않는 태도였다.

그것이 기사의 심기를 거슬렀다.

"이렇게 쉽게 풀어 드릴 거였다면 애초에 묶지도 않았습니다."

"그럼 내가 계속 실수를 할지도 모르겠네."

기사를 놀리듯 로젤이 그리 답했다. 그러자 일순간 표정을 굳힌 그가 그녀를 향해 한 발 가까이 다가갔다. 그리고는 이내.

짜악! 요란한 소리와 함께 로젤의 고개가 반대쪽으로 돌아갔다. 로젤의 뺨을 후려친 기사는 건장한 청년이었고, 기사라는 직업에 맞게 힘 역시 센 편이었다.

그런 사람에게 맞은 탓인지 머리가 울렸다. 입술 또한 터진 듯 입에서 피 맛이 났다.

"제가 충고했지 않습니까. 얌전하게 구는 게 좋을 거라고."

싸늘한 기사의 말에 로젤은 헛웃음을 터트렸다.

그가 이런 식으로 직접 제게 위해를 가할 줄은 꿈에도 몰랐다.

언제 죽어도 이상하지 않은 상황이기는 하나, 적어도 이런 식으로 기사 따위에게 뺨을 얻어맞으리란 생각은 하지 못했다.

"시간 없으니까, 더는 괜한 수작 부리지 말고 얌전히 따라오시죠."

그리 말한 기사가 복도에 있던 촛대를 들어 그것으로 로젤을 비추었다.

"이젠 불이 있으니, 앞이 잘 보이지 않아 실수로 발을 밟았다는 변명은 통하지 않습니다."

확실히 그러했다. 그가 불을 들고 있는 이상 전과 같은 변명은 통하지 않을 것이다. 하지만 상관없었다.

"확실히 불이 있으니 잘 보이네. 하지만 이젠 조금 전에 당신에게 맞은 곳이 아파서 잘 걸을 수 없을 것 같은데?"

뻔뻔하기 짝이 없는 로젤의 대꾸에 기사는 한 번 더 그녀에게 손을 휘두르려 했으나, 그것은 행동으로 옮겨지지 못했다.

"그만하고 어서 가지. 더 이상 시간을 지체했다간 우리가 큰 화를 당할지도 몰라."

곁에 있던 노년의 집사가 그리 말하자, 기사는 어쩔 수 없다는 듯 한숨을 내쉬며 조금 전처럼 선두에서 걷기 시작했다. 덕분에 로젤을 감시하는 건, 주변에 있던 다른 기사들의 몫이 되었다.

그들은 혹, 로젤이 제 발을 밟기라도 할까 긴장한 눈치였으나, 전과 달리 그녀는 얌전히 걷기만 했다. 더 이상 눈에 띄는 행동을 하다가 손을 묶은 밧줄이 조금만 힘을 줘도 끊어질 만큼 약해져 있다는 사실을 들키면 곤란했기 때문이다.

그러니 이쯤에서 적당히 폭력에 순응한 척, 얌전히 굴어 줄 필요가 있었다.

그나마 다행인 것은 갑작스레 뺨을 맞았음에도 불구하고, 실수로 손을 묶은 밧줄을 끊지 않았다는 점이었다. 만약 그랬다면 꼼짝없이 몸수색을 당하고, 단도의 존재를 들켰을 것이다. 결박당한 손 역시 더 튼튼한 밧줄로 다시 묶였겠지.

로젤은 애써 긍정적으로 생각하기 위해 노력했다.

애초에 자신의 상황은 지금보다 더 나빠질 수가 없었다. 죽음까지 앞두고 있으니까. 게다가 보통 저주라는 건 두 개를 동시에 걸 수 없다. 반드시 하나를 풀고, 다른 저주를 걸어야 한다.

그러니 죽음에 이르게 하는 저주에 걸린 이상, 로젤에게 이보다 더 나쁜 저주가 더해질 일은 없었다. 결국, 그녀에게 지금보다 더 나쁜 상황이란 존재할 수 없는 것이다.

* * *

이보다 더 나쁠 수는 없다.

곁에 있던 이들의 보고를 받은 아르한은 그리 생각했다.

"천천히 다시 말씀해 보십시오."

초조한 기색이 역력한 아르한의 말에 앞에 있던 남자가 면목이 없다는 듯 고개를 숙였다.

이에 아르한은 애써 올라오는 감정을 억누르며 입을 뗐다.

"무슨 말이라도 해 보십시오."

"……."

"정말, 방법이 없습니까?"

독촉처럼 이어진 물음은 그가 폭발 직전이라는 사실을 암시하듯, 날카로웠다. 이를 눈치챈 남자가 서둘러 말했다.

"저희 쪽에서는 정말 최선을 다하고 있습니다만, 쉽지 않은 일입니다. 이런 경우를 저는, 전혀 본 적이……."

"정말 본 적이 없습니까?"

"……."

싸늘한 아르한의 추궁에 남자는 그대로 입을 닫았다.

침묵은 곧 긍정이라는 말이 있으나, 이런 문제에 대해서는 함부로 말을 꺼내지 않는 편이 차라리 낫다는 걸 그는 알았다.

"내가 백작에게 그리 어려운 명령을 내렸습니까?"

다그치듯 떨어진 아르한의 음성에 백작이라 불린 남자는 더욱 고개를 숙였다. 확실히 그다지 어려운 명령은 아니었다. 워너렌가에 도착하기 전, 아르한은 주소가 적힌 종이를 백작에게 보냈다.

워너렌가 11번지 96, 5-27

그리고 그곳으로 서둘러 기사들을 보내 사라진 라슈아 공녀의 행방을 찾으라고 했다. 단, 그 누구에게도 들키지 않도록 은밀하게.

처음 아르한에게서 명령이 떨어졌을 때 백작은 그다지 어렵지 않게 일을 끝낼 수 있을 거라 여겼다. 하지만 그것은 큰 오산이었다. 공녀를 찾는 일은 시작부터 난항을 겪었다.

아르한이 보내온 주소로 은밀히 기사들을 보냈더니, 그곳에는 아무것도 없다는 소식이 들려왔다. 분명 하루 전까지만 해도 거대한 저택이 있었던 곳이기에 백작은 황당함을 감추지 못한 채 그곳으로 향했다.

그리고 그곳에는 기사들의 말처럼 아무것도 없었다. 뭔가가 있었던 흔적조차 없이 깔끔했다.

"백작."

"……예."

나직한 부름에 백작이 고개를 숙이며 답했다. 그러자 아르한은 이내 차분하지만 확고한 태도로 말을 이었다.

"나는 중요한 일을 앞두고, 시간을 낭비하는 걸 굉장히 싫어합니다. 그러니 바로 본론으로 들어가겠습니다."

어쩐지 거창한 아르한의 말에 백작은 불길한 예감이 들었으나, 일단 이어질 말을 기다렸다.

"백작은 어떤 대상을 감추는 결계를 치는 주술에 대해 알고 있습니까? 혹은 이동 주술이라거나."

"……."

그런 그의 물음에 백작은 또다시 침묵을 택했다.

황태자인 아르한이 상당히 초조해 보인다는 생각은 했으나, 이 정도일 줄은 몰랐기에 그는 내심 크게 당황했다.

"표정을 보아하니 알고 있는 모양이군요."

"……아닙니다. 저는, 아무것도 모릅니다."

뒤늦게 사실을 부정하는 백작을 아르한은 탓하지 않았다.

현 황제가 만들어 놓은 금지된 주술과 흑마법 척결을 위한 법안. 그 법안 때문에 현재 제국에서는 주술이나 마법에 대해 자신이 알고 있는 사실을 감추려 드는 사람이 태반이었다.

'황제가 죽어 간다'는 말이 적힌 조잡한 인쇄물 따위에도 수백이 죽어 나갔으니, 몸을 사리지 않을 수가 없을 것이다.

그것은 아르한 역시 마찬가지였으나 지금의 그는 그런 것 따위를 신경 쓸 여유가 없었다.

"내게 결계 주술을 읽는 법과 이동 주술에 대해 알려 주십시오."

장미의 독에 당하지 않았더라면, 굳이 배우지 않고도 금세 터득할 수 있었을 것이다. 하지만 독에 당해 능력에 제한이 생긴 그로서는 이 것이 최선의 방법이었다.

"……저는 그럴 수 없습니다. 황태자 전하."

그리고 백작으로서는 이것이 최선의 선택이었다.

이를 알기에 아르한은 그를 탓하는 대신, 제 입술을 짓씹었다. 그러다가 이내 이럴 시간마저 아깝다는 것을 깨닫곤 비장하게 입을 뗐다.

"만약 내가 말한 조건을 들어준다면, 두 달 안에 백작에게 아틀란티를 쥐어 줄 것을 약조하겠습니다."

"……예?"

백작이 못 들을 말을 들은 사람처럼 황망한 얼굴로 되물었다.

아틀란티라는 도시를 소유하고 있는 것은 개인이 아니다. 국가가 소유하고 있는 도시였다. 그러니 그런 아틀란티를 두 달 안에 백작에게 주겠다는 말은 즉.

"나는 이 제국의 하나뿐인 황태자입니다. 그런 내가 그 정도 약속도 지키지 못하리라 보십니까?"

아닌 척 태연하게 돌려 말하고 있으나, 그런 아르한의 말은 결국 황제가 되겠다는 의미였다. 순리에 따라 적법한 절차를 거치기 위해 때를 기다리는 것이 아닌, 두 달 안에 황제를 끌어내리고 자신이 직접 제국의 주인이 되겠다는 의미였다.

* * *

길고 긴 복도를 걷던 끝에 로젤은 드디어 리오가 있다는 방에 도달할 수 있었다. 그리고 로젤은 그 사실이 조금 의외였다.

제게 정말 리오의 안전을 확인시켜 주려 할 줄은 몰랐다. 오히려 당장 자신을 죽이지 못해 안달일 것이리라 생각했다.

'아니면 다른 꿍꿍이가 있는 건가?'

물론 그렇다고 해도 지금의 로젤로서는 다른 선택지가 없었다. 어서 빨리 리오를 만나 그의 상태를 확인한 후 함께 이곳을 나가야 했다.

"들어가십시오."

철컥 문이 열리는 소리와 함께 정중한 기사의 말이 떨어졌다. 그런 기사의 존재감을 뒤로 한 채 열린 문을 따라 안으로 들어선 순간, 로젤은 자신이 속았음을 깨달았다.

"결국, 공녀님을 여기서 뵙게 되는군."

방 안에서 그녀를 기다리고 있던 것은 리오가 아닌 에반이었다.

하, 그럼 그렇지.

그들이 이리도 순순히 제게 리오를 보여 줄 리가 없었다. 그 사실에 새삼 배신감을 느낀 로젤이 이내 거우 입을 뗐다.

"……오랜만에 뵙는군요. 후작 각하."

방의 중앙에서 오만하게 자신을 바라보는 에반을 향해 무심코 다가가던 로젤은 이내 적당한 거리에서 걸음을 멈췄다. 그의 시선이 천천히 로젤의 눈동자와 얽히다가 이내 싸늘한 빛을 띤다.

"그 얼굴은 누가 그랬지?"

담담한 물음은 그 자체로 살기를 띠고 있었다.

이를 알아챈 로젤은 고민 없이 몸을 돌려 문 너머에 있는 자신의 뺨을 후려친 기사를 응시했다. 그러자 기사의 눈동자가 순간 주체할 수 없이 흔들렸다. 그것을 확인한 로젤이 다시 몸을 바로 했다.

"누구라고 딱 말씀드리기가 난감하군요. 제가 고자질엔 취미가 없어서."

뻔뻔한 로젤의 말에 에반이 피식 웃었다.

"그래 알지. 공녀가 그런 쪽엔 영 취미가 없다는 걸."

웃으며 적당히 맞장구를 쳐 주는 에반의 모습에 로젤 역시 마주 웃었다.

역겹지만 지금은 때가 아니니 어쩔 수 없었다.

"네. 게다가 저는 복수를 할 때 남의 손을 빌리는 타입도 아니라서요."

"아, 그럼 직접 갚아 주고 싶다는 건가?"

"그럴 수 있다면, 당연히 그리해야죠."

그리 대꾸한 로젤이 곧 천천히 주변을 둘러보았다. 그런 그녀의 행동을 물끄러미 응시하던 에반이 물었다.

"뭘 그리 열심히 찾지?"

"제가 이곳에 온 이유를 찾고 있습니다."

"이유? 그게 뭔데?"

"다 알고 계시면서 굳이 한 번 더 묻는 건, 절 조롱하기 위함인가요?"

여전히 웃는 낯으로 가시를 세우는 로젤의 대답에 그는 어느덧 웃음을 지운 얼굴로 말했다.

"다들 나가 있어."

그런 에반의 말에 사족을 다는 이는 없었다. 덕분에 로젤을 이곳으로 데려왔던 이들은 전부 문밖으로 사라지고 그와 그녀만 남았다.

"우리 아직 할 얘기가 많지 않나?"

다시 웃음기를 띤 채 그리 묻는 에반의 모습에 그녀는 무표정한 얼굴로 말했다.

"그래 많지. 일단 내 아들이 어디 있는지부터 듣고 싶군."

둘만 남기 무섭게 떨어진 하대에 에반은 로젤을 빤히 응시했다.

"아쉬운 쪽은 내가 아니라 공녀일 텐데, 이리 나와도 되는 건가?"

"말은 바로 해야지. 지금 아쉬운 건 이렇게 두 손이 묶인 채 인질이된 내가 아니라 날 원하는 당신일 테니까."

"아, 그거였군. 공녀가 당당한 이유가."

에반은 그제야 알았다는 듯 고개를 끄덕였다. 그 과장된 행동은 반쯤은 로젤을 조롱하기 위함이었다.

이를 로젤 역시 알았으나, 그녀는 그것을 지적하는 대신 차분히 입을 뗐다.

"아무래도 두 사람, 의견 차이가 좀 있었나 보지?"

"갑자기 무슨 말이지? 웬 의견 차이……."

"아까 날 건드린 그 기사. 제국 사람 아니지?"

"……."

"당신의 기사도 아닐 테고."

갑작스레 들려온 로젤의 말에 에반은 그대로 입을 다물었다. 그것이 그가 당황했을 때 하는 행동임을 로젤은 알고 있었다. 아무래도 제추측이 맞은 모양이다.

"제국 사람이었다면, 아무리 인질이고 곧 죽을 목숨이라고 해도 라슈아 공녀인 내 뺨을 가격하는 일까진 하지 않았을 거야. 아니면 적어도 주저하는 기색을 보였겠지."

혹여나 이변이 생겨 로젤이 무사히 살아 나가게 될 경우 라슈아 공작가에서 어찌 나올지 모른다. 꼭 그런 이유가 아니더라도 굳이 지체 높은 귀족인 로젤을 나서서 건드릴 이유가 없다.

그럼에도 기사가 이런 극단적인 행동을 한 것은……

"델티 왕녀가 데려온 기사니까. 어차피 이 일이 끝나면 리페도라로 돌아갈 사람이니 저리도 거침없이 행동한 거겠지."

"……"

"거기다가 겸사겸사 나를 통해 에반, 당신에게 왕녀의 경고도 전할 겸."

아마 두 사람은 최근 어떤 주제에 대해 의견이 극명하게 갈린 적이 있을 것이다. 그래서 델티는 에반에게 그 사실에 대해 경고 아닌 경고를 할 심산으로 자신의 기사를 시켜 로젤의 얼굴을 이리 만든 것이다.

그것이 로젤의 추측이었다.

"……고작 그런 얄팍한 추측으로 나와 왕녀 사이에 균열이 생겼다고 확신하긴 힘들지 않나?"

어떻게든 제 말에 반박하려 드는 에반을 향해 로젤은 코웃음을 쳤다.

"둘 사이가 나쁘지 않았다면 아까 내가 지목한 그 기사를 당신은 즉시 처리했겠지. 당신은 원래 본인이 가진 힘을 과시하는 걸 좋아하는 타입이잖아."

에반은 원래부터 자신이 가진 권력이나 부를 은근히 과시하는 일을 즐겼다.

그런 그가 로젤에게 수모를 겪게 한 기사를 그냥 둘 리가 없다. 평소였다면 그 기사는 진작 목이 날아갔을 것이다. 하지만 그는 그녀를 건드린 기사를 순순히 보내 줬다.

"그건 현재 왕녀와의 사이가 그다지 좋지 않으니 굳이 일을 크게 만들고 싶지 않아서겠지."

깔끔한 로젤의 결론에 에반은 더 이상의 반박이 무의미하다 느꼈는지 순순히 고개를 끄덕였다.

"그래, 맞아. 네 추측대로야. 역시 넌 못 속이겠군."

그의 순순한 인정이 로젤은 하나도 기쁘지 않았다.

아니, 사실 리오만 아니었더라면 둘의 사이가 나쁘든 좋든 그녀는 조금도 신경 쓰지 않았을 것이다.

"왕녀와의 의견 차이라는 게 리오에 대한 문제인가?"

"그래."

"……그녀는 내가 리오를 만나지 않기를 원하는 거야?"

로젤의 추측 어린 물음에 잠시 고민하는 기색을 보이던 에반이 반박자 늦게 고개를 끄덕였다. 이번만큼은 제 추측이 들어맞지 않기를 바랐기에 로젤은 조금 쓰게 웃었다.

"……하지만 당신이라면 할 수 있지? 나를 리오와 만나게 하는 일."

그런 그녀의 말에 에반의 얼굴이 조금 미묘하게 굳어졌다. 그것이 완전한 거절의 의미는 아님을 눈치챈 로젤이 말을 이었다.

"나와 거래를 하자."

"거래라고?"

의아한 얼굴로 되묻는 에반을 향해 로젤이 고개를 끄덕이며 말했다.

"그래. 물론 그녀를 대놓고 배신하라는 건 아니야. 그저 약간의 틈만 만들어 주면 나머지는 내가 알아서 할 테니."

"……내가 널 도와주고 나면, 그다음엔 황태자의 도움을 받을 생각인가?"

그리 묻는 에반의 어조가 은근히 날카로웠다. 이를 눈치챈 로젤이 고개를 저었다. 아르한에게 일종의 열등감을 느끼는 에반 앞에서 그에 대해 언급하는 것은 그다지 좋은 선택이 아니었다.

"난 황태자 전하를 따돌리고 이곳에 왔어. 그러니 당연히 그분께 도움을 받을 방법도 없지."

절반쯤은 사실이었다. 아르한을 따돌린 것도 맞고, 그에게 도움을 받을 방법도 없으니까.

"네가 정말 아무 대책 없이 그냥 여기까지 왔다고?"

하지만 에반은 그런 그녀의 말에 코웃음을 쳤다. 그리고는 조금도 믿지 못하겠다는 듯 한쪽 입매를 비틀어 웃으며 덧붙였다.

"넌 전에도 말했지만 제법 똑똑한 계집이야. 그런데 그런 네가 이곳에 아무 대비도 없이 그냥 왔다는 말을 지금 나더러 믿으라고?"

"그래. 당신 말이 맞아. 난 그런 계집이 아니지. 아무 대비 없이 사지에 발을 들일 사람이 아니지."

로젤은 순순히 인정했다. 에반의 말처럼 그녀는 제 목숨을 그리 허투루 버릴 생각이 없었다.

"역시, 황태자를 통해 어떻게든……."

"하지만 그건 틀렸어. 난 전하께 그 어떤 기대도 걸지 않아. 내가 진짜 믿고 있는 건……."

그리 말한 로젤이 잠시 말끝을 흐리더니 천천히 그를 향해 다가갔다.

"바로 당신이지."

그녀의 발걸음이 멈춘 것은 에반의 코앞이었다.

이에 에반의 눈이 아주 잠깐 흔들렸다. 그 짧은 동요를 감지한 로젤은 은근한 미소를 띤 얼굴로 말했다.

"날 도와줘."

"……."

"날 도와주면 당신이 원하는 걸 주지. 그게 뭐든."

"……내가 뭘 원할 줄 알고?"

"당신이 원하는 거야 뻔하지."

바로 나.

나직하게 덧붙인 로젤의 말에서 미묘한 살기가 느껴졌다. 그러나 에반은 당장 제 코앞에 로젤이 있다는 사실에 집중하느라 이를 눈치채지 못했다.

"리오를 만나게 해 줘."

은근히 재촉하듯 덧붙여진 로젤의 말에 망설이던 에반은 결국 고개를 끄덕였다.

그녀가 수상하다는 것을 그도 안다. 또한 어떤 꿍꿍이가 있을지도 모른다는 사실 역시 알았다.

그러나 그는 머저리였다. 사랑 앞에서 그는 그저 약자에 불과했다.

* * *

백작은 결코 호락호락한 사람이 아니었다. 인정을 베풀어 달라는 말이나, 호소 따위에 굴해 자신의 안전을 내팽개칠 사람이 아니었다.

'*백작의 안위를 보장하죠. 두 달 안에 아틀란티를 갖게 해 주겠다는 약속 역시 내 목숨을 걸고서라도 지키겠습니다.*'

하지만 단순히 인정에 호소하는 것이 아니라 실질적인 이익이 눈앞에 있다면, 그것을 굳이 차 버리는 인물도 아니었다. 심지어 다른 것도 아니고 머지않은 미래에 황제가 될지도 모르는 황태자의 약속이다.

평소 황태자인 아르한의 이미지가 좋지 않았다면 또 모를까. 그의 평판은 꽤 괜찮았다. 오랜 시간 현 황제의 견제를 받은 것은 황태자가 워낙 흠잡을 데 없는 인물이라는 이유도 있었다.

능력적인 것이든, 인성적인 것이든 지금의 그는 나무랄 데가 없는 인물이었다.

'……*좋습니다. 전하가 요구하신 것을 들어드리죠. 결계 주술을 읽는 법과 이동 주술에 대해 알려 드리겠습니다.*'

그래서 백작은 아르한에게 걸어 보기로 했다.

조금이라도 더 오래 황위를 유지하기 위해 제 마음에 들지 않는 이들을 죄다 죽여 버리는 지금의 황제 대신 눈앞에 있는 황태자에게.

'하지만 시간은 꽤 걸리실 겁니다. 아무리 빨리도 일주일 이상은 소요되는 일이니까요.'

백작은 걱정스러운 얼굴로 그리 말했다.

평소 황위에 관심이 없다고 소문난 황태자가 황제가 되겠다는 말까지 꺼내며 하려는 일이니 분명 한시가 급할 것이다. 하지만 주술이라는 건 그리 쉽게 익힐 수 있는 것이 아니었다.

타고난 주술사라면 모를까.

'이제 된 겁니까?'

'……'

'백작? 흑, 이게 아니라면 다시 해 보겠습니다.'

'……아뇨, 된 겁니다. 매우 잘하셨습니다.'

그리고 백작은 그런 자신의 걱정이 얼마나 쓸데없는 것이었는지를 그로부터 30분 만에 깨달았다. 황태자는 천재였다. 백작이 지금껏 살아서 만나 본 그 어떤 주술사들보다 월등한 천재.

덕분에 아르한은 재능이 있는 주술사들이 일주일에 걸쳐서 외울 주술의 진을 금세 외웠고, 임청난 천재들이나 할 수 있다는 결계 주술을 읽는 법 역시 한 시간 만에 터득했다.

백작에게 배운 바를 이용해 순식간에 '워너렌가 11번지 96, 5-27'로 이동한 그는 결계를 읽는 일 역시 금세 마쳤다.

"이건……."

델티가 쳐 둔 것으로 추정되는 결계를 읽는 일은 그리 어렵지 않았다. 그러나 이내 또 다른 문제에 부딪혔다.

결계를 완전히 깰 방법이 없었다. 조금 더 정확하게 말하자면 불가능하지는 않으나, 시간이 너무 오래 걸렸다.

거대한 저택 전체를 숨길 정도로 규모가 큰 결계였기에 이를 완전히 깨려면 적어도 반나절 이상이 소요된다. 그러나 아르한에겐 시간이 넉넉하지 않았다. 지금 이 순간에도 로젤이 안에서 어떤 일을 겪고 있을지 모르니까.

결국 그는 결계를 완전히 부수는 대신, 작은 균열을 찾았다. 그리고 그 부분을 중심으로 자신이 들어갈 수 있을 정도의 틈만 만들기로 했다.

'적어도 30분 이상은 걸리겠군.'

결계의 규모에 비해 예상보다 큰 균열은 없었다.

그 사실에 아르한은 상당히 초조해졌으나, 이를 애써 가라앉힌 채 결계를 깨트려 나가기 시작했다.

제14장

균열

저벅저벅. 어두운 복도를 차분한 발소리가 채워 나간다. 이를 따라 은은한 불빛이 두 사람분의 그림자를 만들어 냈다.

그리고 그들 중 조금 더 묵직한 발걸음이 움직임을 멈췄다. 이를 따라 로젤 역시 걸음을 멈췄다.

"이 모퉁이를 돌면 바로 보이는 방이 있습니다. 영윤께서는 그 안에 계십니다."

아까 로젤의 뺨을 때린 기사가 오른손에 든 촛대로 모퉁이 쪽을 비추며 말했다. 전과 달리 유독 공손한 태도였다. 아마 그것은 에반의 명령 때문일 것이다.

'공녀를 영윤이 있는 방까지 '무사히' 모셔다드리도록.'

조금 전과 같이 뺨이라도 쳐올렸다간 뼈도 못 추리게 해 주겠다는 의미를 담아 한 말이었다. 그리고 그것은 델티와의 관계가 지금보다 더 악화되어도 상관없다는 의지를 표명하는 것이기도 했다.

"내 손은 풀어 주지 않을 건가? 이대로는 후작께서 주신 선물을 전해 줄 수 없을 것 같은데?"

그리 말한 로젤이 적당히 웃어 보이며 기사가 왼손에 들고 있던 병을 턱짓으로 가리켰다. 그것은 에반이 리오가 있는 방을 지키는 문지기에게 건네주라고 준비한 일종의 뇌물이었다.

"이건 제가 직접 전해 드리죠."

단호한 기사의 대답에 로젤은 순순히 고개를 끄덕였다.

아무래도 좋다는 그 태도가 거슬렸으나, 기사는 별말 없이 걸음을 옮기더니 모퉁이를 돌았다. 그녀 역시 그를 따라 걸었다. 기사가 들고 있는 촛대의 불빛을 제외하면 복도는 여전히 어두웠다. 그것이 로젤은 새삼 다행이라고 생각했다.

"이봐."

그런 기사의 말에 의자에 앉아 반쯤 졸던 문지기가 벌떡 몸을 일으켰다.

"예, 예!"

"잠깐 문을 열라는 명령이다."

"……문을요?"

문지기가 의아한 얼굴로 되물었다. 그 의문은 손을 등 뒤로 결박당한 상태인 로젤을 본 후, 더 짙어졌다.

"그래. 그리고 이건 후작께서 네게 보내는 작은 선물이다."

그리 말한 기사가 들고 있던 병을 건넸다. 얼떨결에 이를 받아 든 문지기의 두 눈이 커졌다.

"……이건!"

추운 지방에서 생활하는 귀족들이 주로 즐겨 마시는 도수가 높은 술이었다. 문지기인 그가 평생을 일해도 감히 입에 댈 수 없는 귀한 것이었다.

선물이라고 그럴듯하게 포장해 봤자 결국 이것은 지금의 일을 모르는 척 넘어가 달라는 뇌물이었다. 그 사실을 문지기 역시 알고 있었다.

"가, 감사합니다!"

하지만 그럼에도 그는 순순히 술을 받아 들었다. 귀한 술에 대한 욕심을 이기지 못한 것이다.

"그럼 열겠습니다."

확실히 손에 뭐라도 쥐여 주고 나니, 이야기가 빨랐다. 그 사실이 기사는 새삼 어이가 없었다.

에반의 명에 따라 로젤과 후작 영윤을 만나게 해 주려 하고는 있으나, 그는 원래 델티 왕녀의 사람이었다. 문지기 역시 마찬가지고. 그런데 그런 문지기가 겨우 이 정도에 이리 쉽게 문을 열다니…….

'아무래도 이번 일이 끝나는 대로 저자를 당장 처리해야겠군.'

그런 기사의 속을 알지 못할 문지기는 그저 생글생글 웃으며 열쇠를 찾고 있었다. 그런 그를 향해 로젤이 말했다.

"그 술, 맛이 꽤 좋다고 하니 괜한 잡음이 생기기 전에 미리 맛보는 게 좋지 않을까 싶은데."

웃음과 함께 건네진 그녀의 말을 자신을 향한 조언이라 여긴 문지기는 잠시 고민하는 기색을 보이다가 곧 마음을 정했다. 문지기가 받은 술은 명백한 뇌물이었다. 그 사실을 다른 이들에게 들키는 날엔 잡음이 생기지 않을 수 없다.

어쩌면 맛 한번 보지 못하고 그대로 압수당할지도 모른다는 생각에, 그의 마음이 급해졌다.

철컥-

"이제 들어가시면 됩니다."

그래서 문지기는 서둘러 문을 열어 주었다. 이에 로젤은 곧장 방 안으로 들어갔다.

리오가 있는 방 안은 작은 촛대 하나 놓여 있지 않아 캄캄했다. 창밖으로 들어오는 어슴푸레한 달빛에 의지하며 그녀가 차분히 걸음을 옮겼다. 그러자 채 몇 걸음을 떼기도 전에 어둠 속에서 언뜻 소년의 인영이 보였다.

"영윤?"

로젤의 부름에 소년이 고개를 든다. 한 발 더 가까이 다가가자 놀란 얼굴을 한 리오의 얼굴이 눈에 들어왔다.

"공, 녀님?"

얼떨결에 그리 묻는 리오의 눈동자가 거세게 흔들렸다. 그의 눈이 두려움과 죄책감이 섞인 빛을 띠고 있음을 알아챈 로젤이 말했다.

"저를 도와주세요."

"……네?"

"제가 이곳에서 나갈 수 있도록 영윤께서 도와주세요."

리오는 이런 제 부탁을 거절할 수 없다. 그녀는 그것을 직감적으로 알았다.

조금 전부터 문지기의 은근한 시선이 곁에 있던 기사에게로 향했다. 혹, 그가 늦게나마 로젤을 따라 방으로 들어가지 않을까 하는 일말의 기대 때문이었다.

애초에 문지기가 이리 쉽게 문을 열어 준 것은 두 사람이 안으로 들어간 사이 술병을 따기 위함이었다. 하지만 그런 그의 계획은 로젤이 홀로 방 안에 들어가면서 무참히 박살 났다.

"왜 그리 보는 거지?"

"아, 아닙니다."

날카로운 기사의 물음에 문지기가 고개를 저었다.

그는 이런 제 탐욕스러운 속내를 기사의 앞에서 대놓고 입 밖으로 낼 만큼 배포가 크지 않았다.

"내 눈치 볼 것 없어. 그러니 하고 싶은 대로 해."

"네?"

"들고 있는 술 말이야. 그거 마시고 싶어 하는 것 아니었나?"

그런 문지기의 생각을 읽기라도 한 듯, 이어진 기사의 말에 잠시 고민하던 그가 고개를 끄덕였다.

"그, 그럼 그렇게 하겠습니다."

말을 마친 문지기는 누가 말릴 새도 없이 병을 땄다. 기사는 그 모습을 조금 못마땅한 시선으로 바라봤다. 예상보다 너무 쉽게 문을 열어 준 문지기의 행동 때문에 기사는 후작과 문지기가 서로 짜고 로젤을 빼돌리려는 건 아닌가 싶었다.

굳이 술을 마셔도 된다는 말을 한 것은 그런 이유에서였다.

혹, 모든 것이 철저하게 계획되었다면 이를 달성하기 위해서라도 그는 술 따위 입에 대지 않을 테니까. 적당한 핑계를 대서라도 거절하겠지. 하지만 조금의 망설임도 없이 입가에 술을 가져가는 문지기를 보며, 기사는 생각을 수정했다.

그는 후작의 스파이가 아니다. 그저 욕망에 충실한 인간일 뿐.

그리고 그때였다.

우당탕! 콰앙!

로젤과 리오밖에 없는 방 안에서 큰 소리가 난 것은.

"뭐야?!"

당황한 기사가 서둘러 손에 든 촛대를 앞으로 내민 채 방 안으로 걸음을 내디뎠다. 문지기 역시 방금 딴 술병을 손에 든 채 기사의 뒤를 따랐다.

방 안은 기사가 들고 있는 촛대의 불빛이 아니면, 앞이 거의 보이지 않을 정도로 어두웠다. 불빛에 의지해 조심스레 앞으로 나가던 그들은 방 중앙에서 한 여자의 인영을 발견하고는 걸음을 멈췄다.

"……지금, 뭐 하시는 겁니까?"

그런 기사의 물음에 로젤은 바닥에 반쯤 주저앉은 상태로 태연하게 말했다.

"아, 실수로 발을 헛디뎌서 넘어졌어."

어슴푸레한 달빛을 제외하면 방 안은 캄캄하기 짝이 없었고, 그녀는 두 손을 뒤로 결박당한 상태이니 충분히 그럴 수 있었다. 이를 증명하듯 방 안에는 로젤이 걸려 넘어진 것으로 추정되는 탁자가 엎어져 있었다.

그 위에 있던 물건들 역시 넘어져 바닥을 뒹구는 상태였고, 그중에는 값이 꽤 나가는 도자기도 섞여 있었다.

'제길.'

이를 본 기사가 자연스레 표정을 굳혔다.

애당초 이렇게 깨지기 쉬운 물건을 허술하게 놔둔 것이 잘못이지만, 그와 상관없이 이곳에 있던 자신이 책임을 떠안을 확률이 크다는 걸 본능적으로 깨달은 탓이다.

"어두워서 일어나기 힘드니까. 불 좀 가까이 해 주지 않을래?"

그런 와중에 들려온 로젤의 말에 기사는 짜증 섞인 한숨을 내쉬며 시선은 여전히 깨진 도자기에 고정한 채 대충 들고 있던 촛대를 그녀 쪽으로 비추었다.

스륵- 탁.

그러자 정체를 알 수 없는 소리와 함께 그녀가 몸을 일으켰다. 기이할 정도로 빠른 속도였기에 기사는 그제야 고개를 돌려 로젤을 바라보았다. 로젤의 두 손을 결박하고 있던 밧줄이 완전히 풀린 채 바닥을 뒹굴고 있었다.

"……!"

그리고 기사가 이를 인지하기 무섭게 서늘한 칼날이 그를 향해 날아왔다.

그녀가 지체 없이 제 옆구리에 차고 있던 단도를 기사를 향해 휘두른 것이다. 정식으로 훈련받은 기사인 그와 대적하기엔 더없이 어설픈 움직임이었으나, 그럼에도 단도는 기사의 오른쪽 귀를 아슬아슬하게 비껴갔다.

그것은 검을 다루는 로젤의 실력이 뛰어났다기보단, 전적으로 그가 방심한 탓이었다. 이를 로젤 역시 알았기에 그녀는 단도를 휘두른 후 그대로 한 발 물러섰다.

"지금 이게 뭐 하는 짓입니까?"

황당함과 짜증이 섞인 기사의 물음에 로젤은 답하지 않았다.

그리고 그런 그녀의 침묵에 불만을 품은 기사가 무어라 한마디를 더 하려던 순간.

와장창!

"으아아악!"

대뜸 기사의 바로 뒤에 있던 문지기의 비명과 함께 뭔가가 깨지는 소리가 들려왔다.

아무래도 어둠 속에 숨어 있던 후작 영윤이 문지기에게 달려들어 그로 인해 놀란 문지기가 들고 있던 술병을 놓쳐 깨트린 듯했다. 금세 이와 같은 사실을 예상했음에도 기사는 본능적으로 그쪽을 향해 고개를 돌렸다.

그리고 로젤은 그 틈을 놓치지 않고 파고들었다. 그녀가 기사의 오른쪽 어깨를 노리고 들고 있던 단도를 휘둘렀다.

카앙!

하지만 그것은 간단히 막혀 버렸다. 기사는 마치 처음부터 그런 로젤의 움직임을 예상했다는 듯, 들고 있던 촛대를 재빨리 내려놓은 후, 차고 있던 검을 뽑아 그녀가 휘두른 단도를 쳐 내어 멀리 날려 버렸다.

그제야 로젤은 기사가 문지기를 향해 시선을 준 것이 모두 계산된 행동이었음을 깨달았다.

"이제 그만 포기하시죠."

그리 말한 기사는 자신이 입고 있던 로브의 끝이 조금 젖어 있음을 뒤늦게 깨닫고 바닥을 보았다. 그러자 그곳에는 기사가 짐작했던 대로 조금 전까지 문지기가 들고 있던 술병이 산산조각이 난 채 깨져 있었다.

기사의 로브 끝자락을 적신 것은 에반이 준비한 술이었다. 이를 그가 깨닫기 무섭게…….

휙!

뭔가를 낚아채는 소리가 들렸다. 이에 기사의 시선이 자연스레 그쪽으로 향했다. 그러자 그곳에는 조금 전까지 자신이 들고 있던 촛대를 쥔 로젤의 모습이 보였다.

그녀는 더없이 차갑게 웃고 있었다. 그런 로젤을 본 기사는 불길함을 느꼈고, 그것은 곧 현실이 되었다.

"이게 바로 내가 포기하지 않는 이유야."

미소 띤 얼굴로 그리 말한 로젤이 들고 있던 촛대를 바닥에 던졌다.

정확하게는 술이 쏟아진 바닥을 향해.

화르륵!

바닥에 쏟아진 도수 높은 술에, 촛대에 있던 양초의 불이 옮겨붙는 것은 순식간이었다.

"으아아악! 뜨거!"

술병이 깨지며 신발이 술에 젖은 탓에 그쪽으로 불이 옮겨붙었는지 문지기가 비명을 질렀다. 그는 서둘러 방 안에 있던 꽃병을 찾아 그 안에 있는 물을 제 발에 끼얹었다. 기사 역시 젖은 로브 자락에 불이 붙었다는 사실을 알고 당황했다.

짜악!

그리고 그 틈을 타 로젤은 있는 힘껏 기사의 뺨을 후려쳤다.

"그리고 이건 아까 날 건드린 대가."

말을 마친 그녀는 조금의 망설임도 없이 그대로 기사를 스쳐 지나 갔다. 로젤에게 맞은 뺨이 딱히 아픈 것은 아니었으나, 그것이 조롱의 의미임을 깨닫자 조금 수치스러웠다.

마음 같아서는 당장 그녀를 붙잡아 앙갚음을 해 주고 싶었으나, 로 브에 옮겨붙은 불부터 꺼야 했다. 그래서 그는 이내 침착하게 바닥에 몇 번 몸을 굴러 불길을 잠재웠다. 그리 큰 불길은 아니었기에 문지기 도 기사도 금세 몸에 붙은 불을 끌 수 있었다.

다만 술이 쏟아진 바닥을 따라 타오른 불길이 점점 거세지고 있 었다.

그리고 그보다 더한 문제는 그들이 그 난리를 치는 사이 로젤과 리오가 진작 방을 빠져나가 사라졌다는 점이었다.

* * *

타다- 타다-

헉, 헉.

다급한 뜀박질이 복도를 울린다. 리오의 손을 꽉 잡은 채, 로젤은
어둠으로 인해 끝이 보이지 않는 복도를 정신없이 달리고 있었다.

숨이 턱 끝까지 차오른 탓에 헉헉 소리가 절로 났다. 신고 있던 굽
높은 신발은 진작 벗어서 어딘가에 던져 버린 지 오래다.

에반에게 문지기에게 건넬 뇌물로 도수 높은 술을 준비해 달라고
말했을 때부터 로젤은 지금과 같은 상황을 그리고 있었다.

눈치 빠른 기사를 따돌릴 다른 방법을 생각해 내지 못해 급하게 세
운 계획이었으나, 결과는 의외로 괜찮았다. 이는 갑작스러운 부탁이었
음에도 문지기를 놀라게 해 들고 있던 술병을 놓치게 만든 리오의 공
이 컸다.

"저기다! 잡아라!"

문제는 이제부터 어떻게 저들을 따돌리냐였다.

건물 하나를 사이에 두고 두 사람을 향해 달려오는 기사들의 기세
가 꽤 매서웠다.

조금 전 로젤이 문지기와 기사의 주의를 끌기 위해 지른 불은 진작
꺼진 지 오래였다. 저택 전체가 워낙 어둠에 잠긴 터라 불이 나자마자

주변에 있던 이들이 달려와 신속하게 이를 진압한 모양이었다. 그리고 이와 함께 자연스레 로젤과 리오의 도주 소식 역시 퍼진 거겠지.

'제길.'

탈출에 성공한 것은 좋았으나, 역시 너무 눈에 띄는 방법을 사용했나 싶어 로젤은 뒤늦게 후회했다.

"윽!"

갑작스레 들려온 리오의 목소리에 반사적으로 걸음을 멈춘 그녀가 고개를 돌려 뒤를 보았다.

그러자 리오는 당황한 기색이 역력한 얼굴을 했다.

"어디 아프십니까?"

"아, 아닙니다. 저는 전혀······."

하지만 로젤은 그런 리오의 말을 끝까지 듣는 대신, 몸을 숙여 그의 바짓자락을 걷어 냈다.

"······발목이 조금 부어 있군요."

그다지 놀랄 일은 아니었다. 평생을 후작 영윤으로서 귀하게 자라온 그다. 평생을 라슈아 공녀로서 자라온 로젤의 몸이 맨발로 복도를 달리는 일에 익숙하지 않듯, 그 역시 그렇겠지. 그나마 지금까지 이를 감춰 온 것이 용할 지경이었다.

"영윤."

나직한 부름과 함께 로젤이 몸을 일으켰다.

그런 그녀를 응시하는 리오의 눈동자 속에는 불안이 담겨 있었다. 하지만 그녀는 이를 일부러 모르는 체했다.

"잠시 이쪽으로."

그리 말한 로젤이 리오를 복도의 구석에 있는 기둥 뒤로 끌고 갔다.

기둥의 크기는 그리 크지 않았으나, 아직 어린아이인 리오가 몸을 숨길 정도는 되었다.

"이곳에 있다가 주변에 발소리가 잦아들었다 싶으면, 그 길로 기둥을 나와 왼쪽으로 달리세요. 그러면 거대한 문이 보일 거고, 그곳을 통해 정원으로 나가면 될 겁니다."

저택의 입구부터 순순히 인질로 끌려온 로젤은 이곳의 지리에 대해 어느 정도는 파악하고 있었다.

물론 자신이 와 본 길에만 해당되는 이야기였으나, 저택을 나가기엔 그 정도로도 충분했다.

"……공녀님도 함께 가시는 거죠?"

그리 묻는 리오의 눈동자가 불안하게 흔들렸다. 이에 로젤이 무어라 대답하려던 찰나, 그가 한발 먼저 입을 뗐다.

"만약 저 혼자 가라는 말씀이시면, 따를 수 없습니다."

서둘러 뱉어 낸 말에 담긴 리오의 고집을 읽은 로젤이 말했다.

"그렇다면 지금 이대로 저들에게 순순히 잡히자는 말씀이십니까?"

"……그건."

"저희가 아무리 열심히 뛰어 봤자, 기사이고 저택의 지리를 훤히 알고 있는 저들에게서 도망치는 것은 무리입니다."

냉정한 로젤의 대답에 말문이 막혔는지 리오가 당황한 얼굴을 했다. 이를 느릿하게 응시하던 그녀가 말했다.

"하지만 둘 중 하나가 미끼가 되어 시간을 끈다면 이야기는 달라집니다. 그리고 그 미끼 역할은 발목을 다친 영윤이 아니라 제가 하는 편이 낫고요."

"……."

"우리가 둘 다 살 수 있는 방법은 이것뿐입니다."

말을 마친 그녀가 기둥 앞 복도에 놓여 있던 촛대를 들었다. 어둠 속에서 불만큼 시선을 끌기 좋은 도구는 없으니까.

"반드시 이곳을 나가 저를 도와줄 사람을 데려와 주세요."

짤막한 당부의 말과 함께 웃던 로젤은 그대로 뒤도 돌아보지 않고 리오에게서 멀어지기 시작했다.

"잡아라!"

"저기 있다!"

"공녀를 찾았다!"

거친 고함 소리와 수많은 이들의 발걸음 소리가 두두두- 복도를 울린다. 마치 전쟁터의 한복판에 떨어지기라도 한 듯, 정신이 없었다.

그 속에서 리오는 혹여나 제 입에서 소리가 새어 나갈까 입을 틀어막았다.

여기서 자신까지 들키면 끝장이다. 로젤의 희생을 헛되게 할 수는 없다. 그녀의 말처럼 무사히 저택을 빠져나가 도움을 청해야 했다.

"잠깐, 근데 여기도 좀 살펴봐야 하는 거 아냐?"

하지만 그런 리오의 바람은 그리 멀지 않은 거리에서 들려온 기사의 목소리에 의해 조금씩 위태로워졌다.

"여긴 왜?"

"아니, 아까 저 건너편에서 보니까 공녀가 이 근처에서 꽤 오래 머무른 것 같아서."

쓸데없이 눈썰미가 좋은 기사였다.

제발, 제발……. 이곳까지는 오지 않기를. 부디 그냥 넘어가기를.

저벅저벅. 갑주를 착용한 탓인지 제법 묵직한 발걸음 소리가 어느덧 리오가 숨어 있는 기둥 앞까지 도달했다.

"이 기둥 정도면 뒤에 뭘 숨길 수 있을 것도 같은데……."

그리 말한 기사가 이내 기둥 뒤를 향해 몸을 움직였다.

덕분에 기사의 두 눈이 기둥 뒤에 숨어 있던 리오를…….

"응? 야! 이리 와 봐!"

"뭔데?"

발견하기 직전, 다른 기사가 그를 불렀다. 저벅저벅. 조금씩 멀어져 가는 발걸음 소리에도 리오는 긴장을 늦출 수 없었다.

"저기! 저거 공녀 아니야?"

"어, 어? 맞네. 야, 얼른 쫓아!"

그러다가 이내 그들은 건물 바깥에서 촛대를 든 채 달리던 로젤을 발견하고는 그대로 그녀를 쫓아 사라졌다.

인기척과 발걸음 소리가 완전히 사라지고 나서야 리오는 조심스레 기둥 뒤에서 나왔다. 그리고는 얼마간 주변을 살핀 후, 로젤이 당부했던 대로 왼쪽으로 달리기 시작했다.

혹여나 남들의 이목을 끌까 싶어 촛대도 없이 어두컴컴한 복도를 달리는 일은 결코 쉽지 않았다. 그러나 리오의 머릿속에는 오직 저택을 나가서 도움을 청해야 한다는 생각뿐이었기에 그는 악착같이 달렸다. 그것이 라슈아 공작가로 독이 묻은 꽃바구니를 보낸 일을 사죄할 수 있는 유일한 방법이라고 어린 그는 생각했다.

당연하게도 리오가 처음부터 모든 걸 알고 행동했던 건 아니었다.

'공녀께서 건강이 많이 나빠지셨다더군. 그러니 옛 제자로서 한번 찾아뵈어야 하지 않겠나?'

대뜸 그리 말한 에반은 그날부터 매일 리오를 채근했다. 대체 언제 로젤을 찾아갈 거냐며 꾸준히 물어 왔다.

리오 역시 마음 같아서는 당장 로젤을 찾아가고 싶었으나, 에반의 재촉에 본능적으로 꺼림칙함을 느꼈다.

평소 제게 관심도 없던 부친이 이리 나오는 것을 보면 분명 다른 꿍꿍이가 있을 것이 뻔했으니까. 하지만 처음에는 채근하는 정도에 그쳤던 에반이 어느 순간부터 리오와 가까운 고용인들을 해고하고, 이유 없이 체벌하기 시작하면서 그는 마음을 바꾸었다.

차라리 자신에게 직접 해를 가했다면, 리오는 기꺼이 이를 받아들였을 것이다. 하지만 힘없는 고용인들이 피해를 보는 일은 두고 볼 수 없었다. 게다가 아무리 후작인 부친이라고 해도 라슈아 공녀인 로젤에게 대놓고 해를 끼치지는 못할 거라는데 생각이 미치자 결정은 더욱 쉬웠다.

'라슈아 공녀님께 다녀오겠습니다.'

그런 리오의 대답에 에반은 만족스럽게 웃으며, 꽃다발을 쥐여 주었다.

'공녀님께 잘 전해 드려라.'

고작 이런 꽃다발 하나 직접 전해 주지 못해 자신을 그리 닦달했나 싶어 리오는 마음이 쓰렸다. 게다가 자신이 준 꽃다발을 받으며 고맙다고 말하는 로젤의 모습을 볼 때마다 죄책감이 들었다.

자신이 가져온 꽃다발들이 사실은 후작인 부친이 준 것임이 밝혀지면 로젤이 어떤 추문에 휩싸이는 것은 아닐까 하는 걱정이 뒤늦게 든 탓이다.

그리고 마침내, 리오가 마지막으로 공작저를 방문한 날, 일이 터졌다.

'큰일 났습니다! 소후작님. 아까 소후작님께서 공작가로 보내신 꽃바구니에 독이 묻어 있었다고 합니다!'

'뭐?'

시종에게 그 말을 전해 듣고 나서야 리오는 제 부친이 생각보다 훨씬 미친 위인이라는 사실을 깨달았다.

"아, 저기다! 영윤이 저기 있다!"

갑작스레 들려온 외침에 리오의 사고가 그대로 정지했다. 그를 발견한 기사들이 어둠을 가르고 쫓아오고 있었다. 독이 묻은 꽃바구니를 보낸 후, 공작가와 황실의 기사들에게 쫓겼던 그날의 상황과 지독하게 흡사했다.

그는 더 이상 머릿속으로 다른 것을 떠올릴 여유 따위 없이 달렸다. 하지만 전문적으로 훈련받은 기사들에게서 도망치는 것은 무리였다.

헉헉……. 헉……. 헉…….

가쁜 숨을 몰아쉬며 달리고는 있지만, 발목이 부은 상태였기에 뒤에 있던 이들과의 거리가 점차 좁혀졌다.

'문이 이렇게 코앞에 있는데…….'

로젤이 말한 저택을 나가는 문은 어느덧 리오의 코앞에 있었다. 하지만 점점 좁혀지는 거리를 생각할 때, 저택을 벗어나기 전에 기사들에게 잡힐 것 같았다.

설령 무사히 저택을 빠져나가는 데 성공한다고 해도, 이미 위치를 들킨 이상 금세 다시 저택으로 끌려 들어올 확률이 컸다.

"아 진짜! 뭔 애새끼가 저리 빨라?"

짜증 섞인 기사의 목소리가 이젠 정말 지척에서 들려왔다. 덕분에 차마 뒤를 돌아볼 엄두가 나지 않았다.

"확실히 빠르긴 하네. 근데 그게 다 무슨 소용이야. 곧 잡힐 텐데?"

"잡으면 다시는 도망 못 가게 일단 다리부터 잘라. 목숨만 붙어 있으면 어떤 꼴이든 상관없다고 후작께서 말씀하셨으니까."

잔인한 말을 아무렇지 않게 내뱉는 기사들을 보며, 리오는 온몸에 소름이 돋았다.

'다리를 자른다고?'

덕분에 그 충격으로 인해 리오의 두 다리가 엉켰고, 그는 그대로 털썩 넘어졌다.

"아, 진짜, 드디어 잡았네."

말을 마친 기사가 차고 있던 검을 뽑았다.

검 집에서 검이 빠져나오며 들리는 날카로운 첫소리에 리오의 모골이 송연해졌다.

"원망은 마, 후작 영윤님. 후작께서도 허락하신 거니까."

짤막하게 그리 말한 기사가 그대로 검을 휘둘렀다. 날카로운 검이 붕붕 무거운 소리를 내며 공기를 가른다. 이에 리오는 곧 다가올 고통을 예감하고, 본능적으로 두 눈을 꽉 감았다.

카앙! 쨍!

검과 검이 부딪히는 듯한 소리와 함께 뭔가가 저 멀리로 날아가 바닥에 떨어졌다. 더불어 꽤 많은 시간이 지났음에도 느껴지지 않는 고통에 리오가 감았던 눈을 조심스레 떴다. 그리고는 고개를 들어 주변을 살폈다.

"괜찮으십니까?"

정중하고도 따스한 물음에 리오의 시선이 그쪽으로 향했다.

그러자 그곳에는 다급한 눈으로 그를 내려다보고 있는 한 남자가 있었다.

"……황태자 전하?"

믿을 수 없다는 듯, 중얼거리는 리오를 향해 아르한이 손을 내밀었다. 이를 리오가 얼떨떨한 얼굴로 잡자, 그가 몸을 일으켜 주었다.

"너, 너는 누구냐!"

"……황태자? 진짜 황태자 전하라고?"

"아니, 그런 사람이 대체 왜 여기에……."

갑작스러운 아르한의 등장에 곁에 있던 기사들은 순식간에 혼란에 빠졌다.

이를 틈타 아르한은 리오를 제 뒤로 오게 하고는 눈앞에 있는 기사들을 응시했다.

"라슈아 공녀는 어디 있지?"

그리 묻는 그의 어조에는 자연스레 살기가 묻어났다.

살기 가득한 아르한의 모습에 대부분의 기사들은 입을 떼지 못한 채 그대로 굳어졌다.

"……그, 그런 걸 우리가 순순히 말해 줄 것 같나?"

그나마 조금 전, 아르한에 의해 휘두르던 검을 멀리 날린 기사가 당차게 대꾸했다.

그러자 아르한은 그런 기사를 느릿한 시선으로 응시했다.

"그래?"

매끄럽게 떨어진 반문에 기사가 고개를 끄덕이자 아르한이 싸늘한 얼굴로 덧붙였다.

"그렇다는 건. 일단 공녀가 이곳에 납치되어 있음은 인정한다는 소리로군."

차분한 그의 말에 기사가 허를 찔린 얼굴을 했다. 그것으로 확인을 마친 아르한이 검을 들었다. 어슴푸레한 달빛이 검날에 반사되어 한층 더 스산한 느낌을 준다.

"공녀의 위치를 순순히 말하지 않겠다고 했었나? 그렇다면."

"……."

"순순히 입을 열 마음이 들게 해 주지."

그리 말한 아르한은 더없이 산뜻하게 웃고 있었다. 하지만 그것이 결코 좋은 의미가 아님을 그들은 알 수 있었다.

* * *

"이제 그만 포기하시죠."

반복되는 대치 상황에 지친 기사가 짜증 섞인 말을 내뱉었다.

로젤 역시 지금의 대치 상황이 썩 달가운 것은 아니었으나, 시간을 끌기 위해서는 어쩔 수 없었다.

"이젠 앞을 밝혀 줄 촛대도 없지 않습니까."

기사의 말처럼 현재 로젤의 손에는 아까 들고 뛰던 촛대도 없었다. 많은 기사들의 관심을 끌었다고 판단하기 무섭게 촛대를 버리고 온 탓이다.

이목을 끌었으니 그다음엔 최대한 오랫동안 도망 다니며 시간을 끌어야 했으니까.

"이 캄캄한 어둠을 뚫고, 저희들에게서 무사히 도망칠 수 있다고 생각하십니까?"

"그건 모르는 일이지."

그리 말한 로젤은 그저 웃었다. 여유를 가장한 웃음이었으나, 그녀는 알고 있었다.

자신이 눈앞에 있는 이 많은 기사들을 뚫고 무사히 도망칠 확률은 지극히 낮다는 걸. 하지만 이를 안다고 해도 순순히 잡힐 마음은 없었다. 스스로 미끼를 자처한 이상, 그 역할을 충실히 해내야 했으니까.

"아까도 이런 식으로 방심하다가 날 놓치지 않았나?"

조롱에 가까운 로젤의 말에 기사가 표정을 구겼다. 그녀의 말처럼 그는 분명 조금 전 리오와 로젤을 놓쳤다. 하지만 같은 실수를 두 번이나 할 정도로 어리석지는 않다. 이를 로젤 역시 알았다.

이번에야말로 그는 그녀를 잡기 위해 만반의 준비를 해 왔을 것이다.

그 증거로 당장 로젤의 앞을 둘러싸고 있는 이들 외에 뒤쪽에서도 인기척이 느껴졌다.

'수는 적어도 열 명 이상.'

그들은 전부 스스로의 기척을 숨길 생각도 없는 듯했다.

오히려 그녀가 도망칠 의지를 상실하도록 만드는 것이 목표인 듯 대놓고 존재감을 과시하고 있었다. 하지만 그럼에도 로젤은 그 사실을 눈치채지 못한 사람처럼 앞에 있는 기사들을 피해 뒤쪽으로 달렸다.

어차피 그녀에겐 선택권이 없었다. 결국, 뒤에서 나온 기사들과 앞쪽에서 다가오는 기사들에게 포위된 로젤은 다시 인질이 되었다.

"공녀는 참으로 일을 어렵게 만드는 재주가 있군."

비웃음을 띤 에반의 말에 로젤은 똑같이 비웃음으로 응수했다.

"글쎄. 내가 아무리 일을 어렵게 만들어도 당신만 할까."

두 손을 결박당한 상태로 다시 잡혀 왔다고는 믿을 수 없을 만큼,

여유로운 태도였다. 이번에는 저택의 가장 깊숙한 곳에 있는 낯선 방에 갇혔음에도 그녀의 기세는 조금도 꺾이지 않았다.

"확실히 두 분 다 일을 어렵게 만드는 쪽으로는 참 탁월한 재능을 가지셨죠."

하지만 뒤이어 들려온 목소리에 태연했던 로젤의 표정이 처음으로 굳어졌다.

이를 즐기듯 그녀가 차분히 덧붙였다.

"오랜만이군요. 공녀님."

짧게 대꾸한 그녀가 습관처럼 제 녹색 머리카락을 어깨 뒤로 쓸어 넘겼다. 이를 싸늘한 시선으로 응시하던 로젤이 조금 늦게 입을 뗐다.

"……델티 왕녀."

그런 그녀의 부름에 델티가 만족스러운 웃음을 지었다.

"저는 공녀께서 하도 오지 않으시기에 후작 영윤의 목숨을 포기하신 줄 알았습니다. 그런데……."

"……."

"이런 식으로 후작과 짜고 제 뒤통수를 치실 줄이야."

차분히 덧붙여진 뒷말에는 명백한 비웃음이 섞여 있었다.

고작 저런 인간과 짜고 일을 벌인 결과가 이것이냐는 조롱.

그것을 눈치챈 로젤의 표정이 굳어졌다. 그에 반해 델티의 표정은 더없이 산뜻했다.

"뭐 제 기사를 따돌리고 영윤을 빼돌리는 데 성공하신 건 칭찬해 드리겠습니다. 하지만 이제부터는 어찌하실 거죠?"

"……지금, 새삼 제 걱정이라도 해 주시는 겁니까?"

기가 막힌다는 듯 그리 묻는 로젤을 향해 델티가 고개를 끄덕였다.

"정확하게는 공녀가 아니라, 공녀가 쓸 잔꾀에 당할지도 모르는 저를 걱정하는 겁니다."

그리 말한 델티의 손이 자연스레 로젤의 턱을 쥐고 제 앞으로 당겼다. 덕분에 로젤의 얼굴이 금세 그녀의 코앞까지 도달했다. 다소 부드러운 동작이었으나, 그 동작에서는 살기가 느껴졌다.

"공녀께서는 결코 스스로의 죽음에 담담할 수 있는 사람이 아니십니다."

"……."

"제 몸을 빼앗기 전이라면 몰라도, 지금은 너무 많은 걸 가지셨으니까요."

델티의 말은 반은 맞고, 반은 틀렸다. 이에 로젤은 잠시 말을 고르듯 뜸을 들이다가 차분히 입을 뗐다.

"그래서 지금, 무슨 말이 하고 싶으신 겁니까."

"저는 공녀께서 이리도 태연하게 나오실 수 있는 건 믿을 만한 구석이 있기 때문이라고 생각합니다."

말을 마친 델티의 주황빛 눈동자가 로젤의 반응을 살피듯 느릿하게 움직였다.

"글쎄요."

이에 로젤은 지극히 태연한 얼굴로 델티와 눈을 맞추며 말했다. 그러자 델티는 그럴 줄 알았다는 듯 의미심장하게 웃었다.

"부정은 하지 않으시는군요."

"긍정 역시 하지 않았죠."

단호하게 떨어진 대답에 델티는 이내 쥐고 있던 로젤의 턱을 놓았다.

"품속에 단도를 숨기고 계셨다고 들었습니다."

"맞습니다."

로젤은 순순히 인정했다. 어차피 가지고 있던 단도는 이미 기사들에게 빼앗겼다. 그러니 굳이 부정할 필요가 없었다.

"다시 몸수색을 했으나 나온 것이 없다는 말도 들었습니다."

"맞아. 그건 내가 보증하지."

갑작스레 끼어든 에반이 고개를 끄덕였다.

그런 그의 말처럼 로젤은 기사들에게 잡힌 직후 몸수색을 당했다.

인질이기는 하나, 귀족 영애의 몸에 손을 대는 일이었기에 직접 몸수색을 하는 것은 여자 기사들의 몫이었다. 그리고 그들은 대부분 델티의 사람들이었다. 그것도 꽤 오랜 세월 그녀에게 충성한. 그러니 사실 에반의 보증 따위는 별 의미가 없었다.

그가 굳이 나선 것은 아마 델티의 속을 긁어 놓으려는 의도였을 것이다.

"공녀께는 죄송한 일이나, 저는 후작 각하와 다릅니다. 사랑에 눈먼 사내 따위를 흉내 내는 저분과는 다르단 말입니다."

하지만 델티는 그런 에반의 의도 따위 조금도 상관없다는 듯 그에게 눈길 한 번 주지 않았다.

오히려 대놓고 에반을 조롱하기까지 했다.

"너 지금 무슨 말을⋯⋯!"

"저는 공녀님에 대해 잘 압니다. 적어도 후작 각하보다는 훨씬."

대뜸 이어진 델티의 말에 로젤의 시선이 자연스레 그쪽으로 향했다. 에반의 시선 역시 마찬가지였다. 이에 델티는 보란 듯이 로젤에게 다가가 그녀의 귓가에만 들릴 정도의 목소리로 말했다.

"공녀께서는 고작 간단한 몸수색 정도로는 찾을 수 없는 곳에 본인의 신변을 지킬 무언가를 숨기고 계실 확률이 큽니다."

"⋯⋯."

"이를 테면 드레스 안쪽이라든가."

나직하게 떨어진 델티의 말에 로젤은 아주 찰나 그대로 굳어졌다.

델티의 추측대로 그녀는 현재 몸속에 크리스가 준 주머니를 지니고 있었다. 그리고 그것은 이번 계획의 핵심이 되는 물건이었다.

다만, 그 사실을 들켜서는 안 되었기에 로젤은 금세 평소와 같이 조금의 틈도 보이지 않는 얼굴로 입을 뗐다.

"재밌는 추측이로군요."

"이런, 갑작스러운 질문에 당황하지 않으신 것까진 좋았으나, 대답이 너무 빨랐습니다."

그리고 델티는 그런 로젤의 대처를 비웃으며 손짓으로 곁에 있던 여자 기사들을 불렀다.

양쪽에서 기사들이 로젤의 손과 다리를 각각 붙잡았고, 델티는 그 상태로 로젤의 드레스를 걷었다. 거침없는 델티의 행동에 로젤은 필사적으로 저항했으나, 소용은 없었다.

"이것이로군요."

결국 델티는 기어이 로젤이 드레스 안쪽에 매달아 두었던 주머니를 발견해 이를 뜯어냈다.

힘을 주어 당기자 주머니를 드레스에 고정하고 있던 실이 손쉽게 투두둑 뜯어졌다.

델티는 혹시나 하는 마음에 곁에 있던 기사를 시켜 주머니를 열어 보도록 했다.

그러자 그 안에는…….

"……."

"……."

순간적으로 침묵이 이어졌다. 이를 깬 건 기사의 대답이었다.

"아무것도 없습니다."

기사의 말에 델티는 그제야 주머니를 넘겨받았다. 확실히 주머니 안은 텅 비어 있었다. 안에 뭔가 있는 것처럼 보이도록 실뭉치를 복잡하게 엮어서 넣어 두었으나, 정작 내용물이라고 할 만한 것은 없었다. 하지만 이 주머니가 정말 아무 의미 없을 리 없다. 빈 주머니라면 필시 다른 용도가 있을 터.

그리 생각한 델티가 유심히 주머니의 겉을 살폈다.

언뜻 보기엔 아무 무늬 없는 평범한 주머니에 불과하다.

'언뜻 보기엔 평범한 주머니라…….'

"아."

그때 문득 한 가지 가능성이 델티의 머릿속을 스쳤다. 이에 그녀는 주머니를 들고 대뜸 창가로 향했다.

그리고 그것을 달빛에 비추자.

'역시.'

아무것도 없이 평범했던 주머니의 겉면에 특이한 무늬가 나타났다. 낯설지 않은 무늬였다. 아니, 오히려 익숙했다.

"이것이 공녀가 믿고 있던 최후의 패인 모양이군요."

"……."

웃음기 가득한 델티의 물음에 로젤은 대답하지 않았다.

델티 역시 대답을 기대하지는 않았는지 여전히 웃는 얼굴로 덧붙였다.

"몸에 지니고 있는 상태에서 주술적인 공격을 받으면 이를 상대에게 되돌려 주는 효과를 가진 것 같군요."

그리고는 말을 마치기 무섭게 로젤의 주머니를 제 품속에 집어넣었다.

주머니에 걸린 주술의 효과 따위 진짜 로젤이었던 시절의 그녀라면, 알지 못했을 것이다. 그런데 하필, 천대받는 왕녀인 델티에게 빙의한 탓에 그녀는 왕국 내에서 꾸준히 고초를 겪으며 쥐죽은 듯 엎드려 살아야 했다. 그래서 델티는 이 모든 수모를 갚아 주고, 제 몸을 되찾기 위해 죽을힘을 다해 주술을 익혔다.

덕분에 결국 그것들을 전부 이런 식으로 써먹게 된 것이다. 만약 눈앞에 있는 로젤이 주술을 통해 제 몸을 빼앗지만 않았어도, 지금의 델티가 주술에 대해 이리도 자세히 알게 되는 일은 없었을 것이다.

이를 떠올리자 그녀는 새삼 분노가 치밀어 올랐다.

"하지만 제게 이렇게 빼앗겨 버렸으니, 이젠 별수 없겠군요. 몸에 지니고 있지 않으면 아무 소용이 없을 테니까."

그래서 델티는 더욱 정성껏 로젤을 비웃어 주었다. 네가 남겨 둔 최후의 수단은 쓸모가 없어졌다고. 그리 말하며 조롱하기 위해.

하지만 그런 델티의 말에 반응을 보인 것은 로젤이 아닌, 에반이었다.

"……그런 걸 드레스 안에 숨길 생각을 한 공녀나, 이를 눈치챈 왕녀나 둘 다 참으로 대단하군."

에반이 가볍게 비꼬듯 말하자 델티가 이에 맞서듯 웃으며 입을 뗐다.

"이렇게 잔꾀를 부릴 생각이 아니었다면, 공녀께서 굳이 거추장스러운 슬립형 드레스를 입고 오셨을 리가 없죠. 이곳에 도착하기 전에 얼마든지 편한 복장으로 갈아입을 시간이 있었을 테니."

마치 이 정도도 눈치채지 못하냐며 에반을 은근히 탓하는 어조였다. 그리고 그런 델티의 짐작이 맞았다. 로젤은 일부러 아르한에게서 도망칠 때 입었던 옷을 그대로 입고 있었다.

그것은 델티의 말처럼 드레스 안쪽에 주머니를 숨기기 위함이기도 했지만, 한편으로는 그들에게 아무 준비 없이 다급하게 온 것처럼 보이기 위함이기도 했다.

"그래서 이제부터 공녀를 어찌할 생각이지?"

그런 에반의 물음에 델티는 일말의 고민도 없이 답했다.

"참으로 새삼스러운 질문이군요. 그건 이미 끝난 이야기 아니었나요?"

조금 날카로운 어조였다.

이에 맞서는 에반의 태도 역시 곱지는 않았다.

"이미 끝난 이야기라고? 난 분명 나중에 다시 얘기하자고 말했던 것 같은데?"

"각하!"

싸늘한 델티의 외침에 에반은 그녀를 못마땅한 시선으로 보았다.

그것은 델티 역시 마찬가지였다. 마치 제 원수라도 보듯 싸늘한 눈빛으로 에반을 응시했다.

'상황이 제법 묘하군.'

사실 로젤의 입장에서는 크게 나쁠 것 없는 상황이었다.

이대로 둘 사이가 아예 틀어져 버리면 좋고, 그게 아니더라도 적당히 시간을 끌어 준다면 그건 그것대로 괜찮았다.

"하. 쓸데없는 감정 소모는 관두죠. 지금 중요한 건 고작 이런 게 아니니."

그리고 그 사실을 델티 역시 모르지 않았기에 그녀는 서둘러 상황을 정리하려 했다. 하지만 에반은 순순히 물러날 생각이 없는지 의미심장하게 웃으며 입을 뗐다.

"쓸데없는 감정 소모라니? 그럼 지금의 상황에서 공녀를 어찌할 것인가 보다 중요한 주제가 따로 있다는 말인가?"

"……제 말은 그런 뜻이 아닙니다. 아시지 않습니까."

"나는, 잘 모르겠는데?"

빈정거리는 것이 분명한 투였다.

옆에서 그저 상황을 구경하고 있던 로젤조차 수상함을 느낄 정도로 에반의 행동은 과했다. 그는 마치 델티의 속을 뒤집어 놓지 못해 안달 난 사람처럼 굴고 있었다.

'대체 무슨 꿍꿍이지?'

이미 로젤을 납치하는 일에 깊게 관여한 상황에서 델티와의 관계가 틀어진다면 에반에겐 좋을 것이 없었다. 물론, 에반이 이런 식으로 계속 시간을 끌어 준다면 결과적으로 로젤의 입장에서는 이득이었다.

그러나 그가 무슨 의도로 이리 나오는지 알지 못한다면, 눈앞의 상황을 마냥 속 편하게 좋아할 수만은 없었다.

"후작 각하, 각하께서 지금 뭔가 크게 착각하고 계시는 것 같은데."

차분히 떨어진 델티의 음성에 로젤과 에반의 시선이 자연스레 그쪽으로 향했다.

이를 기다렸다는 듯, 그녀가 말을 잇는다.

"각하께서는 저와 협력 관계이십니다. 좋게 포장하면 협력 관계고, 좀 더 노골적으로 표현하자면……."

"……."

"저와 공범이시죠."

차분하지만 분명한 어조로 이를 강조한 델티가 이내 손짓으로 곁에 있던 기사들을 불렀다.

"그러니 저와 함께 나락까지 추락하고 싶으신 게 아니라면, 더는 같잖은 수작 부리지 마세요."

델티의 말이 끝나기 무섭게 기사들은 기다렸다는 듯, 로젤의 양옆을 둘러싼 후, 그대로 그녀를 끌고 가기 시작했다.

에반도 이번에는 그런 델티의 행동에 어떤 제지를 가하지 않았다.

더 이상 고집을 부리는 것이 무의미하다는 걸 안 태도였다.

"아, 그리고 후작 영윤말입니다."

마치, 줄곧 타이밍을 재고 있었던 것처럼 델티는 기사들이 로젤을 끌고 눈앞에서 사라지기 무섭게 입을 뗐다.

"황태자 전하와 함께 있는 것 같더군요."

그런 그녀의 말에 에반의 표정이 순간 굳어졌다. 거기까지 알고 있을 줄이야.

물론 그것은 아주 찰나였고, 델티는 그런 그의 표정을 보지 못했다. 하지만 그럼에도 그녀는 모든 것을 다 알고 있다는 듯 여유로운 태도로 말을 이었다.

"황태자 전하가 그녀를 구하러 올 때까지 저와 실랑이나 하며 시간을 끌어 볼 속셈이셨나요?"

"글쎄."

무난한 속도로 이어진 에반의 대답에 델티가 작게 웃었다. 그 웃음의 의미를 이해하지 못한 에반의 시선이 자연스레 델티의 얼굴 위에 머물렀다.

"……왜 웃는 거지?"

"새삼, 부부는 닮는다는 말이 떠올라서요."

말을 마친 델티가 이내 느긋하게 걸음을 옮기기 시작했다.

그리고 그런 그녀의 뒤를 에반이 조금 얼떨떨한 얼굴로 따랐다. 그가 제 곁에서 적당히 보폭을 맞춰 걷는 것을 본 델티가 입을 뗐다.

"두 분 다 이렇게 거짓말을 못해서야. 뭐 저야 속이 훤히 읽히는 부류가 좀 더 상대하기 편하지만."

대뜸 들려온 말이 조금 전 나눴던 대화와 이어진다는 것을 에반은 금세 알아챘다.

그래서 그는 재빨리 이를 부정했다.

"나는 지금 왕녀가 무슨 말을 하는 건지 잘……."

"대체 왜 대뜸 그리 막무가내로 나오시나 했더니, 그런 꿍꿍이가 있으셨을 줄이야."

그러나 그런 에반의 부정은 델티에게 통하지 않았다.

"혹여나 전하께서 제가 의식을 거행하기 전에 도착하지 못할까 불안하셨던 모양이군요."

"……."

"그래서 굳이 어떻게든 시간을 끌어 보려 하셨던 거겠죠. 황태자 전하께서 때맞춰 공녀를 구하러 와야 이를 틈타 전하의 목숨을 노려볼 수 있을 테니."

그녀가 확신에 찬 얼굴을 했다.

"하지만 안타깝게도 각하의 뜻대로 되진 않을 겁니다."

그것이 제가 후작 영윤의 탈출을 눈감아 준 이유니까.

델티가 느긋하게 덧붙인 뒷말에는 에반을 향한 비웃음이 서려 있었다.

* * *

무사히 리오를 구해 낸 것까지는 좋았다.

리오를 습격한 기사들을 상대로 몇 번 검을 휘두른 끝에 로젤의 위치를 알아냈을 때까지만 해도 상황은 크게 나쁘지 않았다.

적어도 아르한은 그렇게 생각했다. 하지만 그것은 착각이었다.

이를 아르한은 리오를 결계 밖으로 피신시키고 나서야 알아챘다.

'구조가 전부 바뀌었군.'

그저 자신이 열어 둔 결계의 틈으로 리오를 내보냈을 뿐이다. 심지어 그것도 나가는 것만 가능하고 들어오는 것은 불가능했기에 리오만 결계 밖으로 내보냈다.

아르한이 열려 있는 결계의 틈으로 뒤늦게 도착한 백작과 기사들에게 리오를 부탁한다는 말을 하고 돌아온 사이. 그 짧은 시간 동안 저택의 내부 구조가 바뀌어 있었다.

이러면 기사들을 협박해 로젤의 위치를 알아낸 의미가 없어진다. 게다가 이렇게 타인이 친 결계 안에서는 사용할 수 있는 마법의 종류 역시 크게 제한된다.

결국, 직접 이 넓은 저택을 하나하나 뒤져 가며 로젤의 행방을 찾아야 한다는 의미다. 거기까지 생각이 미치자, 아무래도 자신이 리오를 구한 일 역시 우연이 아닌 것 같다는 생각이 들었다.

그저 지금의 상황을 위해 철저하게 계획된 일 같았다.

"제길."

뒤늦게 이를 알아채고 나니, 그답지 않게 거친 말부터 나왔으나, 아르한은 억지로나마 평정심을 되찾았다.

지금 가장 급한 것은 로젤의 행방을 찾는 일이었으니까.

그리 결론을 내린 그는 곧, 서둘러 저택을 뒤지기 시작했다.

* * *

'여긴 또 뭐지?'

델티의 명령에 따르는 기사들에 의해 로젤은 어떤 방으로 끌려왔다. 그리고 그 후엔 방의 가운데에 있는 기둥에 밧줄로 몸을 꽁꽁 묶였다.

그런 상황에서 그녀는 무심코 제 발밑을 보았다. 그곳에는 척 보기에도 복잡하기 짝이 없는 주술의 진이 그려져 있었다.

그것은 단순히 로젤의 발밑에만 있는 것이 아니라, 방 전체에 그려져 있었다. 덕분에 로젤은 돌아가는 상황을 어렵지 않게 파악할 수 있었다.

'나를 제물로 바쳐 주술을 행할 속셈이군.'

그것도 방 전체에 진을 그릴 정도면 스케일이 꽤 큰 주술일 터였다.

"나름 정성껏 준비했으니, 부디. 공녀님의 마음에 들었으면 좋겠군요."

어느덧 방 안으로 들어온 델티와 그 뒤에 서 있는 에반을 본 로젤이 물었다.

"날 매개체로 뭘 하려는 거죠?"

그런 로젤의 물음에 델티는 순순히 답했다.

"모든 걸 원래대로 돌려야죠."

"……원래대로 돌린다?"

"그래요."

짤막한 델티의 긍정에 로젤은 곧, 어렵지 않게 그녀의 속셈을 알아 차렸다.

"이 몸을 되찾을 속셈이군요."

"맞아요. 그리고 그와 함께 공녀 역시 원래대로 돌아가게 해 줄 게요."

에르샤 마르아넬의 몸으로.

그런 델티의 말은 결국, 그녀를 죽이겠다는 의미와 다를 바 없었다.

에르샤의 몸은 진작 불에 타 없어진 지 오래였으니까.

"영혼을 옮기는 건 제법 큰 대가를 치러야 하는 주술이죠. 과연 왕 녀가 그 대가를 감당……."

"왜 내가 그걸 감당하리라 생각하죠?"

"……."

"말했잖아요. 공녀를 원래대로 돌아가게 해 주겠다고."

태연하기 짝이 없는 델티의 말에 로젤의 눈동자가 조금 흔들렸다.

'……설마?'

"주술의 대가는 공녀의 영혼이에요. 그리고 난 이를 통해 원래의 몸으로 돌아가겠죠."

담담한 그녀의 대답에 로젤은 제 예상이 맞았음을 확인함과 동시에 조금 묘하게 웃으며 입을 뗐다.

"쉽사리 왕녀의 계획대로 되진 않을 겁니다. 제 몸에 손을 대는 일조차 쉽지 않을 테니."

그런 로젤의 말에 델티는 눈 하나 깜짝하지 않았다. 이제 와 새삼 그런 경고를 듣는다고 겁을 먹을 그녀가 아니었다.

"왕녀께 충고 하나 하겠습니다. 제 몸에 손대지 마세요."

그래서 델티는 연달아 들려온 로젤의 경고를 가볍게 무시하며 그녀에게 다가갔다.

주술을 행하기 위해서는 매개체의 몸에 간단한 진을 그려야 했다.

아마 로젤이 저런 협박을 하는 것은 겁을 주어 주술의 진을 그리지 못하게 하기 위함이리라.

"충고는 고맙지만, 그게 공녀의 입에서 나온 것이라면 정중히 사양하겠어요."

말을 마친 델티가 로젤의 어깨에 손을 올렸다.

"그거 유감이군요."

어쩐지 스산하게 떨어진 로젤의 음성에 델티가 본능적으로 그녀를 응시했다. 그러자.

"전 분명히 경고했습니다."

파지직! 펑-

그런 로젤의 말과 함께 델티의 품속에서 뭔가가 터졌다.

"꺄아아악!"

"왕녀님!"

"왕녀!"

미처 손을 쓸 틈도 없이 벌어진 일이었기에 주변이 순식간에 소란
스러워졌다. 요란스러운 소리에 비해 큰 부상은 아니었다. 주머니와
맞닿아 있던 피부에 약간의 생채기가 난 것이 전부였으니까.

"그래서 말씀드리지 않았습니까. 제 몸에 손대지 말라고."

하지만 그런 로젤의 말은 델티의 화를 돋우기 충분했다. 덕분에 그
녀는 그대로 표정을 구겼다.

로젤이 가져온 주머니의 겉에 새겨진 주술은 미끼였다. 진짜 중요
한 것은 주머니의 내부였다. 내부에 엉망으로 얽혀 있는 실뭉치가 진
짜 핵심이었다. 안에 있는 것을 가리기 위한 눈속임.

한 사람에게 걸 수 있는 저주의 주술은 한 번에 하나뿐이다. 그런
데 로젤은 이미 델티가 건 저주로 인해 죽어 가고 있다. 그러니 그런
로젤을 다른 주술로 공격하기 위해서는 지금 걸린 저주부터 풀어야
한다.

하지만 굳이 그런 번거로운 방법을 쓸 이유가 없다. 당연히 로젤 역
시 주술적인 공격을 피하는 주머니 따위를 준비할 이유가 없다.

그러니 그것은 그저 미끼였다.

하지만 델티는 이러한 사실을 로젤이 들고 있던 패를 빼앗았다는

생각에 심취해 간과하고 말았다.

"이 미친 계집!"

분노한 델티의 목소리가 방 전체를 울린다.

그럼에도 부름의 당사자인 로젤은 일말의 동요도 없는 눈으로 델티를 응시했다.

그리고는 이내 차분히 입을 열었다.

"그걸 이제야 아셨습니까? 제가 얼마나 미친 계집인가를?"

태연하기 짝이 없는 대답에 델티의 얼굴이 일그러졌다. 로젤은 그녀의 화를 돋우는 데 천부적인 재능이 있었다. 덕분에 델티는 로젤의 뺨이라도 칠 기세로 움직였다. 그러다가 문득, 방금 폭발한 주머니의 존재를 떠올리고는, 제 품을 뒤져 그것을 꺼냈다.

"이까짓 주머니 따위만 믿고 설친 걸 후회하게 해 주지."

그리고는 방 안에 있던 벽난로에 주머니를 던져 넣었다. 덕분에 주머니는 타오르는 불꽃 속에서 그대로 재가 되어 버렸다.

실뭉치 아래에 걸어 둔 주술은 주머니를 지닌 상대가 로젤과 접촉하는 순간 주머니에서 작은 폭발이 일어나는 것이었다. 그러니 이런 식으로 불에 태워 버리면, 소용이 없어진다.

"나름 공을 들인 패가 한순간에 재가 되어 버린 기분이 어때?"

"글쎄요. 전, 그다지 아무렇지도 않은데. 오히려……."

"……."

"저보단 왕녀께서 더 초조해 보이시는군요."

그리 말한 로젤이 두 눈을 곱게 접으며 웃어 보였다. 그에 반해 그녀를 마주한 델티의 얼굴은 싸늘하게 일그러졌다.

이를 즐기듯, 로젤이 차분히 입을 뗐다.

"아, 그런데 제가 묶여 있는 기둥을 감쌀 정도로만 그려도 될 주술 진을 방 전체에 그리다니, 왕녀께서는 생각보다 주술에 재능이 없으신 모양이군요."

주술에 재능이 있는 인물이라면, 주술의 진을 작게 그려도 그 효과가 극대화될 수 있다. 그러니 저택의 방 하나를 가득 채울 정도로 큰 진을 그려야 하는 지금의 델티는 주술사로서의 재능이 별로 없는 편이라고 봐야 했다.

여전히 여유로운 얼굴로 은근히 자신을 조롱하는 로젤의 말에 델티는 기가 막혔다.

"지금과 같은 상황에서 주술에 대한 재능을 논하다니. 공녀는 목숨이 열 개쯤 되는 모양이죠?"

현 황제가 주술과 마법이라면 질색하는 인물임을 새삼 강조하는 델티의 말에 로젤은 웃었다.

"그것은 왕녀 역시 마찬가지 아닙니까? 심지어 지금 제 발밑에 있는 주술은 결코 평범한 주술도 아니니 들키면 처형을 면치 못할 겁니다."

애초에 로젤은 델티만큼 주술에 관심이 있는 것도 아니었다. 다만 한 번 제 목숨을 건 주술을 사용하고 나니 그 위험성에 대해 알게 되었고, 그래서 남몰래 관련 자료를 조금 찾아본 것이 전부였다.

사실 별 기대 없이 시작한 일이었으나, 성과는 꽤 괜찮았다. 현 황제가 주술과 마법을 배척하는 법을 만든 탓에 관련 서적을 판매하던 곳들이 자금난에 시달렸고, 라슈아 공녀가 된 로젤은 돈이 남아도는 입장이었다.

덕분에 그녀는 어렵지 않게 관련 서적과 간단한 도구 등을 구할 수 있었다. 그리고 지금은 간단한 주술 정도는 사용할 수 있게 된 것이다.

"물론, 왕녀께서 이를 모르고 일을 벌이시지는 않았겠지만, 그래도 혹시나 하는 마음에 간언을 했습니다. 게다가 주술에 대해 배운 지 얼마 되지 않은 저보다 못한 실력이라니 그건 좀······."

안타깝기도 했고요.

로젤이 산뜻하게 덧붙인 뒷말에 델티의 이성이 완전히 끊어졌다.

덕분에 그녀는 결국 그대로 로젤을 향해 손을 올렸다.

타악! 획-

하지만 그것은 로젤에게 닿지 못했다.

에반이 뒤에서 그런 델티의 어깨를 잡아챈 후, 그대로 그녀의 입을 막은 탓이다. 갑작스럽게 벌어진 상황에 델티의 시선이 에반의 손목으로 향했다. 그의 손목에는 팔찌가 있었다.

'각하께서 부탁하신 팔찌입니다. 이걸 착용한 상태로 상대의 입을 막으면, 즉시 그 상대를 잠재울 수 있죠.'

그것은 얼마 전에 델티가 주술을 걸어 만들어 준 호신용 팔찌였다.

이를 알아챈 델티의 눈이 싸늘한 빛을 띠며 에반을 응시했다.

'······이 빌어먹을 후작이, 기어이 나를 배신하는구나!'

그것도 자신이 직접 만들어 준 팔찌로 뒤통수를 치려 하다니. 참으로 염치라곤 없는 인간이었다. 델티는 어쩌면 로젤이 대뜸 자신을 도발한 것 역시 후작과 사전에 모의한 것일지도 모른다고 생각했다.

그리고 에반은 그저 당황한 기색이 가득한 얼굴로 델티를 보았다. 슬슬 팔찌의 효과가 나타나야 하는데 그러기는커녕 오히려 자신의 정신이 조금씩 흐려지고 있었다.

온몸의 힘 역시 서서히 빠지더니 어느새 델티의 입을 막고 있던 에반의 손이 힘없이 늘어졌다. 뒤이어 다리에 힘까지 풀리자 그는 자연스레 바닥에 무릎을 꿇게 되었다.

"이게 무슨……?"

그리 중얼거리며 제 양손을 응시하던 에반의 눈동자가 돌연 커졌다.

그의 몸이 조금씩 투명해지고 있었다.

"가, 각하!"

"몸이……!"

그저 단순히 헛것을 보고 있다고 생각하기엔 주변의 반응이 심상치 않았다.

"대체, 왜……."

황망한 얼굴로 말끝을 흐리는 에반을 향해 델티는 대놓고 비웃음을 흘렸다.

"각하께서 언젠가 이런 식으로 나올 거라고 예상했습니다. 그래서 나름 수를 써 뒀죠."

그의 배신을 예견하고 움직였다는 의미다. 이를 깨달은 에반이 빠드득 이를 갈았다.

"너, 대체 팔찌에 무슨 짓을 한 거지?"

"별건 아닙니다. 그저, 후작께서 팔찌의 능력을 제게 사용하실 경우 미리 지정해 둔 장소로 이동하게 되는 것뿐이죠."

"……그게 어디지?"

"정확하게는 기억이 안 납니다만, 아틀란티의 해안가에 있는 절벽 위였던 것 같군요. 아, 이동한 후, 발밑에 땅이 있을 거란 기대는 하지 않으시는 게 좋을 겁니다."

"……!"

"뭐, 운이 좋으면 어디 하나 부러지는 정도로 끝날 테니 너무 염려치는 마세요."

차분히 덧붙여진 델티의 말에 에반의 표정이 눈에 띄게 굳어졌다.

제15장
무너지다

이를 즐기듯 델티는 에반을 응시하다가 이내 몸을 돌려 로젤의 어깨에 저주의 진을 그렸다.

그리고는 곧, 로젤의 몸을 결박하고 있던 밧줄을 풀어 주었다.

"그래도 지금껏 함께 협력해 왔던 정을 생각해 마지막 기회를 드리죠."

대뜸 떨어진 델티의 말에 에반의 시선이 그녀에게로 향했다. 그의 몸은 이미 반절 이상이 투명해진 상태였다.

"……기회를 준다고?"

"네. 정확하게는 공녀님께 말이죠."

말을 마친 델티가 제 뒤에 서 있던 로젤을 잡아끌었다.

"주술이 완전히 발동하기 전에 공녀께서 후작의 손을 잡는다면, 주술은 풀리고 후작께서는 이곳에 남게 되실 겁니다."

적어도 절벽 아래로 떨어지는 일은 겪지 않아도 된다는 의미였다.

이를 눈치챈 후작은 다급하게 몸을 움직여 로젤의 손을 잡으려 했다. 하지만 저주의 여파 때문인지 몸에 힘이 들어가지 않아 그저 바닥에 엎드린 상태로 꼴사납게 허우적대는 것이 고작이었다.

'제길!'

"공녀께서는 어찌하시겠습니까? 후작께 남은 시간은 그리 많지 않으니 서둘러 결정을 내리셔야 할 겁니다."

재미난 구경거리를 관람하듯, 들뜬 어조로 델티가 말했다. 이에 로젤은 새삼 그녀를 향한 혐오감이 들었으나, 이를 내색하지는 않았다.

그저 제 앞에서 기고 있는 후작을 응시했다.

"사, 살려 줘. 나도…… 널 도왔잖아."

"나를 도왔다고?"

그런 로젤의 물음에 에반은 필사적으로 고개를 끄덕였다.

"그래, 리오와 만날 수 있게 해 줬잖아……. 술도 준비해 줬고!"

"그래, 그랬지."

덤덤하게 떨어진 대답에 에반의 얼굴이 눈에 띄게 밝아졌다.

"그래. 그러니 어서 나를 좀……."

"근데 그게 왜 내가 당신을 살려야 할 이유가 되는 거지?"

차분한 반문에 그는 순간적으로 멍청한 얼굴을 했다.

이해할 수 없는 말을 들은 사람처럼 반쯤 넋이 나간 에반을 보며 로젤은 웃었다.

이에 에반이 다급하게 물었다.

"공녀, 설마 약속을 어길 셈인가?"

"무슨 약속?"

"널 도와주면 내가 원하는 걸 주겠다는 약속을 설마, 지키지 않을 셈이냐고!"

그의 외침에 로젤은 그제야 알았다는 듯, 태연한 얼굴로 답했다.

"아. 설마 그럴 리가."

"그렇다면 대체 왜……."

"난 분명, 당신이 원하는 걸 준다고 했어. 그리고 당신이 원하는 건 내 마음이지."

"……."

"그러니 이번 일로 인해 내가 내 마음의 한 자락이라도 당신에게 줬 다면, 그건 약속을 어긴 게 아니지. 안 그래?"

굳이 따지자면 틀린 말은 아니었으나 에반이 듣기엔 그저 궤변이었 고, 변명일 뿐이었다.

"너 지금 그걸……!"

분노에 찬 문장을 완전히 내뱉기 직전, 에반은 초인적인 인내심을 발휘해 입을 닫았다. 농락당한 것은 분하지만 그럼에도 지금의 상황 에서 자신을 구해 줄 수 있는 인물이 로젤뿐임을 뒤늦게 떠올린 탓 이다.

"비록 이혼했지만, 난 네 남편이었어."

그래서 그는 짧은 시간 안에 가장 큰 효과를 발휘할 수 있을 만한 단어들을 입에 올렸다.

"게다가 리오의 부친이기도 하지."

에르샤를 자극할 만한 단어들.

오랫동안 함께 부부로 살아온 에반을 그녀가 잘 알 듯, 그 역시 지금의 로젤을 잘 알았다.

"내가 죽거나 혹은 건강에 이상이 생기면, 아직 어린 리오가 후작가에서 제대로 살아남을 수 있을 것 같아?"

그런 그의 물음에 로젤이 처음으로 동요한 기색을 보였다.

그녀의 가장 큰 약점은 아들인 리오였다. 이를 에반은 너무도 잘 알고 있었다.

"그러니 날 구해 줘. 나를 위해서가 아니라, 리오를 위해서 날 구해."

덧붙여진 에반의 말은 마법과도 같았다. 잠시 고민하는 기색을 보이던 로젤이 홀린 듯 그에게로 다가왔으니까. 어느덧 그의 지척까지 다가온 로젤이 상체를 조금 숙였다. 그리고는 차분히 입을 뗐다.

"버러지 같은 것."

"……뭐?"

따스한 한마디를 기대한 것은 아니었으나, 이리도 노골적으로 비난을 받을 줄은 몰랐기에 에반이 당황한 얼굴을 했다.

그런 그를 향해 로젤은 속에 있던 말을 쏟아 냈다.

"단 한 순간도 리오를 아들 취급한 적이 없으면서, 이제 와 뭐? 리오의 아비니 나를 구하라고?"

"……."

"너를 구하느니 차라리 내 손으로 너를 죽이고 살인자가 되겠어."

말을 마친 로젤은 이보다 더 우스울 수는 없다는 듯, 그를 향해 웃었다.

"너 같은 아비는 차라리 없는 게 낫다는 걸, 다시 한번 일깨워 줘서 고맙군."

그녀가 지금껏 진짜 로젤은 미워하면서 함께 불륜을 저지른 에반에게 그나마 관대했던 이유.

그것은 후작의 자리에 있는 그에게 당장 복수를 하는 것이 쉽지 않기 때문이기도 했지만, 그가 리오의 부친이라는 이유도 있었다.

에반의 말처럼 아직 어린 리오의 계승권을 공고히 하기 위해서는 부친인 그가 필요하다. 그래서 그녀는 에반을 향한 분노를 가슴에 묻었었다.

적어도 리오가 어느 정도 자라서 부친의 존재가 필요하지 않을 때까지만이라도 참고 견뎌야 한다고 생각했다. 그녀는 더 이상 리오의 모친이 아니니, 에반마저 사라져 버리면 리오는 후작가에서 홀로 외로운 싸움을 해야 할 테니까. 그래서 로젤은 비록 에반이 제겐 갈아 마셔도 시원찮을 인간이지만, 그래도 리오의 곁에 있어야 한다고 생각했다. 그가 리오의 손에 독이 든 꽃바구니를 쥐여 주기 전까지는.

덕분에 그날 이후로 로젤은 생각을 완전히 바꿨다. 저런 놈이 부친이라면 차라리 없는 게 낫다.

그녀는 그렇게 결론을 내렸다.

"이제라도 과거의 내 판단이 잘못되었음을 알려 줘서 고맙군."

그리 말한 로젤은 허리를 꼿꼿이 편 상태로 에반을 내려다보았다.

어느덧 완전히 투명해져 가는 그를 향해 그녀는 비웃음을 띤 얼굴로 말했다.

"리오도, 후작가도 걱정 마. 당신 같은 머저리가 없다고 문제가 생기지는 않을 테니."

그런 로젤의 말을 마지막으로 에반은 완전히 사라졌다.

이를 제삼자의 입장에서 지켜보던 델티가 끼어들었다.

"후회하지 않으시나요? 어찌 보면 공녀를 도와줄 수 있는 유일한 조력자가 사라진 셈인데."

"후회하라고 제게 기회를 준 것 아니었나요? 게다가 어차피 저주를 없애 줄 마음도 없었잖습니까?"

"아, 역시 눈치가 빠르시군요."

로젤이 어떤 선택을 했든 델티가 주술을 멈추는 일은 없었을 것이다.

그녀의 목적은 그저 에반이 비굴하게 구는 모습을 구경하는 것뿐이었을 테니.

결국, 로젤도 에반도 델티의 손에 놀아난 것이나 다름없었다.

그리고 로젤이 그런 생각을 하던 찰나.

팟! 파지직-

이상한 소리와 함께 방 안의 촛불들이 약속이라도 한 것처럼 동시에 꺼졌다.

덕분에 주변은 순식간에 어둠에 잠겼다.

* * *

저택을 열심히 뒤적이던 아르한은 문득, 이상한 점을 발견했다.

'2층은 다른 곳보다 경계가 삼엄하군.'

지금 그가 있는 건물의 1층 복도에는 고작 두 명의 기사가 배치되어 있었다. 그런데 2층은 보이는 방마다 적어도 두 명 이상의 기사가 지키고 있었다.

어떤 방은 무려 네 명의 기사가 지키고 있는 곳도 있었다. 덕분에 그는 혹, 로젤이 이곳에 있을 가능성을 고려해 보다가, 금세 그 생각을 버렸다.

렐티와 에반, 적어도 둘 중 하나는 지금 아르한이 저택에 들어와 있다는 사실을 안다. 그런 상황에서 그들이 이렇게 쉽게 로젤의 위치를 노출할 리가 없다. 결국, 로젤이 이곳에 있을 가능성은 지극히 낮았다.

다만 그럼에도 그가 쉽게 걸음을 옮기지 못한 것은, 이런 상황에서 기사들을 잔뜩 세워 두고 지켜야 할 정도로 중요한 것이 대체 무엇인가에 대한 의문 때문이었다.

'게다가 방문마다 그려져 있는 저 그림들은 대체 뭐지?'

2층에 있는 대부분의 방에는 문마다 이상한 그림이 그려져 있었다. 언뜻 보기엔 그저 장식의 일종이라고 생각하고 넘길 수도 있다. 하지만 그는 어쩐지 그것이 주술의 일환일지도 모른다는 생각이 들었다.

그래서 아르한은 일단 간단한 마법을 사용해 2층 복도에 있던 기사들을 전부 잠재웠다.

그 후, 가장 많은 기사가 지키고 있던 방으로 향했다. 대체 얼마나 대단한 것을 지키고 있나 싶어 마법을 사용해 문 안을 들여다보려 했으나, 아무것도 보이지 않았다.

손잡이를 돌려 문을 열려고도 했으나, 열리지 않았다.

'역시, 주술이 걸려 있는 모양이군.'

덕분에 문을 부숴야 하나 고민하던 도중, 문에 걸려 있던 그림이 눈에 들어왔다.

'어쩌면……'

1층에 있는 방들의 문에는 분명, 아무것도 그려져 있지 않았다.

그러나 2층에 있는 문들은 마치 주술의 진과 흡사한 형태의 그림들이 방문마다 그려져 있다. 이를 되새긴 아르한은 혹시나 하는 마음에 눈앞에 있던 문에 그려진 그림을 해석했다.

"불?"

얼마간 집중해서 그림을 해석하자 불을 뜻하는 단어가 나왔다.

그리고 그때.

끼이익-

잠겨 있던 방문이 열렸다. 안에서 굳게 잠겨 있는 탓에 부수지 않으면 열리지 않을 것 같았던 문이 열렸다.

그는 혹시나 하는 마음에 복도에 있던 촛대 하나를 집어 들고 조심스레 안으로 들어갔다.

그러자 그곳에는.

'촛불?'

대략 여섯 개의 촛불들이 방 안을 가득 채우고 있었다. 그와 더불어 바닥에는 수상한 진 같은 것이 그려져 있었다.

잠시 고민하던 아르한은 곧, 실험 삼아 가장 가까이에 있던 촛불 하나를 껐다.

그러자 꽤 절묘한 타이밍에 건너편 건물의 1층 복도에 있는 불빛들이 전부 꺼졌다. 혹시나 하는 마음에 다른 촛불을 끄자 이번에는 그가 있는 건물의 2층에 있던 촛대의 불이 전부 꺼졌다.

'이것도 주술인가?'

만약 주술이 맞는다면 저택 전체의 불빛을 모두 이곳에서 관리한다는 의미일지도 모른다. 그러니 이를 잘 활용하면 로젤의 위치를 알아낼 수 있을지도 몰랐다.

이런 저택을 사들이고, 이렇게 세세한 주술까지 걸었다는 건 그들이 이번 일에 엄청난 공을 들이고 있다는 의미다. 아마 당연히 현재 로젤이 있는 장소에는 꽤 많은 경비 인원이 모여 있겠지.

그런 상황에서 저택 전체가 어둠에 잠긴다면, 그들은 본능적으로 빛을 찾아 움직일 테고, 그 과정에서 인기척을 낼 것이다. 그러면 아르한은 그저, 적당한 곳에 숨어 있다가 가장 많은 인기척이 느껴지는 장소로 향하면 된다.

거기까지 생각이 미치자. 그는 곧, 망설임 없이 방에 있는 모든 촛불을 껐다.

덕분에 저택은 순식간에 어둠에 잠겼다.

* * *

순식간에 캄캄해진 주변을 보며 델티는 당황한 티를 내지 않으려 했다. 그리고 그것은 로젤 역시 마찬가지였다. 갑작스레 찾아온 어둠은 그녀에게 기회였으나, 이를 티 내서는 안 되었다.

"무슨 일이지? 왜 갑자기 불이……."

거기까지 말한 델티가 이내 그대로 입을 다물었다. 그리고는 잠시 뭔가를 생각하는가 싶더니 곧 다시 입을 열었다.

"아무래도 '그 방'에 문제가 생긴 듯하니. 당장 아무나 가서 방을 살피고 와!"

그런 그녀의 명령에 상대적으로 바깥쪽에 있던 기사들이 움직였다. 방 안에 있던 촛대, 벽난로 등의 불은 모두 꺼졌지만, 거대한 창문을 통해 들어오는 은근한 달빛에 의지한다면 아예 움직이지 못할 정도는 아니었다.

"미리 말씀드리지만, 허튼짓은 하지 않는 게 좋을 겁니다. 공녀."

하지만 그럼에도 델티가 그런 말을 한 것은 촛불이 있을 때와 없을 때의 차이가 극명한 탓이리라.

"그럼요. 염려 마세요."

로젤은 델티가 원하는 대답을 순순히 내놓았다. 그러나 그녀의 말을 믿는 이는 없었다.

로젤 본인조차도.

덕분에 얼마간의 침묵이 흐른 후, 자잘한 발걸음 소리가 들려왔다.

하나는 로젤의 것이었고, 다른 하나는 델티의 것일 확률이 컸다.

로젤은 주변이 어둠에 잠기기 전에 봐 뒀던 벽 쪽으로 향했고, 델티는 방의 입구 쪽으로 향하는 듯했다.

끼긱. 끼이익-

그리고 어느 순간부터, 이상한 소리가 들리기 시작했다. 뭔가를 긁는 듯한 소름 끼치는 소리.

아직 완전히 어둠에 익숙해지기 전이었기에 로젤은 소리의 정체를 쉽게 가늠할 수 없었다.

끼긱. 끼이익-

'왕녀가 내는 소리인가?'

그리 생각한 로젤은 걸음을 멈추고, 벽을 더듬었다. 자신이 봐 두었던 벽이 맞는지 확인하는 작업이었다.

'맞는 것 같군.'

로젤의 기억이 맞는다면, 벽난로의 반대쪽에 있는 벽에는 그림 두 점이 걸려 있었다. 그리고 지금 그녀의 손에는 두 점의 그림 중 하나로 추정되는 액자가 만져졌다.

이를 토대로 그림 두 점의 위치를 파악한 로젤은 그대로 그중 하나를 델티가 있는 것으로 짐작되는 방향으로 던졌다.

퍼억! 콰당탕-!

"윽!"

그러자 그림이 뭔가와 부딪힌 듯한 소리가 들렸다. 뒤이어 델티의 신음이 들려옴과 동시에 끼이익 거리던 괴상한 소리가 멈췄다.

'역시, 왕녀가 낸 소리였던 모양이군.'

그리 결론을 내린 로젤은 아직 벽에 걸려 있던 다른 그림을 챙겼다. 그 후엔.

쨍그랑! 쿠당탕-!

여전히 그림을 든 채로, 주변에 있던 물건들을 손에 잡히는 대로 바닥에 던졌다. 입구 쪽에 있을 것으로 추정되는 델티와 기사들의 주의를 끌기 위함이었다.

한 가지 아쉬운 점이 있다면, 방 안에 물건이 몇 개 없다는 점이었다.

'그녀가 행하려는 주술을 생각하면, 당연한 일이겠지.'

델티가 로젤에게 걸려고 하는 주술은, 그러니까 서로의 영혼을 바꾸는 주술은 꽤 섬세한 편이었다. 자칫 잘못해서 타인의 머리카락 한 올이라도 섞여 들어갔다간 그대로 주술에 실패하고 만다.

그러니 가급적이면 불순물이 섞이지 않도록 방을 치워 뒀겠지.

"쓸데없는 발악은 여기까지 해 둬요. 공녀."

대뜸 어둠을 가르고 들려온 목소리에 로젤이 움직임을 멈췄다.

"어떻게든 살아 보려고 아등바등하는 거, 너무 추해요."

비웃는 것이 명백한 어조에 로젤은 코웃음을 쳤다.

"하, 어떻게든 몸을 되찾겠다고 이 난리를 친 왕녀께서 하실 말씀은 아니죠."

"난 원래 내 몸을 돌려받으려는 것뿐이니 경우가 다르죠."

"아, 그런가요? 근데 어쩌죠?"

"······."

"난 왕녀의 속을 뒤집어 놓기 위해서라도, 이 몸. 죽어도 다시 안 줄 건데."

단호하게 떨어진 말에 델티의 표정이 굳어졌다. 주변이 여전히 캄캄했던 탓에 로젤은 이를 볼 수 없었으나, 그녀의 기분이 좋지 않으리란 건 짐작할 수 있었다.

그리고 다음 순간.

팟! 치직-

다시 방 안에 있던 여러 개의 촛대와 벽난로에 불이 붙었다.

창문을 통해 들어오던 달빛에만 의지하다가 불을 사용할 수 있게 되니, 확실히 전보다 시야가 넓어졌다. 델티는 제 기사들과 함께 방 밖에 서 있었고, 로젤은 방의 안쪽 벽 앞에 서 있는 상태였다.

"이런, 아쉽게도. 공녀께서 뭘 해 볼 틈도 없이 끝났네요."

웃는 얼굴로 촛대를 든 델티가 로젤에게 말했다.

그녀의 말처럼 그 캄캄한 어둠 속에서 로젤이 한 것이라곤, 요란한 소리를 내며 물건 몇 개를 부순 것이 전부였다. 그 사실을 델티는 비웃었다. 하지만 로젤은 웃지 않았다. 그렇다고 절망한 얼굴도 아니었다.

그저, 무심한 얼굴로 그녀를 응시하고 있었다.

"글쎄요. 과연······."

그리 말하며 말끝을 흐린 로젤은 들고 있던 액자에 잠깐 시선을 주었다.

델티는 그런 그녀의 행동에 큰 의미를 부여하지 않았다.

그리고 다음 순간.

"정말, 끝난 걸까요?"

로젤은 그대로 들고 있던 그림 액자를 방에 있는 거대한 창문을 향해 던졌다. 자잘한 장식품이라면 거대하고 두꺼운 창문의 유리를 깨는 것은 무리였을 테지만, 그녀가 던진 그림 정도라면 충분히 가능했다.

쨍그랑!

아니나 다를까 창문이 깨지고, 액자가 아래로 추락했다. 그와 거의 동시에 로젤 역시 창문을 향해 달렸다. 2층 정도 되는 높이이니, 뛰어내리면 큰 부상을 입겠지만 이대로 순순히 영혼을 빼앗길 바에야 뭐라도 시도하는 쪽이 낫다고 판단한 것이다.

방금 로젤이 던진 액자로 인해 창문에는 잘하면 그녀 하나쯤은 빠져나갈 수 있는 공간이 생겼다.

그리고 로젤은 그곳을 향해 몸을 날렸다.

터엉!

하지만 그런 로젤의 시도는 허무하게 끝났다.

마치 보이지 않는 막이 쳐져 있는 것처럼 그녀의 몸이 그대로 튕겨 나온 탓이다.

'아직, 주술을 시작한 것도 아닐 텐데. 대체 왜……'

덕분에 바닥을 나뒹군 로젤의 얼굴에 의문과 당혹스러움이 번졌다. 이를 구경하던 델티가 느긋한 어조로 말했다.

"영문을 모르겠다는 얼굴이신데, 한 가지 힌트를 드리자면, 기둥 근처를 잘 보세요."

그런 델티의 말에 로젤의 시선이 그녀가 가리키는 방향으로 향했다.

'……아.'

그제야 로젤은 어둠 속에서 들렸던 기이한 소리의 정체를 알 수 있었다.

그것은 델티가 저주를 행하기 위해 바닥에 또 다른 진을 그리는 소리였던 것이다.

덕분에 그녀가 원하는 대로 저주가 시작됐고, 매개체인 로젤은 진이 그려진 방 안을 나갈 수 없게 된 것이다.

로젤이 자신의 계획을 위해 물건을 부수고, 창문 밖으로 그림 액자를 던졌듯, 델티 역시 나름 어둠 속에서 착실히 움직였다는 의미였다.

"이제 공녀는 제가 쳐 둔 결계 안을, 그러니까 이 방 안을 의식이 끝나기 전까지 나갈 수 없어요."

차분히 떨어진 말에 로젤이 표정을 굳혔다. 그것은 단순히 델티의 말이 신경을 거슬렀기 때문만은 아니었다.

조금 전 결계와 부딪혀 튕겨 나온 탓인지, 아니면 주술이 발동되었기 때문인지 몸에서 힘이 조금씩 빠져나가고 있었다. 덕분에 로젤은 어느덧, 에반이 그랬듯 무릎을 꿇고 주저앉은 상태가 되었다.

그리고 그런 그녀를 놀리듯 델티는 가벼운 걸음으로 결계 안에 들어왔다.

"최대한 신속하게 정리해."

그 후, 곁에 있던 기사들에게 명령해 조금 전 로젤이 던진 물건들로 인해 엉망이 된 바닥을 싹 정리했다.

혹시나 하는 마음에 주술로 바닥에 놓인 불순물이 없는지 확인까지 마친 그녀는 다시 기사들을 방 밖으로 내보냈다. 그리고는 기둥 근처에 그려 뒀던 진에 손을 올렸다.

지금부터 자신과 로젤을 제외한 그 누구도 결계 안에 들어올 수 없도록 하기 위함이었다.

그 후 그녀는 자연스레 로젤에게 다가갔다.

"아무래도 공녀의 상태가 영 좋지 않으니, 제가 도움을 좀 드려야겠군요."

자연스레 로젤과 둘만 남은 결계 안에서 그리 말한 델티가 그녀의 어깨에 손을 얹었다.

"금방 편해질 거예요."

로젤은 그런 델티의 손을 뿌리치려 했으나, 소용은 없었다.

온몸에 힘이 다 빠진 상태로 의미 없는 저항을 이어 가던 로젤은 델티의 말처럼 정말 몸이 편해지는 것을 느끼곤 멈칫했다. 그러다가 이내, 한 사람에게 걸 수 있는 저주가 한 번에 하나뿐임을 떠올리며 상황을 이해했다. 영혼을 바꾸는 저주를 행하기 위해서는 당장 로젤을 죽음으로 내모는 저주부터 풀어야 한다.

그래야 새로운 저주를 걸 수 있으니까.

결국, 델티는 로젤을 당장 죽이기 위해 장기적으로 걸어 둔 주술을 푸는 중이었다.

"자, 이제 다 됐어요."

그런 델티의 말처럼 로젤은 몸이 한결 가벼워진 것을 느꼈다.

아몰과 아르한의 영향으로 인해 고통은 거의 없었으나, 저주에 걸린 이후로는 항상 몸이 무겁고 피곤했는데, 그런 느낌이 완전히 사라진 것이다.

"그럼 이제 진짜 의식을 거행할 시간이군요."

로젤의 저주가 완전히 풀렸음을 확인함과 동시에 들려온 델티의 말이었다.

이에 로젤은 웃었다.

"안됐지만, 그건 어려울 것 같군요."

퍽! 채앵! 퍼억-!

때마침 등 뒤에서 들려온 소리에 델티의 시선이 그쪽으로 향했다. 그러자 그곳에는 마치 이 순간을 기다렸다는 듯 나타난 아르한이 델티의 기사들을 손쉽게 제압해 나가고 있었다.

'이런!'

시간을 많이 지체하기는 했으나, 그래도 이렇게 타이밍 좋게 나타날 줄은 몰랐다.

'잠깐, 설마……'

문득 스쳐 지나간 가정에 델티의 표정이 굳어졌다.

아르한이 이렇게 쉽게 이 방을 찾을 수 있었던 것이 혹, 조금 전 로젤이 한 행동 때문이 아닌가 싶었던 것이다.

어둠 속에서 다짜고짜 물건을 부수고 소란을 피운 것. 그리고 불이 들어온 후에도 대뜸 액자를 창문 밖으로 던진 것이 전부, 자신의 위치를 알리기 위함이었다면?

"……전부. 계획된 것이었나요?"

"계획된 건 아니었어요. 그저, 계산된 것일 뿐."

그런 로젤의 대답에 델티는 헛웃음을 터트렸다.

자신이 이겼다고 생각했는데, 자신이 한발 앞서고 있다고 여겼는데, 결국 모두 그녀의 손바닥 안이었던 것이다. 그리고 그런 델티의 절망을 즐기듯, 로젤이 웃으며 입을 뗐다.

"왕녀께선, 안색이 별로 좋지 않으시군요."

"……"

"많이 실망한 모양이네요."

마치 델티를 위로하기라도 하듯, 태연한 어조였다.

그리고 그것이 자신을 향한 조롱임을 안 델티는, 제 기사들을 전부 제압한 아르한이 결계를 넘어오기 직전.

철컥-

"움직이지 마세요. 공녀도 알다시피 난 총을 다루는 데 서투니까. 실수로 방아쇠를 당길지도 몰라요."

마지막 발악을 시작했다.

그런 델티의 행동에 아르한의 표정이 싸늘하게 굳어졌다. 그는 그대로 결계 밖에서 걸음을 멈춘 상태로 물었다.

"감히, 지금 이게 무슨 짓입니까."

그것은 질문이라기보단, 경고에 가까웠다. 네가 이런 짓을 벌이고도 무사할 것 같으냐는 경고. 그러나 델티는 아랑곳하지 않았다. 어차피 자신이 살 수 있는 방법은 이것뿐이다.

이대로 주술이 완성되기를 기다린다면, 그녀는 다시 제 몸을 되찾을 수 있다.

그 후, 처음부터 자신이 진짜였다는 걸 증명해 내면 그만이다.

"망설이지 마세요, 전하. 어차피 왕녀는 저를 쏘지 못합니다. 이건, 왕녀의 몸이니까."

그리고 로젤은 그런 델티의 생각을 쉽게 간파했다.

이대로 제 머리에 총구를 겨누며, 시간을 끌다가 주술이 완성되기를 기다리는 것. 그것이 지금 델티가 할 수 있는 최고이자, 최선의 선택이었다. 그렇다면…….

"주술이 완전히 완성되기 전에 끝을 내야 합니다. 전하."

"움직이지 마세요!"

차분한 로젤의 말 뒤로 날카로운 델티의 외침이 이어졌다. 그녀는 들고 있던 총을 조금 전보다 한층 더 꽉 쥔 채로 말했다.

"어차피 이것이 내게 남은 마지막 방법이고, 이걸 실행할 수 없게 된다면. 난 이대로 이 계집과 함께 갈 의향도 있으니까요."

그런 델티의 말이 그저 허세에 불과한 것인지, 아니면 진심인지 그는 알 수 없었다. 다만 아르한은 적어도 로젤의 목숨을 담보로 한 도박만큼은 하고 싶지 않았다.

"좋습니다. 그렇다면 왕녀는 이대로 시간을 끌며, 주술이 완성되기를 기다릴 셈입니까?"

그런 아르한의 물음에 델티는 여전히 경계를 늦추지 않은 얼굴로 입을 뗐다.

"네."

짧막한 대답과 함께 세 사람 사이에는 잠깐의 정적이 흘렀고, 이를 깬 것은 아르한이었다.

"만약 다시 라슈아 공녀의 몸으로 돌아간다면, 지금의 위기를 벗어날 수 있을 거라 확신하시는 모양이군요."

아르한의 말에 델티는 대답하지 않았다.

그저 몸을 되찾는다고 해서, 자신이 저지른 모든 일들을 그냥 넘길 수 있다고는 그녀도 생각하지 않는 것이다.

하지만.

"델티 왕녀와 라슈아 공녀인 로젤의 위치는 엄연히 다릅니다. 그러니 어차피 죄를 지었다면."

"……."

"조금이라도 가벼운 벌로 끝날 수 있는 쪽을 고르는 게 당연하지 않겠습니까?"

게다가 그것이 라슈아 공녀인 로젤을 납치하고, 황태자를 위험에 빠트린 죄라면. 델티가 로젤의 몸을 되찾는 순간, 그 죄 중 하나는 사라진다.

그것을 눈치챈 아르한의 표정이 굳어졌다. 그러다가 돌연 그가 입을 열었다.

"제가 황제 폐하께 왕녀가 금지된 주술을 사용했음을 알리기라도 하면, 어쩔 셈입니까?"

"……."

"그리된다면, 원래의 몸을 되찾는다고 해도 결국엔 목숨을 잃고 말 겁니다."

지금 델티가 행하려는 영혼을 바꾸는 주술은 변명할 여지도 없이 황제가 만든 금지된 주술의 범위에 들어간다. 만약 황태자인 아르한이 이를 목격했다고 증언한다면, 그녀에게 빠져나갈 구멍은 없다.

"그럴 바에야 저와 거래를 하시죠. 이대로 순순히 주술을 멈추고 그녀를 놔준다면……."

"황태자 전하께서는 결코 그 사실을 황제께 알리실 수 없을 겁니다."

"……."

"알린다고 해도 황제께서는 당신의 말을 믿어 주지 않으실 테니까."

그런 델티의 말에 아르한은 무표정한 얼굴을 했다. 적어도 겉으로는.

협상을 하려는 상황에서 자신의 약점을 상대에게 있는 그대로 내보일 수는 없었으니까. 하지만 그녀는 이미 그런 그의 속내를 눈치챈 듯, 들고 있던 총의 방아쇠를 당기려 했다.

이를 알아챈 아르한이 다급하게 결계 안으로 뛰어들었다. 상당히 간단하고, 신속한 움직임이었다.

하지만.

퍼억!

델티도 아르한도 아닌, 로젤이 가장 빨랐다.

델티가 총구를 당기기 직전 로젤은 그녀의 다리를 걸어차 무게 중심을 무너트렸다.

타앙!

덕분에 총알은 그대로 빗나가 허공을 가르며 천장에 박혔고, 로젤은 이때를 놓치지 않았다.

턱! 타악-

신속하게 델티의 손목을 가격해 들고 있던 총을 놓치게 만든 것이다. 그 후, 그녀는 그대로 떨어진 총을 주워 델티에게 겨눴다.

철컥-

승자는 로젤이었다. 그녀가 델티를 향해 총구를 겨눈 상태로 말했다.

"이제 다 끝났어요."

로젤은 더 이상 죽어 가는 몸이 아니다. 조금 전, 델티가 직접 저주를 풀어 주었으니까. 게다가 지금 그녀의 앞엔 자신을 무사히 이곳에서 데리고 나가 줄 아르한도 있었다.

"……아뇨, 아직 아무것도 끝나지 않았어요."

하지만 델티는 포기하지 않았다. 총을 빼앗기기는 했지만, 아직 그녀가 이길 가능성은 남아 있었다.

아르한이 강제로 결계 안에 들어온 여파 때문인지 머리가 조금 울렸다. 그러나 그런 것쯤은 아무래도 좋았기에 델티는 발악에 가까운 말을 이었다.

"……잊었나 본데, 공녀는 주술이 끝나기 전까지 결계 밖으로 나갈 수 없어요."

"뭐? 지금, 그게 무슨……?"

그런 델티의 말에 서둘러 그들에게 다가온 아르한의 표정이 싸늘하게 굳어졌다. 그에 반해 로젤은 그저 무표정한 얼굴로 다시 한번 총구를 그녀에게 겨눴다. 이에 델티는 그런 그녀의 행동을 대놓고 비웃었다.

"지금 당장 그 총으로 날 쏴서 죽인다고 해도, 주술은 멈추지 않아요."

그저 단순한 허세면 좋으련만.

"주술이 완성되지 않는 한, 공녀도 이 결계 밖으로 나가지 못할 테니. 결국."

"……"

"내가 여기서 끝이라면, 공녀 역시 끝이라는 의미죠."

불행하게도 델티의 말이 허세일 확률은 낮았다.

지금의 상황에서 단순히 시간을 끌기 위해 허세를 부려 봤자, 그녀에게 뾰족한 수가 생기지는 않을 것이다. 로젤처럼 조력자가 있어서 이를 기다리는 상황도 아니니까. 그러니 델티가 군이 이런 상황에서 허세를 부릴 이유가 없었다.

총을 가진 것도, 유리한 상황을 점하고 있는 것도 전부 로젤 쪽임에도 델티는 여유를 잃지 않았다.

그녀는 인질로 잡혀 있던 로젤이 그랬듯, 태연한 얼굴로 말을 이었다.

"그러니 살고 싶다면, 그 총부터 내려놓고 나한테 빌어 봐요. 그럼 혹시 또 모르죠. 내가 마음이 변해서 당신을 살려 줄지."

에반 때와 같은 수법이었다.

그것은 즉, 로젤이 어떤 짓을 해도 저주를 풀어 줄 마음이 없음을 은근히 드러내고 있는 것이기도 했다.

이에 로젤은 그저 담담한 태도로 입을 뗐다.

"아뇨, 이제 다 끝났습니다."

"……."

"당신의 저주가 완성되는 일은 없을 거예요."

차분한 대답에 델티의 표정이 처음으로 흐트러졌다. 하지만 그녀는 금세 이를 수습한 후 덧붙이듯 말했다.

"지금 공녀가 상황 파악이 잘 안 되는 모양인데……."

"당신이 주술을 행하기 위해 그려 둔 진은 분명, 방 전체에 그려져 있죠."

그리고 벽난로 역시 방 안에, 주술의 진 안에 있었다. 이를 새삼 강조한 로젤이 차분히 덧붙였다.

"아까 당신이 벽난로 속에 던져 넣은 주머니 안에 들어 있던 실 뭉치."

"……?"

"그 밑에 내가 다양한 사람들의 머리카락을 넣어 뒀어요."

덕분에 델티의 표정이 조금 굳어졌다.

그녀의 말이 사실이라면, 주술을 시작하기 전, 진 안에 불순물이 섞여 들어갔다는 의미다. 그러고 보니 정신이 없어서 깊게 생각하지 않았으나, 눈앞에 있는 아르한의 존재가 델티는 새삼 거슬렸다.

주술을 행한 그녀와 매개체인 로젤이 아니라면 이리 쉽게 결계 안으로 들어올 수 없다. 그리고 그것은 당연히 주술에 이상이 없다는 전제하에 성립되는 이야기였다.

"하지만 머리카락이라면, 이미 불에 타 없어졌을 텐데……."

"저 벽난로의 불, 일반적인 불이 아니라 주술로 타오르고 있지 않습니까?"

갑작스러운 아르한의 물음에 델티가 순간 놀란 표정으로 그를 쳐다봤다.

그런 그의 말처럼 벽난로의 불 역시, 복도에 있던 촛대들처럼 델티가 주술로 타오르도록 한 것이었다.

거기까지 생각하자, 그녀는 문득, 어떤 사실을 떠올렸다. 그러고 보니 분명.

'몸에 지니고 있는 상태에서 주술적인 공격을 받으면 이를 상대에게 되돌려 주는 효과를 가진 것 같군요.'

로젤이 가져온 주머니에는 주술적인 공격을 막는 주술이 걸려 있다. 그리고 그것은 꼭 몸에 지니고 있어야만 효과가 나타나는 것은 아니다.

몸에서 떨어트려 놓으면, 당연히 그 사람은 주술적인 공격에게서 보호를 받을 수 없다. 하지만 주술이 걸려 있는 물건 자체는 그런 것에 상관없이 보호를 받을 수가 있었다.

"하…. 하하……."

결국, 주머니는 주술의 힘으로 타오르는 벽난로의 불 속에서도, 내용물인 머리카락을 안전하게 유지하고 있었다는 의미다. 이를 깨달은 델티가 허탈한 웃음을 터트렸다. 그런 그녀를 향해 로젤이 말했다.

"그러니 왕녀의 주술은 결코, 완성되지 못할 겁니다. 결국."

"……."

"당신이 졌어요. 왕녀."

냉정한 선고가 떨어졌다.

그리고 델티는 그것을 부정했다.

'그럴 리가 없다. 내가 이렇게 허무하게 질 리가 없어.'

그녀는 혹시나 하는 마음에 서둘러 몸을 일으켰다. 그리고는 조금 전 자신이 어둠 속에서 그려 뒀던 진을 확인하기 하기 위해 기둥 쪽으로 다가갔다.

그러자.

'……말도, 안 돼…….'

주술의 진이 엉망으로 일그러져 있었다. 이는 필시 주술에 큰 이상이 있을 때 생기는 반응이었다.

결국, 로젤의 말이 맞았다. 델티의 주술은 결코 완성되지 못할 것이다.

완벽한 델티의 패배였다.

* * *

시간이 지나자 결국 저택을 감싸던 주술들은 전부 풀렸다.

이번 일이 끝나면 로젤의 몸으로 돌아갈 수 있다고 여긴 탓인지 델티는 무리하게 힘을 썼고, 그 결과.

"쿨럭! 컥컥! 컥……."

몸 상태가 나빠진 것인지 마른기침과 함께 피를 토해 냈다.

그녀의 상태가 이리도 급작스레 나빠진 원인은 아마 영혼을 바꾸는 주술에 실패한 탓이리라. 덕분에 델티는 상당히 병약해 보이는 모습으로 결계가 풀림과 동시에 안으로 들어온 백작의 기사들에 의해 끌려갔다.

아르한이 제압해 두었던 저택의 기사들 역시 비슷한 처지였다. 포로나 다름없는 모습으로 질질 끌려 나갔다.

덕분에 상당히 어수선한 상황 속에서 바쁘게 주변을 둘러보던 아르한이 겨우 로젤을 발견했다.

"몸은 괜찮으십니까? 어디 다친 곳은?"

"없습니다."

지체없이 떨어진 그녀의 대답에도 아르한은 걱정스러운 시선을 거두지 못했다.

"걱정하실 것 없습니다. 저주가 풀린 덕분에 전보다 훨씬 멀쩡하니까요."

걱정할 것 없다는 듯, 활짝 웃으며 그리 말하는 로젤을 아르한은 얼마간 뚫어져라 응시했다. 그리고는 이내.

"대체 어쩌자고 무모하게 이런 곳을 혼자 오신 겁니까."

그녀를 질책했다.

원망과 걱정이 섞인 그의 말에 로젤은 당황한 얼굴을 하며 말했다.

"아…….. 죄송합니다."

그녀 역시 스스로가 얼마나 무모한 짓을 벌였는지 알고 있었기에 면목이 없다는 듯, 고개를 숙였다.

이를 본 아르한은 낮게 한숨을 내쉬며 말했다.

"……제 손을 놓지 않겠다고 약조하셨잖습니까."

"……."

"그런데 어찌 이리도 쉽게……."

그는 차마 말을 더 잇지 못했다. 그것이 로젤로서 할 수 있는 최선의 선택이었음을 모르지 않으니까.

다만 그저, 그 상황에서 그녀가 할 수 있는 최선의 선택이 자신이 아니었다는 사실이 비참할 뿐이었다. 그래서 그는 로젤에게 화풀이를 하고 있는 것이다.

"……죄송합니다. 하지만 그때는 그 방법밖에 떠올리지 못했어요."

로젤의 사과를 들으며, 뒤늦게 이를 깨달은 아르한은 그녀를 향해 고개를 숙였다.

"······죄송합니다."

"······?"

"당신이 위험에 처했는데, 저는 아무것도 할 수 없었다는 사실에 화가 나서 그만······. 이렇게 무례부터 저질렀습니다."

"······."

"정말 죄송합니다. 이번 일로 인해 제게 실망하셨다고 해도 할 말이 없습니다."

그리 말하며 더욱 깊게 고개를 숙이는 아르한의 모습에 로젤은 두 손을 내저었다.

"아뇨, 전하를 속이고 여기까지 혼자 온 것은 명백한 제 잘못이니까요. 그러니 자책하지 않으셔도 됩니다."

말을 마친 그녀는 이내 서둘러 화제를 돌렸다.

"게다가 전하께서 저택 안으로 무사히 들어오지 못하셨다면, 저 역시 지금처럼 과감하게 행동할 수는 없었을 겁니다."

단언하는 로젤을 향해 아르한은 깊게 숙였던 고개를 들며 말했다.

"한 가지 여쭤보고 싶은 것이 있습니다."

"편하게 하문하십시오."

"제가 저택 안에 있다는 사실을 어떻게 아셨습니까?"

조금 전, 델티와의 대화에 따르면 로젤은 그가 왔다는 사실을 알고 어느 정도 계획적으로 움직인 듯했다.

"후작 영윤을 통해서 알았습니다."

"후작 영윤이요?"

조금 의외의 대답에 아르한이 반문하자, 그녀가 고개를 끄덕이며 말했다.

"네. 만약, 전하께서 저택 안에 계시지 않았더라면, 아마 영윤은 금세 다시 잡혀 왔을 겁니다. 그리고 보란 듯이 제 앞에 다시 던져졌겠죠."

에반도, 델티도 로젤의 가장 큰 약점이 리오임을 알고, 어떻게든 그를 이용하려는 사람들이다. 그러니 리오가 다시 잡혔다면 그들은 어떻게든 그를 로젤에게 보여 주며, 그녀를 흔들려고 했을 것이다.

"하지만 영윤은 무사히 탈출한 듯, 그 이후로 보이지 않았고 이를 통해 저는 전하께서 이곳에 오셨음을 직감했습니다."

"그렇군요."

짤막한 아르한의 대답에 로젤은 고개를 끄덕였다. 그리고는 이내 물었다.

"후작 영윤께서는 무사하십니까?"

"네. 조금 전까지 백작과 함께 있는 것을 확인했습니다."

"그렇군요. 아! 한 가지 확인해야 할 것이 있습니다."

문득, 로젤이 말을 꺼내자 그것이 무엇이냐는 듯 그가 그녀를 빤히 응시했다.

"델티 왕녀가 후작을 아틀란티의 해안가에 있는 절벽으로 보냈습니다."

"절벽이요?"

"네. 듣기로는 결코, 곱게 보내 준 것 같지는 않았습니다."

"……어쩌면 이미 죽었을 수도 있겠군요."

그런 로젤의 말을 알아들은 아르한이 고개를 끄덕였다.

그리고는 곧, 곁에 있던 기사들을 불러 해안가 쪽을 수색하라는 명령을 내렸다.

"이젠, 상황이 어느 정도 수습된 것 같으니, 이만 돌아가는 게 좋을 것 같습니다."

"네. 저 역시 같은 생각입니다."

순순한 로젤의 대답을 끝으로 두 사람은 묵고 있던 숙소로 돌아왔다. 그곳에서 하루를 묵고 숙소를 다른 곳으로 옮긴 그들은 그로부터 일주일 후 수도로 출발했다.

수도로 돌아온 로젤은 비아노 백작가를 방문했다.

가장 큰 이유는 샬롯을 만나 대화를 나누기 위함이었다. 그 후엔, 무사히 모든 일을 마무리 지을 수 있도록 해 준 1등 공신, 크리스와 만났다.

"비아노 백작님을 뵙습니다."

"거창한 인사 따윈 넣어 둬, 누님."

"그럴까요?"

전과 달리 한층 여유로워진 로젤의 태도에 크리스는 조금 웃었다.

"어떤 심경의 변화라도 생긴 모양이지?"

"죽다가 살아났으니, 심경의 변화가 없는 쪽이 더 이상하지 않을까요?"

"하긴, 그러네."

순순한 크리스의 긍정에 로젤은 잠시 말을 고르듯, 고민하는 기색을 보이다가 말했다.

"우선, 늦었지만 감사 인사부터 드릴게요. 감사합니다. 덕분에 살았어요."

"이거, 좀 민망한데? 내가 구해 준 거라곤 고작 주술이 걸린 주머니와 안에 넣을 머리카락 정도가 전부잖아. 아, 그 이상한 책이랑."

"요즘 같은 상황에서 주술과 관련된 물건을 구하는 일이 쉽지는 않지요."

로젤의 말은 사실이었다. 단순히 주술에 관련된 물건을 구하는 것만으로도 위험해질 수가 있다.

이를 알면서도 크리스는 순순히 로젤이 말한 물건을 구해다 줬다.

"뭐, 결과적으로 좋게 끝난 것 같으니 인사는 됐어. 근데 대체 그 물건들은 왜 구해 달라고 한 거야?"

당시에는 로젤이 워낙 심각한 얼굴을 하고 있었기에 물어볼 엄두가 나지 않았다. 그러나 모든 일이 끝난 것으로 짐작되는 지금이라면 이를 물어봐도 괜찮을 것 같았다.

"찾아보니, 보통 주술의 매개체로 머리카락을 많이 사용하는 것 같더군요."

"그래?"

주술과 영 인연이 없는 크리스는 조금 신기하다는 얼굴을 했다.

"네. 그래서 타인의 머리카락을 잔뜩 가지고 있으면, 상대의 주술을 방해하는 데 사용할 수 있지 않을까 싶었습니다."

"과연, 그렇겠군."

그리 중얼거리며 고개를 끄덕이던 크리스가 문득, 뭔가를 떠올린 얼굴로 물었다.

"그나저나, 황태자 전하는 좀 어떠셔? 왜 함께 오지 않았지?"

그답지 않게 돌려 말하고 있으나, 크리스가 던진 질문의 의도는 뻔했다.

"두 사람 다, 이제 걸릴 것도 없잖아. 대체 언제까지 국혼을 미룰 생각이야?"

"아."

"아는 무슨, 아. 어서 식을 올리는 편이……."

"안 그래도 그럴 생각입니다."

"……어?"

그런 로젤의 대답에 크리스는 예상치 못한 말을 들은 사람처럼 멍한 얼굴을 했다. 그리고 그를 향해 로젤이 쐐기를 박았다.

"황제 폐하께서 올가을에 하는 편이 낫지 않겠냐고 먼저 말씀하셨습니다."

"허……."

"이번에 열리는 사냥 대회에서 공식적으로 발표할 예정이기도 하고요."

* * *

"표정이 상당히 묘하군."

"……."

"마치, 내가 순순히 허락할 줄 몰랐다는 얼굴이야."

그런 황제의 말에 아르한은 조금 복잡한 얼굴을 하다가 이내 부드럽게 웃었다.

"조금, 예상치 못한 일이기는 했습니다."

수도로 돌아오자마자 로젤과 함께 황궁을 방문한 아르한은 국혼에 대한 이야기부터 꺼냈다. 하지만 그것은 그저 황제를 압박하기 위한 의도였다. 더 이상 그의 뜻에 순순히 휘둘리지 않겠다는 의지의 표명 정도였다.

물론 그렇다고 해서 로젤과 혼인하고 싶지 않다는 것은 아니다. 당연히 당장이라도 그녀와 혼인하고 싶다. 다만, 황제가 이를 허락할 리 없다고 생각했기에 당장은 무리일 거라 여겼다.

'그래, 슬슬 날을 잡는 게 좋겠군.'

'발표는 이번에 열릴 사냥 대회에서 하도록 하지.'

하지만 그런 아르한의 예상과 달리 황제는 그런 답을 내놓았고, 일은 일사천리로 진행되었다.

황제와의 대화가 끝나자마자, 두 사람은 라슈아 공작가를 방문해 공작과 대화를 나눴다. 그 후, 아르한은 다시 공작과 나눈 대화를 전하기 위해 황제를 찾았고, 로젤은 비아노 백작가로 향했다.

"그래, 역시 가을쯤이 적당할 것 같군."

"네. 공작께서도 같은 생각이신 듯했습니다."

사실 라슈아 공작은 날짜야 언제든, 빠르면 빠를수록 좋다는 태도를 보였다.

제 딸이 납치를 당하고, 온갖 괴이한 주술에 휘말렸음을 알면서도 그는 따스한 위로의 말이나 걱정 한 번 내비치지 않았다. 제 딸을 체스 위의 말 이상으로 여기지 않는 작자임을 알았으나, 아르한은 새삼 분노가 치밀었다.

왜 늘, 그녀의 부모란 사람들은 이 모양인가 싶었다.

"그러고 보니 리페도라의 왕녀와 아델노프 후작에 대한 건 어찌할 셈이지?"

"이미, 조처해 두었습니다."

"그래?"

그런 아르한의 대답에 황제는 은근한 미소를 띤 얼굴을 했다.

"듣자 하니 지하 감옥에 가둬 둔 것 같은데, 그 정도는 너무 무른 것 아닌가? 그래도 명색이 라슈아 공녀 납치 및 황태자 시해 미수를 저지른 이들인데 말이야."

"걱정은 거두셔도 좋습니다. 나름, 적절한 조치를 취해 두었으니까요."

* * *

저벅저벅. 어둡고 음산한 공기 속에서 맑고 또렷한 구두 굽 소리가 울린다.

희미한 촛대의 불빛에 의지하며, 로젤은 두 명의 기사를 대동한 채 걷고 있었다.

'여기가 황궁의 지하 감옥인가.'

평생 인연이 없는 장소일 거라고 생각했는데, 이렇게 발을 들이게 되니 기분이 묘했다.

"끄아아악!"

철컥! 쩔그럭-

간혹 울리는 비명과 쇠사슬이 바닥을 스치는 소리 등은 새삼 이곳이 감옥이라는 사실을 더욱 실감나게 했다.

"이쪽입니다."

한 기사가 가리키는 방향으로 고개를 돌리자 그곳에는.

"으으, 아."

상당히 처참한 몰골로 감옥 바닥에 널브러져 있는 에반이 있었다.

에반을 처음 발견한 기사들의 말에 따르면, 그는 해안가 서쪽에 있는 절벽 아래에서 발견되었다고 한다. 발견 당시 두 다리는 부러진 상태였고, 오른쪽 팔 역시 부상이 심해 다시는 쓸 수 없을 거라고 했다. 게다가 지금은 아르한이 마법으로 만든 구속구로 인해 감옥에서 나가지 않으면, 말조차 제대로 할 수 없는 상황이었다.

"여기 오는 길에 내가 꽤 재밌는 말을 들었어."

그리 말한 로젤은 곁에 있던 기사에게 손짓해 굳게 닫혀 있던 감옥의 창살을 올렸다.

"으으, 으아!"

그것이 자신을 자유롭게 풀어 주기 위한 절차라고 생각했는지, 에반의 눈이 기대감으로 빛났다.

그런 그를 향해 한 번 웃던 로젤은 곧, 감옥 안으로 들어갔다. 그리고는 제 앞에서 기고 있는 에반을 향해 말했다.

"당신, 기사들에게 도망친 리오를 쫓으라고 명령할 때."

"으, 아?"

"숨만 붙어 있으면 된다고 했다면서? 다리 정도는 잘라도 된다고."

차분히 이어진 로젤의 말에 에반의 표정이 굳어졌다. 덕분에 그녀는 이를 통해 기사의 말이 사실이었음을 확인했다.

"사실이었구나."

"아, 으아아아."

무어라 변명을 하려는 듯 어버버거리는 에반의 행동을 로젤은 비웃었다. 그리고는.

콰직-

"으아아아아!"

무표정한 얼굴로 그의 오른손을 밟아 버렸다.

"왜? 어차피 당신도 목숨만 붙어 있으면 되잖아. 아니야?"

콰직-

"으윽, 으아아아!"

말을 마친 로젤이 연달아 에반의 왼손까지 밟았다.

"아, 내가 전에 말하지 않았던가? 난, 복수에 남의 손을 빌리는 타입은 아니라고."

그리 말한 로젤이 제 앞에 있는 에반을 비웃듯, 매끄럽게 웃었다. 그러자 그는 분한 마음을 이기지 못하고 그녀에게 달려들었다.

"어딜, 감히!"

하지만 그는 그녀의 털끝 하나도 건드릴 수 없었다. 곁에 있던 기사들에게 간단히 제지당한 탓이다.

"으으! 으아아아!"

그러나 그럼에도 끝까지 미련을 버리지 못하고 로젤에게 달려들던 에반은 끝내.

턱–

기사들 중 한 명에게 뒷목을 맞고 기절했다.

덕분에 로젤과 그녀의 기사들은 어렵지 않게 에반이 있던 감옥을 나왔고, 다시 창살을 내려 문을 굳게 닫았다.

"다음은 저쪽인가요?"

로젤의 물음에 기사가 고개를 끄덕였다. 그러자 그녀는 망설임 없이 다시 걸음을 옮겼다. 이번에 로젤이 방문하려는 곳은 조금 전 에반이 있던 곳과 크게 멀지 않은 위치에 있었다.

"으으."

"오랜만이네요, 왕녀."

"으으, 으아!"

산뜻한 로젤의 인사에 델티는 상당히 격한 반응을 보였다.

그녀 역시 아르한이 마법으로 만든 구속구를 착용하고 있었던 터라, 정상적인 대화는 불가했다. 덕분에 악에 받친 눈으로 창살을 틀어쥔 채 자신을 노려보는 델티의 모습을 로젤은 느긋한 태도로 감상했다.

"기분이 어때요?"

고작 한마디를 했을 뿐이다. 그럼에도 로젤의 말에는 델티를 조롱하려는 의도가 다분했다.

"눈앞에 이렇게 당신의 원수가, 그것도 앞으로는 당신의 껍데기를 뒤집어쓰고 살 계집이 있는데, 당신은 아무것도 할 수 없죠."

"으, 으으!!!!!"

"사실, 이 모든 건 다 자업자득이에요."

"……."

"당신이 내 것을 탐내지 않았더라면, 내 아이를 죽이지 않았더라면 이런 상황은 결코 오지 않았을 테니까."

그리 말한 찰나, 로젤이 씁쓸한 표정을 지었다. 하나, 그것은 말 그대로 찰나였다.

금세 표정을 바꾼 그녀가 말했다.

"나는 이렇게 끝까지 왕녀를 건드리지 않을 거예요. 죽이지도 않고, 그저 알아서 죽어 가기를 기다릴 거예요."

영혼을 바꾸는 주술에 실패한 탓에 델티의 몸은 이미 한계에 도달했다. 지금도 아마, 눈앞의 로젤만 아니었다면, 고통에 몸부림치고 있었을 것이다.

게다가 델티에게 남은 시간은 길어야 1~2년이 고작일 거라고 의원도 말했다. 그러니 굳이 나서서 고통의 시간을 줄여 줄 이유가 없다.

"결국, 당신이 할 수 있는 건 아무것도 없어요. 그리고 나와 달리, 당신에게."

"……."

"다음은 없어요."

제16장
최후의 극

축축하고, 음습한 지하 감옥을 빠져나오기 무섭게 눈부신 햇살이 로젤을 반겼다.

그리고 그것이 제 앞에 펼쳐진 미래라면 좋겠다고. 로젤은 다소 유치한 소망을 빌었다.

"저, 공녀님."

그런 자잘한 상념을 깨는 기사의 목소리에 로젤은 자연스레 그쪽으로 고개를 돌렸다.

"공녀님을 뵙고 싶다는 분이 계십니다."

"……나를?"

반사적으로 되물은 로젤이 잠시 생각에 잠겼다.

황궁에서 자신을 보자고 할 만한 인물이라면, 황제와 아르한 정도일 텐데. 적어도 황제는 아니었으면 싶은 마음이 들었다.

황제는 결코, 그녀가 편하게 생각할 수 없는 사람이었으니까.

"공녀님."

갑작스레 지척에서 들려온 부름에 로젤이 고개를 돌렸다.

"아."

상대를 눈에 담은 그녀가 반사적으로 작은 탄성을 뱉었다.

"아델노프 후작가의 리오 아델노프가 라슈아 공녀님을 뵙습니다."

그 상대는 다름 아닌 리오였다. 이를 깨닫기 무섭게 로젤은 제 치맛자락을 가볍게 쥐며 입을 뗐다.

"라슈아 공작가의 로젤 라슈아가 후작 영윤을 뵙습니다."

깔끔한 인사를 나눈 두 사람은 곧, 기사들과 적당히 거리를 벌린 후, 정원을 거닐기 시작했다.

"오랜만에 뵙는군요, 영윤께서는 이제 괜찮으신가요?"

"아, 사실 저야 다쳤다고 말하기도 우스울 정도입니다."

그리 말한 리오는 잠시 면목이 없다는 듯, 고개를 숙이다가 말했다.

"공녀님께서는 괜찮으십니까? 공녀님이야말로 큰일을 당할 뻔하셨다고 들었습니다."

리오의 말에 로젤은 새삼 소문이 참 빠르긴 하구나 싶은 생각을 했다.

"저는 괜찮습니다. 생각보다 크게 다친 곳도 없고요. 그런데……."

무심코 에반의 이야기를 꺼내려던 로젤이 멈칫했다. 또래보다 어른스럽다고는 하나, 그래도 자신의 부친인 에반이 겪어야 할 최악의 상황을 리오에게 굳이 알려야 하나 싶었던 것이다.

"저는, 괜찮습니다."

"……"

하지만 그런 로젤의 마음을 읽기라도 한 듯, 리오가 조금 씁쓸한 얼굴로 말했다.

"부친께서 무슨 짓을 벌이셨는지 대충 알고 있습니다. 게다가 후작가가 멸문만 겨우 피한 상태라는 것도요."

리오의 말처럼 현재 아델노프 후작가는 상당히 위험한 상태였다. 가문의 주인인 에반에게 라슈아 공녀 납치와 황태자 시해 미수 등의 혐의가 있다는 사실이 만천하에 알려졌으니까.

황태자를 아끼지 않는 황제라고는 하나, 이번 일에는 로젤까지 엮여 있다.

라슈아 공작가를 등질 생각이 아니라면, 에반의 죄를 그냥 넘길 수 없는 것이다.

그 결과.

"후작께서 돌아가실 때까지, 저는 후작 영윤으로서 살 수 없다고 들었습니다."

후작가의 재산은 아주 소수의 저택과 영지를 제외하고 전부 몰수되었고, 당사자인 에반은 물론이고 리오까지 후작 영윤의 지위를 잃었다.

다만, 지금껏 제국의 기둥 중 하나였던 후작가를 하루아침에 완전히 멸문시킨다면, 귀족의 권위는 바닥에 떨어질 것이다.

이를 염려한 귀족파들은 현 후작인 에반이 황궁의 지하 감옥에서 별 탈 없이 임종을 맞을 경우, 그 지위를 아들인 리오에게 돌려주자는 쪽으로 의견을 냈고, 황제는 그 정도라면, 자신이 여전히 아르한을 견제하고 있음을 보여 줌과 동시에 공작가의 체면 역시 적당히 살려 줄 수 있으리라 생각해 이를 받아들였다.

"솔직히 저는, 당연히 평생 귀족으로서 살지 못할 거라 생각했습니다."

그런 리오의 말에는 황제를 향한 의문이 가득했다. 이를 눈치챈 로젤이 서둘러 입을 뗐다.

"영윤, 저번에도 말씀드렸지만, 황궁에서는, 아니, 그 어디든 듣는 귀가 많은 곳에서는 특히 말을 조심하셔야 합니다."

"······알겠습니다."

로젤의 지적에 그제야 제 잘못을 인지했는지, 리오가 뒤늦게 고개를 끄덕였다.

그런 그를 향해 로젤이 말했다.

"당연하지 않은 일에 의문을 품으시는 건, 나쁜 게 아닙니다. 다만, 이거 하나는 짚고 넘어가겠습니다."

"······?"

"후작의 임종 전까지 귀족으로서 살 수 없다는 건, 그리 만만한 일이 아닙니다."

귀족들은 대개 아주 어린 나이부터 서로 인맥을 형성한다. 그리고 그것이 죽을 때까지 이어지는 것이 보통이다. 그런 귀족 사회에서 어릴 적부터 인맥을 쌓지 못한다는 것은 곧, 사교계에서의 고립을 뜻한다.

"영윤께는 앞으로 평생, 반쪽짜리 귀족이라는 꼬리표가 따라붙을 겁니다."

마르아넬 공작의 사생아인 에르샤가 그랬듯.

그리 생각하자 로젤은 새삼 앞으로 리오가 가야 할 길이 얼마나 험난하고, 고될지 벌써 걱정부터 됐다.

"……어쩌면 훗날 가문의 안주인을 들이는 일 역시, 어려울지 모릅니다."

아무리 아델노프 후작가라고는 하나, 반쪽짜리 귀족에게 제 딸을 순순히 내어 줄 고위 귀족은 없다. 아마, 눈을 많이 낮춰 하급 귀족 영애를 신부로 들여야 할 테지.

"……그런 거군요. 반쪽짜리 귀족의 삶이란."

그제야 그 의미를 알아챈 것인지 리오는 조금 담담하게 가라앉은 목소리로 중얼거리듯 말했다. 그런 그를 걱정스러운 눈길로 응시하던 로젤이 무어라 말하려던 찰나.

"하지만 저는 괜찮습니다."

짤막한, 그러나 확신에 가까운 리오의 대답이 떨어졌다. 그는 곧 얕게 미소를 띤 얼굴로 말했다.

"이런 방식일 줄은 몰랐으나, 가혹한 처벌이 내려질 것이라는 건 알고 있었으니까요."

자신을 향해 아무 대가 없이 웃어 주고, 부친보다 더 따스하게 대해 줬던 로젤과 아르한에게 독이 묻은 꽃바구니를 보낸 순간부터, 리오는 각오했다.

그 어떤 벌을 받게 되더라도, 설령 목숨을 잃게 되더라도 담담히 받아들이자고.

그런데 그는 결국, 이렇게 살아남았다.

"오히려 저는, 이런 삶이나마 살 수 있게 되어 다행이라고 생각합니다."

"……."

"그러니 공녀께서도 너무 염려치 마세요."

저는 정말 괜찮으니까요.

그리 덧붙인 리오가 옅게 웃었다.

* * *

리오의 처우는 빠르게 결정됐다. 후작이 죽음을 맞이하기 전까지, 수도를 떠나 먼 남쪽 지방에서 지내라는 결정이 떨어졌고, 그와 거의 동시에 수도를 떠났다.

그 과정을 하나하나 놓치지 않고 지켜보던 로젤과 아르한 정도만 겨우 배웅을 할 수 있었다.

아마, 며칠 안으로 다가온 사냥 대회를 비롯한 각종 축제 분위기에 찬물을 끼얹지 않기 위해 내린 결정일 것이다. 이를 알지만 그럼에도 로젤의 기분은 좋지 않았다.

사냥 대회 때 사용할 총을 고르는 와중에도, 그녀의 기분은 여전히 저조했다.

"혹시, 벌써 후작 영윤이 그리우십니까?"

그런 아르한의 물음에 로젤은 진심 반, 농담 반으로 고개를 끄덕였다.

"네. 벌써 너무 보고 싶고, 자꾸만 눈에 밟히고 그러네요."

"그럼, 함께 수도를 벗어나 영윤이 있는 마을에 터를 잡고 사는 건 어떠십니까?"

"어머, 그것참 좋은 생각이네요."

로젤은 웃으며 능숙하게 아르한의 말을 받았다.

비록 실현 가능성이 0에 수렴하는, 말 그대로 꿈이었으나……. 그럼에도 그저 이런 대화를 나누는 것만으로도 들뜨는 것 같았다.

"이왕이면, 농사를 지어 보는 것도 좋을 것 같아요."

"농사라. 그것도 재밌을 것 같군요."

"감자를 심는다거나, 아니면 토마토를……."

그렇게 얼마간 한참 재잘대던 로젤은 문득, 그가 자신을 조금 묘한 눈으로 보고 있음을 알았다.

"이젠, 기분이 좀 나아 보이시는군요."

아. 어쩐지 평소와 달리 쓸데없는 말을 한다 싶더니.

전부 제 기분을 맞춰 주기 위함이었던 모양이다.

하긴 워낙 눈치가 빠른 사람이니 진작부터 총을 보는 둥 마는 둥 하는 태도가 심상치 않다는 걸 알아챘겠지.

"기분이 나아진 것은 다행이나, 여전히 총을 고를 마음이 들지 않으신다면 이번 일정을 나중으로 미루는 건 어떨까요?"

아르한의 말에 로젤은 잠시 갈등했다. 확실히 지금은 그럴 기분이 아니었다. 그러나 고작 이런 이유로 일정을 미루기엔 아르한이 지나치게 바빴다.

오늘 역시 없는 시간을 겨우 짜내 함께 온 것이니까.

"아뇨, 그냥 집중해서 끝내는 편이 나을 것 같네요."

그리 말한 로젤은 조금 전에 비해 꽤 적극적인 태도로 총을 만지작거렸다. 아르한 역시 가게에 있는 총을 죄다 꺼내 오게 한 후 하나하나 확인하며 그녀에게 맞는 총을 찾았다.

"……리볼버인가요?"

로젤이 조금 의아한 얼굴로 묻자 아르한이 고개를 끄덕였다.

"네. 크기가 적당하니 평소 몸에 지니고 다니기도 좋고, 여러 가지로 제법 괜찮은 것 같군요."

그의 말처럼 작은 권총인 리볼버의 장점은 그러했다.

그러나 보통 사냥 대회에 참석한다고 하면 짐승을 잡기 위해 장총을 사용하는 것이 일반적이다.

"잠깐, 평소에 지니고 다닌다고요? 사냥 대회 때 사용하는 것이 아니라?"

"……."

"아니, 대체, 왜……."

여전히 의문을 표하던 로젤이 문득, 말끝을 흐렸다.

델티와 에반이 황궁의 감옥에 갇혀 있는 이상, 그녀의 앞날을 위협

할 만한 인물은 오직 하나뿐이다.

아르한이 경계할 만한 인물 역시 하나뿐이었고.

"혹, 황제 폐하께서 제 목숨을 노리고 있다는 의미인가요?"

혹 누가 듣기라도 할까 로젤은 그에게만 들릴 정도의 목소리로 은밀히 속삭였다. 그러자 아르한은 조금 애매한 대답을 내놓았다.

"······확언할 수는 없습니다. 그러나 가능성이 아주 없는 이야기는 아닙니다."

"······."

"그러니 조심해서 나쁠 것은 없지요."

말은 저렇게 해도, 그가 고작 사소한 가능성 하나 때문에 이리 나올 것 같지는 않았다.

아마 뭔가 심상치 않은 움직임이 포착된 거겠지.

"그럼 저는 이제부터 어떻게 해야 하는 거죠?"

"우선 먼저 당부드리고 싶은 것이 있습니다."

어느새 목소리를 낮춘 그가 그녀에게만 들릴 정도의 소리로 말했다.

"어떤 핑계를 대서도 좋습니다. 그러니······."

"······."

"절대, 이번 사냥 대회에 참석하지 마세요. 부탁드립니다."

로젤을 공작가로 돌려보낸 후, 아르한은 곧장 걸음을 서둘렀다. 아마 지금 이 시간이라면 황제는 한창 회의에 참석 중일 것이다. 이를 아는 아르한은 보통 이 시간에 수도로 돌아오면 자신의 개인 도서관으로 향했다.

그러면 그곳에는 항상.

"오늘은 조금 늦으셨군요, 황태자 전하."

"송구합니다, 황후 마마."

현 황후 라피나 바르트 시트라가 그를 기다리고 있었다.

그녀는 늘 단조로운 검은색 원피스에 제대로 된 머리 장식 하나 꽂지 않은 모습이었고, 이는 지금도 마찬가지였다. 황후라는 사실이 믿기지 않을 정도로 초라한 행색이었으나, 그것은 라피나가 죽은 제 아들들을 기리는 방식이었다.

게다가 그녀는.

"제겐 흘러가는 몇 분, 몇 초마저도 중요하다는 걸 알아주셨으면 좋겠군요."

얼마 살지 못할 운명이었다.

정확한 병명은 알 수 없으나, 두 아들을 잃고 난 후부터 라피나는 조금씩 죽어 가고 있었고 이젠 정말 한계에 다다라 있었다.

그것을 라피나도, 아르한도 알고 있었다.

"죄송합니다, 황후 마마. 그 대신이라고 말하기는 뭐하나, 좋은 소식을 들고 왔으니 기분 푸시지요."

"좋은 소식이요?"

그런 라피나의 물음에 아르한은 품속에서 신문을 꺼내 보였다.

현 황제의 만행은 어디까지인가.

돌아선 민심, 황제는 정말 폭군이 아닌가?

황제의 폭정으로 인해 이어지는 가뭄 속에서 죽어 가는 이들.

"아직은 평민이나, 상인들이 읽는 신문 정도에서나 이런 기사들을
볼 수 있습니다만."

"그걸로 충분합니다. 그들은 제국에서 가장 많은 인구 비중을 차지
하고 있고, 애초에 우리가 노린 바도 그 정도였지 않습니까?"

그런 황후의 말이 맞았다. 원래 그들의 계획은 그 정도였다.

그랬기에 황제가 죽어 간다, 정도의 추상적이고 애매한 기사를 의
도적으로 뿌렸다.

황제의 건강이 그다지 좋지 않음을 알리고, 민심이 조금이라도 돌
아서면 그것으로 족하다고 여겼다. 그런데 그것이 권력욕 강한 황제
의 심기를 제대로 거슬렀는지, 그는 알아서 스스로의 평판을 진창에
처박았다.

게다가 황제가 죽어 간다는 건 틀린 말이 아니었다.

그가 사랑하는 황후 라피나가 매일 밤 황제가 마시는 차에 독을 타
고 있었으니까.

아르한이 의사를 매수한 탓에 황제는 그 사실을 알지 못했다. 그래
서 아르한은 로젤과 함께 했던 오찬 자리에서 자신의 죽음을 언급하
는 황제의 모습에 조금 동요했다. 하지만 그것이 그저, 다른 수를 쓰기
위한 밑밥임을 금세 알 수 있었다.

황제는 자신이 죽어 간다는 사실을 모른다. 그저 죽어 가는 척한 후, 다른 수를 쓰려는 것이다. 그가 만약 진짜 자신이 죽어 가고 있음을 알았다면 한가하게 사냥 대회 따위를 열지는 않았을 것이다.

오히려 전에 로젤이 제안했던 대로 주술사나 마법사를 찾아 살 수 있는 방법을 찾았겠지. 그리고 그 방법은 의외로 상당히 가까운 곳에 있었다.

이를 되새긴 아르한은 새삼 떠오른 의문을 입 밖에 냈다.

"황후께서는 여전히 더 살고자 하는 마음이 없으십니까?"

"네. 없습니다. 앞으로도 꾸준히 그럴 테고요."

갑작스러운 질문임에도 라피나의 태도에 망설임은 없었다.

그는 이미 그녀에게 몇 번이고 비슷한 질문을 했었으니까.

"저는 황태자 전하의 도움을 받아 목숨을 연명할 생각이 없습니다. 그 도움이 마법이라면, 더욱."

"저를 믿을 수 없기에 그러시는 거라면 다른 이를 통해 그 과정을 보여 드릴 수도 있습니다."

아르한의 회복 마법이라면, 라피나의 병 정도는 완전히 낫게 할 수 있었다.

"아뇨, 필요 없습니다. 굳이 황태자 전하의 생명을 깎아 가면서까지 살고 싶지는 않아요."

하지만 그녀는 이를 결단코 거부했다.

"나는 남은 목적만 이룬다면, 조금이라도 빨리 내 아들들을 만나러 갈 겁니다. 황태자 전하께 그걸 막을 권리는 없어요."

한때는 제 아들 중 하나를 황제로 만들겠다며 아르한에게 암살자를 보내던 여자였다. 그런데 그런 여자에게 자신이 먼저 더 살아 볼 생각이 없냐는 말을 할 날이 오다니.

거기다가 이렇게 함께 손을 잡고 부친인 황제를 끌어내릴 계획을 세우고 있다니. 새삼 기분이 묘했다.

라피나 역시 비슷한 생각을 했는지, 조금 부자연스러운 방식으로 화제를 돌렸다.

"전하께서 이리도 성급하게 구시는 걸 보니, 아무래도 걸리는 게 있으신 모양이군요."

그리고 그런 그녀의 추측은 우연치 않게 들어맞았다.

라피나는 제 말에 당장 확고한 답을 주지 못하는 아르한을 보며 뒤늦게 스스로의 추측이 맞았음을 깨달았다.

"그냥 해 본 말이었는데, 들어맞은 모양이군요. 어쩐지, 초조해 보이신다 싶더라니."

그런 그녀의 뒷말은 중얼거림에 가까웠으나, 그렇다고 듣지 못할 정도는 아니었다.

"그렇게 티가 났습니까?"

"네. 평소와 달리 유독 불안해 보이셨습니다. 마치, 중요한 것을 빼앗길까 두려워하는 사람처럼."

중요한 것이라.

습관적으로 중얼거리던 아르한이 곧 입을 열었다.

"걱정하실 것 없습니다. 사적인 감정 때문에 계획을 망치는 일은 없을 테니까요."

이를 위해 로젤에겐 사냥 대회에 참석하지 말아 달라는 당부까지
해 뒀다. 그러니 아마, 별다른 일은 생기지 않을 것이다.

"전하께서 그렇게까지 말씀하신다면 믿겠습니다만, 그래도 걸리는
점이 무엇인지는 확실히 해 주셨으면 좋겠군요."

그런 라피나의 말에 잠시 고민하던 아르한이 말했다.

"……죄송하지만, 이번만큼은 어려울 것 같습니다. 지극히 사적인
일과 연관되어 있어서요."

서로를 향한 정이 아닌 철저한 비즈니스로 묶인 관계에서 이런 식
으로 비밀을 만드는 것은 균열이 생겼음을 알면서도 방치하는 것과
같았다.

당연히 이런 사실을 황태자인 아르한이 모를 리 없다. 그러니 이건,
그가 정말 어찌할 수 없는 문제라는 의미였다.

예를 들면.

"혹, 라슈아 공녀와 관련된 일입니까?"

약혼녀가 엮여 있는 일이라거나.

"왜 그렇게 생각하십니까?"

그리고 그런 라피나의 추측이 맞았음을 보여 주듯, 아르한은 부정
대신 교묘하게 말을 돌리는 쪽을 택했다. 이에 라피나는 웃었다.

"전하께서 고작 스스로의 불명예를 감수하지 못해 제게 비밀을 만
들려 하실 리는 없지요."

게다가 아르한은 자신의 명예를 깎아내릴 만한 일을 할 사람이 못

되었다.

그러니 혹, 그에게 문제가 생긴다면 그것은 높은 확률로 지금의 약혼녀와 관련된 일일 테지.

그리고 라피나가 아는 황태자는 제 약혼녀의 허물을 타인에게 거리낌 없이 들춰 보일 사람이 아니었다.

"좋습니다. 이에 대한 건 더 이상 묻지 않도록 하죠. 대신."

"……."

"아까도 말했지만 모든 일이 끝난 후, 날 살려 볼 생각은 마세요."

다시 한번 단호하게 선을 긋는 그녀를 아르한은 조금 복잡한 눈으로 쳐다보았다.

그리고 그 시선은 언제나 라피나의 기분을 묘하게 만들었다.

마치 죽은 두 아들 중 하나가 살아 돌아온 것 같은 착각을 불러일으킨 탓이다. 시트라 제국 황실의 상징인 은발을 제외하면, 닮은 구석이 거의 없음에도 그러했다.

"아, 그러고 보니 얼마 전 황제께서 은밀히 사람 몇을 부르신 것 같았습니다."

그래서 그녀는 재빨리 화제를 돌렸다. 그리고 그 부자연스러운 움직임을 아르한이 눈치채지 못할 리가 없었다. 하지만 그는 아무것도 모르는 척, 순순히 라피나가 꺼낸 주제에 집중했다.

"좀 더 자세히 말씀해 주시겠습니까?"

"그러니까, 정확하게는 이 주 전쯤이었을 거예요."

라피나는 그날도 평소처럼 황제와 함께 잠자리에 들었고, 그 후 그는 그녀에게 조언을 구했다.

'은밀히 사람을 써야 하는데, 황후의 의견을 좀 듣고 싶군.'

'어떤 일인지 여쭈어도 될까요?'

'간단한 일이야. 사소한 실수가 수습할 수 없는 사고로 변모하도록, 살짝 뭔가를 바꾸는 정도면 돼.'

'사소한 실수를 수습할 수 없는 규모의 사고로 바꾼다, 라.'

아르한은 라피나에게서 들은 정보를 곱씹었다.

황제가 사용할 법한 몇 가지 수가 떠올랐으나, 어느 것 하나를 딱 단정 짓기는 어려웠다.

그런 그를 향해 라피나가 물었다.

"그래서 최종적으로 일을 치르는 날은 언제죠? 내 역할은 뭐고?"

슬슬 황제의 회의가 끝날 시간이 된 탓인지 그녀는 꽤 초조해 보였다. 아르한 역시 더 이상 여유 부릴 시간이 없다는 것을 알았기에 서둘러 해야 할 말들을 정리했다.

"날짜는 사냥 대회 당일이 될 겁니다. 그리고 황후께서는 지금껏 그래 왔듯, 폐하께 차를 타서 올리는 일에만 집중하시면 됩니다."

"그렇군요. 그럼, 대회 당일 직접 일을 거행하는 건. 누구죠? 가급적이면 내게 맡겨 줘요. 내 자식의 복수는 곧 나의……."

"아뇨, 제가 하겠습니다."

단호한 아르한의 말에 황후는 조금 의아한 얼굴을 했다. 곧 죽을 자신이라면 모를까, 아직 앞날이 창창한 황태자가 황제를 죽여서 어쩌려는 건가 싶었던 탓이다.

그런 그녀의 의문을 읽은 아르한이 차분하지만, 확고한 태도로 말했다.

"제 모후의 복수는 곧, 제 복수. 그러니 제가 직접 하지 않으면, 모후께서도 편히 잠들지 못하실 겁니다."

"……."

"그러니 제가 하겠습니다."

황제 폐하의 목숨을 거두는 일은.

* * *

사냥 대회의 날이 밝았다.

본격적인 행사가 시작되는 것은 정오 이후였기에 해가 중천에 뜬 지금, 사냥터는 사람들로 북적였다.

아르한은 이처럼 사람들이 바글거리는 것을 좋아하지 않았고, 또 해야 할 일이 있었기에 홀로 근처 창고에 틀어박혀 총을 고르고 있었다.

"총을 고르고 있었던 모양이군."

기척도 없이 대뜸 들려온 황제의 물음에 아르한은 놀라지 않았다.

"오셨군요. 폐하."

그는 여전히 자연스러운 손놀림으로 들고 있던 총에 총알을 장전하며 한발 늦게 황제의 질문에 답했다.

"네. 중요한 날인 만큼 고심하는 중이었습니다."

"그렇지. 확실히 오늘은 중요한 날이었지."

조금 의문스럽게 말끝을 흐리는 황제의 모습에 그는 문득, 불길함을 느꼈다.

그런 아르한의 반응을 즐기듯, 황제가 덧붙였다.

"두 사람의 국혼이 발표되는 날이니까."

대수롭지 않게, 별거 아니라는 듯 말을 잇는 황제의 모습은 아르한의 신경을 아주 미묘한 선에서 건드렸다.

"사냥을 하다 보면 알게 되지. 자신에게 맞는 총을 고르는 일이 얼마나 중요한가를."

대뜸 이어진 황제의 말에 아르한은 동의한다는 듯, 순순히 고개를 끄덕였다.

"확실히 그렇지요, 사냥을 나갈 때 총만큼 유용한 무기는 없으니."

"그래, 그래서 사람들은 정치판을 총성 없는 전쟁터라고도 하지."

다소 의미심장한 황제의 말이 이어졌고, 아르한은 그저 이를 물끄러미 응시하기만 했다.

"근데 그건 바꿔 말하면, 총성이 울리기도 전에 이미 승부가 났다는 의미기도 해."

"……."

"예를 들자면, 황태자와 짐처럼."

대뜸 떨어진 말에는 아르한을 향한 비웃음이 가득했다.

그것이 의미하는 바를 가늠하던 그에게 황제가 한발 앞서 말했다.

"내 앞에서 같잖게 머리나 굴릴 생각이라면, 관둬. 어차피 오늘이면 모든 것이 끝날 테니."

"그게, 무슨 말씀이십니까. 저는 그저……."

"네가 그 계집을 황태자비로 들이기로 한 순간부터, 넌 짐에게 졌어."

그런 아르한의 말을 간단히 자른 황제가 여전히 싸늘한 비웃음을 머금은 채로 덧붙였다.

"그 계집은 진짜 라슈아 공녀가 아니니까."

"……."

"넌 오히려 그 점이 마음에 든 모양이지만, 결국 그게 완벽한 네 인생에 오점을 남기게 될 거다."

너는 결국, 황위에 오르지 못할 테니.

나직하게 덧붙여진 경고에 아르한은 그대로 입을 닫았다. 그리고 그것이 자신의 승리를 의미한다고 생각한 황제는 더욱 보란 듯이 웃으며 말했다.

"차라리 평민이라면 모를까, 금지된 주술을 행하고 죽은 계집을 황태자비로 들일 수는 없지."

"……."

"안 그런가, 황태자?"

그리 말한 황제는 여전히 여유로운 태도로 웃고 있었다.

아르한은 그런 황제를 향해 딱 그만큼 여유로운 태도로 말했다.

"저는 지금 폐하께서 무슨 말씀을 하고 계시는 건지, 잘 모르겠습

니다."

그 속이 어떠하든, 적어도 겉으로 보이는 태도만큼은 아르한 역시 황제와 맞먹을 정도로 여유로웠다.

게다가 제법 뻔뻔한 대답이었기에 황제는 그저 웃었다.

"잘 모른다?"

"네. 소인이 아직 많이 부족하여, 폐하의 깊은 뜻을 헤아리기가 쉽지 않습니다."

"그래, 우리의 황태자께서 이해하기 어렵다니, 다시 한번 말해주지."

"……."

"국혼 발표는 예정대로 진행될 것이다. 하지만, 그 계집이 순순히 네 비가 될 수 있을 거란 기대는 버려."

제법 단호한 황제의 말에도 아르한은 눈 하나 깜짝하지 않았다.

"저……. 큰일 났습니다."

그런데 그때, 뜬금없이 달려온 시종이 두 사람 사이에 끼어들었다.

"무슨 일이냐?"

살기가 묻어나는 황제의 음성에 시종은 흠칫 놀란 얼굴을 하다가 곧 말했다.

"사고가 난 것 같습니다."

"사고?"

"예."

조금 망설이며, 아르한의 눈치를 보는가 싶던 시종은 곧 자신을 향한 황제의 서슬 퍼런 시선에 서둘러 입을 열었다.

"라슈아 공녀님께서 타고 계시던 마차가 전복되었답니다."

들려온 소식은 거기서 끝이 아니었다. 시종의 말에 따르면, 그 마차에는 샬롯 역시 함께 타고 있었다.

* * *

사냥 대회 당일, 로젤은 아침 일찍부터 비아노 백작가를 찾았다.

비아노 백작인 크리스는 진작 아르한과 함께 사냥터로 떠난 상태였고, 그녀는 샬롯과 함께 마차를 타고 이동할 예정이었다.

아르한은 사냥 대회에 참석하지 말아 달라고 간곡하게 부탁했으나, 이는 불가능에 가까운 일이었다. 다른 것도 아니고 무려 제국의 태양인 황제가 직접 주최한 대회다. 게다가 타국의 사절단들까지 잔뜩 와 있는 상황이니 마땅한 이유도 없이 불참했다간 어마어마한 비난을 받게 될 터였다.

결국 로젤은 어쩔 수 없이 샬롯과 함께 사냥터로 향하는 마차에 올랐다. 그리고 사냥터로 향하던 도중 정체를 알 수 없는 무리들의 습격을 받아 마차가 전복되었다.

다른 것도 아니고, 마차가 전복되는 사고다.

운이 좋아도 보통 다리나 팔 하나 정도는 못 쓰게 되고, 대부분은 그 자리에서 목숨을 잃는 위험한 사고.

'저런, 그거 참으로 안타까운 일이군.'

하지만 이를 알면서도 황제는 최소한의 애도를 표하는 성의조차 없이 저 짧은 한마디를 던지곤 그대로 자리를 떠났다.

급작스레 들려온 사고 소식으로 인해 동요하고 있을 귀족들의 마음을 달래야 한다는 이유에서였다.

자신의 딸인 샬롯 역시 사고에 휘말렸음을 알면서도 황제가 보인 반응은 그것이 전부였다.

그렇게 황제가 사라지자, 아르한은 로젤에게 붙여 둔 호위 기사를 통해 이번 마차 사고를 벌인 이가 누구인지 알 수 있는 정황 몇 가지를 잡아냈다.

너무 뻔한 결과라 오히려 당황스러울 지경이었다.

범인은 바로 황제였다.

"저······."

"무슨 일이지?"

조금 전부터 자신의 곁을 맴돌며 머뭇거리던 시종을 향해 아르한이 물었다.

그러자 그는 그제야 조금 결심이 선 얼굴로 말했다.

"황태자 전하께서도 이제 그만 나가 보셔야 합니다. 다들 기다리고 계실 겁니다."

약혼녀인 로젤과 누나인 샬롯의 사고 소식을 접했음에도, 아르한이 할 수 있는 건······ 아무것도 없었다. 그저 아무 일도 없었던 것처럼 사냥 대회에 참석한 귀족들 앞에 얼굴을 비추는 일이 전부였다.

"······알았다. 곧 가지."

담담한 아르한의 대답이 떨어지자, 시종은 크게 안도한 얼굴로 고개를 숙인 후 사라졌다. 그런 그의 뒷모습을 잠시 응시하던 아르한 역시 걸음을 옮겼다.

사냥 대회를 앞둔 사냥터는 조금 소란스러웠다.

그것은 곧 시작될 사냥 대회에 대한 떨림이나 긴장감 때문이라기보단 조금 전, 전해진 마차 사고 소식 때문인 듯했다. 은근히 제 눈치를 보는 몇몇 이들의 모습을 보며 아르한은 자신의 추측이 맞았음을 확신했다.

그런 사람들 사이에 섞여 있던 황제가 느긋하게 입을 뗐다.

"황태자의 안색이 심히 좋지 않군. 조금 전 들려온 사고 소식 때문인가?"

아무것도 모르는 사람처럼 능청스러운 태도였다.

그런 태도로 조금의 예고도 없이 던져진 황제의 물음은 주변의 분위기를 순식간에 싸하게 만들었다.

그동안 사냥터에서 사고 소식을 언급하는 이들이 없었던 것은 아니다. 하지만 적어도 그것을 아르한 앞에서 대놓고 입 밖에 내는 인물은 없었다.

다들 최소한 제 목숨이 아까운 줄은 아는 자들이었으니까. 하지만 황제는 아니었다. 그는 그럴 필요도, 그럴 마음도 없었다.

이를 알기에 아르한은 새삼 그런 황제의 모습에 크게 놀라지 않았다. 자신의 예상과 한 치의 다름도 없는 그림이었으니까.

"송구합니다. 제가 조금 더 명민하지 못하여, 폐하께 괜한 심려를 끼쳐 드린 것 같군요."

"아니, 그리 자책할 것은 없어. 약혼녀의 일이고, 혈육의 일이니 이런 반응을 보이는 게 당연하지."

마치 자신과는 조금도 상관없는 일인 것처럼, 황제는 지극히 객관적인 입장에서 아르한에게 위로의 말을 건넸다.

함께 사고를 당한 샬롯이 자신의 딸이라는 사실을 완전히 망각한 것 같은 태도였다.

"모처럼 이렇게 사냥 대회에 참석해 자리를 빛내 준 이들에겐 미안하군. 오늘 이 자리에서 중대 발표를 할 예정이었는데 말이야."

자연스러운 태도로 마치 모든 잘못이 사고를 당한 두 사람에게 있는 것처럼 은근히 화살을 돌리는 황제의 모습에 곁에 있던 귀족들은 신경을 날카롭게 곤두세웠다.

황제의 속내를 파악하고, 그가 원하는 말을 적절히 입 밖에 내야 했으니까. 그리고 그런 귀족들의 눈치 싸움 속에서 홀로 침착한 태도를 보이던 아르한이 황제를 향해 말했다.

"외람된 말씀이나, 저는 그 중대 발표를 미룰 이유가 없다고 생각합니다."

"미룰 이유가 없다?"

"예."

차분하게 떨어진 아르한의 대답에 황제는 느릿한 시선으로 그의 안색을 살폈다.

제 아들이기는 하지만, 자신보다 죽은 황후를 더 많이 닮은 아르한은 속이 훤히 읽히지 않는 부류였다. 그는 황제인 자신의 앞에서도 언제나 침착함과 여유로움을 잃지 않았다. 그리고 이는 결국, 아르한이 황제인 그를 조금도 두려워하지 않는다는 의미였다.

그래서 그는 아르한이 마음에 들지 않았다.

"그것을 왜 황태자가 판단하지?"

조금 늦게 떨어진 황제의 물음에는 대놓고 못마땅한 기색이 역력했다.

"이는 대회를 주최한 짐의 권한이야. 그러니 황태자가 끼어들 권리는……."

"제가 그 중대 발표와 깊은 연관이 있다면, 이야기가 조금 달라져도 되지 않나 싶군요."

황제의 말을 간단히 잘라 버린 아르한은 곧, 곁에 있던 시종에게 가볍게 손짓했다.

다소 파격적인 황태자의 행동에 주변에 있던 이들이 오히려 더 불안에 떨었다.

권력욕이 강하고 독선적인 성격 탓에 암암리에 폭군이라는 별명까지 붙은 현 황제에게 저리 구는 황태자의 의중을 이해하기 힘들었다. 당장 죽음을 앞둔 상태의 황제라면 모를까, 지금의 황제는 황태자가 상대하기엔 너무 버거운 존재였다. 적어도 그들의 눈에는.

하지만 아르한은 그런 사실 따위 조금도 상관없다는 듯, 덤덤한 태도로 시종을 불렀다. 그러자 그는 조금 얼떨떨한 얼굴로 황제와 아르한의 눈치를 번갈아 가며 보다가 이내 다가왔다.

"무슨 일이십니까?"

"폐하께서 발표할 예정이셨던 건에 대한 문서를 좀 보고 싶군."

예정대로라면 이곳에서 발표되었어야 할 아르한과 로젤의 국혼에 대한 내용이 적힌 문서.

아르한은 지금 그것을 요구하고 있었다.

"그것을 봐서 어찌하려는 거지?"

"조금 의심 가는 부분이 있어서 이를 확인하고 싶을 뿐입니다."

그런 아르한의 대답에 황제는 그 뜻을 가늠하려는 양 느릿하게 시선을 움직였다. 그 탓에 얼마간 침묵을 지키던 황제가 곧 입을 뗐다.

"그래 그렇다면 보여 줘야지."

문서를 보여 주는 것 정도는 그에게 큰 손해를 끼치지 않았다. 오히려 여기서 한발 물러선 후, 조금 전 아르한이 저지른 무례를 몇 배로 갚아 줄 수 있다면 그편이 더 나았다. 이를 알기에 황제는 한발 물러섰다.

곁에 있던 시종에게 명령해 아르한이 원하는 대로 두 사람의 국혼에 대한 내용이 적힌 문서를 가져오게 한 것이다.

덕분에 이를 받아 든 아르한은 차분한 시선으로 그 내용을 읽어 내려갔다.

"확실히 문제가 되는 내용은 없군요."

문서를 전부 읽은 아르한이 그리 말하자 황제는 조금 성의 없게 고개를 끄덕이며 긍정한 후 물었다.

"그래서 이제 그걸 어찌할 셈이지?"

"글쎄요. 우선······."

그것은 그저 예의상 던진 질문에 불과했다. 아르한이 그 문서를 어찌할지는 황제의 관심 밖이었다.

"또 다른 주인공을 모셔야겠지요."

하지만 차분히 떨어진 아르한의 말과 함께 주변이 소란스러워지자 황제는 제법 혼란스러운 얼굴을 했다.

이는 결코, 황제가 예상했던 상황이 아니었으니까.

"······아니, 이게 무슨?"

"대체 뭐지?"

"내가 뭘 보고 있는 거야?"

작게 수군거리던 귀족들의 시선이 어느 한곳에 집중되어 있음을 깨닫자, 황제 역시 자연스레 그쪽으로 고개를 돌렸다.

그러자 그곳에는.

"늦어서 죄송합니다."

"······."

더없이 차분한 태도로 황제를 향해 고개를 숙이는.

"라슈아 공작가의 로젤 라슈아가 제국의 태양이신 황제 폐하를 뵙습니다."

로젤이 있었다. 그것도 몸에 작은 부상 하나 없는 상태로.

"본의 아니게 불미스러운 소식을 전하게 되어 많은 분들께 심려를 끼쳐 드린 점, 진심으로 사과드립니다."

차분히 제 할 말을 전하는 로젤의 모습은 조금 전까지 사냥터를 떠들썩하게 했던 사고의 주인공이라고는 생각할 수 없을 만큼 침착했다.

그 간극에 많은 사람들이 혼란에 빠졌고, 황제 역시 그중 하나였다.

그는 얼마 전, 사람을 보내 로젤과 샬롯이 이용할 예정이던 마차에 수를 써 두었다.

일정 속도가 넘어가면 마차 바퀴에 문제가 생기고, 사고가 나도록. 그래서 그는 마차가 전복되었다는 소식을 들었을 때, 크게 놀라지 않았다. 모든 것이 제 계획대로 되었다고 생각했으니까.

하지만 그게 아니었다. 이제 와 돌이켜 보면 사고 소식을 접한 아르한의 태도가 너무 평온했다.

마치 이런 일이 일어날 줄 알고 있었던 것처럼, 그는 제 약혼녀와 누나의 사고에도 별다른 동요를 보이지 않았다. 당시의 황제는 그것이 그저, 제 앞에서 약한 모습을 보이지 않으려는 몸부림에 불과하다고 여겼다.

그러나 그것은 오판이었다.

아르한이 그런 반응을 보일 수 있었던 것은, 로젤과 샬롯의 신변에 그 어떤 문제도 생기지 않았기 때문이다.

"폐하."

나직하고도 여유로운 부름이 아르한의 입을 통해 나왔다.

"괜찮으십니까?"

"……."

더불어 태연하기 짝이 없는 물음까지도.

황제는 그런 그의 물음에 느릿하게 고개를 들었다. 그리고는 그제야, 자신을 향한 황태자의 시선에 담긴 감정을 읽어 낼 수 있었다.

낮게 깔린 조소와 은근한 경멸.

그것들을 늘 그랬듯, 자연스레 감춘 채로 아르한이 말을 이었다.

"아무래도 안색이 많이 좋지 않으신 것 같습니다. 그러니 오늘은 이만……."

"아니, 아니다. 짐은 멀쩡해."

무슨 꿍꿍이인지는 몰라도 아르한의 뜻대로 상황이 흘러가도록 놔둬서는 안 된다. 그리 생각한 황제는 서둘러 아르한이 들고 있던 문서를 빼앗아 들며 말했다.

"이곳에 있는 대부분의 이들이 라슈아 공녀가 불미스러운 사고를 당한 줄 알았으나, 이는 모두 거짓이었던 모양이군. 참으로 다행이야."

그런 황제의 말에는 로젤을 걱정하는 척, 은근히 질책하려는 의도가 다분했다.

"송구합니다. 왜 그런 소문이 퍼졌는지는 알 수 없으나, 이 문제는 차후 조사를 통해 반드시 진상을 밝히도록 하겠습니다."

"……그래, 그리해야지."

무심코 그리 답한 황제의 표정은 썩 좋지 못했다. 로젤이 저런 말을 꺼낸 의도를 눈치챈 탓이다.

마차 사고의 범인은 황제다. 이런 사실을 눈앞에 있는 로젤 역시 어느 정도 짐작하고 있는 듯했다. 그러니 결국, 그녀는 지금 황제를 압박하고 있는 것과 다름없었다.

"반드시 범인을 잡아 황제 폐하를 비롯한 많은 분들의 심기를 어지럽힌 대가를 치르게 하겠습니다. 그러니 너무 염려치 마시지요."

그런 황제의 추측이 맞았음을 증명하듯, 로젤은 다시 한번 이를 강조했다.

'건방진 것.'

얼마 전까지만 해도, 제 앞에서 덜덜 떨고 긴장하기 바빴던 주제에 이제 와 저리 건방지게 구는 꼴이라니.

"그래, 그 문제는 공녀가 알아서 현명히 처리하리라 믿지."

그리 말한 황제는 드디어 들고 있던 문서를 펼쳐 들었다.

당사자인 로젤이 이리도 멀쩡히 나타났으니, 예정대로 국혼 사실을 발표해야 했으니까.

"대체 어디까지 예상하고 계셨습니까?"

그런 로젤의 물음은 사냥 대회가 끝난 후, 돌아가는 마차에 오른 다음에야 떨어졌다.

"무엇이 말입니까?"

차분한 아르한의 반문에 그녀는 덧붙이듯 말했다.

"전하께서는 황제 폐하께서 마차 사고를 내실 거라는 사실을 미리 알고 제게 사냥 대회에 참석하지 말라는 당부를 하셨죠."

'절대, 이번 사냥 대회에 참석하지 마세요. 부탁드립니다.'

하지만 이는 실질적으로 불가능한 일이었고, 그 역시 이를 알았기에 곧장 다른 방법을 꺼내 들었다.

'어떤 핑계를 대서도 좋습니다. 다만, 그럴듯한 핑계를 찾지 못하신 다면, 그땐……'

'제가 공녀님께서 마차 사고를 당하신 것처럼 위장할 수 있도록 손을 써 두겠습니다.'

이제 와 다시 생각해 보면, 그때의 아르한은 무언가를 염두에 둔 듯, 조금 비장하기까지 한 얼굴이었다. 이에 홀린 듯 그의 제안을 승낙하고 말았으니까.

"대체 무엇을 알고 계셨기에 제게 그런 제안을 하신 겁니까?"

물론, 아르한의 계획은 성공적이었다.

만약 그가 미리 손을 써 두지 않았더라면 로젤도 샬롯도 진짜 마차 사고를 당해 크게 다쳤을 터였다.

그러나 로젤은 그 사실에 안도함과 동시에 의문이 들었다. 대체 그는 황제가 자신을 노리고 있다는 사실을 어떻게 알았을까. 그리고 대체 어디까지 알고 있는 걸까.

그런 로젤의 의문을 풀어 주기 위해 아르한이 차분히 입을 뗐다.

"그 전에 우선, 공녀께서 아셔야 할 사실이 있습니다."

"……그게 무엇입니까?"

말을 꺼낸 아르한의 태도는 침착했으나, 로젤은 어쩐지 좋지 않은 예감이 들었다.

그리고 그런 그녀의 예감은 적중했다.

"폐하께서…… 공녀님의 정체를 아셨습니다."

"그게……"

무심코 그게 대체 무슨 소리냐며 물으려던 로젤이 그대로 입을 닫았다. 아르한의 대답이 제법 간략했음에도, 그 의미를 모를 수가 없었던 탓이다.

황제가 제 정체를 알았다.

그것은 즉, 자신이 로젤 라슈아가 아니라 에르샤 마르아넬임을 알았다는 의미다.

"하……. 결국 이리되고 말았군요."

영원히 감출 수 있으리란 기대는 처음부터 하지 않았다.

자신은 그리 대단한 연기력을 갖춘 사람도 아니었고, 황제의 노련함을 넘어설 무언가도 없었으니까. 그러나 이런 식으로 예기치 못한 타이밍에 발목을 붙잡힐 줄은 몰랐기에 로젤은 지금의 상황이 매우 당황스러웠다.

"이제 황제께서는 언제든 제 목을 틀어쥘 수 있게 되셨군요."

담담한 로젤의 말에는 감출 수 없는 불안감이 담겨 있었다.

그런 그녀의 불안을 잠재우기 위해 아르한이 입을 열었다.

"너무 걱정하지 않으셔도 됩니다. 만약 폐하께서 당장 공녀의 정체를 폭로할 생각이셨다면 사냥 대회를 그렇게 끝내지는 않으셨을 테니까요."

확실히, 황제가 당장 그녀의 정체를 밝히고 처단할 생각이었다면 사냥 대회만큼 효과적인 무대를 그냥 넘기지는 않았을 것이다.

이러한 사실은 좋게 생각하면, 적어도 당장은 황제가 로젤을 어찌할 의사가 없다고 볼 수 있다. 그러나 나쁜 쪽으로 생각해 보면, 당장 그녀의 비밀을 폭로하는 것보다 이익이 되는 다른 일을 준비 중이라는 의미가 된다.

로젤의 입장에선 결코 좋은 일이 아니었기에 그녀가 한숨을 내쉬며 말했다.

"폐하께서는 대체 어찌 아신 걸까요?"

그녀의 연기력이 뛰어나다고는 결코 볼 수 없다. 그러나 적어도 황제의 앞에서만큼은 늘 긴장하고, 신경을 썼다. 그런데 도대체, 언제 정체를 들킨 걸까.

의외로 그 답은 아르한을 통해 즉시 나왔다.

"아마, 넬티 왕녀의 짓일 겁니다."

"……넬티 왕녀요? 그녀라면 여전히 지하 감옥에 갇혀 있을 텐데……."

의아한 기색이 가득한 로젤의 물음에 작게 고개를 젓던 아르한이 말했다.

"최근의 일은 아닐 겁니다. 공녀님의 말처럼 그녀는 지하 감옥에 갇혀 있고, 제가 마법으로 만든 구속구를 차고 있는 터라 한마디도 할 수 없었을 테니까요."

"그렇다는 건, 설마……?"

"네."

간단하지만 확고한 아르한의 대답에 로젤의 표정이 굳어졌다. 이를 눈치챈 그가 덧붙이듯 말을 이었다.

"사냥 대회가 열린다는 소식이 처음 전해졌을 때를 기억하십니까?"

당연히 기억한다. 잊으려야 잊을 수 없는 상황이었다.

말도 안 되는 우연처럼 델티가 다시 제국을 방문한다는 소식에 로젤 역시 큰 의문을 품었었으니까.

그리고 이는 전쟁터에 있던 아르한 역시 마찬가지였다. 그는 당시, 자스민 왕녀가 아니라, 델티 왕녀가 제국에 오게 되었다는 사실에 큰 의문을 품었다.

그래서 제 사람을 시켜 왕녀의 뒤를 끈질기게 조사한 결과.

"델티 왕녀가 처음 제국에 온 직후부터, 사냥 대회가 열린다는 소식이 들려오기 전까지. 황제 폐하와 왕녀 사이에 서신이 오간 흔적을 발견했습니다. 그리고……."

잠시 말을 멈춘 아르한이 품속에서 편지 한 장을 꺼내 로젤에게 건넸다.

"사냥 대회가 열리기 직전, 왕녀가 머물던 거처에서 그 서신 중 하나를 빼돌리는 데 성공했습니다."

반사적으로 이를 받아 든 로젤은 곧장, 그가 준 봉투를 열어 편지를 들었다.

그리고는 침착하게 그 내용을 읽어 내려가기 시작했다.

생각보다 별거 없는 듯싶었던 편지의 마지막 부분에는 제법 충격적인 사실이 적혀 있었다.

제 껍데기를 뒤집어쓰고, 라슈아 공녀 행세를 하는 계집을 상대하는
일은 제가 맡겠습니다. 그러니 폐하께서는 그저, 사냥 대회를 열

적당한 명분만 만들어 주시면 됩니다.

결국, 사냥 대회를 연다는 핑계로 델티를 다시 제국으로 불러들인 것은 황제의 뜻이었다.

황제는 꽤 오래전부터 알고 있었던 것이다. 지금의 로젤이 에르샤라는 것과 지금의 델티가 진짜 로젤이라는 사실을.

그저 헛웃음밖에 나오지 않는 상황이었다. 그래서 그녀는 허탈한 웃음을 지었다.

"결국 황제 폐하의 손바닥 안에서 보기 좋게 놀아난 꼴이로군요."

인정하기는 싫지만 어쩔 수 없는 사실이었다. 그래서 아르한은 그런 로젤의 말에 부정도, 긍정도 하지 않았다. 덕분에 애써 차분한 태도를 보이는 로젤의 말이 이어졌다.

"폐하께서는 왜 당장 제 정체를 폭로하지 않으시려는 걸까요? 대체 무슨 이익을 위해서?"

"그 부분에 대해선 저 역시 아는 바가 없습니다."

그리 말한 아르한의 표정은 로젤이 보기에 조금 묘했다. 확실하지는 않지만, 어쩐지 뭔가를 알고 있는 것 같다는 느낌이 강하게 들었다.

"대략적으로 짐작 가는 바 역시 없으신가요?"

"없습니다."

적당한 타이밍에 떨어진 대답이었다.

너무 느리지도, 그렇다고 빠르지도 않은 대답에 로젤은 머릿속이 복잡해지는 것을 느꼈다.

그렇게 얼마간 생각을 정리하던 그녀가 입을 열었다.

"그렇다면 저는 당분간 수도를 떠나 있도록 하겠습니다. 폐하의 의중이 어느 정도 밝혀지거나, 마땅한 대책이 생길 때까지요."

사실 이는 말도 안 되는 소리였다.

예비 황태자비나 다름없는 그녀가 지금과 같은 상황에서 대뜸 수도를 떠나는 건 비난과 의심을 동시에 받기 좋은 일이었다. 게다가 이는 곧 국혼 준비에 성실하게 임하지 않으려는, 즉 황실에 대한 모독으로 비춰질 수도 있다. 이를 로젤도 아르한도 더없이 잘 알고 있었다.

"그건 좋은 방법이 아닙니다."

단호한 아르한의 대답에 로젤은 애매하게 표정을 흐리며 말했다.

"압니다. 그러나 이대로 마냥 손을 놓고 있을 수는 없지 않습니까."

다른 것도 아니고 자신의 정체가 밝혀지느냐 마느냐가 달린 문제다. 황제의 입에서 지금의 로젤이 실은 에르샤 마르아넬이었다는 말이 나오는 날엔, 변명의 여지도 없이 그대로 단두대 위에 서게 될 것이다.

"더군다나 폐하께서 당장 제 정체를 폭로하지 않을 거란 심증만 믿고 가만히 있는 것은 그다지 좋은 선택이 아닌 거 같습니다."

"하지만 그렇다고 해도, 당장 수도를 떠나는 것은 위험합니다. 차라리 라슈아 공작가의 저택에서……"

"과연 제가 정체를 들킨 후에도, 공작께서 저를 곱게 살려 두려 하실까요?"

"……."

냉정한 로젤의 지적에 아르한이 입을 다물었다.

"지금이야 황실과의 연결 고리가 되어 줄지 모르는 상황이니 예외지만, 제 정체가 밝혀져 더 이상 황태자비가 될 수 없다고 생각되어도 그분께서 저를 살려 두리라 보십니까?"

큰 애정을 품지 않았다고 해도 자신의 딸이다. 게다가 로젤은 황태자의 약혼녀이기까지 했다.

그러니 제 딸이 황태자비가 되지 못한 것에 대한 분풀이를 하기 위해서라도 라슈아 공작은 그녀를 살려 두지 않을 확률이 컸다.

"전하께서도 이를 모르지 않으실 텐데요."

"……."

차분히 덧붙여진 로젤의 말에 아르한이 잠시 고민하는 기색을 보이다가 입을 뗐다.

"그렇다면……."

"이제 그만하시지요."

하지만 로젤이 한발 빨랐다. 그보다 조금 앞서 그녀가 말을 이었다.

"제게 무엇을 숨기고 계시는지 모르겠으나, 전하답지 않으십니다."

평소의 아르한이라면 로젤의 목숨이 얽힌 문제를 이런 식으로 풀어 갈 리가 없다. 오히려 어떻게든 로젤을 황제에게서 멀리 떨어트려 놓기 위해 애쓰고 있었겠지.

하지만 그가 이리도 어설프게 나온다는 것은.

"어떻게든 제 주위를 돌리기 위해 애쓰신 것은 알겠습니다. 하지만 저는 바보가 아닙니다."

"……."

"구체적이고, 자세한 사항까지는 알지 못하나 대략적인 추측 정도
는 할 수 있습니다."

아르한은 이미 황제가 로젤의 정체를 밝히지 않는 이유를 확신하고
있는 것이다.

그리고 그것은 아마 그녀의 안위를 위협하는 내용이 아닐 테지.

그리 생각하면 답은 의외로 간단했다.

"혹, 폐하의 진짜 목적이 제가 아니라, 황태자 전하십니까?"

"……왜 그리 생각하십니까?"

부정도 긍정도 아닌 대답. 그것이 의미하는 바를 로젤은 알았다.

제 추측이 맞은 것이다.

"그런 것이 아니라면, 전하께서 이리 나오실 리 없으니까요."

간결한 로젤의 대답에 아르한은 잠시 생각에 잠긴 얼굴을 하다가
말했다.

"확실히 공녀님께만큼은 거짓말이 쉽지 않군요."

순순히 제 속을 털어놓는 모습은 어쩐지 그답지 않았다.

이를 아르한 역시 느꼈는지, 그가 한발 늦게 덧붙였다.

"조금 뒤에 저는 폐하를 뵈러 갈 겁니다."

"폐하를요?"

"예. 아마 제가 원치 않아도 폐하께서 저를 찾으실 겁니다."

그런 아르한의 말은 의문투성이였다. 그러나 로젤은 이를 캐묻는

대신, 이어질 말을 기다렸다.

"폐하께서는 공녀님의 정체를 빌미로 저를 이용할 생각이실 겁니다. 하지만 이는 결코, 폐하의 뜻대로 되지 않을 겁니다."

"……."

"폐하와 달리, 그분은 제 도움을 원치 않으실 테니까요."

"……?"

로젤은 결코 이해하지 못할 대답이었다.

의문 가득한 눈으로 설명을 요구하는 로젤에게 아르한은 끝까지 그 어떤 말도 해 주지 않았다. 그저 침묵을 지키며 그녀를 공작가의 저택까지 데려다주는 것이 전부였다.

그 후에 아르한은 곧장 황궁으로 돌아왔고, 그의 예상대로 황제의 부름이 이어졌다.

"황제 폐하께서 기다리고 계십니다."

대뜸 들려온 시종의 말에도 아르한은 당황하지 않고 그의 뒤를 따랐다. 덕분에 제법 늦은 시각, 알현실에서 마주한 황제의 얼굴에는 피곤한 기색이 역력했다.

"조금 늦었군."

"송구합니다."

고작 하루 사이에 5년은 더 지난 듯한 얼굴로 황제가 말했다.

"제법 재밌는 일을 벌였더군."

"재밌는 일이라, 저는 폐하께서 무슨 말씀을 하시는 건지 잘……."

"마법을 사용해 구속구를 만들었다지?"

역시, 알고 있었군.

어느 정도 예상했던 바였으나, 아르한은 조금 놀란 척 동요한 기색을 보이다가 곧 표정을 감췄다. 그런 그의 대처가 의도적인 것임을 간파한 황제는 한쪽 입매를 비틀어 웃으며 말했다.

"대륙에서 사라진 지 오래인 마법사가 이리도 가까운 곳에 있을 줄이야. 이거 참, 영광이군."

"그리 말씀해 주시니 감사합니다."

빈정거리려는 의도가 다분한 어조에 아르한은 적당히 웃는 낯을 했다. 그러자 황제는 어느덧 웃음기를 싹 지운 얼굴로 말했다.

"건방진 것. 네가 그리 죽고 못 사는 약혼녀의 목숨이 내게 달려 있음을 알면서도 계속 이리 나올 생각인가?"

줄곧 여유롭게 황제를 상대하던 아르한의 표정이 처음으로 싸늘하게 굳어졌다.

이를 즐기듯 황제가 말을 이었다.

"짐은 시트라 제국의 황제다, 그것도 제법 막강한 권력을 가진. 이런 짐에게서 네 약혼녀를 끝까지 지키는 일이 가능하다고 생각하는가?"

분명, 그런 황제의 말은 틀리지 않았으나 아르한은 크게 동요하지 않았다. 이러한 사실을 그 역시 이미 알고 있었기에 황후와 손을 잡고 전부터 꾸준히 황제에게 독을 먹여 왔던 거니까.

"폐하께서 원하시는 바가 무엇인지 여쭤봐도 되겠습니까?"

하지만 아르한은 그런 제 속셈을 당장 드러내지 않았다. 지금껏 해

온 노력을 한순간에 무너트리지 않으려면 신중을 기할 필요가 있으니까.

"황후. 그녀를 살려라."

짤막하고도 간결하게 떨어진 황제의 대답에 아르한은 무표정한 얼굴로 그를 응시했다. 그러다가 이내 작게 고개를 숙이며 입을 열었다.

"송구한 말씀이나, 저는 마법을 사용할 수 있을 뿐이지, 의원이 아닙니다. 그러니 깊어진 병을 낫게 하는 일은……."

"마법사들 중에서 제법 실력이 뛰어난 이들은 회복 마법이라는 걸 사용할 줄 안다지?"

"……."

"짐은 황태자의 실력에 대해 아는 바가 없으나, 마법으로 구속구를 만들 수 있을 정도면 회복 마법을 쓸 수 없을 거란 생각은 들지 않는군."

완강하기 짝이 없는 황제의 대답을 통해 아르한은 어설픈 거짓말이나 핑계는 소용이 없다는 걸 깨달았다. 그래서 그는 적당히 황제의 이목을 끌 만한 말을 꺼내며 둘러대 보기로 했다.

"죄송한 말씀이나, 회복 마법은 아무에게나 사용할 수 있는 것이 아닙니다."

"왜지?"

"자세한 원리는 설명해 드릴 수 없으나……."

"혹, 마법사의 생명력을 갉아먹기 때문인가?"

하지만 이것 역시 아르한의 뜻대로 되지 않았다. 결코 당황하는 일이 없던 그도 이번만큼은 혼란스러운 얼굴을 했다.

마법사도 아닌 황제가 대체 어떻게 이러한 사실을 알고 있는 걸까. 심지어 그는 주술과 마법이라면 질색을 하는 사람이었다. 그런데 대체 어떻게?

"어떻게 알았냐는 얼굴이로군."

비웃음 섞인 황제의 말에 아르한은 표정을 굳히지 않기 위해 노력했다.

"아까 짐이 말했지? 제법 재밌는 일을 벌였다고."

그리 말한 황제가 입매를 부드럽게 늘이며 덧붙였다.

"황후를 통해 매일 밤 짐에게 독을 먹였더군."

"……!"

싸늘하게 떨어진 황제의 말에 아르한은 굳어지는 표정을 애써 바로잡으려 했다. 그러나 이는 쉽지 않았다.

"짐의 황후인 라피나가 널 배신하고 모든 것을 털어놓았어."

아르한은 갑작스레 떨어진 황제의 말에 동요하는 대신, 딱 잘라 말했다.

"저는 모르는 일입니다."

"모르는 일이다?"

"예. 뭔가 오해가 있었던 것 같군요."

뻔뻔하기 짝이 없는 아르한의 대답에 황제는 피식 웃었다.

"모르는 일이라……. 그래, 그럼 어디 끝까지 그리 뻔뻔하게 굴어 보아라."

그리 말한 황제는 어느 순간, 웃음기를 지운 얼굴로 덧붙이듯 말했다.

"네 약혼녀의 비참하기 짝이 없는 마지막을 구경하고 싶다면."

"폐하께서는 참으로 한결같으시군요."

조금 싸늘하게 굳어진 얼굴로 아르한이 말을 이었다.

"제 모친을 해하실 때도 지금과 비슷한 방법을 사용하셨죠."

아르한의 모친인 전대 황후 파르티타는 자신이 사랑했던 황제와 처음이자 마지막으로 식사를 한 후 죽었다. 파르티타는 황제를 사랑했다. 그래서 그녀는 적선하듯 베풀어진 황제의 호의에 큰 기대를 품었다.

황제와 마지막으로 함께한 식사 자리. 그곳에는 아르한과 샬롯도 있었다. 그 사실만으로도 파르티타는 행복했다. 그것이 제 마지막인 줄도 모르고, 그녀는 행복했다.

"저는 솔직히 아직도 그런 방법을 택하신 폐하의 의중을 감히 짐작할 수 없습니다."

그런 아르한의 말에는 차마 다 감추지 못한 원망과 증오가 깃들어 있었다.

"대체 왜 그리하신 겁니까?"

파르티타는 황제를 사랑했다. 덕분에 황제는 어렵지 않게 그녀의 목숨을 취할 수 있었다.

"왜 제 어머니께 스스로 독을 마시고 죽으라고 명하신 겁니까?"

만찬장에 남아 아무것도 보지 못한 샬롯과 달리 방에 두고 온 것이 생각나 복도를 걷던 아르한은 보고 말았다.

제 모친인 파르티타의 최후를.

"폐하께서 제 모친과 혼인하신 이유는 그녀가 가진 배경이 탐났기 때문이 아닙니까? 그런데 대체 왜 그런 식으로……."

여전히 이해할 수 없다는 얼굴로 말끝을 흐리는 아르한을 향해 황제가 말했다.

"그걸, 용케 기억하는군."

"모친의 죽음을 눈앞에서 지켜보았는데, 잊을 수 있을 리가 없지요."

그리 말한 아르한은 처음으로 황제를 향한 적의 어린 시선을 감추지 않았다.

그 시선은, 파르티타의 죽음을 목격한 직후의 아르한과 지독히 흡사했다.

"네가 짐을 그런 눈으로 보는 건, 아주 오랜만이군."

황제는 그런 아르한의 솔직한 눈빛이 오히려 마음에 들었다. 교활한 뱀처럼 꽤 오랫동안 제 속내를 숨겨온 아르한이 무너지는 꼴을 볼 수 있을 것만 같았으니까.

"네 모친의 죽음과 얽힌 재밌는 사실을 알려 주지."

그래서 황제는 답지 않게 친절을 베풀었다.

"너는 네 어미가 짐을 사랑해서 죽었다고 생각하겠지만, 그건 사실이 아니야."

차분한 황제의 말에 아르한은 조금 동요하는 기색을 보였으나, 곧 이를 감췄다.

"그녀가 죽은 이유는."

"……."

"짐에게 너와 네 누나의 목숨을 구걸하기 위함이었다."

* * *

황제와 파르티타, 그리고 아르한과 샬롯이 함께 식사를 했던 그날.

식사가 끝난 후 황제는 긴히 할 이야기가 있다며 파르티타의 방을 찾았다.

그리고는 다짜고짜.

"마셔라."

수상한 병을 파르티타에게 내밀었다. 얼떨결에 이를 받아 든 그녀가 병에 시선을 고정한 채 물었다.

"이게 뭐죠?"

"무엇일 것 같나?"

제 물음에 대한 답을 주는 대신 반문하는 황제를 향해 그녀가 말했다.

"독이로군요."

황제를 떠보는 것이 아니었다. 파르티타는 이미 확신하고 있었다. 그가 자신의 손에 쥐여 준 것이 독이라는 걸.

"그것도 이 정도면 치사량을 한참 넘은 양입니다. 아마, 입에 댄 지

1분도 채 지나지 않아 숨이 멎겠지요."

"그래. 거대한 짐승도 한 번에 죽일 정도로 강한 위력을 가진 독이지."

황제는 그 사실을 부정하지 않았다. 오히려 아무렇지 않게 사실을 고백했다. 파르티타가 사실을 알게 되어도 그에게는 별 위협이 되지 않는다는 의미였다.

"제가 스스로 목숨을 끊기를 바라시나요?"

"그게 아니라면, 짐이 이리 나올 이유가 없지."

파르티타의 앞에서 죽음을 말하는 황제의 모습은 지극히 태연했다. 마치 생판 모르는 남의 죽음을 말하듯, 자신과는 조금도 관련 없는 일이라는 듯.

"폐하께서는 참으로 대단한 분이시군요."

파르티타는 진심으로 감탄했다. 황제의 태도는 진심으로 놀랍고, 감탄밖에 나오지 않았다.

한때나마 저런 남자를 사랑한 과거의 자신을 이해할 수 없었다. 고작 그 한때의 감정을 이기지 못하고, 스스로의 인생을 이리 만들다니.

어리석었다.

"폐하께서는 왜 저를 황후로 맞으셨습니까? 제가 이리 죽어 버리면, 아일렌에게서 무언가를 얻기는 어려울 텐데요."

목숨을 구걸하려는 의도는 아니었다. 파르티타는 이미 계산을 마쳤다. 자신이 살고자 한다면, 결국 자신도 아르한과 샬롯도 죽을 것이다.

황제는 제 핏줄에게도 자비를 베푸는 법이 없는 사람이니까. 하지만 여기서 자신이 죽는다면, 아르한과 샬롯은 살 수 있다. 이미 오래전부터 그녀는 그렇게 판을 짜 두었다.

황제의 실체를 알고, 그에 대한 미련을 버린 후부터, 파르티타는 그가 언제든 자신을 죽일지도 모른다는 생각을 해 왔다. 그래서 그녀는 스스로의 죽음을 대가로 완성할 마법을 구상해 두었다.

"짐이 너를 황후로 맞은 건. 어디까지나 아일렌 왕족에게 마법사의 피가 흐른다는 소문 때문이었다."

별로 놀라운 이야기는 아니었다. 그가 순수한 의도로 자신을 황후로 맞았을 리는 없으니까.

"너와 결혼하면 마법을 사용할 줄 아는 후계자를 만들 수 있을 것 같아서."

"그거 참으로 유감이군요. 아쉽지만 이는 헛소문입니다. 폐하. 아일렌의 왕족 중에 마법사는 없어요."

"그래, 알고 있다. 그건 네가 낳은 황녀나 황자만 봐도 알 수 있는 사실이지."

다만, 황제는 뭔가를 가지려는 욕심에 비해 많은 노력을 들이지 않았다.

그래서 그는 아무것도 몰랐다.

파르티타가 어설프게나마 마법을 사용할 수 있다는 것도, 아일렌 왕족이 타고난 마법사의 능력은 성인이 된 후에나 사용할 수 있다는 것도.

이는 보통 아일렌 왕족들만이 알고 있는 비밀이었다. 그러나 만약 황제가 과거, 그를 사랑했던 시절의 파르티타에게 이와 관련된 질문을 던졌다면, 그녀는 망설임 없이 사실을 말했을 것이다.

"제게, 혹은 아일렌에게 속았다고 생각하시나요?"

"그래, 그래서 이렇게. 헛소문에 대한 보상을 받으려고 하고 있지 않나."

"고작 그런 이유로 절 죽이시겠다는 말씀이군요."

"고작이라니, 이는 명백히 제국을 기만하는 행위다."

"⋯⋯어차피 제가 마법사를 낳았대도 살려 둘 생각은 없으셨지 않습니까."

제 권력을 남에게 빼앗기는 꼴은 죽어도 보지 못하는 황제다. 그러니 아직 어린 아르한과 샬롯도 눈엣가시처럼 여기는 거겠지.

"오히려 불길하다는 등의 핑계를 대어 저도, 그 아이도 죽이려 하셨겠죠."

그런 파르티타의 말을 황제는 부정하지 않았다. 그럴 줄 알았다는 듯, 작게 웃던 그녀가 말했다.

"폐하의 말씀에 따르겠습니다. 그러니 제 아이들만큼은 살려 주십시오."

"아이들은 살려 달라?"

비웃음에 가까운 황제의 반문에 그녀가 고개를 끄덕였다.

"네. 만약 죽이신다고 해도, 성인이 된 후에. 적어도 그때까지는 살려 주십시오. 그리해 주시면 폐하께서 원하시는 대로 이곳에서 죽겠습니다."

그런 파르티타의 말에 황제는 제법 흥미로운 시선으로 그녀를 응시했다. 파르티타 역시 속을 알 수 없는 웃음으로 그런 그의 시선을 마주했다.

"약조해 주십시오."

"약조하겠다."

망설임 없는 황제의 대답이 떨어지자, 파르티타는 그대로 들고 있던 병을 제 입가에 가져갔다.

그녀는 알았다. 황제가 자신과의 약조를 지키지 않으리란 걸. 그는 그런 사람이었다. 아마 파르티타가 숨을 거두자마자 어떻게든 샬롯과 아르한을 죽이려 하겠지. 그러니 파르티타는 죽어야 했다. 그녀는 자신의 죽음을 통해 아르한이 남들보다 빠르게 마법사로 각성할 수 있도록 준비해 두었다.

그렇게 마법사가 된 아르한은 파르티타처럼 어설픈 실력을 가진 것이 아닌 진짜 마법사가 될 것이다. 그리하여 제 부친인 황제에게서 살아남을 것이고, 결국엔 황제가 될 것이다.

이것이 그녀가 죽을 수 있는 이유였다.

그리 생각한 그녀는 빠르게 독약을 마셨다.

"커헉! 쿨럭, 흐으……."

파르티타가 격한 기침과 함께 피를 토해 냈다. 간신히 기침이 멎자, 이번에는 속이 타는 듯한 통증이 이어졌다.

이에 괴로워하던 그녀는 무심코, 제 방 문틈 사이로 자신을 응시하고 있던 붉은색 눈동자와 눈이 마주쳤다.

"아르……!"

아르한과 그녀가 있는 곳의 거리는 제법 멀었기에 자세한 대화 내용까지 들리지는 않았을 것이다.

황제 역시 문밖에 있는 그의 존재를 눈치채지 못한 것을 보면 이는 분명했다.

그럼에도 파르티타는 혹시나 하는 마음에 입을 열었다. 황제의 주의를 끌 필요가 있었으니까.

"……이젠, 폐하께서 그리도 사랑하는 황비께서…… 황후가 되시겠군요……."

그리 말한 파르티타의 입매에 얇은 웃음이 걸렸다. 문틈으로 보였던 아르한의 눈동자가 더는 보이지 않았던 탓이다.

'무사히 도망갔구나.'

그렇게 생각한 그녀는 마지막 남은 힘을 다해 입을 뗐다.

"하지만 폐하, 이것만큼은 명심하십시오."

안쓰러울 정도로 하얗게 질린 얼굴은 그녀에게 남은 시간이 그리 많지 않음을 나타냈다.

"폐하께서 사랑하신 그녀는 결국, 오늘 제가 이렇게 죽는 것과 마찬가지의 이유로 당신을 배신할 겁니다."

'당신이 황비의 두 아들에게 칼을 댄 순간, 그녀는 돌아설 것이다.'

의도적으로 덧붙이지 않은 뒷말을 삼킨 파르티타가 산뜻한 미소와 함께 바닥으로 고꾸라졌다. 그 후, 얼마간 피를 토하던 그녀는 결국 숨을 거뒀다.

그것이 파르티타의 마지막이었다.

* * *

"표정을 보아하니, 전혀 몰랐던 모양이군."

"……"

"네 모친이 죽은 이유는 짐을 사랑해서가 아니야. 너와 네 누나의
목숨을 지키겠다고 발버둥을 친 거였지."

"하."

허탈한 웃음이 절로 나왔다. 그것은 아르한이 단 한 번도 생각해 본
적 없는 일이었다.

자신과 샬롯을 위해서라고? 황제를 사랑했기 때문이 아니라?

혼란스러운 마음을 감추지 못한 그가 고개를 들어 황제를 응시
했다.

혹, 자신을 기만하기 위해 황제가 거짓을 말하고 있는 건 아닐까 싶
었으나, 그런 기색은 보이지 않았다.

"그땐 그렇게 죽어 가며 살리려는 목숨이 고작 너와 네 누나라는 사
실을 이해할 수 없었지만, 요즘은 좀 달라."

"……"

"네 누나는 몰라도, 넌 진짜 마법사이지 않나. 네 모친이 그 사실을
몰랐을 리 없지."

그리 말한 황제의 눈동자가 느릿하게 아르한을 훑었다. 마치 그의 가치를 품평하기라도 하듯, 노골적인 시선이었다.

"확실히 네 모친은 제법 똑똑한 여자였지. 그러나 그녀의 마지막 유언은 틀렸어."

그것은 죽은 파르티타를 향한, 그리고 눈앞의 아르한을 향한 황제의 조롱이자 자만이었다.

"황후는, 라피나는 짐을 배신하지 않아. 오히려 이중 스파이로서 네 계획을 짐에게 알렸지."

"……."

"그래서 너는, 이렇게 또다시 그녀처럼 선택의 기로에 놓이게 된 거고."

"만약 제가 폐하의 뜻을 따르지 않겠다면 어찌하실 겁니까?"

자신이 황후를 살리지 않는다면 어찌할 것이냐고 아르한은 묻고 있었다.

"네 약혼녀가 죽을 테지."

그런 그에게 떨어진 것은 매우 간단하고도 싸늘한 대답이었다.

"아, 그래도 한 가지 정도는 고를 수 있게 해 주마. 교수형을 당할지, 화형을 당할지, 아니면 단두대에서 목이 잘릴지."

"그렇다면, 제가 폐하의 뜻대로 회복 마법을 사용한다면, 그녀를 살려 주실 겁니까?"

"그래. 살려 주지. 당연히 공녀의 정체 역시 영원히 함구할 것이다."

그리 말한 황제는 한쪽 입매를 부드럽게 휘며 웃었다. 이를 무표정한 얼굴로 응시하던 아르한은 금세 알 수 있었다.

황제가 자신과의 약조를 지키지 않으리란 걸. 그것은 세 살배기 어린애라도 알 수 있을 사실이었다. 황제는 이미 조금 전 들려준 파르티타의 이야기를 통해 아르한에게 그 답을 주었다.

자신이 결코, 약속을 지키지 않으리라는 걸.

과거, 황제는 파르티타의 죽음 이후 몇 번이나 아르한과 샬롯을 죽이려 했다. 만약 아르한이 마법사로서의 능력을 갖고 있지 않았더라면, 그 역시 현 황후의 두 아들들처럼 진작 목숨을 잃었을 것이다. 결국 지금 황제가 아르한에게 하는 제안은 그저 조롱이고 기만이었다.

아르한이 자신의 약혼녀를 살리기 위해 황제가 약조를 지키지 않으리란 사실을 알면서도, 다른 선택을 할 수 없도록 만든 것이다. 제 자식들을 지키기 위해 황제의 속셈을 알면서도 결국, 죽음을 선택한 파르티타처럼.

"폐하께서는 정말, 조금도 변하지 않으셨군요."

새삼스러운 사실이었다. 그러나 이를 그저 입에 올리는 것만으로도 아르한은 뚜렷한 적의를 보였다.

"사람은 원래 쉽게 변하지 않는다. 군주라면 그 정도는 당연히 염두에 두어야 하지."

"그렇군요."

황제의 말을 귀담아 들을 생각이 없는지 적당히 대꾸를 한 아르한이 말을 이었다.

"폐하, 저와 내기를 하나 하시지 않겠습니까?"

"내기?"

"예."

"짐이 대체 뭐가 아쉬워서 그런 짓을 해야 하는지 모르겠군."

그리 말한 황제의 얼굴에 은근한 비웃음이 떠올랐다.

이를 읽어 낸 아르한이 다소 건조한 시선으로 그를 응시한 채 말했다.

"저런, 후회하실 텐데요."

"후회? 웃기는 소리. 같잖은 헛소리를 늘어놓으며 시간을 끌어 볼 속셈인 것 같은데, 그런 건 이쯤에서 그만……."

"폐하."

갑작스레 두 사람 사이를 파고드는 여인의 목소리에 황제는 그대로 굳어졌다.

너무나 익숙한 목소리, 황제가 절대 모를 수 없는 목소리가 그의 뒤쪽에서 들려왔다.

"폐하."

재차 들려온 목소리에 황제가 그대로 몸을 돌렸다.

"……라피나?"

그런 황제의 물음에 라피나가 무표정한 얼굴로 그를 응시했다.

"결국, 이렇게 되고 마는군요."

덤덤하지만 서늘한 그녀의 시선이 황제에게로 향한다. 그가 단 한 번도 느껴본 적 없는 싸늘한 반응이었다.

"대체 왜……."

나를 그런 눈으로 보느냐고, 네가 왜 이곳에 있느냐고.

차마 묻지 못한 말이 입 안에서 맴돈다. 덕분에 얼마간 아무 말도 하지 못하던 황제는 결국, 마음을 정한 듯 입을 뗐다.

"……그 칼은 뭐지? 설마, 그걸로 짐을 찌르기라도 할 생각이었나? 나를 배신하려고?"

배신감에 찬 얼굴로 그리 묻는 황제를 향해 라피나가 말했다.

"폐하, 저는 폐하를 배신하지 않았습니다."

그리 말한 그녀가 황제를 향해 겨누었던 단검을 거두었다. 그리고는 그것을 들어 그대로 아르한을 가리킨다.

"왜냐하면……."

"황후님!"

다음에 이어질 라피나의 행동을 예상한 듯, 아르한이 굳어진 표정으로 그녀를 제지하려 했다.

그러나 그녀는 조금도 아랑곳하지 않고 자신이 들고 있던 칼을 고쳐 잡았다. 그리고는 그대로.

푸욱!

"너, 너……! 윽!"

"저는 단 한 순간도 폐하의 편이었던 적이 없으니까요."

제 지척에 있던 황제의 허리에 단검을 찔러 넣었다. 그리고는 곧, 금세 다시 찔러 넣었던 검을 뽑아냈다.

촤르륵!

검이 뽑히면서, 황제의 검붉은 피가 주변에 흩뿌려졌다.

라피나의 실력이 좋지 않았던 터라 검은 그다지 깊게 들어가지 않았다. 당연히 상처 역시 깊지 않았으나, 그에 비해 황제는 제법 많은 피를 흘렸다.

이를 의아하게 여기는 황제를 보며 라피나가 말했다.

"검에 독을 발라 두었습니다, 그것도 제법 치명적인. 아, 그러고 보니 잘 아시는 독이겠군요."

마치 황제를 놀리기라도 하듯, 태연한 얼굴로 그녀가 덧붙였다.

"폐하께서 전 황후께 먹인 것과 같은 독이니."

"감히, 네가! 다른 이도 아닌 네가 대체 왜 이런 짓을……! 왜! 대체 왜 나를 배신했지?"

황제의 광기 어린 시선이 라피나에게로 향했다. 그러자 그녀는 그 어느 때보다 싸늘한 눈으로 그를 응시하며 말했다.

"제 아들들의 숨을 거두신 대가입니다. 그러니 이건, 일종의 복수인 셈이죠."

그리 말한 라피나는 아직 황제의 피가 묻어 있는 검을 응시했다. 그리고는 그것을 들어 그대로 제 손바닥에 상처를 냈다.

"웃!"

확실히 독이 발라져 있기 때문인지, 작은 상처임에도 피가 잘 멈추지 않았다.

"대체 지금 무슨 짓을 하는 것이냐! 네 입으로 독이 발라져 있다고 해 놓고 대체……!"

"폐하. 당신께서는 제가 대체 왜 폐하께 황태자 전하와의 일을 털어놓았다고 생각하십니까?"

그런 라피나의 물음에 황제는 그대로 입을 다물었다. 안 그래도 그
역시 그 점이 이상하다고 여기던 중이었다.

"확인해 보고 싶었습니다. 아직, 폐하께서 저를 사랑하시는지."

"……"

"그래서 당신께 독을 먹였다는 사실을 털어놓아도, 그냥 넘어가 주
실지."

그녀의 말처럼 황제는 아무런 조치도 취하지 않았다. 다른 이였다
면 제아무리 가까운 측근이었다고 해도 목이 날아갔을 일이다. 그럼
에도 황제는 그리하지 않았다. 그저, 이제라도 그녀가 제게 이를 털어
놓아서 다행이라고 생각했다.

"저를 아직 사랑하시지요?"

"……"

대답을 바라고 하는 질문이 아니었다. 라피나는 이미 확신하고 있
었다.

그래서 이리도 잔인하게 굴 수 있는 것이다.

"그래서 이러는 겁니다. 당신도 나처럼 눈앞에서 가장 소중한 걸 잃
어 보라고."

"……"

"적어도 이 정도는 해야, 죽어서 볼 두 아이에게 어느 정도 면이 서
지 않겠습니까?"

그리 말한 라피나가 두 눈을 사르르 곱게 접어 웃었다. 두 아들이

죽고 난 후 잃었던 웃음을 그녀는 오늘에서야 되찾았다.

제 복수의 마지막이자, 삶의 마지막일 오늘에서야.

"그러니 폐하께서는……. 컥! 커헉!"

"황후!"

차분한 태도로 말을 잇던 라피나가 돌연 피를 토해 냈다. 다소 갑작스러운 상황에 황제는 놀란 얼굴로 그녀에게 달려갔다.

가까이에서 본 라피나의 얼굴은 지나치게 창백했다. 마치 제 앞에서 독을 마시고 죽어 가던 전 황후 파르티타처럼.

"안 돼! 짐은, 짐은 아직 너를 이런 식으로 보낼 수 없다!"

"그거 참으로 눈물겹군요."

그런 두 사람의 모습을 무표정한 낯으로 지켜보던 아르한이 말했다.

빈정거리려는 의도가 다분한 어조와 달리, 아르한은 황제는 원망하고 증오할지언정 라피나를 볼 때만큼은 안타까운 마음을 감추지 못했다. 어느덧 싸늘하게 굳어진 그녀를 아르한은 잠시 망연하게 응시했다.

"살려라! 당장 어떻게든 살려!"

"……저는 황후님의 선택을 존중하기로 했습니다."

그렇게 애써 차가운 한마디를 뱉어 낸 아르한은 그대로 몸을 돌려 문 쪽으로 향했다.

"그리고 한 가지 충고를 드리자면, 말을 아끼시는 게 좋을 겁니다."

대뜸 들려온 말에 황제가 무어라 의문을 표하기도 전에 아르한이 가볍게 손가락을 튕겼다. 그러자.

"쿨럭, 커헉! 컥컥!"

황제 역시, 조금 전의 라피나가 그랬듯, 피를 토해 냈다.

"이제부터는 폐하께서도, 황후님과 같이 독의 영향을 받으실 겁니다. 아. 전부터 꾸준히 다른 독도 섭취하셨으니 어쩌면 더 괴로우실지도 모르겠군요."

"너, 커헉! 너⋯⋯!"

"이게 당신의 마지막입니다. 제 모친과 같은 독으로, 이렇게 홀로 죽는 겁니다."

"쿨럭! 네가⋯⋯ 황제인 나를, 커헉! 죽, 이고도 무사할⋯⋯. 쿨럭! 것 같으냐?"

"잡음이 생기기는 하겠지만, 대부분의 귀족들은 이번 일을 깊게 파고들지 않을 겁니다."

"⋯⋯뭐?"

"폐하께서 황권을 강화하기 위해 거두신 목숨이 몇인지를 생각하신다면, 답이 나올 텐데요."

비웃음 섞인 어조로 말을 마친 아르한은 그대로 알현실을 나섰다.

점차 멀어져 가는 그의 뒷모습을 멍하니 응시하던 황제는 아르한이 본궁을 벗어난 후에야 바닥으로 고꾸라졌다.

제17장
막이 내린 무대

이렇게나 쉬운 일이었다.

제 궁으로 돌아가기 위해 복도를 걷던 아르한은 새삼 이를 깨달았다. 이 쉬운 일을 하지 못해, 그동안 그는 오랜 시간을 고뇌했다. 이게 대체 뭐라고 그리도 오래 뜸을 들였던가.

모친이 죽은 후 아르한은 단 한 순간도 황제를 제 부친이라 여긴 적이 없었다. 그러나 그럼에도 여태 황제를 죽이지 못했던 것은, 그가 자신의 모친이 죽어 가면서까지 사랑했던 남자였기 때문이다.

그런 이의 목숨을 함부로 거둘 자신이 없었다. 그래서 그렇게도 망설였다. 하지만 이는 결국, 로젤의 안위 앞에서 무너졌다.

부친이라고는 하나, 그에겐 남보다 못한 황제 때문에 그녀를 위험에 빠트릴 수는 없다. 그래서 아르한은 그를 죽이기로 결심했다.

방으로 돌아온 아르한이 피가 묻은 옷을 갈아입고, 그것을 적당히 은폐하자, 어슴푸레하게 아침이 밝아 오고 있었다.

황궁의 하루는 아침 일찍 시작된다.

그러니 곧, 시종장과 시녀장을 비롯한 많은 이들이 어젯밤 이후로 보이지 않는 황제를 찾아다닐 것이다. 그리고 두 사람의 죽음에 대해 알게 되겠지.

아마 그 후엔, 어렵지 않게 범인을 알아낼 것이다.

가장 최근에 황제와 황후의 시신이 발견된 알현실에 출입한 사람도 두 사람의 죽음으로 가장 이익을 볼 사람도 모두 황태자인 아르한이었으니까. 그러나 이러한 사실을 안다고 해도, 감히 그를 범인으로 지목하는 이는 없을 것이다.

이미 수많은 귀족들은 폭정을 저지르던 현 황제가 아닌 아르한을 지지하고 있다. 황제를 지지하는 세력이 아예 없는 것은 아니지만, 이제 와 새삼 그의 죽음과 아르한이 얽혀 있음을 밝혀 봤자 그들에겐 이득이 될 것이 없다.

황제와 황후가 동시에 죽어 버렸고, 살아 있는 황족이라곤 아르한이 유일하다.

시트라 제국의 차기 황제가 될 인물이 아르한밖에 없다는 의미였다. 그러니 그들은 차기 황제가 될 아르한의 심기를 거스르는 대신, 조용히 현 황제의 죽음을 묻는 쪽을 택할 것이다.

'일이 조금, 복잡해지겠군.'

사실 아르한은 원래 이렇게 대놓고 일을 벌일 마음이 없었다.

그저 황제와 짧은 대화를 나눈 후, 방으로 돌아와 자신의 무고함을 증명해 줄 증인을 확보한 다음 황제의 목숨을 거둘 생각이었다.

그가 라피나를 통해 꾸준히 황제에게 먹였던 것은 마법을 사용하면 자신이 원하는 때에 상대의 목숨을 거둘 수 있는 독이었다. 매우 유용한 독이었으나, 효과를 보려면 장기간 꾸준히 섭취하게 만들어야 한다는 단점이 있었다.

하지만 이는 라피나의 도움으로 간단히 해결할 수 있었고, 덕분에 원래대로라면 그는 약간의 의심도 받지 않고 황제를 죽일 수 있었다. 그러나 대뜸 알현실에 나타난 라피나로 인해 계획에는 변수가 생겼다.

그녀는 아무것도 하지 않겠다는 약속과 달리, 직접 황제를 찌르고 자결했다.

아르한은 그런 라피나의 행동에 크게 당황했으나, 곧 그것이 그녀의 뜻임을 알고 존중해 주기로 했다. 자신을 사랑하는 황제를 찌르고, 그가 보는 앞에서 죽어 버리는 것. 그것이 그녀가 할 수 있는 최선의 복수였으니까.

그런 점에서 그녀는 아르한과 닮아 있었다.

사실 그는 마음만 먹는다면 굳이 이런 귀찮은 방법을 사용하지 않고도 황제를 죽일 수 있다. 그러나 아르한은 그저 황제를 죽이는 것만으로 만족할 수 없었다.

황제는 반드시, 자신이 마법사라는 사실을 알아야 했다. 그래서 그는 일부러 델티와 에반에게 마법으로 만든 구속구를 채웠다.

황제가 자신이 마법사라는 사실을 자연스레 알게 되도록. 그리하면 황제가 모친을 죽였을 때와 비슷한 방법을 사용할 거라고 아르한은 예상했다. 그리고 아니나 다를까, 황제는 로젤의 정체를 빌미로 그를 협박했다. 전 황후를 죽음으로 내몰았던 그때처럼.

덕분에 아르한은 계획했던 복수를 완성할 수 있었다.

자신이 죽인 전 황후와 똑같거나, 혹은 그보다 비참한 모습으로 삶을 마감하는 것. 그것이 아르한이 황제에게 선사할 수 있는 최선의 복수였다.

* * *

황제와 황후가 하루아침에 황궁에서 시신으로 발견되었다.

제국 전체가 뒤집어지고도 남을 일이었으나, 예상외로 큰 파장은 없었다. 게다가 범인을 찾는 일 역시 상당히 소극적으로 이루어지고 있는 듯했다.

날이 밝자마자 황궁으로 온 로젤은 그 모든 사실을 의아하게 여겼으나, 곧 알 수 있었다.

'다들 일부러 모르는 체하고 있군.'

그녀를 포함해 소식을 들은 대부분의 이들은 범인이 누구인지 알고 있다.

"쯧, 아무리 폭군이라지만 어떻게 제 아비를……."

"그러게 말입니다."

그러나 아무도 그 의심의 화살을 대놓고 아르한에게 돌리지는 않는다.

"그 소문 들었나? 사실은 황위에 눈이 멀어 독살을……."

"쉿. 조용히 하게!"

그저, 그가 없는 곳에서 적당히 수군거리며, 쉬쉬할 뿐이다.

지금의 상황에서 차기 황제가 될 아르한을 비난하는 것은 스스로 불구덩이 속에 뛰어드는 일과 다를 바 없다. 그들에게 아르한은 황위에 눈이 멀어 제 아비를 죽이고 황제가 되려 하는 인물로 비칠 테니, 더욱 그렇겠지.

"이건, 패륜이야! 하늘도 무심하시지."

"하지만 전대 황제의 폭정이야 다들 알아 주지 않았던가? 그러니……."

"그래도 자식이 아비를 해친다는 건 말이 안 되지. 하늘이 노하실 거라고!"

피식. 로젤은 입가에 떠오른 웃음을 감추지 못한 채 목소리가 들리는 쪽을 향해 발걸음을 옮겼다.

"그런 이를 주인으로 섬긴다면, 우리 제국의 미래는 없……."

"제국의 미래 말고, 당신의 미래부터 걱정하시는 게 좋겠군요."

갑작스레 들려온 로젤의 목소리에 대화를 나누던 두 귀족은 크게 놀란 얼굴을 했다.

"라, 라슈아 공녀? 대체 여긴 어찌……."

"저 들으라고 하신 말씀 아니었나요? 너무 잘 들려서 모르는 체하기가 어려웠습니다."

그런 그녀의 대답에 두 사람은 큰 낭패를 본 얼굴을 했다.

"두 분 중 오른쪽에 계신 분께서는 제국을 위하는 마음이 참으로 대단하신 것 같군요."

로젤이 산뜻하게 웃으며, 자신을 가리키자 그가 하얗게 질린 얼굴로 고개를 저었다.

"아, 아닙니다. 저는 그저……!"

"어쩌나 제국을 제 것처럼, 그리고 황태자 전하가 제 아들이라도 되는 것처럼 말씀하시던지."

"……"

"덕분에 오랜만에 실로 재밌는 구경을 했습니다."

"주, 죽을죄를 지었습니다!"

그리 말한 남자가 서둘러 고개를 숙였다. 이를 무심한 눈으로 쳐다보던 로젤은 곧, 피식 작게 웃으며 입을 열었다.

"한 가지 질문을 하도록 하겠습니다."

갑작스러운 그녀의 말에 남자가 조금 혼란스러운 얼굴로 슬쩍 고개를 들었다.

"만약 당신의 부친께서 눈앞에서 모친을 죽이셨다면, 어찌하실 겁니까?"

"예?"

"저는 인내심이 그리 많지 않습니다."

싸늘한 로젤의 말에 고민하는 기색을 보이던 남자가 서둘러 입을 열었다.

"이, 일단. 그 원인을 차분히 생각해 보고 문제를 대화로 해결할……."

"당신의 부친께서는 고작 대화로 해결할 수 있는 문제 때문에 아내를 살해하는 분이신가 보군요."

"……."

"그리고 당신은 결국, 자신을 낳아 준 모친도 저버리는 분이시고요."

그런 로젤의 말에는 그를 향한 비웃음이 가득했다.

"어떠십니까? 하늘이 노할 패륜아가 되신 기분이?"

눈앞에 있는 남자는 그녀가 가장 싫어하는 유형의 사람이었다.

타인에게는 엄격한 잣대를 들이밀지만 스스로의 실수에는 관대하며, 타인의 일에 대해 제멋대로 떠들고 다니지만 책임은 지지 않으려는 사람.

"그저, 떠들기만 하는 것은 쉽습니다."

눈앞의 남자는 아르한이 왜 황제를 죽여야 했는지 모른다. 그의 모친이 황제의 손에 죽음을 맞았다는 사실도 모른다.

"그러나 그 말을 책임질 자신이 없다면, 입을 함부로 놀리지 마세요."

어느덧 웃음을 지운 얼굴로 그리 말한 로젤이 눈앞의 남자를 응시했다. 남자의 표정은 그다지 좋지 못했다. 기분이 많이 상했지만, 이를 대놓고 티 내기엔 상황이 좋지 않아 참는 듯한 얼굴이었다.

아무래도 갱생의 여지가 보이지 않는다. 일단 이 자리에서 처리하고 뒷일은 공작가의 힘을 빌려 수습해 볼까 싶은 생각이 강하게 들었다.

그리고 그런 그녀의 고민은 갑작스레 등장한 누군가에 의해 잠시 멈췄다.

"오늘따라 황궁이 유독 소란스러운 것 같다 싶었는데."

"……."

"공녀께서 와 계셨군요."

그런 그들 사이에 대뜸 끼어든 것은, 이제 새롭게 황궁의 주인이 될 아르한이었다.

"라슈아 공작가의 로젤 라슈아가 황태자 전하를 뵙습니다."

"화, 황태자 전하……?"

자연스레 예법에 따른 인사를 건넨 로젤과 달리, 곁에 있던 두 남자는 크게 당황한 얼굴을 했다.

당연한 일이다. 조금 전까지 안 좋은 소리를 입에 올린 당사자가 지금 눈앞에 있는 셈이니까. 심지어 그는 현 제국에서 차기 황제가 될 유일한 황족이다.

만약 아르한이 그들이 한 말을 들었고 이를 문제 삼는다면 당장 황족 모독죄로 나란히 목이 잘려도 할 말이 없었다. 그러나 두 남자에게는 다행스럽게도 아르한은 그들에게 별 관심이 없는 듯했다.

"왜 곧장 제게 오시지 않고, 이렇게 시간을 지체하고 계셨습니까?"

꼭 어린아이가 투정을 부리는 것처럼 들리는 말에 로젤이 작게 웃었다. 그리고는 곧, 산뜻한 미소를 띤 얼굴로 말했다.

"그냥 지나치기엔 조금 거슬리는 일이 있었습니다."

그리 말한 그녀가 은근히 곁에 있던 두 남자를 응시하자, 그들은 지레 찔린 얼굴을 했다.

"그래서 평화롭게 문제를 대화로 해결하려던 참이었습니다."

"그렇군요. 그래서 잘 해결되셨습니까?"

"아뇨, 아직 마지막 단계가 남았습니다."

로젤의 말에 아르한은 조금 의아한 기색을 띤 얼굴로 그녀를 응시했다. 곁에 있던 두 남자 역시 마찬가지였다.

덕분에 쏟아지는 세 쌍의 눈동자 속에서 그녀는 그들이 있는 방향으로 걸음을 옮겼다. 특히, 아르한을 향해 '패륜'이라는 단어를 입에 올린 남자를 향해 다가간 로젤이 그에게만 들릴 정도의 목소리로 말했다.

"당신이 스스로의 목숨을 귀하게 여기지 않는 것은 자유입니다. 하나 조금 전과 같은 일이 다시금 제 눈에 띈다면."

"……."

"곱게 눈을 감지는 못하실 겁니다."

말을 마친 그녀는 그대로 미련 없이 몸을 돌려 아르한에게로 향했다.

"이제 끝났습니다."

더없이 산뜻하게 웃는 로젤을 보며 아르한 역시 마주 웃었다.

"왜 아무것도 묻지 않으십니까?"

두 남자와 헤어진 뒤 둘이서 함께 황궁을 걷던 도중 들려온 로젤의 물음이었다.

"무엇을 말입니까?"

"타이밍 좋게 끼어드신 것을 보면, 이미 멀리서부터 지켜보고 계셨던 게 아닙니까."

"이런, 티가 많이 났던 모양이군요."

담담한 긍정에 로젤은 그를 이해할 수 없다는 눈으로 쳐다보았다.

"그들을 벌하셨다면 좋은 본보기가 되었을 겁니다."

"저를 비난하는 이들이 나올 때마다 전부 죽일 수는 없는 노릇이지요. 그랬다간 무사히 살아남는 자가 거의 없을 테니."

그 말은 즉, 아르한 역시 이미 많은 이들이 그를 향한 좋지 않은 소문을 떠들고 있음을 안다는 의미였다.

"……전부는 아니지만, 몇 명 정도는 처벌해야 합니다."

그리하지 않는다면 아까 그 남자처럼 방만하게 구는 이들이 더 나올지도 모른다.

"걷잡을 수 없이 번져 가는 소문을 잡기 위해서는 그만한 방법이 없습니다."

"그것이 그저 소문이 아님을 공녀께서는 아시지 않습니까."

아르한의 말에 로젤은 그대로 걸음을 멈췄다. 그러자 차분하지만 은근한 자조가 섞인 아르한의 말이 이어졌다.

"두 분을 시해한 이가 누구인지 당신께서는 이미……."

어쩐지 위태로워 보이는 그 모습에 로젤은 서둘러 그의 말을 막았다.

"그 남자들을 처벌할 의향이 없으셨다면, 왜 갑자기 끼어드셨던 겁니까?"

그런 그녀의 말에 찰나 고민하는 기색을 보이던 아르한은 곧, 순순히 로젤의 질문에 답했다.

"그냥 그대로 뒀다간, 공녀님께서 당장이라도 큰일을 벌이실 것 같았습니다."

완전히 틀린 예상은 아니었다. 그가 그렇게 나타나지 않았더라면, 그녀는 그들을 응징하기 위해 제법 소란스러운 일을 벌였을지도 모르니까.

"……그럼, 앞으로도 계속 지금처럼 퍼져 가는 소문을 그냥 두실 겁니까?"

"그것이 제가 감당해야 할 몫이라면 그리해야죠."

담담한 아르한의 대답에 작게 한숨을 내쉰 로젤이 말을 이었다.

"……전하께서는 그저, 막다른 구석에 몰려 어쩔 수 없는 선택을 하신 것뿐입니다. 그런데 대체 왜…….''

"벼랑 끝에 내몰린다고, 모두가 저와 같은 선택을 하지는 않습니다."

그 누구도 자신처럼 부친을 죽이지는 않는다. 그리 말한 아르한은 제법 단호한 태도로 말을 이었다.

"살인에 변명을 갖다 붙이기 시작하는 순간, 이유 없는 살인은 없어집니다."

"……."

"그러니 이건 결국, 오롯이 제가 감당할 문제지요."

참으로 아르한다운 대답이었다.

"……알겠습니다, 전하의 뜻이 그러시다면 어쩔 수 없지요."

그리 생각한 로젤은 결국, 더 이상의 언쟁이 무의미하다는 걸 인정했다.

"하지만, 저는 만약 오늘처럼 전하에 대해 함부로 떠드는 자가 있다면, 이를 두고 보지 않을 것입니다."

"……참으로 공녀님다운 대답이시군요."

그리 말한 아르한은 잠시 생각에 잠긴 얼굴을 하다가 이내 제 품속에서 하얀 봉투를 꺼내 그녀에게 건넸다.

"……이건?"

"황제 폐하의 방에 사람을 보내 발견한 것입니다. 공녀님도 아셔야할 것 같아서요."

죽은 황제의 방을 뒤졌다는 말을 당당하게 하는 아르한의 모습에 로젤은 조금 멍한 얼굴을 했다. 그러다가 괜히 쓸데없는 증거라도 남으면 일이 복잡해진다는 것을 그가 모를 리 없을 텐데. 그러나 그런 생각도 잠시, 아르한에게 받은 봉투를 열어 내용물을 확인한 로젤은 금세 그가 그런 선택을 한 이유를 알 수 있었다.

네 껍데기를 뒤집어쓴 채, 자신이 진짜 라슈아 공녀인 것처럼 구는

계집을 처단할 기회를 주마. ……(중략)…… 네 의견대로 사냥

대회를 열어 너를 제국으로 부를 것이다. 단, 그 계집은 물론이고,

황태자 역시 살려 두어서는 안 된다. 만약 성공한다면, 네게 라슈아

공녀였던 시절 누렸던 것과 맞먹는 부를 약속하마.

봉투 안에는 위와 같은 내용의 서신과 함께 말린 로벨리아 꽃이 들
어 있었다.

로벨리아. 그것은 황제가 전에 로젤에게 보낸 적이 있는 꽃이었다.
아무래도 황제와 델티는 로벨리아를 이용해 서로에게 신호를 보내곤
했던 모양이다.

그리고 그제야 로젤은 전에 황제가 자신이 진짜 로젤이 아님을 눈
치챘던 이유를 알았다. 그는 그보다 훨씬 전부터 자신이 진짜 로젤이
아니라는 사실을 델티에게 들었던 것이다.

이를 처음부터 쉽게 믿지 않았을 테지만, 두 사람만의 신호로 추정
되는 로벨리아를 보냈음에도 자신이 별다른 반응을 보이지 않자 곧
델티의 말을 완전히 신뢰했겠지. 그러니 지금의 로젤은 물론이고 아
르한까지 죽이라는 명령을 내린 것일 테고.

이미 죽어 버린 사람이었으나, 선대 황제는 정말이지 동정할 가치
가 없는 인간이었다.

"생각이 많아 보이시는군요."

그런 아르한의 말에 로젤이 고개를 들어 그를 응시했다.

사실 생각이 많은 쪽은 그녀보다 그일 것이다.

제 손으로 죽였다고는 하나 마지막으로 발견한 부친의 흔적이 이런

것일 줄은 꿈에도 몰랐겠지. 만약 알았다고 해도 이를 직접 눈으로 확인한 충격은 결코 작지 않을 것이다.

"……전하께서 폐하의 방을 뒤지신 이유가 혹, 저 때문입니까?"

"……."

"혹여나, 제 정체가 드러날 만한 물건이 남아 있을까 봐?"

그런 로젤의 물음에 아르한은 대답하지 않았다. 그 뻔한 반응에 로젤은 헛웃음을 터트렸다. 계속 이런 식으로 그에게 짐이 되고 싶지는 않은데, 참으로 씁쓸했다.

그런 그녀의 마음을 짐작한 것인지, 조금 머뭇거리던 아르한이 입을 열었다.

"언젠가는 제가……."

"전하!"

하지만 그런 그의 말은 끝을 맺지 못했다. 급박하게 달려온 아르한의 보좌관 때문이었다.

"여기 계셨군요. 지금 당장 회의실로 가 보셔야 할 것 같습니다. 급하게 처리하셔야 할 일이 잔뜩입니다."

보좌관의 말에 그는 절로 미간을 찌푸렸다. 로젤과의 시간을 방해받아 기분이 제법 상한 것이다.

"어서 가 보시는 게 좋을 것 같습니다."

그런 아르한의 속내를 짐작한 로젤이 선수를 쳤다. 그러자 그는 이내 마지못해 입을 뗐다.

"알겠습니다. 서둘러 다녀오도록 하죠."

말은 그렇게 했으나, 아르한은 알고 있었다.

보좌관이 이런 식으로 다급하게 자신을 찾아온 것을 보면 아마 당분간은 밀린 업무와 일주일 앞으로 다가온 대관식 준비로 인해 제법 빠듯한 일정을 소화해야 할 거라는 걸.

그러나 그럼에도 그는 희망의 끈을 놓지 않기로 했다.

"공녀님."

대뜸 들려온 아르한의 부름에 로젤이 그를 응시했다.

그러자 어느새 가까이 다가온 그가 그녀에게만 들릴 정도의 목소리로 말했다.

"대관식 전날, 자정 직전에 황태자궁의 두 번째 복도에서 기다리겠습니다."

황태자궁의 두 번째 복도.

대체 왜 그런 곳을 약속 장소로 정한 건지 모르겠으나, 로젤은 일단 고개를 끄덕였다.

"알겠습니다."

망설임 없이 떨어진 로젤의 대답에 만족스러운 얼굴을 한 아르한은 그대로 보좌관을 따라 사라졌다.

며칠 후, 로젤은 비아노 백작가로 향했다.

많은 일들이 있었던 만큼 이에 대한 설명을 들을 겸 백작가를 방문해 달라는 샬롯의 부탁을 더는 거절할 수 없었기 때문이다.

"그래, 그런 일들이 있었구나."

로젤을 통해 모든 이야기들을 전해 들은 샬롯은 의외로 담담한 태도를 보였다. 로젤은 그 사실이 조금 의외였다. 다른 일이라면 몰라도 부친인 황제의 죽음만큼은 그녀가 쉽게 받아들이지 못할 거라고 생각했으니까.

"난, 당분간 요양차 수도를 떠나 있을 생각이야."

"……네?"

"대관식이 끝나는 대로 출발하려고."

그리 말한 샬롯이 생긋 웃었다. 어떻게든 아무렇지 않아 보이려고 작정한 듯했으나, 로젤은 알 수 있었다. 그녀가 결코 괜찮지 않으리란 사실을.

"……어디로 가실 겁니까?"

그래서 로젤은 더 이상 자세한 사정을 캐묻는 대신 적당한 질문을 던졌다.

"후작 영윤이 있는 마을로 가려고."

"……!"

차분히 떨어진 대답에 로젤의 사고가 그대로 정지했다.

덕분에 그녀는 그렇게 얼마간 멍한 얼굴을 하다가 이내 제법 복잡한 얼굴로 샬롯을 응시했다.

"너는 곧 있으면 함부로 수도를 떠날 수 없는 몸이 되잖아. 그러니 영윤은 내가 가까이에 두고 잘 지켜볼게."

"……."

"그러니 시간이 나면, 나한테 온다는 핑계를 대고 종종 찾아와."

미처 예상하지 못한 그녀의 배려에 로젤은 마음이 복잡해졌다. 이를 읽어 낸 듯, 샬롯은 조금 쑥스러운 기색을 감추지 못한 채 덧붙이듯 말했다.

"그러니 다시 만날 때까지 건강하도록 해. 잘 지내고."

"……네. 비아노 백작 부……, 샬롯도 건강 잘 챙기시고요."

그런 로젤의 말에 샬롯은 잠시 놀란 얼굴을 했다.

하지만 곧, 로젤이 된 후 그녀가 처음으로 입에 올린 제 이름에 샬롯은 아주 행복한 미소를 지었다.

* * *

대관식 전날 밤, 로젤은 발걸음 소리를 한껏 죽인 채 황궁의 복도를 걷고 있었다.

아르한이 미리 귀띔을 해 둔 것인지, 아니면 황궁 앞까지 공작가의 마차를 타고 온 덕분인지 그녀의 출입을 제지하는 이는 없었다.

"오셨습니까?"

로젤이 황태자궁의 두 번째 복도에 들어서기 무섭게 아르한의 목소리가 들려왔다.

"여기 계셨군요. 전하."

"예. 기다리고 있었습니다."

그런 그의 목소리는 어쩐지 평소와는 조금 달랐다. 긴장을 한 것 같기도 하고, 어딘가 어색한 느낌이 들었다.

"제게 하실 말씀이 있으신 것 같은데, 어떤 내용인지 여쭤 봐도 될까요?"

"일단, 자리를 좀 옮기는 편이 좋을 것 같군요."

그런 로젤의 물음에 아르한은 자연스레 장소를 옮길 것을 제안했다.

확실히 너무 탁 트여 있는 황태자궁의 복도는 대화를 나누기에 적합한 장소가 아니었다. 이를 로젤 역시 안다. 그렇기에 그녀는 더욱, 아르한이 이곳을 약속 장소로 정한 이유를 알 수 없었다.

"일단, 따라오시지요."

하지만 그 점에 대해 따져 묻는 대신 순순히 아르한의 뒤를 따르는 쪽을 택했다.

"날이 제법 어두우니 넘어지지 않도록 조심하십시오."

그리 말한 아르한이 그녀를 향해 한 손을 내밀었다. 제 손을 잡고 걸으라는 의미 같았다. 로젤은 잠시 고민했다. 솔직히 날이 제법 어둡기는 해도, 잘 다듬어진 황궁 복도를 걷지 못할 정도는 아니었다.

"감사합니다."

그러나 그녀는 순순히 아르한의 손을 잡았다.

타인의 시선을 의식하지 않고 황태자인 그의 손을 잡을 수 있는 경우는 흔치 않으니까.

로젤이 손을 맞잡아 오자, 그는 그 길로 말없이 걷기 시작했다. 대충 눈치를 보아하니, 아무래도 지금처럼 탁 트인 복도가 아니라 적당히 폐쇄적인 곳으로 향하려는 듯했다.

그렇게 얼마간 말없이 걷는 아르한을 따라 걷던 로젤은 황궁의 복도를 지나 정원에 도달했다. 이렇게 밖으로 나오기보다는 황궁에 있는 특정한 방 같은 곳에 들어가지 않을까 싶었는데, 조금 의외였다.

그리고 얼마간 더 걷자, 로젤은 곧 익숙한 장소를 마주할 수 있었다.

"……장미, 정원이군요."

모든 일이 시작되었던 장소이자, 모든 것이 끝난 지금 두 사람이 있는 장소였다.

이제는 장미가 거의 다 져 버린 탓에 조금 앙상한 넝쿨만이 남아 있었다. 캄캄한 밤에 보는 앙상하기 짝이 없는 장미 나무들은 조금 스산한 느낌을 주었으나, 로젤은 이것도 그런대로 괜찮다는 생각이 들었다.

"생각이 많아 보이시는군요."

대뜸 들려온 아르한의 물음에 로젤은 설핏 웃었다.

"많은 일들이 떠올라서요."

대부분은 결코 좋은 기억이 아니었지만, 그럼에도 결국 자신은 멀쩡한 모습으로 다시 이곳에 서 있다.

"그 기억들 속에 저도 있습니까?"

그런 아르한의 물음에 로젤은 대답하지 않았다. 그저 적당히 웃다가 화제를 돌릴 뿐.

"그래서 오늘, 제게 하시려는 말씀은 무엇입니까?"

태연하기 짝이 없는 태도로 그리 말하는 로젤을 보며 아르한은 조금 섭섭하다는 얼굴을 했다.

그러다가 이내 어쩔 수 없다는 듯 입을 열었다.

"따라오시지요."

그런 그를 따라 걷게 된 길은 미로처럼 복잡했지만, 어딘가 조금씩 익숙했다.

그리고 그 길의 끝에 있는 것은.

"이곳은 두 번째 방문이셨던가요?"

아르한과 전에도 한 번 와 본 적이 있는 정원 안쪽의 공간이었다.

당장 티 파티를 열어도 손색이 없을 정도로 깔끔하게 정돈된 테이블과 의자.

마치, 홀로 흐르는 시간의 영향을 받지 않은 것처럼 그때의 그 모습 그대로였다.

"다른 사람들은 이곳에 들어올 수 없다고 하셨던가요?"

"네, 맞습니다. 기억하고 계시는군요."

그렇다는 건 이곳에서라면 그 어떤 기밀을 떠들어도 상관없다는 의미다. 대화를 나누려는 상황에서 이를 엿들을 만한 사람은 당연히 없는 편이 낫겠지만, 이 정도로 철저한 보안이라니.

새삼 그가 대체 어떤 말을 하려는 건지 궁금해졌다.

"일단 앉으시지요."

말을 마친 아르한이 그대로 로젤을 의자가 있는 쪽으로 이끌었다. 덕분에 두 사람은 나란히 의자에 앉아 주변을 둘러보게 되었다. 그러자 드문드문 익숙하지만, 그때와는 또 다른 풍경이 펼쳐진다.

이를 얼마간 차분히 응시하던 로젤의 귓가에 아르한의 목소리가 들려왔다.

"제가 왜 이곳으로 공녀님을 모셔 왔는지 아십니까?"

"글쎄요. 혹, 돌아가신 황제 폐하에 대한 일 때문입니까?"

그저 무심코 꺼낸 주제였으나, 로젤은 어쩌면 정말일지도 모른다는 생각이 들었다. 그 정도는 되어야 이리도 거창한 보안 속에서 할 법한 대화가 될 테니까.

"아예 관련이 없는 것은 아닙니다만, 그것이 핵심은 아닙니다."

조금 모호한 아르한의 대답에 로젤은 고개를 돌려 그를 응시했다.

"저는 곧, 황위에 오를 겁니다. 그래서 많은 일들을 해야 하고, 또 많은 것이 바뀔 겁니다."

그런 아르한의 말은 조금 뜬금없었다. 지극히 당연한 이야기지만, 한편으로는 의도를 알 수 없는 말이었기에 로젤의 얼굴에 의문이 번졌다.

"그중 제가 가장 먼저 해야 할 것은."

답지 않게 뜸을 들이던 아르한이 조금 늦게 뒷말을 이었다.

"에르샤."

갑작스레 아르한의 입을 통해 나온 말로 인해 그녀는 그대로 굳어졌다.

"당신의 이름을 되찾는 일입니다."

에르샤. 절대 들려서는 안 되는 이름이었다.

그리고 그제야 그녀는 아르한이 이곳을 찾아온 이유를 알 것 같았다. 그가 황제를 죽였다는 사실보다 더 큰 비밀. 그것은 에르샤 마르아넬이 살아 있다는 사실이었으니까.

"지금은 고작 이런 곳에서 부르는 것이 전부지만, 언젠가는 반드시 이곳이 아닌 다른 장소에서 당신의 이름이 불릴 수 있도록 하겠습니다."

제법 오랜 시간이 걸릴지도 모르는 약속이었다.

한 번 만들어진 법을 완전히 뒤엎는다는 것은 결코, 쉬운 일이 아니니까.

"……아뇨, 그러실 필요 없습니다."

"저를, 믿지 못하시는 겁니까? 제가 당신의 이름을 영원히 찾지 못할 것 같아서?"

"그런 게 아닙니다."

아르한을 믿는다. 그의 능력을 믿는다. 그러니 그녀가 이를 거절하는 것은 전혀 다른 이유 때문이었다.

"저는 제 목숨을 대가로 복수를 선택했고, 지금의 상황은 그런 제 선택의 결과입니다. 그러니 당연히 이를 감당하는 것도 오롯이 제 몫이지요."

어디선가 많이 들어 본 듯한 대답이었다. 아르한은 그것이 얼마 전, 자신이 그녀에게 했던 말과 매우 흡사하다는 것을 깨달았다.

"하지만 에르샤. 세상에는 돌이킬 수 있는 것과 돌이킬 수 없는 것이 있습니다. 저는 그중 후자의 경우였고, 당신의 경우는……."

"저 역시 전하와 마찬가지로 후자의 경우입니다."

단호한 태도로 아르한의 말을 끊은 그녀가 덧붙였다.

"저는 더 이상 에르샤 마르아넬로 살 수 없습니다."

당연한 일이었다. 에르샤는 죽었고, 그녀의 몸은 불에 태워졌으니까. 게다가 그 이유가 금지된 주술을 사용했기 때문임을 이미 제국의 수많은 사람들이 알고 있다. 그런데 과연 그 누가 그녀의 죽음을 안타깝다고 여길까.

이것은 단순히 비난을 받고, 받지 않고의 문제가 아니었다.

아르한은 황제가 될 사람이다. 그런 이의 곁에 단순히 평판이 나쁜 것도 아니고, 저주의 주술까지 행한 사람을 둘 수는 없다. 당연한 일이다.

"그러니 저는 그저, 이걸로 족합니다."

이기적인 선택일지도 모르나, 제 생의 남은 시간을 아르한과 함께 보내기 위해서라도 그녀는 에르샤의 이름을 이대로 묻어 두어야 했다.

"대신, 마지막으로 한 번만 더 불러 주시겠습니까?"

"……에르샤."

나직한 아르한의 음성이 떨어졌다. 덕분에 그녀의 입가에 절로 미소가 지어졌다.

에르샤.

고작 그렇게 불린 것일 뿐임에도 그녀는, 잃어버린 시간을 돌려받은 것 같은 착각이 들었다.

그래서 그녀는 한 번 더 확인하고 싶었다.

"전하께 저는, 누구였습니까?"

이제 와 하기엔 너무 늦어 버린 질문일지도 모른다. 그러나 그럼에도 그녀는 알고 싶었다.

"당신은, 제가 사랑한 사람은……."

아르한의 입을 통해 직접 듣고 싶었다.

"언제나 에르샤, 당신이었습니다."

그런 아르한의 대답에 그녀는 환한 웃음을 지어 보였다. 그녀가 원했던 바로 그 대답이었다.

비로소, 죽음으로 인해 멈춰 버린 그녀의 시간이 다시 흐르기 시작한다.

-완결-

외전

외전 1
계절의 끝에서

차가운 바람이 살갗을 스치기 시작할 즈음 에반 아델노프의 사망 소식이 전해졌다. 다들 겉으로는 쉬쉬하고 있으나, 이는 대단한 파장을 일으킬 만한 것이었다.

반역 비슷한 것을 일으키고 황궁의 지하 감옥에 갇힌 그는 그로부터 꼬박 14년이라는 세월을 살았다. 함께 감옥에 갇혔던 델티 왕녀가 죽은 후, 무려 13년을 더 산 것이다.

"수도에는 무슨 일로 가십니까?"

넉살 좋은 마부의 물음에 리오는 생각을 멈추고 가볍게 웃었다.

"꼭 뵈어야 하는 분들이 계셔서요."

그리 말한 그의 태도는 상냥했으나, 결코 넘어서는 안 되는 선이 존재했다. 이를 느낀 마부는 '무사히 만나실 수 있기를 바란다'라며 적당히 대화를 끝냈다.

리오 역시 빙긋 웃은 후, 말없이 창밖으로 시선을 돌렸다. 제법 오
래전이라 잘 기억은 나지 않지만, 수도와 가까워지고 있음을 증명하
듯 주변의 풍경이 조금씩 익숙하게 바뀌고 있었다.

"아, 이런. 어쩌죠? 문제가 생겨서 조금 돌아가야 할 것 같은데요?"

난처하다는 태도로 말을 꺼낸 마부를 향해 리오가 고개를 돌렸다.
그런 마부의 말처럼 무슨 문제라도 생긴 것인지, 그들의 마차보다 앞
에 가던 마차가 조금 전부터 움직이질 않고 있었다.

"길을 돌아가게 되면 얼마나 걸리죠?"

"아마 반나절 정도는 더 소요될 겁니다."

마부의 대답은 리오에게 그다지 달갑지 않게 들렸다.

수도에 조금 늦게 도착하더라도 그를 책망할 사람은 없었지만, 그
럼에도 리오는 늦고 싶지 않았다. 자신이 뭐 그리 대단하다고 그분들
을 기다리게 한단 말인가.

"잠시, 살펴보고 오겠습니다."

말을 마친 그는 마부가 무어라 대답할 틈도 없이 훌쩍 마차에서 뛰
어내렸다. 그리고는 단숨에 문제의 현장에 도달했다.

"아니, 지금 내가 누군지 몰라서 이러는 거예요? 난 롤렌 백작가의
사람이라고요!"

"죄송합니다. 신분증을 소지하지 않고 계신 경우엔 검문소를 통과
하실 수 없습니다."

"깜빡하고 두고 왔다니까요! 사람이 실수 좀 할 수도 있는 거잖
아요."

그곳에서는 귀족 영애로 추정되는 붉은 머리의 여인과 검문소를 지키는 기사가 대립하고 있었다.

"바로 뒤에 있는 이 사람들이 내 신분을 보증하는데, 무엇이 문제죠?"

답답하다는 듯 자신의 호위 기사와 하녀 등을 가리키는 영애의 모습에 기사는 조금 난처한 기색을 보였으나, 여전히 단호하게 말했다.

"죄송합니다."

"하, 정말!"

그러자 영애는 분하다는 듯 소리치며 다시 한번 한바탕하려 했다.

그런데 그때, 누군가가 그녀와 기사 사이에 끼어들며 말했다.

"이분의 신분은 제가 보증하겠습니다."

그리 말하며 자신의 신분증을 내보인 리오는 이내 더없이 사무적인 어조로 덧붙였다.

"문제가 생길 시 그에 따른 책임 역시 제가 질 거고요."

"아, 그게……."

"그럼 더는 문제 될 것이 없겠죠?"

매우 정중한 태도였으나, 그와 반대로 느껴지는 분위기가 제법 위압적이다. 이런 리오의 기세에 눌린 기사가 결국 고개를 끄덕였다. 그것을 확인한 리오는 그대로 미련 없이 몸을 돌려 자신의 마차로 돌아갔다.

"이제 별문제는 없을 겁니다."

"저기, 잠시만요!"

그대로 마차에 오른 리오가 마부에게 말을 마치기 무섭게 조금 전, 그 영애의 부름이 들려왔다.

"실례가 되지 않는다면, 존함을 여쭐 수 있을까요?"

"죄송합니다."

나긋한 어조로 이어진 리오의 거절은 친절했으나, 냉정했다. 덕분에 그녀의 표정이 한순간 일그러졌고 리오는 아차 싶었다. 습관적인 친절과 더불어 건네진 거절이 영애의 심기를 크게 거스른 듯하여 걱정이 됐던 것이다.

그녀가 열을 내든, 화를 내든 상관없지만 그는 지금 이상으로 시간을 지체하고 싶지 않았다.

결국 적당한 말로 다시 한번 거절의 뜻을 표하려는데.

"알겠습니다."

의외로 그녀는 순순한 태도를 보였다. 얼굴이 조금 붉기는 했으나, 크게 불쾌한 기색도 아니었다.

"다만."

침착한 태도로 자신을 응시하는 리오를 향해 그녀가 대뜸 다가섰다. 그리고는 그의 손에 무언가를 쥐여 주었다.

"이것이 저와 당신의 마지막은 아니었으면 좋겠어요."

"……"

"그럼 이만."

매우 귀족적인 예법으로 인사를 건넨 그녀는 미련 없이 몸을 돌려 자신의 마차로 돌아갔다.

그리고 리오의 손에는 그녀가 주고 간 손수건이 남아 있었다.

아이리스 롤렌

주인의 이름이 새겨진 손수건이.

* * *

"……그리하여, 리오 아델노프를 아델노프 후작가의 새 주인으로 선포한다."

말을 마친 아르한이 후작가의 인장을 리오에게 건넸다. 전대 가주인 에반 아델노프가 갖고 있던 그 인장이었다.

"부디, 새로운 역사를 쓰게 된 아델노프 후작가에 무한한 영광이 드리우길."

"……감사합니다."

조금 미세하게 늦어진 리오의 대답을 간단히 넘긴 아르한의 말이 이어졌다.

"시트라 제국의 번영과 안녕을 위해, 내가 후작에게 거는 기대가 크다. 그러니 잘 부탁해."

적당히 포장된 진심이었다. 이를 알기에 리오 역시 적절한 미사여구를 갖다 붙여 답했다. 그렇게 두 사람은 작위 수여식이 진행되는 내내 공적인 언어로 떠들어 댔고, 사적인 말을 입에 담을 수 있기까지는 제법 오랜 시간을 필요로 했다.

황제인 아르한은 이번 연회를 핑계 삼아 제게 접근하는 귀족들을 상대해야 했기 때문이다. 덕분에 리오는 본의 아니게 방치되었으나, 그것이 아쉽지는 않았다.

"샬롯 비아노가 아델노프 후작 각하를 뵙습니다."

샬롯을 마주할 수 있게 되었으니까.

그런 그녀의 인사에 리오는 샬롯보다 정중한 태도로 화답했다.

"아델노프 후작가의 리오 아델노프 후작이 백작 부인을 뵙습니다."

겉으로 보기엔 다른 이들에게 한 것과 크게 다르지 않은 인사였다. 그러나 그것이 다른 인사들과 정말 같지는 않음을 샬롯도, 리오도 알고 있었다.

"수도로 돌아오신 것을 환영합니다. 그동안 별일은 없으셨습니까?"

"마지막으로 부인을 뵌 것이 고작, 사흘 전입니다. 당연히 무탈했지요."

말을 마친 리오가 입매를 가볍게 휘며 웃었다.

그의 말처럼 샬롯은 리오가 쫓겨나듯 수도를 떠난 후, 제법 오랜 시간 요양을 핑계로 곁에 머물렀다. 덕분에 샬롯의 남편인 크리스는 리오 때문에 팔자에도 없는 독수공방을 하게 생겼다며, 큰 불만을 표하기도 했다.

"무탈하셨다니 다행……."

웃으며 대꾸하던 샬롯의 말이 부자연스럽게 끊겼다. 이를 이상하게 여긴 리오가 그녀의 시선을 따라 고개를 돌렸다.

"저기 저분은 누구셔?"

"몰라. 알 거 없잖아."

그러자 그곳에는 이제 여섯에서 일곱 살 정도 되어 보이는 여자아이와 남자아이가 있었다.

"저렇게 근사한 분인데, 왜 알 거 없다는 거야?"

은발에 붉은색 눈동자를 가진 여자아이의 천진난만한 물음에 남자아이가 짜증 섞인 얼굴을 했다.

"저런 늙은이 따위 알게 뭐야."

"늙은이? 몇 살부터 늙은 건데?"

"어?"

갑작스러운 질문에 남자아이의 금색 눈동자가 당혹스러움으로 물들었다.

그 후에 이어진 것은 여자아이의 물음이었다.

"내가 샤이롯보다 나이가 두 살 많으니까, 그럼 나도 늙은 거야?"

여전히 천진난만한 물음이었다. 덕분에 샤이롯은 그대로 입을 다물 수밖에 없었다.

그렇게 얼마간의 침묵이 이어졌고, 결국 돌아온 것은.

"······그런 거, 아니야."

샤이롯의 소심한 부정이었다. 이를 제법 재밌다는 듯, 지켜보던 샬롯이 리오에게 물었다.

"귀엽지 않나요?"

이에 그는 순순히 고개를 끄덕였다.

"귀엽네요. 천진난만하고."

담백하게 돌아온 리오의 대답이 흡족했는지 기쁘게 웃던 샬롯은 곧, 그를 데리고 두 아이에게로 향했다.

"어? 샤이롯, 백작 부인께서 오고 계셔."

다 들리게 속삭이는 여자아이의 모습은 여전히 천진난만했다. 이를 흐뭇하게 바라보던 샬롯이 그녀를 향해 말했다.

"이렇게 천진난만하신 건 누구를 닮으셨는지 모르겠네요."

덕분에 아이의 붉은색 눈동자에 찰나 의문이 떴다가 사라졌다.

"음, 어머니가 아닐까요?"

"왜 그렇게 생각하시죠?"

"아버지께서 그런 것 같다고 하셨어요."

"폐하께서 그러셨단 말이죠?"

"네."

열심히 고개를 끄덕인 여자아이의 시선이 어느덧 샬롯의 옆에 있던 리오에게로 향한다.

리오의 시선 역시 그녀에게로 향했다.

"정말, 근사한 분이시네요."

어린아이다운 순수하고도 짤막한 감상이었다.

"그거 영광이군요."

그런 리오의 말에 해맑은 웃음으로 답하던 아이는 곧, 아차! 하는 얼굴로 제 드레스 자락을 잡았다.

"시트라 제국의 황녀 라리샤 시트라가 영윤을 뵙습니다."

"아."

그런 라리샤의 인사에 리오는 조금 애매한 얼굴을 했다.

눈앞의 어린 황녀가 조금 전에 있었던 작위 수여식에 참석하지 않았다는 사실을 깨달은 탓이다. 그런 것이 아니라면 그를 후작이 아니라 영윤이라 칭할 이유도 없겠지.

"실례가 되지 않는다면, 영윤의 존함을 들을 수 있을까요?"

어린 나이에 비해 적당히 우아한 태도를 보이는 황녀의 물음에 리오는 그에 맞는 예를 갖추었다.

"아델노프 후작가의 리오 아델노프 후작이 황녀 전하를 뵙습니다."

"아, 반갑습니다. 후작 각하."

아직 어리지만, 그럼에도 황족임을 나타내듯 라리샤는 금세 능숙하게 당황한 기색을 감추었다. 이런 점은 그녀가 뼛속까지 황족이라는 사실을 다시 한번 떠올리게 했다.

"올해로 여덟 살이 된 저의 무례를 넓은 아량으로 용서해 주셨으면 좋겠어요."

눈앞의 황녀는 자신의 어린 나이를 적절하게 이용할 줄도 알았다. 그 귀여운 영악함에 리오는 웃었다.

"아닙니다. 먼저 신분을 밝히지 않은 제 잘못이지요."

"그렇게 말씀해 주시니 감사합니다. 혹, 시간이 되신다면 제 무례를 사죄할 겸……."

"저 역시 사죄드립니다."

그런 라리샤의 말을 막은 이는 다름 아닌 샤이롯이었다. 그 무례하고도 갑작스러운 등장에 라리샤는 조금 의아한 얼굴을 했다.

"때와 장소를 가리지 못하고, 사리 분별 없이 입을 놀린 것을."

강조하듯, 적절한 타이밍에 우아하게 말을 끊은 샤이롯이 고개를 들어 리오를 마주 보며 덧붙였다.

"다시 한번 진심으로 사죄드립니다."

말투는 정중했으나, 그 안에 담긴 가시가 숨김없이 드러난다. 그는 애초에 이를 감출 마음도 없는 것처럼 보였다.

"제가 아직 많이 어리고 미숙하여 그런 것이니, 부디 자비를 베풀어 주시면 감사하겠습니다."

마치 조금 전 라리샤의 행동을 보고 배우기라도 한 듯, 샤이롯 역시 자신의 어린 나이를 무기로 삼는다. 그 사실에 리오는 한 번 더 웃었다. 황녀보다 두 살이 어리다고 했으니, 올해로 여섯 살이 되었을 눈앞의 남자아이는 아마 비아노 백작 영윤일 것이다.

샬롯의 금색 눈동자와 크리스의 흑발, 그리고 두 사람을 적절히 섞어놓은 듯한 인상이 이를 증명했다.

두 은인의 아들.

눈앞의 샤이롯을 그렇게 정의한 리오가 꾸며 내지 않은 미소와 함께 말했다.

"반갑습니다, 비아노 백작 영윤."

여전히 정중한 태도로 건네진 인사에 샤이롯은 애매하게 굳어진 얼굴을 했다. 자신의 치기 어린 질투심으로 인해 보인 무례함에 동요하기는커녕 오히려 여유로운 태도를 보이는 리오가 마음이 들지 않는 것이다.

"……비아노 백작가의 샤이롯 비아노가 아델노프 후작 각하를 뵙습니다."

그렇다고 해서 이것 이상으로 무례를 저질렀다간 제 모친인 샬롯이 가만있지 않을 것이다. 그래서 그는 이쯤에서 적당히 고개를 숙이기로 했다.

"이런 제 무례를 사과드릴 겸, 후작 각하를 정식으로 저택에 초대하고 싶습니다."

바로 직전, 라리샤가 시도하려 했던 것과 같은 방식으로.

"이를 허락해 주시겠습니까?"

그런 샤이롯의 말에 샬롯은 흥미 가득한 얼굴을 애써 감춘 채 물었다.

"그런 건, 내게 먼저 허락을 구함이 옳지 않겠니?"

"어차피 반대할 마음도 없으시잖습니까."

"맞는 말이지만, 그래도 다음부터는 예의상 그리해 주렴."

"고려해 보겠습니다."

초대를 받은 당사자의 의사는 배제된 대화였으나, 리오는 그것이 그리 불쾌하게 느껴지지 않았다. 다만, 걱정스러운 부분이 있어 그 점을 입에 담았다.

"그리해 주신다면, 저야 영광이지만. 백작께서 달가워하지 않으실 겁니다."

"그이가 마음과 다르게 입이 좀 거칠기는 하지."

샬롯은 긍정인 듯, 아닌 듯 애매한 대답을 내놓았다. 이에 샤이롯
역시 한마디 보탰다.

"물론 아버지께서는 좋아하지 않으실 겁니다. 일단, 겉으로는."

결국, 종합해 보면 크리스가 일단 겉으로는 리오를 달갑지 않게 여
기겠지만, 정말 그를 싫어하지는 않으리란 소리였다. 확실히, 리오가
수도로 돌아오기 전에도 크리스는 샬롯을 찾아온 김에 나름 꼬박꼬박
리오도 만나고는 했었다.

"확실히 백작께서는 겉과 다르게 상냥한 분이시니까요."

라리샤 역시 덤덤하게 그 사실을 긍정했다. 그리고는 제 용건을 덧
붙였다.

"이렇게 첫 초대를 빼앗겨 버렸지만, 다시 말을 꺼내고 싶네요.
부디."

이번에도 어린 황녀의 말은 애매한 곳에서 끊겼다. 샤이롯이 대뜸
그녀의 손목을 잡아챈 탓이다. 덕분에 두 번씩이나 방해를 받은 라리
샤가 싸늘한 눈으로 그를 노려보았고, 결국 잡혔던 손은 자유를 찾
았다.

"후작께서 제 초대에도 응해 주셨으면 좋겠어요."

재차 이어진 말로 기어이 제 뜻을 내비친 라리샤는 해사한 미소를
지었다.

그런 그녀를 향해 리오 역시 미소 띤 얼굴로 답했다.

"저야 영광스러운 일이지요."

샬롯 역시 이를 뿌듯한 얼굴로 지켜보았으나, 단 한 사람, 샤이롯만

큼은 표정이 좋지 못했다. 그는 이 자리에서 유일하게 제 뜻을 이루지 못한 사람이었으니까.

그 사실을 라리샤를 제외한 모두가 알았다.

"그리 말씀해 주셔서 감사해요. 후작님이시면 많이 바쁘실 텐데. 아, 마침 저기 어머니께서 오시네요."

라리샤의 조금 두서없는 말에 그녀에게 집중되었던 시선은 순식간에 새로이 등장한 인물에게로 쏠렸다.

제게로 달려온 라리샤를 사랑스럽다는 표정으로 보는 여인. 그런 그녀에게서 리오는 눈을 뗄 수가 없었다.

"다들 왜 여기에……."

그리고 그것은 그녀 역시 마찬가지였다. 무심코 꺼낸 말을 그대로 멈춘 그녀는 잠시 놀란 얼굴을 하다가 이내 다른 말을 입에 담았다.

"리……. 아니, 후작 영윤?"

"……예. 그동안 평안하셨습니까?"

너무도 오랜만의 만남이라 그런지 어색한 분위기가 감돈다. 그 사실이 리오는 조금 이상했다.

조금 전, 제게 후작의 작위를 수여한 아르한 역시 수도를 떠나기 전 본 것이 마지막이었고, 로젤도 마찬가지였다. 그런데 황제인 그와의 재회보다 황후가 된 그녀와의 재회가 더 어색한 것은 어딘가 이상했다. 두 사람 중 조금 더 친분이 있었던 쪽을 꼽자면 주저할 것도 없이 로젤이었으니까.

"저야 늘, 잘 지냈습니다. 영윤이야말로, 아니, 이젠 후작이시겠군요. 후작이야말로 평안하셨습니까?"

급히 스스로의 말을 정정한 로젤의 물음에 리오는 어색하게 고개를 끄덕였다.

"네. 여기, 비아노 백작 부인께서 많이 신경을 써 주신 덕분에 무탈하게 지낼 수 있었습니다."

"어머, 저야말로 아들이 하나 더 생긴 것 같아 든든했답니다."

가벼운 샬롯의 너스레에 로젤은 얕은 웃음을 띤 낯으로 고개를 끄덕였다.

"그랬군요. 두 분 다 무탈하셨다니 다행입니다."

그런 로젤의 얼굴에는 찰나 씁쓸한 미소가 스쳤으나, 이는 아주 잠깐이었다.

"두 분 모두 완전히 수도로 돌아오셨으니, 가능하면 자주 뵐 수 있었으면 좋겠군요."

"안 그래도 제가 후작님을 만찬에 초대했어요!"

적절한 시기에 끼어든 어린 황녀의 말에 로젤은 웃으며 라리샤의 머리를 가볍게 쓰다듬었다.

"잘하셨어요. 후작님께서는 저와도 인연이 깊으시답니다."

"인연이요?"

"예. 공녀……. 아니, 황후께서는 제 스승이셨으니까요."

"와, 정말요?"

"예."

차분한 리오의 말에 라리샤는 또다시 그에게 큰 관심을 보였다. 그리고 그 사실이 달갑지 않았는지, 샤이롯이 끼어들었다.

"황녀님, 저번에 함께 가자고 하셨던 정원에 지금 가는 건 어떠십
니까?"

"너, 왜 갑자기 존댓말……."

"그래서 안 가실 겁니까?"

"아, 아니. 가야지."

그런 라리샤의 관심을 자연스레 제게 돌리는 데 성공한 샤이롯은
리오를 향해 승리자의 얼굴을 하곤 그대로 그녀와 함께 연회장을 나
섰다.

"백작 영윤께선 날이 갈수록 귀여워지시는 것 같네요."

"제 아들이지만, 귀엽긴 하죠."

로젤과 샬롯은 그런 두 사람의 모습을 마냥 사랑스럽다는 듯 보고
있었다. 리오 역시 비슷한 감상이었다. 그 후로 그녀들은 각자 샤이롯
과 라리샤에 대한 이야기를 리오 앞에 늘어놓았다.

처음에는 즐겁고 무난하게 듣던 그 이야기들을, 리오는 어느새 마
냥 편하게 들을 수 없었다. 떠올리지 않기 위해 기억 저편에 묻어 두
었던 제 유년 시절이 자꾸만 떠오른 탓이다.

연회의 분위기가 조금 더 무르익자 슬슬 리오와 비슷한 또래의 영
윤과 영애들이 연회장 안으로 들어서기 시작했다. 그에 따라 전부터
자리를 지키던 나이 많은 귀족들은 하나둘 연회장을 나섰다. 이는 샬
롯과 로젤, 그리고 황제인 아르한 역시 마찬가지였다.

리오 역시 그들을 따라 자리를 피하고 싶었으나, 그럴 수는 없었다. 명목상이기는 하나, 오늘 열린 연회의 주인공은 새롭게 아델노프 후작이 된 그였으니까.

춤을 한 곡이라도 추거나, 곡이 서너 번 정도 바뀔 때까지는 자리를 지켜야 했다. 빠른 퇴장을 위해서는 전자가 가장 바람직한 선택이겠지만, 그럴 수는 없었다.

"저분이 그 아델노프 후작, 이신 거죠?"

"그런 것 같아요. 갈색 머리에 푸른 눈."

자신을 향해 거침없이 수군대는 이들의 목소리를 리오는 적당히 모르는 척했다. 그러나 그를 향한 수군거림은 멈추지 않았다.

"참 아름답게 생기셨네요. 게다가 저 나이에 이미 후작이시라니."

"맞아요. 하지만 그래도 가까이하지 않는 편이 좋겠네요."

"아무래도 괜히 황실의 눈 밖에 나게 될 수도 있으니까요."

그들의 말처럼 리오는 반역자 에반 아델노프의 자식이었다. 그러니 그와 이렇게 큰 규모의 연회에서 춤을 춘다는 것은 곧, 사교계에서의 매장을 의미했다.

실제 황실의 뜻이 어떤가는 중요치 않다. 황제인 아르한이, 그리고 황후인 로젤이 리오를 믿는다고 해도 당장 대외적인 그의 이미지가 그러했다.

아델노프 후작가의 젊은 후작. 반역자의 핏줄. 황제의 자비로 인해 제 아비와 달리 운 좋게 살아남은 사내. 그것이 세간에서 떠드는 리오에 대한 평가였다.

아마 아르한과 로젤이 공식적인 자리에 리오를 몇 번 초대한다
고 해도, 대부분의 이들은 그것을 황가의 진심이라 생각지 않을 것
이다.

적당히 그럴듯한 구실을 붙여 그것을 훼손하기 바쁘겠지. 혹은, 리
오가 살아남기 위해 황실의 개가 되기를 자처한다고 손가락질할지도
모른다.

"안녕하십니까. 아델노프 후작님. 저는 동부의 끝에 위치한 로아르
테어 남작가의 차남……."

"저는 렌트로 광산을 소유한 알렝트로 백작가의……."

물론 그런 와중에 리오에게 접근하는 이들이 아예 없었던 것은 아
니다. 그러나 그들은 대게 얄팍한 호기심을 앞세워 그를 은근히 조롱
하거나, 제 이득을 위해 리오를 이용하려 들었다.

다행스럽게도 리오는 그들의 속내를 대부분 간단히 간파할 수 있었
다. 그들은 리오를 수도 사교계 소식에 어두운 뜨내기 정도로 여겼으
나, 실상은 반대였다.

그는 오히려 수도에 있는 젊은 귀족들보다 수도의 동향에 대해 잘
알고 있었다. 언젠가 수도로 돌아갈 날을 대비해 샬롯을 통해, 혹은 가
끔 찾아오던 크리스를 통해 최대한 많은 정보를 모아 두었던 탓이다.

다시는 그 누구에게도 폐가 되지 않도록, 그리고 이제 그를 지킬
수 있는 것은 세상에 그 하나밖에 남지 않았으므로 리오는 그리해야
했다.

"안녕하세요. 기억하실지 모르겠지만, 저희 전에 한 번 뵌 적이 있

어요."

그리고 그런 리오에게도 결코, 그 속을 알 수 없는 이가 나타났다.

"제 이름은 아이리스 롤렌이에요. 기억해 주셨으면, 했지만 눈치를 보니 아닌 것 같아서 그냥 먼저 소개했어요."

당당한 그녀의 말에 리오는 다른 이에게 하듯 적당한 인사를 건네려 했다.

"번거롭게 소개하지 않으셔도 될 것 같아요. 후작님의 이름은 연회장에 있는 내내 귀에 딱지가 앉을 정도로 들었거든요."

워낙 유명한 분이시라.

덧붙인 말에 조롱이나 악의는 없었다.

그 점이 조금 신기했고, 참 특이한 사람이다 싶었지만, 그뿐이었기에 리오는 다른 이들에게 그랬듯 선을 긋기로 했다.

"절 기억하고 계시다니 영광이군요. 저 역시 영애를 다시 뵙게 되어 기쁩니다."

그리 말한 리오는 매우 귀족적인 동작으로 제 품에서 손수건을 꺼내 그녀에게 건넸다.

"하지만 이건 제겐 너무 과분한 물건인 듯하니 돌려드리겠습니다."

이것을 끝으로 다시는 엮이지 않았으면 좋겠다는 의미였다. 제법 단호하게 의사를 표한 것이었기에 리오는 그녀가 화를 내지 않을까 싶었다.

하지만 아이리스는 의외로 담백한 반응을 보였다.

"제게 군이 돌려주실 필요 없는 물건입니다. 필요치 않으시다면 버려 주세요."

그리고는 리오가 그은 선을 가볍게 넘으려 들었다.

"다만, 염치없지만 제 부탁을 한 가지만 들어주셨으면 합니다."

부탁이라는 단어에 그가 애매한 표정을 했다. 그녀가 입에 담을 부탁이 어떤 것일지 감이 잡히지 않았던 탓이다.

"저와 한 곡 춰 주세요."

그리고 그것은 짐작대로 리오의 예상을 초월하는 것이었다. 그는 진심으로 그런 부탁을 하는 아이리스를 이해할 수 없었다.

"저에 대해 잘 안다는 듯 말씀하셨었는데, 아니었던 모양이군요."

단호한 리오의 말에 그녀는 대수롭지 않은 투로 대꾸했다.

"큰 실례를 범하게 될 듯하니, 자세한 내용은 입에 담을 수 없지만, 후작님에 대해서는 충분히 알고 있다고 자부할 수 있습니다."

"그럼 대체 왜 저와 춤을 추시겠다는 겁니까?"

"곤란해 보이셔서요."

"……."

아이리스의 짧막한 대답 이후로 찰나의 침묵이 이어졌다. 그리고 그것을 깬 인물은 다름 아닌 그녀였다.

"다들 입 아프게 후작님에 대해 떠드는데, 앞으로 두 곡 정도가 더 바뀌기를 기다리셔야 하는 게 안타깝기도 하고."

그리 말한 아이리스는 잠시 말을 고르더니, 곧 다시 덧붙였다.

"또 후작님께서도 그 시간을 견디는 것보단 저와 한 곡 추시고 연회장을 벗어나시는 게 합리적이잖아요?"

확실히 합리적인 대답이었다. 그러나 그것은 어디까지나 리오의 입장에서였지, 그녀는 아니었다.

"그것이 영애께 큰 타격을 주리란 생각은 안 하십니까?"

"하죠. 잘못하면 사교계에 발을 들이기가 제법 힘들어질 수도 있겠구나, 정도?"

"아예 매장되실 수도 있을 겁니다."

"상관없어요."

그녀가 한 점의 미련도 없는 얼굴로 답했다. 리오는 그것이 어떤 확신이나 목표에서 기인한 것임을 알아챘다.

"마치, 다른 뜻이 있다는 것처럼 들리는군요."

"아뇨, 그렇다기보단 후작님은 제게 '그럴 만한 가치가 있는 사람이다.'라는 쪽이 더 맞을 것 같네요."

아이리스의 빠른 부정에 그는 더욱 혼란스러워졌다. 자꾸 갈피를 잡지 못하고 제자리를 도는 듯한 대화에 머리가 아프다. 차라리 그녀가 노골적으로 자신을 조롱하거나, 이용하려 드는 거라면 이렇게 어렵지도 않았을 것이다.

조금씩 인내심의 한계를 보이던 리오는 결국, 대놓고 물었다.

"대체, 제게 뭘 원하십니까?"

"그건……."

그런 그의 물음에 아이리스는 마치 전혀 생각지도 못한 질문을 받은 사람처럼 당황한 얼굴을 했다.

리오 역시 그녀가 이런 반응을 보이리라곤 예상치 못했기에 조금 의아했다. 조금 전까지 당당하게 제 말을 받아치던 아이리스는 갑자기 전혀 다른 사람이 된 것처럼 어벙하게 굴었다.

"아니, 그, 그러니까……."

그것을 인내심 있게 지켜보던 리오의 시선이 찰나, 그녀를 비껴갔다. 악단이 연주하던 음악이 느린 템포의 곡으로 바뀐 탓이다. 자연스레 연회장의 분위기 역시 바뀌었다. 이제 남은 곡은 단 한 곡. 이 정도면 굳이 누군가와 춤을 출 이유가 없었다. 남은 시간은 그리 길지 않을 테니.

그가 그런 결론을 내리기 무섭게.

"첫눈에 반했으니까요."

"……예?"

아이리스의 대답이 리오에게로 향했다. 그는 그녀의 대답을 차분히 되새기며 숨겨진 뜻을 이해하려 했으나, 그럴 수 없었다.

정확하게는 그럴 필요가 없었다.

"이상하다고 비난하셔도 어쩔 수 없지만. 저를 도와주셨던 그날……. 아마 그때부터였던 것 같아요."

자신을 바라보는 아이리스의 눈이 너무도 투명한 진실을 말하고 있었으니까.

그녀는 분명, 사랑에 빠진 여인으로서 사랑하는 사람을 보는 눈을 하고 있었다. 아이리스의 눈에 담긴 무서울 정도로 순수한 감정은 리오가 과거에 보았던 어떤 이의 눈을 닮아 있었다.

'왜 나를?'

그녀의 대답에 적당히 말을 돌리고, 도망치듯 연회장을 빠져나온 리오는 진심으로 그 이유를 알 수가 없었다.

그녀와 자신이 얼굴을 마주한 것은 오늘로 두 번. 고작해야 그 짧은 만남으로 인해 사랑에 빠진다는 것이 과연 가능한 일인가 싶었다. 그러나 아이리스의 마음을 부정하기엔 그녀의 눈이 너무나 진실한 감정을 담고 있었다.

"제길."

답지 않게 거친 말을 내뱉은 리오는 아이리스의 마음이 진심이 아니었으면 좋겠다고 생각했다. 차라리 그녀가 다른 이들처럼 그저 자신을 이용하기 위해 접근한 거였으면 좋겠다고. 그는 그렇게 생각했다.

리오에겐 타인의 사랑을 감당할 자신도, 그럴 용기도 없었다. 애초에 그는 사랑을 믿지 않았다. 그가 본 사랑은 결국 모두가 불행해지는 길뿐이었으니까.

아주 어릴 적, 리오는 제 부모가 싸우는 모습을 목격한 적이 있었다.

'이혼해.'

'에반. 당신은 아이가 죽었다는데, 아무렇지도 않아요?'

당시에는 잘 몰랐으나, 지금 생각해 보면 아마 제 동생이 모친의 배 속에서 죽은 것 같았다. 그리고 그때 부친이었던 에반 아델노프가 했던 말을 그는 아직도 똑똑히 기억한다.

'그게 나랑 무슨 상관이지?'

아직 어린 나이였음에도 그 말을 들은 순간, 리오는 본능적으로 알았다. 제 부친에게 자신과 모친은 그리 소중한 존재가 아니라는 걸.

그 후엔, 충격을 수습할 틈도 없이 남의 말을 엿듣는 건 나쁜 짓이라며 자신을 발견한 유모의 손에 이끌려 방으로 돌아와야 했다.

그리고 얼마 안 가 두 사람은 이혼을 했고, 에르샤는 금지된 흑마법을 사용한 죄로 처형당했다. 결국, 배 속의 아이를 잃고 에반을 향해 분노하던 에르샤의 모습이 리오가 기억하는 모친의 마지막이었던 것이다.

'미친 계집. 독한 계집. 그렇게 죽으면 너만 손해지. 난 너 같은 거 없어도 잘 살 테니까!'

에르샤의 죽음을 알게 된 날, 에반은 술을 들이켜며 그리 외쳤다. 온 저택이 떠들썩할 정도로 소란스럽게 굴었기에 리오도 이를 기억하고 있었다.

그리고 에반은 실제로 그다음 날부터 제법 잘 살았다. 닥치는 대로 연회에 참석하고, 매일 새로운 여자를 저택에 들였다. 덕분에 후작가에는 매일 대여섯 명의 여자들이 드나들었고, 그들은 하나같이 화려한 외모를 가지고 있었다.

금발, 은발, 적발 등을 가진 여자들은 마치 짜기라도 한 것처럼 뚜렷한 이목구비에 짙은 화장을 하고 있었다. 모친이었던 에르샤와는 정반대되는 외향을 가진 여자들을 보며 리오는 에반이 그녀를 사랑하지 않았다고 생각했다.

만약 그가 에르샤를 사랑했다면, 그녀가 죽고 하루도 채 지나지 않아 다른 여자들을 데려오지는 않았을 테니까.

그러나 에반은 어느 시기를 기점으로 조금씩 변해 갔다.

미친 듯이 참석하던 연회에는 발길을 끊었고, 더는 여자들을 저택에 들이지도 않았다. 최소한의 대외적인 활동만을 하며, 저택에서 보내는 시간을 늘려 갔다.

마치 저택을 떠나지 못하는 지박령이라도 된 듯, 그는 매일 같이 서재에 틀어박혀 술을 마셨다. 간혹 크게 소란을 피우거나, 어느 날은 하염없이 울기만 할 때도 있었다.

리오는 에반이 그런 행동을 보이는 이유를 몰랐다. 그저 어쩌면 죽은 모친을 동정해서, 그런 것은 아닐까 하고 짐작할 뿐이었다.

그리고 리오는 어느 날, 보고 말았다.

'왜, 왜 그랬어. 왜! 대체 왜 그렇게 죽은 건데!'

죽은 에르샤의 사진을 끌어안고 울부짖는 에반의 모습을. 그런 그의 모습은 절박했고, 위태로웠으며, 리오에게 큰 충격을 안겨 주었다.

에르샤의 사진을 보는 에반의 눈은 아직 어린 리오가 보기에도 절실한 사랑의 감정을 담고 있었다. 그것은 그가 조금 전 아이리스의 눈에서 보았던 것과 꼭 같은 감정이었다.

에반은 에르샤를 사랑했다.

하지만 그것은 결국 에르샤를 죽게 만들었고, 에반 역시 불행해졌다. 차라리 에반이 에르샤를 사랑하지 않았더라면 리오는 사랑이라는 감정에 여전히 기대를 걸었을지도 모른다. 하지만 그는 이미 제 부친과 모친의 선례를 보았고, 사랑이라는 것이 얼마나 끔찍하고 위험한 감정인가를 알았다.

리오가 아는 사랑은 그런 것이었다. 그래서 그는 애초에 사랑을 시작하지 않기로 했다. 그리고 그런 리오에게 아이리스의 진심이 달갑지 않은 것은 당연한 일이었다.

* * *

연회에서의 두 번째 만남 이후, 아이리스는 몇 번이나 리오에게 서신을 보내왔다. 그날 내비쳤던 마음이 모두 거짓이기라도 한 것처럼, 연모의 감정 따위는 담기지 않은 담백한 내용이 대부분이었다.

몰도 호수에서 보았던 달빛이
참으로 아름다워 아직도 잊을 수가 없답니다.
혹, 실례가 되지 않는다면
다음에는 후작님도 함께해 주시지요.

그러나 가끔 이런 식으로 미묘한 내용이 적힌 편지를 받을 때, 리오는 제법 복잡한 감정을 느꼈다. 그녀의 진심을 받아 줄 수는 없지만, 그렇다고 이대로 계속 모르는 체하는 것도 예의가 아닌 듯했으니까.

"무슨 고민이라도 있으십니까?"

그런 로젤의 물음은 매우 상냥했다. 무려 황가의 만찬에 초대받아

놓고 집중하지 못하는 이에게는 과분할 정도로.

"아닙니다. 그저, 조금."

로젤의 물음에 리오가 반사적으로 부정했다. 그러나 그것은 이미 고민이 있음을 긍정한 것과 다를 바 없다는 걸 그도, 그녀도 알고 있었다.

"피곤해서요. 죄송합니다. 이렇게 초대까지 해 주셨는데."

"아니에요. 수도로 올라오신 지 얼마 되지 않았으니, 그러실 만하죠. 오히려 제가, 시기를 잘못 잡은 것 같네요."

하지만 로젤은 아무것도 모르는 척 더는 묻지 않았다. 리오가 이 문제에 대해 더 이상 말할 생각이 없음을 알아챈 것이다. 다만, 그런 그녀의 표정이 제법 씁쓸해 보여서 리오는 어쩐지 죄를 짓고 있는 기분이 들었다.

"많이 피곤하세요?"

아르한이 덜어 준 샐러드를 오물거리다가 삼킨 라리샤가 물었다. 그런 황녀의 물음에 리오는 고개를 저었다.

"그 정도는 아닙니다. 그저, 조금 신경 쓸 일이 많아서요."

"음, 그럼 많이는 아니지만, 조금은 피곤하셨다는 이야기네요?"

천진한 라리샤의 물음에 리오는 곤란한 얼굴로 웃었다. 이를 놓치지 않은 그녀가 덧붙였다.

"그렇다는 건 오늘 만찬에 집중하지 못하셨다는 의미이니, 다음에 다시 한번 초대에 응해 주실 수 있을까요?"

"……네?"

리오가 당황스러운 기색으로 되물었다.

"아. 역시 많이 바쁘실 테니, 무리일까요?"

이미 저질러 놓고 뒤늦게 소심한 태도를 보이는 라리샤의 모습에 로젤과 아르한은 웃고 말았다. 리오 역시 처음에는 당황스러웠으나, 결국 웃으며 고개를 끄덕였다.

"그리해 주신다면, 기꺼운 마음으로 받겠습니다."

"정말요? 꼭 약속해 주셔야 해요!"

"물론이죠. 황제 폐하와 황후 마마가 계신 자리에서 거짓을 고할 만큼 배짱이 두둑하지는 못합니다."

그런 그의 말에 라리샤가 들뜬 얼굴로 몇 번이나 확답을 받아 내고 나서야 대화는 다른 쪽으로 흘렀다. 가끔 공적인 대화가 한두 마디 섞여 있었고, 대부분은 사적인 내용이었다.

"근데 후작님은 결혼 안 하세요?"

"결혼, 이요?"

대충 이런 것들.

아직 어린 라리샤는 황족답게 우아한 모습을 보이면서도, 그 나이에 맞게 거침없는 구석이 있었다.

"네. 혼자는 외로우실 것 같아서요."

"글쎄요. 익숙한 일이라, 크게 외롭다는 생각은……."

적당히 말끝을 흐린 리오가 라리샤를 향해 웃으며 덧붙였다.

"워낙 바쁘기도 하고요."

"그럴수록 좋은 인연을 찾는 게 맞지 않을까요?"

마치 기다렸다는 듯 로젤이 한마디 거들었다. 그러자 아르한 역시 고개를 끄덕였다.

"확실히, 좋은 인연을 찾는 데 적당한 때라는 건 없지요."

황후와 황제가 저리 적극적으로 나오니 그는 더 이상 결혼에 생각이 없다는 말을 에둘러서라도 할 수 없었다. 그러자 로젤은 특히 열정적으로 혼담에 대한 이야기를 이어 갔다.

"이미 혼기가 어느 정도 차셨으니, 슬슬 결혼 문제를 고민해 보심이 옳다고 생각합니다."

"확실히 그렇겠군요."

"네. 게다가 마침, 제게 혼담 주선을 부탁한 가문의 영애들이 몇 있는데……."

그녀가 늘어놓은 말에 적당히 맞장구를 쳐 주니, 미혼인 제국 귀족 영애들의 이름이 하나둘 나오기 시작했다. 그것을 리오는 슬쩍 한 귀로 흘려들었다. 로젤에게는 미안한 일이지만, 그는 결혼할 마음이 조금도 없었다.

"롤렌 백작가의 아이리스 롤렌 영애."

하지만 그것은 매우 익숙한 이름이 들리면서 수포로 돌아갔다. 아니, 사실 수도의 동향이나, 정세에 훤한 리오에겐 로젤이 입에 올린 모든 영애들의 이름이 익숙했다. 그러나 그럼에도 아이리스의 이름이 다른 영애들의 것과 다르게 들렸다면, 그것만으로도 이미 답은 나와 있었다.

리오는 그녀가 했던 고백을 그냥 묻어 두지 못하고 있는 것이다.

"후작님? 왜 그러세요?"

그리고 아무래도 그 사실을 감추는 데 실패한 모양이다. 이를 깨달은 리오는 어느새 다시 제게 쏠려 있는 시선을 돌리기 위해 자연스레 다른 화제를 꺼냈다.

그리고 마치 짜맞춘 듯, 화제가 바뀌었다. 그러나 그것은 아르한이나 로젤이 그 부자연스러움을 그냥 넘기기로 했기에 가능한 일이었다.

그것을 리오는 너무도 잘 알고 있었다.

얼마간 리오는 후작가의 저택에 칩거하며, 미친 듯이 업무에만 매달렸다. 롤렌 백작가의 영애가 그에게 무슨 마음을 가졌든 리오는 그것을 받아 주지도, 거절하지도 못할 것이다.

그래서 그는 이대로 도망칠 생각이었다.

받아 줄 용기는 없고, 거절하기엔 그녀가 상처를 입을까 두렵다. 사랑이란 감정이 또다시 누군가를 죽일까 봐 무섭다. 그는 스스로가 얼마나 비겁한 사람인가를 되새기며 자조했다.

"손님이 찾아오셨습니다."

"손님?"

갑작스러운 시종의 말에 서류를 보던 리오가 의아한 얼굴로 고개를 들었다. 오늘은 날씨가 그리 좋지 않은 편이다. 비가 추적추적 내리다 못해 퍼붓듯이 쏟아지고 있었고, 바람은 매우 거셌다. 이렇게 궂은 날씨를 뚫고 아델노프 후작가의 저택을 찾을 만한 이는 적어도 리오가 알기론 없었다.

"롤렌 백작가의 영애이신 듯합니다."

"……누구?"

이어진 시종의 말에 리오는 멍청하게 되물었다.

그녀가 여길? 대체 왜?

사실 그는 그 이유를 알고 있었다. 그러나 그녀가 이렇게까지 대담한 행보를 보이리라고는 예상치 못했다.

"워낙 막무가내로 들어오셔서……. 일단 응접실로 모셨습니다."

시종 역시 제법 곤욕을 치른 듯, 난처한 기색을 감추지 않았다.

"후작님을 뵙지 못하면 돌아가지 않으시겠답니다."

리오가 무어라 명령을 내리기도 전에 시종이 덧붙였다.

그 말에 그는 그녀가 제법 단단히 마음을 먹고 저택에 들이닥쳤음을 알았다. 그러나 그렇다고 해서 새삼, 그녀를 만날 용기가 생긴 것은 아니었다.

"나는 당분간 저택을 비운 걸로 하는 게 좋겠군요."

"죄송한 말씀이지만, 그건 어려울 것 같네요."

낯익은 듯, 낯선 여인의 목소리에 리오와 시종의 시선이 문가로 향했다. 어느새 열려 있는 문가에는 붉은색 머리의 아가씨가 우아한 태도로 서 있었다.

"이렇게 연달아 무례를 범하게 되어 유감입니다. 그러나 사정상 어쩔 수 없었다는 걸 감안해 주시면 좋겠어요."

그리 말을 잇는 아이리스는 쏟아지는 비를 정면으로 맞은 사람처럼 온몸이 푹 젖어 있는 상태였다. 어찌 보면 처량해 보일 법한 몰골이었으나, 그녀는 당당하게 말했다.

"저 좀 숨겨 주세요."

아무리 아이리스의 감정을 모른 체하겠다 마음먹은 리오라 해도 그런 그녀를 외면할 수는 없었다. 그래서 그는 일단 아이리스를 제 저택에 정식으로 들이기로 하고, 손님으로서 불편함이 없도록 대접했다.

시종이 건네준 수건으로 몸의 물기를 닦은 후, 따뜻한 차를 건네받은 아이리스는 어느 정도 시간이 흐르자 사정을 설명했다.

"저희 아버지께서는 제가 아놀만 백작님과 결혼하길 원하세요."

아놀만 백작이라면 올해로 갓 스물이 된 아이리스보다 정확히 마흔두 해를 더 산 늙은이였다.

게다가 그는 두 번의 이혼 경력과 괴이한 성적 취향을 가졌다는 소문까지 있는 남자였다. 이보다 더 최악인 혼처를 찾기도 힘들 만큼 질이 나쁜 조건이었다.

사생아도 아니고, 제 친딸을 그런 이와 혼인시킨다고? 리오는 진심으로 그런 롤렌 백작의 결정을 이해할 수 없었다.

"롤렌 백작께서 진심으로 그것을 원하신단 말입니까?"

"네. 아놀만 백작께서 소유하고 계신 광산은 어마어마한 가치가 있으니까요."

거기까지 말한 아이리스가 자조적으로 웃었다. 그와 함께 잠시 입을 다물었던 그녀가 얼마 후 덧붙이듯 말을 이었다.

"더불어 그분은 저희 가문이 완전한 황제파로서 자리를 잡는 데 큰 도움을 주실 테니, 그 기회를 놓치고 싶지 않으신 거겠죠."

아이리스의 가문인 롤렌 백작가는 신흥 황제파로 떠오르고 있었다.

선대 황제가 자리를 지키고 있었을 때는 귀족파였으나, 현 황제인 아르한 리치몬드 시트라의 즉위 이후 노선을 바꾼 가문들 중 하나였다. 그리고 롤렌 백작은 그런 제 가문의 모호한 위치를 그냥 두고 볼 마음이 없었다.

"제 부친은 더 높은 자리를 원하세요. 그리고 그걸 위해서라면 무슨 일이든 기꺼이 하실 분이고요."

아이리스가 덤덤하게 대꾸했다. 더불어 그녀는 리오를 처음 만났을 때를 회상하며 말했다.

"그분께서는 제가 아놀만 백작과의 혼인을 위해 당장 유학을 관두고 제국으로 돌아오기를 바라셨어요. 그래서 어머니께서 위독하시다는 거짓말로 저를 서둘러 돌아오게 만드셨죠."

롤렌 백작에게 그 정도 거짓말은 아무것도 아니었다. 덕분에 리오는 그녀의 이야기를 듣는 내내 익숙한 어떤 사람이 떠올랐다.

"그래서 그땐, 워낙 정신이 없었던 터라 제 신분을 증명할 그 어떤 것도 준비하지 못하고 그렇게 달려왔는데, 그곳에서 후작님을 처음 뵙게 된 거예요."

말을 마친 아이리스의 눈동자는 전과 달라져 있었다. 그녀는 리오에게 제 마음을 고백하던 순간과 전혀 다른 눈을 하고 있었다.

"그때 후작께서 저를 도와주신 건, 진심으로 감사하게 생각하고 있어요."

그것은 사랑을 잃은 사람의 눈이 아니라, 희망을 잃은 사람의 눈이었다. 연회장에서는 사랑과 낭만, 꿈과 희망을 담았던 아이리스의 눈동자가 지금은 냉정하게 현실을 직시하고 있었다.

"폐를 끼치지 않겠다고 약속하기엔 이미 늦은 것 같지만, 앞으로는 최대한 아무 짓도 하지 않을게요."

"……."

"오래 머무를 생각도 없어요. 그러니 며칠만 제게 시간을 주세요."

그 체념 섞인 시선에 리오는 그저, 말없이 고개를 끄덕일 수밖에 없었다.

* * *

절대 오지 않을 것만 같았던 아침이 밝았다. 아직 해가 제대로 뜨지 않은 새벽부터 에르샤는 침대에서 몸을 일으켰다. 미리 확인하고, 준비해야 할 것들이 산더미다. 한 치의 실수도 없이 진행되어야 할 일을 위해서 그녀는 잠을 줄여 가며 움직여야 했다.

"벌써 일어나셨습니까?"

정무를 보기 위해 그녀보다 먼저 일어난 아르한의 물음에 에르샤가 고개를 끄덕였다.

"네. 신경 써야 할 것들이 많아서요."

그녀가 신경 써야 할 것들이라면, 아마 오늘 저녁에 있을 리오와의 두 번째 만찬을 가리키는 것일 터다.

이를 깨달은 아르한의 표정이 조금 모호해졌다.

"이제 저는, 완전히 뒷전으로 밀려난 모양이군요."

장난스럽게 꺼낸 말이었으나, 약간의 섭섭함도 담겨 있지 않다면 거짓말일 것이다. 이를 알기에 에르샤는 난처한 기색을 보이다가 곧, 그에게 다가섰다. 그리고는 커프스에 달린 단추를 채우던 아르한을 뒤에서 안았다.

"그런 게 아니라는 걸 아시지 않습니까."

"……."

갑작스러운 에르샤의 행동에 그는 말이 없었다.

덕분에 묘한 정적이 얼마간 이어졌고, 곧 아르한이 몸을 돌려 그녀와 시선을 맞췄다.

그가 한숨처럼 입을 뗐다.

"정말, 평생을 가도 당신께는 못 당하겠군요."

"무엇이 걱정이십니까. 폐하와 저는 평생 같은 편일 텐데."

농담 섞인 에르샤의 말에 마주 웃던 아르한은 곧 하던 준비를 마저 끝냈다. 그런 그의 모습을 지켜보던 에르샤는 어느새 복잡한 얼굴을 하고 있었다.

"표정이 좋지 않으시군요. 혹, 고민이라도 있으십니까?"

"아뇨, 그런 것은 아닙니다. 다만……."

아르한의 물음에 에르샤는 고개를 저었다. 그리고는 잠시 말을 고르듯 뜸을 들이다 입을 뗐다.

"누군가에게 진실을 고백한다는 게 이리도 어려운 일인 줄은 몰랐습니다."

그 말에 아르한은 그녀가 하고 있는 고민이 무엇인지 단번에 알아챘다.

"리오 아델노프 후작에 대한 일이겠군요."

"……네."

에르샤는 순순히 긍정했다. 그의 말처럼 그녀는 리오에 대한 문제로 고민하고 있었다.

"전에 말씀하셨던 그 문제인 것 같군요."

이번에도 에르샤는 부정하지 않았다. 사실이었으니까.

사실 그보다는 조금 더 복잡하고, 복합적인 문제였지만, 어차피 본질은 같았다.

"참으로 이기적인 말이지만, 솔직히 두렵습니다. 이제 와 사실을 고백한다고 해도, 그 아이의 입장에서 달라지는 건 없으니까요."

그리 말한 에르샤는 잠시 말을 멈췄다. 이렇게 아르한의 앞에서 말을 꺼내고 보니 더욱 확실해졌다. 지금 그녀가 리오에게 하려는 고백은 더없이 이기적인 것이었다.

자신이 사실은 로젤 라슈아가 아니라, 에르샤 마르아넬이라고. 네어미라고. 죽지 않았다고. 이제 와 리오가 그 사실을 알게 된다고 해서 대체 무엇이 달라질까. 부모의 사랑을 받았어야 할 유년기는 한참 전에 지났고, 그는 매우 오랜 시간을 제 부모가 모두 죽었다 믿고 살아왔는데.

"제 생각은 조금 다릅니다."

아르한이 답지 않게 단호한 태도를 보였다.

평소의 그였다면, 결코 에르샤의 말에 이렇게 대놓고 반론을 제기하지는 않았을 것이다.

"단 한 명의 가족도 남지 않은 것과 한 명의 가족이라도 남은 것은 전혀 다릅니다. 설령, 사이가 그리 좋지 않은 관계라고 해도요."

"……예외가 전혀 없지는 않을 겁니다."

아르한에게 죽은 선대 황제가 그러했듯이. 하지만 에르샤는 그 사실을 굳이 입 밖에 내지 않았다.

기억 깊은 곳에서 조금씩 잊혀져 가는 그의 상처를 들쑤시고 싶지 않았으니까.

"저라면 아마, 죽은 동생 때문에 자신을 버리고 죽은 모친을 쉽게 용서하지 못할 겁니다."

평생 미워할지도 모르죠.

"그건……."

에르샤가 자조적으로 덧붙인 말에 아르한은 말끝을 흐렸다. 그러나 이내 뭔가를 결심한 듯 말을 이었다.

"하지만 그렇다고 해도, 저는 후작에게 진실을 고백하고 직접 부딪히는 편이 낫다고 생각합니다."

그것은 그녀도 동의하는 바였다.

"타인의 생각과 감정을 멋대로 단정 짓는 것보단, 직접 묻고 확인하는 편이 나을 테니까요."

맞는 말이다. 그것을 에르샤도 알았다. 하지만 이를 그저 머리로 아는 것과 직접 실행하는 것은 하늘과 땅만큼의 차이가 있었다.

그녀는 아직도 가끔 과거를 후회했다. 유산한 아이가 아니라, 이 세상에 남은 리오를 먼저 떠올렸다면, 그래서 어떻게든 결혼 생활을 유지했다면 어땠을까.

아르한을 만나지는 못했겠지만, 그래도 어떻게든 살 수는 있지 않았을까.

혹은, 리오가 수도를 떠나기 전에 모든 사실을 고백했어야 하는 게 아닐까. 당시에는 아직 어린 리오가 그러한 사실들을 감당할 수 없으리라 판단한 주제에 이제 와 그런 후회를 하곤 했다.

"물론 쉽지 않은 일이라는 것을 압니다. 그러나 진심으로 후작을 생각한다면, 하셔야 합니다."

신나게 떠들어 댔지만, 결국 아르한도 그 사실을 모르지 않았기에 차분히 말을 이었다.

"아델노프 후작에게 선택권을 주십시오."

유일한 가족의 생존 사실을 알고, 그 이후를 결정할 수 있는 권리를.

아르한과 대화를 나누기 전까지만 해도, 들뜬 마음에 잘 가지 않았던 시간이 현실을 마주하자 무서울 정도로 빠르게 흘렀다.

정신을 차려 보니 눈앞에는 아르한과 라리샤가 있었고, 또 리오가 있었다. 만찬이 시작된 것이다.

제법 오랜 시간에 걸쳐 준비한 것이 무색하게도 로젤은 자신이 지금 무얼 먹고 있는지, 무슨 대화를 하고 있는지 알 수가 없었다.

그리고 그것은 리오 역시 비슷했다. 어떻게든 아무렇지 않은 척하려 했으나, 다른 것에 주위를 빼앗기고 있는 것이 훤히 보였다.

"그래서 다음 연회에는 참석하실 건가요?"

"……."

"후작님?"

"아, 네? 죄송합니다. 무슨 질문을 하셨죠?"

"으음, 후작님께서는 오늘도 많이 피곤하신 것 같네요. 그렇죠, 어머니?"

"……."

"어머니?"

"아, 뭐라고 했죠?"

계속 이런 식이니 라리샤는 심통을 냈고, 아르한은 그런 황녀를 달랬다.

"뭐, 이런 날도 있는 거죠. 황녀 전하께서는 식사를 마치고, 저와 함께 나가실까요?"

"정말요?"

그런 아르한의 말에 라리샤는 조금 전까지 서운해하던 것도 잊고 기쁜 얼굴을 했다. 평소 정무 때문에 바쁜 아르한이 그녀와 함께 산책을 나가는 일은 결코 흔치 않았으니까.

만찬이 끝난 후 아르한은 라리샤를 데리고 황제궁의 정원으로 산책을 나섰다. 덕분에 리오의 배웅은 자연스레 로젤 혼자 담당하게 되었다.

"오늘 준비한 음식들은 입에 맞으셨습니까?"

"네. 맛있었습니다."

그리 대답한 리오는 제 대답이 성의 없을 정도로 짧았음을 깨닫고 서둘러 덧붙였다.

"저번에 초대해 주셨던 만찬의 음식들도 그렇고, 마치 제 입맛에 맞춘 듯 잘 맞았습니다."

덕분에 얼떨결에 정리되지 않은 진심이 튀어 나갔다.

그는 특별히 요리가 얼마나 고급스러웠는가를 깐깐하게 따지는 편은 아니었다. 다만 해산물이나 양고기가 들어간 음식은 입에 대지도 못했다. 대부분의 해산물은 입에 넣자마자 알레르기 반응이 일어났고, 양고기는 특유의 냄새를 싫어했다.

덕분에 리오는 제 식성을 꿰고 있는 후작가의 요리사가 준비한 식사가 아니면, 대부분 차려진 음식의 절반도 맛보지 못하곤 했다. 해산물이나 양고기가 들어간 요리는 귀족들의 식사에서 제법 큰 비중을 차지하고 있었으니까.

그러나 오늘을 포함해 두 번 있었던 황궁의 만찬에서 그가 입에 대지 못할 요리는 없었다. 자신의 식성을 요리사를 제외한 타인에게 말한 적이 없는 그는 그 사실이 신기해 멋대로 떠들어 대고 말았다.

황후인 그녀가 제 입맛을 알 리가 없는데, 괜한 말을 꺼낸 것 같아 뒤늦게 부끄러워졌다.

"신경을 쓴 보람이 있는 것 같아 다행이군요."

하지만 그녀는 그런 리오에 말에 기쁘다는 얼굴을 했다.

"기회가 된다면, 다음에도 식사를 함께할 수 있으면 좋겠네요."

"그리할 수 있다면, 저야 영광이죠."

그렇게 한마디씩 주고받은 두 사람은 얼마간 말없이 인적이 드문 복도를 걷기 시작했다. 원래라면 황후인 로젤의 뒤를 최소 서넛 이상의 궁인들이 따르고 있어야 하나, 그녀가 강력하게 거부한 탓에 지금은 리오와 로젤뿐이었다.

"참 아름다운 정원이군요."

지나가는 인사처럼 리오가 말했다.

그 말에 로젤 역시 지나가는 인사처럼 '예. 매우 아름다운 곳이죠.' 하고 답했다.

사실 그녀의 신경은 지금 다른 곳에 쏠려 있었다.

조금만 더 있으면 황궁의 정문에 도달한다. 그것은 곧, 로젤이 리오에게 말을 꺼낼 기회 역시 별로 남지 않았음을 의미했다.

이에 초조해진 로젤이 어렵사리 입을 뗐다.

"저."

"저 꽃의 이름은 무엇입니까."

그리고 그 말은 리오의 물음에 가로막혔다.

이에 로젤은 그제야 그의 시선이 여전히 복도 옆에 위치한 정원에 쏠려 있음을 알았다. 그냥 지나가는 인사라 여겼던 감탄이 아무래도 진심이었던 모양이다.

정원을 화려하게 채운 꽃들을 보는 리오의 눈은 제법 기묘한 빛을 띠고 있었다.

그것을 알아챈 그녀가 말했다.

"정원이 마음에 드신 모양이군요. 원하시면 제가 안내를 해 드리겠습니다."

평소의 그였다면, 적당히 말을 돌려 거절했을 제안이었으나, 오늘만큼은 그럴 수 없었다. 조금 전 있었던 만찬에서, 리오는 그 어느 때보다 최악의 모습을 보였다. 그런 상황에서 먼저 홀린 듯 정원에 대한 이야기까지 꺼낸 주제에 이제 와 그녀의 말을 거절할 수는 없었다.

"……그리해 주신다면 감사하겠습니다."

결국 그런 리오의 말이 떨어짐과 동시에 로젤과 그는 정원에 발을 들였다.

"이쪽에 있는 것은 재작년에 새로 심은 수국입니다. 저쪽에 있는 것은……."

황궁의 정원은 넓은 크기만큼이나 심어진 꽃의 종류도 다양했다. 그러나 리오의 신경은 조금 전부터 단 하나의 꽃에만 머물러 있었다.

"이 꽃의 이름은 무엇입니까?"

그는 결국, 황후의 설명이 그 꽃에 닿기 전, 인내심을 잃은 채 물었다.

"사루비아인 것 같네요."

갑작스러운 물음에도 그녀는 당황한 기색 없이 그가 가리킨 꽃을 보며 말했다.

사루비아.

이 넓은 정원에서 유일하게 붉은색인 꽃.

리오는 자신이 대체 왜 이 꽃에 계속 신경을 집중하고 있는지 알 수 없었다. 그는 최근, 계속 이런 상태였다. 정신과 마음이 딴 곳에 가 있는데, 대체 어디에 가 있는지 스스로도 알 수가 없다.

"이런 질문이 실례일지도 모르겠지만, 혹 고민거리가 있으신가요?"

혼란스러운 리오의 속을 정확하게 꿰뚫어 보기라도 한 듯, 그녀가 물었다.

이에 그는 홀린 듯 입을 열려다가 그대로 고개를 저었다.

"아뇨, 그런 것은 아닙니다."

스스로가 생각하기에도 우습고 어설픈 거짓말이었다. 만찬에 참석한 순간부터, 정원을 걷고 있는 지금까지 계속 정신이 딴 곳에 가 있었던 주제에 이렇게 성의 없는 대답이라니. 황후의 입장에서는 리오가 자신을 무시하고 있다고 여겨도 할 말 없는 상황이었다.

"그렇다면, 다행이군요. 아, 이 옆에 있는 꽃의 이름은……."

그러나 그녀는 늘 그랬듯, 그 점을 따져 묻기보다 화제를 돌리는 쪽을 택했다.

리오는 그런 황후의 배려에 고마움을 느끼면서도 묘한 기시감을 받았다. 그것은 최근 몇 번이나 그녀에게 받았던 배려에 대한 것은 아니었다.

그보다 훨씬 오래전인 유년기 시절 있었던 일에 대한 것이다. 그때 리오의 모친이었던 에르샤 역시 그가 답하기 곤란한 질문을 피해 말을 돌리면, 순순히 모르는 척 넘어가 주고는 했었다.

"아."

자꾸만 도돌이표처럼 돌아오는 생각에 리오는 어쩐지 기분이 이상해졌다. 대체 왜 황후를 마주하면, 죽은 제 모친을 떠올리게 되는 걸까.

이상한 일이었다.

"황후 마마께서는 어떤 꽃을 가장 좋아하십니까?"

그는 그 찝찝함을 머릿속에서 지울 겸, 적절히 대화도 이어 갈 겸 질문을 던졌다. 그러자 그녀는 약간의 고민도 없이 답했다.

"저는 장미를 좋아합니다. 특히, 한여름에 붉게 핀 장미를요."

"장미, 그렇군요."

그녀의 대답에 무심코 고개를 끄덕이던 리오는 문득, 스치는 과거의 기억을 떠올렸다.

'이곳은 이 어미가 가장 좋아하는 곳이랍니다.'

'여기가요?'

'예. 한여름이 되면, 이곳만큼 장미가 아름답게 핀 곳을 본 적이 없거든요.'

'아. 확실히 장미가 하늘에 떠 있는 태양처럼 붉어요!'

'맞아요. 그래서 더 좋아한답니다.'

아, 설마하는 마음과 혼란이 공존했다.

그럴 리가, 그럴 리가 없는데.

하지만 다시 생각해 보면 아니라고 하기엔 너무 많은 것들이 맞아 떨어졌다. 장미를 좋아하는 것. 그녀가 준비한 두 번의 만찬에서 자신이 먹지 못하는 음식이 단 하나도 나오지 않은 것. 과거 제 스승으로 있을 때 종종 그를 보며 어딘가 그리운 얼굴을 했던 것.

'말도 안 돼.'

그럴 리가 없는데, 아무리 봐도 전혀 다른 사람인데.

그렇게 얼마간 혼란스러운 얼굴을 하던 리오는 제 예상이 터무니없는 것이기를 바라며 입을 열었다.

"······어머니?"

그의 입에서 흘러나온 말에 그녀가 하얗게 질린 얼굴을 했다. 황궁 복도에 종종 출몰한다는 귀신을 보았대도 이보다 더 놀랄 수는 없을 것이다.

그런 황후의 반응을 보며, 그는 인정할 수밖에 없었다.

지금 제 눈앞에 있는 여자가 바로 죽은 자신의 모친인 에르샤 마르아넬이라는 걸.

왜 진작 눈치채지 못했나 싶을 정도였다. 그리고 사실을 확인하기 무섭게 리오는 머리가 차갑게 식는 것을 느꼈다.

"그랬군요. 살아, 계셨군요."

"······."

"그래서 반역자의 아들인 제게 그리도 잘해 주셨던 거군요."

"그건······."

황후는 말을 잇지 못했다. 아니, 그의 모친은 입술을 깨물며 그대로 입을 다물었다. 지금의 리오에겐 그 모습마저도 큰 혼란으로 다가왔다.

"늘 여쭤보고 싶은 게 있었습니다."

그러나 머릿속의 혼란과는 다르게 입 밖으로 내뱉은 말은 차분했고, 또 침착했다.

자신의 이런 점은 대체 누구를 닮은 걸까.

"왜 저를 버리셨습니까."

생각보다 싸늘하지는 않았지만, 결코 따뜻하다고는 말할 수 없는 온도의 물음에 에르샤는 움찔 몸을 떨었다. 그녀는 얼마간 침묵했고, 그 끝에 고작 한마디를 내놓았다.

"······미안해."

그런 에르샤의 얼굴엔 조금 전 리오가 한 말로 인해 상처를 입은 기색이 가득했다.

그는 자신의 말 한마디에 상처 입은 그녀의 모습에 안도했다.

그 상처는 곧, 자신을 향한 애정의 크기와 비례할 테니까. 스스로의 잔인한 모습에 놀라면서도 리오의 입은 멈출 줄을 몰랐다.

"어머니께 저는 고작 그 정도밖에 안 되는 존재였습니까?"

"아니야. 나는, 그런 게 아니라."

"아니면, 왜 그리하셨습니까."

에르샤 역시 에반에게 희생당한 피해자임을 알면서도 그는 가만히 있을 수 없었다.

살아 있어서 다행이라는 생각과 그녀가 어린 자신을 두고 그렇게 죽어 버린 것에 대한 원망이 뒤섞여 혼란스러웠다.

"이제 와 제게 뭘 원하시는지 모르겠으나, 저는 그 어떤 바람도 들어드릴 수 없습니다."

죄송합니다.

말을 마친 리오는 그대로 도망치듯 황궁을 빠져나왔다. 그리고 에르샤는 그런 그의 뒷모습을 그저 멍하니 지켜볼 수밖에 없었다.

* * *

눈부신 아침 햇살 때문에 강제로 눈이 떠졌다.

보통 해가 뜨기 전에 일과를 시작하는 리오에겐 참으로 낯선 일이었다. 머리가 깨질 듯이 아프다. 전날의 기억이 드문드문 끊겨 있었다.

황후의 정체가 제 모친임을 알고, 충격을 받아 마시지도 못하는 술을 잔뜩 들이부은 것까지는 기억이 나는데…….

"일어나셨어요?"

"……영애? 영애가 왜 제 침실에, 아…….'"

대뜸 눈앞에 나타난 아이리스에게 그리 묻던 리오는 그제야 이곳이 제 침실이 아님을 알았다.

저택에 온 손님들에게 내어 주는 방. 그러니까 이곳은 그녀의 방이었다. 그 사실을 깨닫고 나니, 문득 어젯밤의 기억이 떠올랐다.

황궁에서 돌아온 직후, 그는 저택에 있는 술을 죄다 가져와 입 안에 털어 넣었다. 덕분에 완전히 취해 몸도 가누지 못할 지경이 되었고, 그 대로 그녀가 묵는 방의 문을 두드렸다.

'대체 무슨 일……. 후작님? 왜 그러세요?'

'영애께서는 롤렌 백작이 밉지 않으십니까? 원치 않는 결혼을 하라 고 강요하고 계시는데.'

당황한 얼굴로 문을 열고 나온 아이리스를 향해 리오는 대뜸 그런 질문을 던졌다. 그녀는 여전히 당황한 기색을 보이면서도 순순히 답 했다.

'밉죠. 저를 딸이 아니라 도구쯤으로 여기고 있음을 아니까.'

'그럼, 왜 도망치지 않으십니까? 유학까지 다녀오셨으니, 마음만 먹 으면 얼마든지 연을 끊고 사셔도 될 텐데.'

다시 생각해 보니 어마어마하게 무례한 발언이었다.

그러나 술에 취해 뵈는 게 없었던 당시의 리오는 그 사실을 인지하 지 못했다.

그의 물음에 아이리스는 얼마간 침묵을 고수하다가 한숨처럼 말 했다.

'그래도 가족, 이니까요.'

그래도, 가족이라서.

그는 그 대답을 술에 취했을 때도, 멀쩡한 정신인 지금도 이해할 수 없었다. 정확하게는 이해하고 싶지 않았다.

그 복잡한 감정을 애써 속으로 삼킨 리오가 사죄의 뜻을 담아 고개를 숙였다.

"정말, 죄송합니다. 이 무례를 어떻게 사죄해야 할지······."

"엄청 무례하긴 하셨죠. 후작님 덕분에 전 어제 한숨도 못 잤으니까요."

장난스럽게 말을 꺼낸 아이리스는 잠시 뭔가를 고민하는가 싶더니 이내 덧붙였다.

"제게 정말 죄송하시다면 사과의 의미로 오늘 하루만 저와 함께 다녀 주세요."

"그리하겠습니다."

리오는 별 고민 없이 고개를 끄덕였다. 아이리스는 그 사실이 제법 의외였는지 재차 물어 왔다.

"진심으로 하는, 말씀이신 거죠?"

"예. 그렇습니다."

평소의 그가 워낙, 착실하게 업무를 봐 온 덕분에 하루쯤은 자리를 비워도 큰 문제가 되지 않았다.

덕분에 두 사람은 금세 준비를 마치고, 바깥으로 나왔다.

"저만 믿고 따라와 주세요."

자신만만한 아이리스의 말에 따라 도착한 곳은 축제가 열리고 있는 한 마을이었다.

그리 규모가 크지 않은 축제였으나, 이곳저곳을 돌아다니고 구경하는 사람들의 모습은 활기를 띠고 있었다.

"유학 가 있는 동안 이런 모습이 그리웠거든요."

"그러셨군요."

제법 활기차게 말을 꺼낸 아이리스였으나, 그녀의 얼굴에 찰나 씁쓸함이 번졌다가 사라졌다. 리오는 이를 눈치챘으나, 아이리스가 원하지 않을 것임을 알기에 곧 아무것도 보지 못한 척 물었다.

"특별히 가 보고 싶은 곳이 있으십니까?"

"글쎄요. 딱히 생각해 둔 곳이 있는 건 아니라서."

그리 말한 그녀는 슬쩍 리오의 눈치를 봤다. 혹, 너무 무책임해 보이지는 않을까 걱정이 됐던 것이다.

"그럼 저곳은 어떠십니까?"

다행히도 리오는 아이리스의 걱정처럼 그녀를 탓하는 대신, 의견을 냈다. 덕분에 그녀는 자연스레 리오가 가리킨 장소로 시선을 돌렸고, 곧 고개를 끄덕였다.

"재밌을 것 같아요."

조금 전의 씁쓸함이 완전히 사라진 아이리스의 얼굴에는 어느새 흥미가 가득했다. 그 사실에 제법 묘한 기분이 든 리오는 자신도 모르게 웃었다.

"그럼 우선은 저곳부터 가는 게 좋겠군요."

말을 마친 리오는 자연스레 그녀를 에스코트했다.

두 사람은 현재 평범한 다갈색 가발을 쓰고, 칙칙한 잿빛 로브를 입은 상태였다. 눈에 잘 띄지 않는 옷차림을 해야 축제를 편하게 즐길 수 있으리란 생각 때문이었다.

"어이, 거기 둘. 그림 좋은데, 가진 거 좀 없나?"

그런데 설마 오히려 이런 식으로 귀찮은 일에 휘말리게 될 줄이야.

"뭐야? 아직 시작도 안 했는데, 벌써 겁이라도 집어먹었냐?"

삼류 소설의 악당보다 진부한 대사를 읊는 남자를 리오는 무표정하게 응시했다.

목숨이 아까운 줄도 모르고 지껄이는 그에게 충고라도 한마디 할까 했으나, 부질없는 짓인 것 같아 관뒀다.

그런 말을 들어 먹을 사람이었다면, 애초에 이런 식으로 지나가던 이를 붙잡고 시비를 걸지도 않았을 테니까.

"후회하지 마십시오."

그것이 리오가 남자에게 할 수 있는 최선의 충고였다.

"후회하지 말긴, 뭘 하지 마."

예상대로 남자는 그의 말을 들을 생각이 없어 보였다.

리오에 비해 제법 큰 덩치를 가진 남자는 자신의 힘과 체격 차이를 믿고 설치고 있었다. 척 보기에도 곱상하게 생긴 리오에게 자신이 질 리가 없다 여긴 것이다.

"그래, 뭐. 봐줬다. 한 20골드만 순순히 건네주면 그냥 보내 줄게."

20골드는 어지간한 중산층 가족 5명이 10년은 먹고 살 수 있을 정도의 금액으로 제법 어마어마한 돈이었다. 물론 리오나 아이리스에겐 그리 큰돈이 아니었으나, 그 사실을 모르는 남자가 그 금액을 부른 목적은 따로 있었다.

"낼 돈이 없다면, 옆에 있는 그 계집이라도 두고 가든가."

남자의 저열한 속내를 알아차린 리오의 표정이 굳어졌다. 그와 동

426

시에 그의 손이 로브 안에 감춰진 검으로 향한다. 축제를 즐기고 싶다는 아이리스의 부탁 때문에 가급적이면 소란을 피우지 않으려 했으나, 방금 남자가 한 말이 그의 인내심을 바닥냈다.

'그냥 죽여 버릴까.'

안타깝게도 남자는 그런 리오의 살기를 알아채지 못하고 여전히 히죽대고 있었다. 오히려 이를 알아챈 것은 곁에 있던 아이리스였다.

"그, 후……. 아니, 리오님. 진정하세요."

무심코 그를 후작이라 칭할 뻔했던 그녀가 서둘러 호칭을 바꾸어 불렀다. 그런 그녀의 부름에 겨우 평정심을 되찾은 리오가 검을 향해 뻗었던 손을 거두며 말했다.

"좋습니다."

무언가를 짧게 긍정한 그가 말을 이었다.

"20골드가 그리 탐이 난다면, 저와 내기를 하나 하시죠."

"내기?"

"예. 다만, 내기의 과정이나 결과와 제 옆에 계신 숙녀분은 전혀 관련이 없어야 합니다."

그 말은 즉, 내기를 하는 도중이나, 내기를 하고 난 후 아이리스를 건드리는 일은 용납할 수 없다는 뜻이었다.

"무슨 내기를 하자는 거지?"

남자는 리오가 정말 20골드나 되는 돈을 갖고 있을지 의문이었으나, 그럼에도 혹시나 하는 마음에 물었다.

"저희는 지금 저 천막으로 가던 길이었습니다."

그리 말하며 리오가 가리킨 곳에는 '죽은 자들의 집'이라는 팻말이 박혀 있었고, 팻말이 가리키는 방향에는 거대한 천막이 있었다. 그 천막은 축제의 메인이벤트 장소 중 하나로, 유령이나 괴물 분장을 한 직원들이 천막 안에 들어온 손님을 놀라게 하는 곳이었다.

"저 천막에 저와 동시에 입장해서, 당신이 먼저 밖으로 나온다면, 20골드를 드리겠습니다."

리오가 제안한 내기의 조건은 매우 간단했다. 그러나 남자는 어쩐지 신중해야 할 것 같은 느낌을 받았다. 그래서 일단 떼부터 쓰고 봤다.

"아냐, 그건 내가 너무 불리해."

"어떤 점이 말입니까?"

"난 굉장히 심약한 체질이라고, 그러니 유령이나 괴물이 등장하는 내기는 나한테 불리해."

"그러시군요."

리오가 영혼 없이 대꾸했다.

대체 얼마나 심약하기에, 이렇게 지나가는 사람들을 붙잡고 시비를 거나 싶었다.

"그러니 내가 먼저 출발하게 해 줘."

"좋습니다. 그리하시죠."

순순한 리오의 허락에 남자는 속으로 쾌재를 불렀다. 이미 몇 번 '죽은 자들의 집'에 들어가 본 적이 있는 남자는 천막 안의 구조를 잘 알고 있었다.

즉, 자신이 먼저 출발하게 된다면, 리오에게는 승산이 없다. 게다가 만약 리오가 어찌어찌 자신을 따라잡는다면, 남자는 그대로 역주행을 해 천막을 나갈 생각이었다.

'먼저 천막을 나가라고만 했으니, 꼭 올바른 방향으로 갈 필요는 없잖아?'

그렇게 내기에서 이긴 다음에는, 정말 20골드를 받을 수 있다면 좋고. 아니라면 자신을 속인 죄를 물어 아이리스를 빼앗을 속셈이었다.

"내기는 지금 당장 시작하는 편이 좋을 것 같군요."

리오의 말에 남자 역시 동의한다는 듯 고개를 끄덕였다.

그런 남자의 머릿속에는 자신이 패배할 거란 가정은 없었다.

실제로 먼저 천막 안에 들어섰을 때까지만 해도, 모든 것이 순조로 웠다. 그러나 그 순조로움이 착각이었음을 남자가 깨닫기까지는 그리 오래 걸리지 않았다.

'뭔가 이상한데?'

분명 전에 들어온 적이 있어 알고 있는 구조임에도 묘하게 어긋난 느낌이 들었다. 혹시, 내기를 제안한 리오가 뭔가 손을 써 둔 건 아닌 가 싶었으나, 그럴 가능성은 낮았다.

길을 다니는 이들 중 가장 만만해 보이는 그들에게 먼저 접근한 것 은 남자 쪽이었으니까.

그렇다는 건.

'설마 그사이에 구조가 바뀐 건가?'

가능성 없는 일은 아니었다.

이 천막의 취지는 갑작스레 튀어나온 직원들이 손님을 놀라게 하는 것이다. 그런데 이곳을 몇 번씩 방문한 손님이 생기기 시작하면 그들은 당연히 처음 왔을 때의 스릴을 즐길 수 없다. 그래서 종종 구조나 직원들의 위치를 바꾸어 변화를 주기도 했다.

"제길, 하필이면."

재수가 없어도 참, 이런 식으로 없을 줄이야.

짜증이 난 남자는 길을 찾는 일을 포기하고, 리오를 기습하는 쪽으로 마음을 바꾸었다.

'아니지. 재수가 없는 건 내가 아니라 네놈인 모양이군.'

그리 생각하며 적당히 구석에 숨어든 남자는 리오가 오기를 기다렸다.

남자의 예상과 달리, 리오는 제법 여유롭게 걸어오고 있었다. 뭘 믿고 저렇게 여유롭나 싶은 생각을 하던 것도 잠시, 품에서 단검을 꺼내든 남자가 그대로 리오에게 달려들었다.

'내기고 뭐고, 그런 게 다 무슨 상관이야. 어차피 정면으로 붙으면 내가 이길 텐데!'

챙! 휘릭―

"크흑!"

하지만 남자가 들고 있던 단검은 그대로 튕겨 나갔다. 순식간에 품에서 검을 뽑아 든 리오가 그것을 받아친 탓이다.

"이거 참, 안타깝게 되셨군요."

그리 말한 리오는 보란 듯이, 남자를 지나쳐 닫혀 있는 문을 열었다. 그러자 어두운 천막 안으로 언뜻 밝은 빛이 들어온다. 그것은 분명 밖으로 나가는 입구였다. 남자는 밖으로 나가는 입구를 지척에 두고 헤매고 있었던 것이다.

밖으로 먼저 한 발을 내디딘 리오가 다른 발도 마저 내디디며 말했다.

"제가 이겼습니다."

그것으로 내기는 끝났다.

남자는 패배했다. 무어라 말을 덧붙일 필요도 없는 완벽한 패배였다.

"으윽!"

남자는 분하다는 듯, 두 주먹을 꽉 쥐었고 리오는 무표정한 얼굴로 이를 응시하다 말했다.

"내기는 이걸로 끝입니다. 그러니 더는 귀찮게 하지 않았으면 좋겠군요."

내기, 그 빌어먹을 내기!

"내가 왜 그래야 하지?"

그런 리오의 말을 비웃은 남자가 그대로 그에게 달려들었다. 손에는 아까 날린 단검을 대신해, 제대로 된 검이 쥐어져 있었다.

"여기서 널 처리하고, 아까 그 계집이나 끌고 가면 그만이야!"

방금 전은 단검이었고, 이번에는 제대로 된 장검이다. 남자는 자신이 이길 수밖에 없는 게임이라고 생각했다.

터억! 챙-

그러나 남자의 검은 이번에도 그대로 튕겨 날아갔다.

"제가 왜 이런 번거로운 내기를 하자고 했는지 아십니까?"

그리 말문을 연 리오가 무기를 잃은 남자를 걷어찼다.

"으윽!"

"이 어두운 천막 안이라면, 당신이 무슨 일을 당한다 해도, 아무도 모를 테니까."

그래서 그는 이 천막을 선택했다.

바깥에서 남자를 처리했다간 축제의 분위기가 흉흉해질 테고, 아이리스가 원하는 대로 축제를 즐기기 힘들어질 테니까. 그래서 리오는 남자를 먼저 천막 안으로 들여보내고, 바깥에 있던 직원을 통해 서둘러 진짜 입구를 막아 버렸다.

마치, 스릴을 위해 천막의 구조를 바꾸기라도 한 것처럼.

결국, 처음부터 리오가 이길 수밖에 없는 내기였던 것이다.

"자, 그럼 이제 입을 함부로 놀린 대가를 치르셔야겠군."

말을 마친 리오가 싸늘한 눈으로 남자를 응시했다.

"왜 그렇게까지 하셨습니까?"

아이리스의 물음에 리오는 아무 말도 하지 않았다. 이에 그녀는 한숨을 내쉬었다.

"후작님답지 않은 처사셨습니다."

리오를 오래 봐 온 것은 아니지만, 그녀는 나름대로 자신이 그에 대해 잘 알고 있다고 여겼다.

"듣기로는 그 사내의 꼴이 제법 엉망이었다던데."

"어떤 기사가 그리 말하던가요?"

기사들의 기강이 흐트러진 것 같다며, 리오가 기사의 신원을 묻자 그녀는 고개를 저었다.

"제가 기사님들께 떼를 써서 들은 것입니다."

이에 리오는 더 따져 묻지 않았다. 그런 그의 모습에 그녀가 말을 이었다.

"혀를 자르셨다 들었는데, 사실입니까?"

"……."

리오는 침묵으로서 긍정했고, 그녀는 다시 한숨처럼 말을 이었다.

"왜 그렇게까지 하신 겁니까? 아니, 애초에 전 후작님께서 무슨 생각으로 그런 내기를 제안하셨는지도 모르겠습니다."

"소란을 피우지 않고, 그를 처리할 방법이 필요했습니다."

물론 평소의 리오였다면 결코 선택하지 않았을 방법이다. 보통은 그 자리에서 남자를 응징하거나, 기사들을 시켜 조용히 정리했을 것이다.

남자의 처리 역시 마찬가지다. 평소의 리오였다면 적당히 제압한 후 치안대에 넘기는 정도에서 끝냈을 것이다.

그러나 오늘의 리오는 그리하지 않았다. 온몸을 두드려 팬 다음, 혀를 자르고 감옥으로 이송했다.

그리고 아이리스는 그 이유를 묻고 있었다.

왜 그렇게까지 했느냐고.

"소란을 피우지 않을 생각이셨다면, 더욱 말이 되지 않습니다."

안다. 리오도 그 사실을 알고 있었다.

"그건."

그러나 그 사실을 인정하면, 그녀의 또 다른 질문에 대답해야 했다. 그것은 리오가 답할 수 없는 질문이었다. 이를 알기에 그는 침묵했다.

"……대답, 해 주지 않으실 것 같군요."

리오의 침묵이 길어지자, 결국 먼저 입을 연 것은 아이리스였다.

"일이 이렇게 되어 버렸으니, 축제를 더 즐기는 건 무리일 것 같습니다. 대신, 마지막으로 저곳에 들르고 싶어요."

그리 말하며 그녀가 가리킨 곳은 등을 띄우는 행사가 한창인 호수였다. 순순히 아이리스를 따라 그곳으로 발걸음을 옮기자, 어느새 그의 손에도 등이 쥐어졌다.

"이 호수에 등을 띄우고 소원을 빌면 이루어질 가능성이 높다고 하더라고요."

애써 아무렇지 않은 척 웃는 그녀의 모습에 리오도 따라 웃었다. 이 어설픈 가식이 불편했지만, 진실을 마주할 용기가 없으니 어쩔 수 없었다.

"후작님께서도 원하는 바가 있으시다면, 소원을 빌어 보세요."

등을 띄울 준비를 마친 아이리스의 말에 리오는 잠시 고민했다.

"글쎄요. 저는 바라는 것이 없……."

평소라면 바라는 것이 없다 단언했을 그였으나, 이번만큼은 어쩐지 그럴 수 없었다.

"……지는 않을 것 같군요."

고민하던 그의 머릿속에 문득, 모친인 에르샤의 이름이 떠오른 탓이다.

다시 살아 돌아와 자신을 혼란케 하는 어머니. 보고 싶었던 어머니. 자신을 버린 어머니. 쫓겨나듯 저택을 나갈 수밖에 없었던 어머니.

"하."

리오는 자조적으로 웃었다.

이 무슨 모순된 감정의 집합체인지 스스로도 종잡을 수가 없다. 사실을 알게 된 당시에는 그녀가 마냥 밉고 원망스러웠는데, 이제는 오히려 그때의 자신이 원망스럽다.

왜 꼭 그렇게밖에 말하지 못한 걸까.

에르샤와 아르한, 그리고 라리샤를 보며 제게도 그런 가족이 있었으면 좋겠다고 생각한 주제에. 아니, 어쩌면 그래서 더욱 냉정한 말을 뱉었는지도 모르겠다. 제법 긴 시간 동안 자신이 없어도 행복하게 살았을 에르샤가 원망스러워서.

"무슨 소원을 비셨나요?"

아이리스의 물음에 리오는 어색한 웃음으로 답했다. 스스로도 종잡을 수 없는 마음을 어찌 소원으로 비나 싶었던 것이다.

"잘 모르겠습니다. 제가 무엇을 원하는지, 어떤 소원을 빌고 싶은지."

어쩐지 한심하게 들리는 대답에 리오는 조금 불안했다. 그녀가 이런 자신을 우유부단하고, 한심하다 여길까 봐.

"음, 후작님께서 원하는 바가 없으시다면, 소중한 사람의 안녕을 비는 건 어떨까요?"

그런 아이리스의 대답에 리오는 고개를 끄덕였다.

"그런 방법도 있겠군요."

확실히 그런 거라면 소원을 빌 수 있을 것 같았다. 샬롯이나, 크리스, 아르한, 그리고 에르샤까지. 그가 소중하게 여기는 이들은 많았으니까.

"아, 그리고 가장 소중하게 여기는 소원을 마지막에 빌어야 한다고 들었어요."

아주 중요한 조건이라며, 아이리스가 덧붙였다.

이를 들은 리오는 순서대로 자신이 떠올린 사람들의 안녕을 하나하나 빌었다.

그리고는 그대로 호숫가에 등을 띄웠다.

아이리스 역시 마찬가지로 무언가를 열심히 빈 후, 등을 띄웠다.

"무슨 소원을 비셨습니까?"

열심히 소원을 비는 그녀의 모습에 리오가 물었다.

"가족들과 소중한 사람들의 행복을 빌었습니다."

"그러시군요."

어쩐지 그녀다운 소원이라 리오는 고개를 끄덕였다.

"후작님께서는요?"

"저 역시 마찬가지입니다."

그는 샬롯, 크리스, 아르한, 에르샤의 행복을 빌었다. 그리고 마지막 소원으로는.

"소원이 꼭 이루어졌으면 좋겠네요."

대뜸 들려온 아이리스의 말에 리오가 고개를 끄덕였다.

그래야 한다. 분명 그럴 것이다.

그녀는 행복해져야 한다. 리오는 진심으로 그것을 바랐다.

느릿하게 물 위를 미끄러져 가는 등처럼 리오의 시선 역시 제 옆에 있던 아이리스에게로 향했다. 호수 위에 띄운 등이 호수 저편에 닿을 때까지, 리오의 시선은 그녀에게서 떨어지지 않았다.

"후작님."

그런 그의 시선을 눈치채기라도 한 듯, 들려온 부름에 리오가 뒤늦게 답했다.

"……예? 왜 그러십니까."

"제 마지막 소원, 궁금하지 않으세요?"

대체 무슨 의도로 제게 이런 질문을 하는 건지 리오는 알 수 없었다.

"제가 궁금하다 하면, 말해 주실 겁니까?"

"네. 얼마든지요."

순순한 그녀의 대답에 잠시 고민하던 그가 고개를 끄덕였다.

"궁금합니다."

아주 조금은 그녀의 소원이 무엇인지 궁금했던 탓이다.

"후작님의 마음을 알고 싶다고 빌었어요."

그러나 돌아온 것은 그가 감당하지 못할 대답이었다.

리오는 그런 아이리스의 말에 어떤 말을 하고, 어떤 얼굴을 해야 할지 알 수 없었다.

"후작님께 괜한 부담을 드리는 것 같아서 말하지 않으려고 했는데, 어쩔 수 없었어요."

반면, 그녀는 침착하게 하려던 말을 늘어놓았다.

"후작님을 좋아해요."

"영애."

"정말 좋아해요."

"영애, 그만."

단호한 리오의 말에 아이리스는 그제야 말을 멈췄다. 그런 그녀를 향해 그가 쐐기를 박았다.

"죄송합니다."

냉정한 거절의 말을 뱉은 리오는 아이리스의 얼굴을 마주하기가 두려웠다.

그러나 리오는 결국 고개를 들었고, 그녀를 마주했다. 그렇게 본 아이리스의 얼굴은 매우 멀쩡했다. 마치, 그가 그런 대답을 내놓을 줄 알았다는 태도였다.

"알겠습니다. 후작님의 뜻은 잘 알겠어요."

여전히 덤덤한 태도로 아이리스가 말했다.

"지금까지 도와주셔서 감사했습니다. 아마, 이제 더는 신세 질 일

없을 거예요."

말을 마친 그녀는 그대로 리오를 홀로 남겨 둔 채 걸음을 옮겼다. 혹시나 하는 마음에 그가 몸을 돌리자, 그곳에는 아이리스를 데리러 온 백작가의 사람들이 있었다. 그들의 도움을 받아 마차에 오른 그녀는 단 한 순간도 뒤를 돌아보지 않았다.

완벽한 이별의 선언이었다.

그렇게 헤어진 후, 아이리스는 후작가로 돌아오지 않았다.

그녀가 갖고 온 짐들은 뒤늦게 롤렌 백작가에서 온 사람들이 가져갔다.

당연한 일이다. 진작 이렇게 됐어야 할 일이다. 아이리스는 자신의 집으로 돌아간 것뿐이다. 그런데 왜 이렇게 서글픈 기분이 드는 건지 알 수 없었다.

왜 이렇게 무기력하고, 슬픈가. 무엇이 자신을 슬프게 하는지 그는 알 수 없……. 아니, 모를 리가 없다. 그녀가 떠나서, 그녀를 다시는 볼 수 없을 것 같아서. 그래서 슬픈 것이다.

하지만 그럼에도 리오에겐 아이리스를 잡을 용기가 없었다. 자신이 누구의 아들인데, 그녀를 잡는가.

제 모친과 부친의 결말을 봤으면서 무슨 염치로 그리한단 말인가.

"주인님. 서신이 도착했습니다."

갑작스레 들려온 시종의 말에 리오는 그가 건네준 서신을 받아 들었다.

그 자리에서 그것을 뜯어 본 리오의 표정이 굳어졌다. 이에 시종이 의아한 얼굴로 물었다.

"어떤 내용이기에 그러십니까?"

"초대장이야. 일주일 후 있을 자신의 결혼식에 와 달라는."

잠시 말을 멈춘 그의 시선이 다시 서신으로 향한다.

그것은 아이리스가 보낸 청첩장이었다.

"롤렌 백작 영애가 보낸 것 같군."

잔인한 사람.

그녀의 마음을 거절한 자신이 할 생각은 아니었지만, 그럼에도 리오는 그리 생각했다. 이런 상황에서 아놀만 백작과의 결혼식에 자신을 초대한 아이리스의 뜻을 이해할 수 없었다.

"저, 그리고 한 가지 더 드릴 말씀이 있습니다."

여전히 표정이 좋지 않은 리오의 눈치를 보던 시종이 슬금슬금 말을 이었다.

"손님께서 방문하셨습니다."

"손님?"

어쩐지 기시감이 드는 상황에 리오가 되물었다. 혹시나, 어쩌면 하는 기대감이 고개를 들었다.

"황제 폐하십니다."

그리고 기대감은 그대로 바닥에 처박혔다. 그녀가 아니라 황제라니, 황제……

"……잠깐, 누구?"

440

"제국의 태양이신 황제 폐하를 뵙습니다."

"미리 언질도 없이 찾아온 이가 받기엔 과분한 인사입니다."

그런 아르한의 말에 리오는 인사를 거두고 그의 맞은편에 앉았다.

"바쁜 후작의 시간을 오래 빼앗으면 안 될 것 같으니 바로 본론으로 들어가겠습니다."

리오 역시 바라던 바였기에 그는 차분히 이어질 말을 기다렸다.

"주제넘은 말이지만, 나는 후작이 조금 더 솔직해지기를 바랍니다."

그런 아르한의 말은 제법 뜬금없는 것이었다.

그러나 리오는 황제가 제게 이런 말을 하는 의도를 알 것 같았다.

"황후 마마 때문에 이러시는 겁니까?"

"글쎄요."

아르한은 부정하지 않았다. 그 사실에 리오는 조금 실망했다.

"그런 이유로 찾아오신 거라면 저는 더 이상 드릴 말씀이 없습니다. 이만, 돌아가……."

"반은 맞고, 반은 틀립니다."

축객령을 내리려던, 리오의 말을 막은 아르한이 덧붙였다.

"오늘 내가 이곳에 온 건, 그녀 때문도 있지만, 후작 때문도 있습니다."

그 뜻을 알 수 없는 말을 늘어놓는 아르한의 모습에 리오는 조금 당황했다.

"이야기를 하나 들려드리겠습니다."

그런 그를 향해 아르한이 말했다.

"어떤 남자에겐 첫사랑이 있었습니다. 그런데 그녀는 남자가 아닌 다른 이와 결혼했습니다. 그렇다면 그 남자는 과연 어떻게 했을까요?"

매우 제멋대로 시작된 이야기였으나, 리오는 순순히 아르한의 물음에 응해 주었다.

"그녀를, 빼앗았나요?"

"아뇨, 그녀의 행복을 빌어 줬습니다. 자신이 아니라도, 다른 이의 곁에서 행복하다면 그걸로 족하다고."

조금 의외인 대답이었다. 제게 솔직하라고 말하기에, 당연히 그런 내용의 이야기일 줄 알았다.

"그렇다면, 그 남자는 행복했습니까?"

"아뇨. 왜냐하면."

예의상 이어진 리오의 물음에 아르한은 씁쓸하게 웃었다. 그리고는 말했다.

"그 후, 그녀가 자살했으니까요."

"……."

단호한 대답 이후 이어진 것은 자괴감 섞인 웃음이었다. 그제야 리오는 아르한이 말한 이야기 속의 주인공이 에르샤임을 알았다.

그 남자가 아르한이라는 사실도.

"자신의 마음에 솔직해질 수 있는 기회는 생각보다 흔치 않습니다."

그것은 그가 온몸으로 겪고 깨달은 진리였다.

"꼭 모친에 대한 일만을 말하는 것이 아닙니다."

"……."

"나는 부디, 후작이 이런 일로 후회하지 않기를 바랍니다."

말을 마친 아르한은 그대로 후작가를 떠났다. 덕분에 홀로 남겨진 리오는 고민에 빠졌다. 여전히 혼란스러운 것은 마찬가지였으나, 변한 것이 없지는 않았다.

'그 후, 그녀가 자살했으니까요.'

만약 그런 일이 자신에게 생긴다면, 리오는 결코 그것을 견딜 수 없을 것 같았다.

그래서 그는 결심했다.

더 이상 비겁하게 아이리스의 불행을 지켜보고만 있지 않겠다고. 자신이 결국 아이리스를 불행하게 만들지라도, 적어도 당장 그녀 앞에 닥친 선택지보다는 나을 것이다.

그리 생각한 리오는 차분히 머리를 굴리기 시작했다. 이미 한쪽으로 잔뜩 기울어진 판을 뒤엎을 만한 무언가가 필요했다.

아놀만 백작이 가진 광산과 안정적으로 황제파에 섞여 들어갈 수 있는 힘.

그것이 롤렌 백작이 아이리스를 결혼시키려는 이유였다.

이에 맞서 리오가 내세울 만한 것이라곤 아놀만 백작이 가진 것에 뒤지지 않는 정도의 재력과 명예뿐이다. 그러나 그마저도 부친인 에반 아델노프에 의해 대부분의 명예는 빛이 바랜 지 오래였다.

지금에 와서는 귀족들이 기피하는 후작 가문이라는 우스운 타이틀만이 남았다. 결국, 리오에겐 합당하게 아이리스를 제 곁으로 데려올 무언가가 없었다.

* * *

시간은 빠르게 흘러 결혼식 당일이 되었다.

리오는 아무렇지 않은 얼굴을 하려 했으나, 그럴 수 없었다.

오늘 이 결혼식이 끝나면 아이리스는.

"오셨군요."

그런 그의 생각을 멈추게 한 것은 다름 아닌 아놀만 백작이었다.

"이거, 제 약혼녀가 후작님을 초대했다고는 했지만, 정말 오실 줄은 몰랐습니다."

"어쩌다 보니 그렇게 됐습니다."

"뭐, 후작씩이나 되는 분이시니, 괜한 짓은 하지 않으시리라 믿습니다."

자신을 향한 견제와 은근한 조롱을 통해 리오는 직감했다.

백작이 아이리스와 그의 사이를 의심하고 있음을.

이는 그녀의 결혼 생활에 결코 도움이 되지 않을 것이다.

가뜩이나 성격이 나쁘다고 소문난 아놀만 백작이 이를 빌미로 아이리스에게 무슨 짓을 할지 모르니까.

"그럼 잘 있다가 가십시오."

말을 마친 아놀만 백작은 비웃음 섞인 웃음을 끝으로 다른 귀족들에게로 향했다. 애초에 리오에게 다가온 건 그저 경고하기 위함이었던 모양이다.

이를 깨달은 리오는 곧, 아무래도 좋다는 생각을 한 후 주변을 둘러보며 무언가를 찾았다.

'저기인가.'

하지만 막상 찾고 나니 쉽사리 발걸음이 떨어지질 않았다. 그래서 망설이던 그는 겨우 마음을 다잡고 목표했던 곳으로 향했다.

그러자 그곳에는.

"……후작님?"

아름다운 드레스를 입은 아이리스가 있었다.

그녀는 결혼식의 주인공답게 평소보다 화려하게 치장한 상태였으나, 어쩐지 야위어 보였다.

"안색이 좋지 않으시군요."

리오가 무심코 그리 말했다. 그러자 그녀의 표정이 눈에 띄게 굳어진다. 그러나 그것은 찰나였고, 어느새 평정심을 되찾은 아이리스가 말했다.

"결혼식을 앞두고 있다 보니 긴장감에 잠을 좀 설쳤어요."

뻔히 보이는 거짓말을 입에 담은 그녀는 이내 아무렇지 않게 화제를 돌렸다.

"후작님께서 정말 와 주실 줄은 몰랐습니다."

그 말이 리오에겐 당연히 도망칠 줄 알았다는 의미로 들렸다.

"기어이 제 결혼을 축하하러 와 주셨군요."

혹은 이대로 도망치길 바랐다는 의미로 들리기도 했다. 그 안에 깔린 원망을 읽어 낸 리오는 면목이 없다는 듯 고개를 숙였다.

"죄송합니다."

"후작께서는, 끝까지 사과만 하시네요."

"……."

"이럴 거면, 대체 왜……. 아니, 아니에요. 더 이상 추한 모습을 보이고 싶지 않으니 이만 돌아가 주세요."

"죄송하지만, 그럴 수 없습니다."

"……네?"

"영애께 묻고 싶은 게 있어서요."

한숨 섞인 그녀의 물음에 리오가 덧붙이듯 말을 이었다.

"저와 함께 이곳에서 도망치시겠습니까?"

"……예?"

"함께 결혼식장에서 나가실 마음이 있느냐를 묻고 있는 겁니다."

들으면 들을수록 이상한 소리였다. 그래서 그녀는 그저 혼란스러운 얼굴을 했다.

"끝까지 제멋대로 굴어서 죄송합니다. 하지만 영애를 그냥 두고 볼 수는 없었습니다."

"하."

기가 막힌다는 듯, 한숨을 내뱉은 아이리스가 말했다.

"저를 동정하시는 건가요? 그래서 이제 와 이런 말들로 희망 고문을 하시는 거예요?"

"그런 게 아닙니다. 저는……."

"됐어요. 변명은 듣고 싶지 않으니, 이만 나가 주세요."

그리 말한 아이리스가 단호하게 등을 돌렸다. 더는 그의 얼굴을 보고 싶지 않다는 의지를 표현하는 것이었다. 하지만 리오는 순순히 그녀를 두고 나가는 대신, 입을 열었다.

"죄송한 말씀이나, 영애에겐 선택권이 없습니다."

"예?"

갑작스레 들려온 말에 미간을 찌푸린 아이리스가 몸을 돌렸다. 그러자 리오는 아주 당연한 사실을 말하듯 덧붙였다.

"제가 싫어지셨다면, 추후에 거부하실 수 있습니다. 그러나 오늘 이 결혼은 안 됩니다."

"······."

"제가 이미 깨기로 마음먹었으니까요."

그로부터 10분 후, 신부가 사라졌다는 소식이 뒤늦게 아놀만 백작의 귀에 들어갔다. 그녀를 데려간 사람이 리오라는 사실도 함께.

으드득.

그 젊은 후작이 사고를 칠지도 모른다는 생각을 하긴 했지만, 설마이렇게 직접적으로 일을 칠 줄은 몰랐다.

신부를 데리고 도망을 치다니.

'이 빌어먹을 것들!'

그리 생각한 백작은 곧장 제 기사들에게 명령했다.

"지금 뭐 하고 있어! 당장 가서 그 연놈들을 잡아다가 내 앞에 꿇어

앉혀!"

"예. 알겠습니다."

명령을 받은 기사들이 두 사람을 추격하러 갔음에도 아놀만 백작은 분이 풀리질 않았다.

그래서 그는 이번 일로 인해 당한 망신을 롤렌 백작가에 막대한 금액을 청구해서라도 보상받으리라 다짐했다.

'이번 일에 대한 책임을 지라고 닦달하면 별수 없이 돈을 내놓겠지.'

어떻게든 자신의 딸과 아놀만 백작을 결혼시키기 위해 혈안이 되어 있는 롤렌 백작이다. 같은 백작임에도 아놀만 백작에게 설설 기기까지 하는 꼴을 보면, 이번에도 결혼을 유지하기 위해 무슨 짓이든 할 것이 분명했다.

"무슨 일이십니까?"

때맞춰 나타난 롤렌 백작의 물음에 아놀만 백작은 짜증이 섞인 얼굴로 말했다.

"백작의 따님이 사랑의 도피를 하셨답니다."

"사랑의 도피요?"

"네. 대체 교육을 어떻게 시키셨기에 결혼식 당일에 이런 추태를 부리는 거죠?"

아놀만 백작은 퇴짜를 맞은 덕에 당한 망신에 대한 책임을 롤렌 백작에게 물으려 했다.

절대적으로 유리한 위치에 있는 것은 자신이니까.

그리 생각한 백작이 무어라 더 말을 꺼내려는데, 롤렌 백작이 한발 앞서 입을 뗐다.

"글쎄요. 워낙 제 말을 잘 듣는 아이였는데, 아무래도 그만큼 남편 될 사람이 마음에 들지 않았던 모양입니다."

"뭐, 뭐라고요?"

"자식 이기는 부모 없다는 말이 있으니, 이쯤에서 이번 결혼은 없던 일로 하는 게 좋을 것 같다는 생각도 드는군요."

그러나 예상과 달리, 롤렌 백작은 평소와 전혀 다른 태도를 보였다.

"애초에 말도 안 되는 조건이었지요. 제 딸의 앞날은 아직 창창하고, 반면……."

"……."

"아니, 아닙니다."

오히려 아무렇지 않은 얼굴로 아놀만 백작을 에둘러 조롱하고는 그 길로 결혼식장을 나섰다.

그리고 홀로 남겨진 아놀만 백작에게는 한 통의 서신이 전해졌다.

그것은 황실의 인장이 찍힌.

파혼서

발신인: 시트라 제국 황실

수신인: 다이릭 아놀만 백작

롤렌 백작가의 장녀 아이리스 롤렌과 아놀만 백작의

약혼을 무효화한다.

파혼서였다.

시트라 제국의 황실에서 두 사람의 파혼을 인정하는 문서를 보내온 것이다. 황실이 나서서 리오와 아이리스의 손을 들어 준 이상 결과는 정해진 것이나 다름없었다.

이제 와 아놀만 백작이 항의를 한다고 해도, 무언가가 바뀌는 일은 없을 것이다.

황실은 이번 일로 인해 받을 비난을 각오하고 이런 일을 벌였을 테니까. 이를 깨달은 아놀만 백작은 그제야 롤렌 백작이 그토록 여유로운 태도를 보인 이유를 알았다.

리오 아델노프 후작은 단순한 반역자의 아들이 아니었다.

황가의 사람, 적어도 이 정도의 일을 잡음 없이 처리할 수 있는 권한을 가진 인물이 후작의 뒤에 있다. 그런 일이 가능한 사람은 적어도 황족, 아직 어린 황녀를 제외하면 황후, 혹은 황제일 것이다.

즉, 아델노프 후작과의 결혼은 황실 최측근과의 결합이 되는 것이다.

황제파에 깊이 소속되지 못해 안달이 난 롤렌 백작이 이런 기회를 놓칠 리가 없다. 그것이 설령 아놀만 백작을 적으로 돌리는 일이라 할지라도, 그는 리오 아델노프를 선택할 것이다.

그 사실을 깨달은 아놀만 백작은 분을 참지 못하고, 주변에 있던 물건을 잡히는 대로 던졌다.

결혼식 당일 신부에게 버림을 받았는데, 이깟 것들이 다 무슨 소용인가 싶었던 것이다. 게다가 그는 이번 일을 제대로 입 밖에 내거나 항의를 할 수조차 없다.

황실에서 먼저 파혼을 인정하는 문서를 보내오긴 했지만, 그것은 아마 롤렌 백작 역시 동의했기에 가능했을 것이다.

신부가 될 아이리스의 부친인 백작의 동의하에 깨진 결혼이다. 눈 가리고 아웅 하는 격이나 황실은 그리 말하고 뒤로 빠지면 그만이었다.

"제길!"

결국 아놀만 백작은 씩씩대며 마저 분풀이를 하다가 제풀에 지쳐 저택으로 돌아갔다.

* * *

리오가 이끄는 대로 결혼식장에서 나와 마차를 타고 이동하던 아이리스는 복잡한 기분을 감추지 못했다.

오늘의 일은 단언컨대 그녀의 인생에서 가장 큰 일탈이 될 것이다. 결혼식을 앞두고 다른 남자와 도망친 신부라니. 낭만 소설에도 나오지 않을 진부하고 극단적인 설정이었다. 그런데 그런 일을 다른 이도 아니고, 자신이 저지르게 될 줄이야.

"후작님께서는 괜찮으신가요?"

"무엇이 말입니까."

"혹여나 지금이라도 후회가 되신다면, 저를 이대로 두고 가셔도 괜찮아요."

그래서 마음에도 없는 말을 꺼냈다.

혹여나 리오에게 피해가 가진 않을까 뒤늦게 걱정이 됐고, 동시에 자신을 향한 그의 마음을 확인받고 싶기도 했다. 모순적인 감정이 담긴 아이리스의 말에 리오는 말했다.

"저와 같은 마차를 타고 이동하는 게 불편하시다면, 잠시 다른 마차에 가 있겠습니다. 그러나 제가 영애를 두고 갈 일은 없을 겁니다."

단호한 그의 말에 그녀는 안심했다. 그리고는 고개를 저었다.

"아뇨, 저 때문에 그렇게까지 하실 필요는……."

아이리스의 말이 부자연스럽게 끊겼다. 그와 동시에 그녀의 표정이 굳어졌다.

"자, 잠시만요!"

"왜 그러십니까?"

"저, 저기……. 바로 앞에 롤렌 백작가의 마차가, 그러니까 아버지의 마차가 있어요."

아이리스가 가리킨 곳을 따라 고개를 돌린 리오는 마차에서 내리는 롤렌 백작의 모습을 보았다. 그런 백작과 눈이 마주치고도 리오는 태연한 얼굴을 했다.

"걱정하실 것 없습니다."

"네?"

"안 그래도 지금 바로 찾아뵐 예정이었으니까요."

찾아뵌다고? 누굴?

아이리스의 의문은 머지않아 해소되었다.

마차에서 내린 직후 마주하게 된 인물 덕분이었다.

"너는 오늘도 여전히 아름답구나."

"……아버지."

"그래, 내 딸아."

강조하듯 덧붙여진 백작의 말에 아이리스는 굳어진 표정을 가까스로 폈다. 아놀만 백작과의 결혼이 깨진 상황에서 그가 이리도 태연하게 구는 이유를 알 수 없어 불안했다.

"잠시 딸아이와 단둘이 대화를 나누고 싶은데."

청천벽력과도 같은 롤렌 백작의 말에 아이리스는 고민했다. 그러나 갈등은 길지 않았다.

"……죄송하지만 후작님께서 잠시 자리를 비켜 주셨으면 해요."

제법 초조해 보이는 아이리스의 진심을 가늠하기 위해 얼마간 그녀를 응시하던 리오가 말했다.

"알겠습니다."

말을 마친 그는 그대로 응접실을 나섰고, 그 안에는 아이리스와 롤렌 백작만이 남았다.

"……하고 싶으신 말이 뭐죠?"

다소 딱딱하고 공격적인 아이리스의 물음에 롤렌 백작이 웃었다.

"아주 잘 처신했더구나. 역시 넌 내 딸이야."

"네?"

차라리 대놓고 욕을 먹거나, 머리채를 잡혔더라면 이 정도로 얼떨떨하지는 않았을 것이다. 그러나 그녀는 롤렌 백작에게 방금 한 말의 의미를 묻는 대신, 지금의 상황을 되돌아보았다. 그리고 곧 진실에 도달할 수 있었다.

"……아놀만 백작이 아니라, 아델노프 후작님을 선택하기로 하신 건가요?"

"그래."

일말의 망설임조차 없는 뻔뻔한 대답에 그녀는 헛웃음을 터트렸다.

"저더러 이번에는 아델노프 후작가로 팔려 가란 말씀이시군요."

롤렌 백작은 부정하지 않고 그저 여유롭게 말을 이었다.

"어차피 너도 그 늙은 백작보다는 껍데기나마 멀쩡한 후작이 낫지 않겠느냐."

"이건, 그런 문제가 아닙니다."

"그럼 무엇이 문제지?"

백작은 진심으로 모르겠다는 얼굴을 했다. 덕분에 아이리스의 표정은 굳어졌고, 이를 무시한 채 그가 말했다.

"모든 것은 가문을 위한 일이다."

"아버지를 위한 일이겠죠."

"너는 내 딸이지 않으냐."

"제가 단 한 번이라도 아버지의 딸이었던 적이 있나요? 체스 말이나 쓰고 버릴 도구라면 또 모를까."

자신의 처지를 자조하는 동시에 그를 비꼬는 아이리스의 말에 롤렌 백작은 옆에 있던 탁자를 쾅! 치며 몸을 일으켰다.

"아이리스!"

덕분에 그 충격으로 탁자 위에 있던 화병이 바닥으로 추락했고, 도자기가 깨지는 소리가 들려왔다.

"무슨 일이십니까?"

그리고 그 소리에 바깥에서 대기하고 있던 리오가 응접실의 문을 열고 안으로 들어왔다.

"아무것도 아닙니다. 그저, 딸아이가 실수를 좀 했을 뿐."

태연하게 자신의 실수를 아이리스에게 떠넘긴 백작이 서둘러 덧붙였다.

"나는 제법 오래전부터 네게 거는 기대가 컸다. 그래서 너를, 더욱 엄하게 키우려 노력했지."

대뜸 제게로 향한 롤렌 백작의 말에 아이리스는 어떤 얼굴을 해야 할지 감을 잡지 못했다.

"아마 그런 이유로 네게 섭섭한 마음이 들게 한 일도 있었으리라 생각한다."

"……."

"하지만 그건 모두 너를 진심으로 위하기 때문이었지, 결코 다른 뜻은 없었어. 너도 이 사실을 모르지 않으리라 믿는다. 현명한 나의 딸아."

말을 마친 백작의 시선은 아이리스를 향하고 있었으나, 그 눈에 담긴 것은 그녀가 아니었다.

그는 아이리스에게 하는 말인 척 리오에게 말하고 있었다.

제 딸을 최악의 늙은이와 결혼시키려 했던 아버지는 자신이 아니라는 듯이. 손으로 태양을 가리려 드는 격이었지만, 그럼에도 백작은 스스로를 포장하는 것을 택했다.

이를 깨달은 아이리스는 허탈함을 느꼈다. 이제 와 새삼 제게 사과를 하거나 용서를 구할 부친이 아님을 알지만, 그럼에도 그녀는 기대하고 말았다. 어쩌면 제 부친이 뒤늦게나마 죄책감 비슷한 것을 느끼지는 않았을까 하는.

그리고 그녀의 기대는 철저하게 배반당했다.

그는 그저 눈앞에 있는 리오 아델노프에게서 새로운 가능성을 찾아낸 것뿐이다. 그 가능성이 아놀만 백작의 것보다 크다고 여겼기에 그녀를 리오에게 주기로 한 것이다. 롤렌 백작에게 아이리스의 의사 같은 건 여전히 중요치 않았다.

"왜 대답이 없느냐?"

"아버지……."

아놀만 백작에 이어서 이번에는 아델노프 후작에게 순순히 팔려 갈 것을 재촉하는 부친의 말에 아이리스는 씁쓸하게 웃었다.

"이제 그만하세요."

그녀의 목소리는 싸늘했다. 불과 하루 전까지만 해도 체념이 섞여 있었던 음성은 이제 다른 것으로 바뀌었다. 그러나 롤렌 백작은 그 사실을 알아채지 못했다. 그는 아직도 아이리스를 제 뜻대로 움직일 수 있는 장기짝쯤으로 생각했다.

"무엇을 그만하라는 말이냐."

"전부요. 가문의 이름을 빛내기 위해 황실의 최측근이 되겠다는 꿈도, 귀족 회의의 의결권을 거머쥐겠다는 꿈도."

"아이리스!"

백작이 기함하며 소리를 쳤다. 둘만 있는 것도 아니고 아델노프 후작도 있는 곳에서 할 말은 아니었다.

"네가 대체 무슨 말을 하는 건지 모르겠구나. 꿈이 큰 것은 좋지만, 사람은 언제나 분수를 알아야 하는 법이란다."

뒤늦게 리오를 의식해 그녀가 한 말을 수습한 백작이 서둘러 화제를 돌렸다.

"그래서 두 사람은 언제 식을 올릴 생각이지? 일이 이렇게 되어 버렸으니, 너무 오래 걸리지는 않았으면 좋겠는데."

결혼식 당일 다른 남자와 눈이 맞아 도망간 신부를 후작이 아니면 누가 거두어 주겠는가. 덧붙여진 백작의 말은 리오를 향한 은근한 압박이었다.

황실의 동의까지 얻어 파혼한 상황이니 그럴 리는 없지만, 혹시나 리오가 아이리스와 결혼하지 않을까 불안했던 것이다.

"걱정하시는 일은 생기지 않을 겁니다. 저 역시 서둘러 식을 올렸으면 하니까요."

"그래, 그리해야지."

단호한 리오의 대답에 롤렌 백작은 흡족한 얼굴을 했다.

"후작님……."

반면 아이리스의 얼굴은 복잡해 보였다.

그와의 결혼은 그녀 역시 원하는 바였으나, 롤렌 백작이 원하는 대로 휘둘리고 싶지는 않았기 때문이다.

"걱정하지 마십시오."

마치 그녀의 생각을 읽기라도 한 것처럼 리오가 말했다.

"영애가 원치 않는 상황은 생기지 않을 것입니다."

제법 단호하고 믿음직스러운 태도였기에 아이리스는 얼떨결에 고개를 끄덕였다. 그런 리오의 말을 롤렌 백작 역시 들었으나, 그는 그것이 아이리스를 안심시키기 위한 사탕발림에 불과하다고 여겼다.

"대화는 충분히 나누신 것 같으니 이제 그만 본론으로 들어가려고 하는데 괜찮으십니까?"

"그래. 그리하지."

순순히 고개를 끄덕인 롤렌 백작을 향해 리오는 품속에서 꺼낸 무언가를 건넸다.

"지금부터는 황제 폐하의 명을 이행하는 공적인 시간이니, 부디 그에 맞는 자세로 임해 주셨으면 합니다."

지금처럼 은근슬쩍 후작인 제게 말을 낮추지 말라는 의미였다.

"알았……. 아니, 알겠습니다."

백작이 떨떠름한 얼굴로 동의했다. 그 후 그에게는 황제의 명령이 적힌 종이가 건네졌다.

"황제 폐하께서 백작께 중요한 명령을 내리셨습니다."

그것을 쭉 훑어 내리던 그는, 종이를 그대로 떨어트릴 뻔했다.

"이, 이게 대체 무슨……."

"적혀 있는 그대로입니다. 백작께서는 당장 제국의 가장 북쪽에 있는 영지로 가서서 올겨울을 대비하며 빈민 구제에 힘쓰셔야 합니다."

적당한 말로 포장하였으나, 결론은 당장 지방으로 귀양살이를 하러 가라는 것과 다를 바가 없었다.

"제법 중요한 일이다 보니, 아무나 보낼 수 없어서 제가 폐하께 직접 백작의 이름을 올렸습니다."

그리고 이 모든 것은 리오 아델노프의 뜻에 따라 이루어진 일이었다.

"영애, 괜찮으십니까?"

조금 전까지 롤렌 백작을 가볍게 찍어 누르던 사람이라고는 생각되지 않을 정도로 다정한 어조였다.

"마음이 상하셨다면 사과드리겠습니다."

덧붙여진 리오의 말에 아이리스는 고개를 저었다. 마음이 상했다니, 그럴 리가.

"아닙니다. 오히려 후작님께서 나서 주셔서 다행이라고 생각했는걸요."

리오와 결혼하고 싶은 것은 맞지만, 다시 한번 제 부친의 뜻대로 휘둘리고 싶지는 않았다. 부친이 자신을 통해 리오를 휘두르려 드는 꼴은 보고 싶지 않았다.

그리고 그런 상황에서 리오의 대처는 적절했다. 수도도 아니고, 아예 지방으로 보내 버리다니. 그녀라면 시도할 엄두도, 능력도 없는 방법이었다.

"그래도 가족이니까, 참고 견디면 언젠가는 알아 주지 않을까 싶었는데, 그게 아니었던 것 같아요."

씁쓸함이 묻어나는 어조에 리오는 무어라 말을 꺼내려다가 입을 다물었다. 어설프게 나서는 것보단 아예 나서지 않는 편이 낫다는 걸 알았으니까.

"가족이라도 돌이킬 수 없는 관계임을 안 순간 포기했어야 했는데. 제가 너무 어리석었어요."

"영애."

하지만 이어진 말에는 나서지 않을 수 없었다.

"주제넘은 말일지도 모르겠지만, 사람과 사람의 관계에 있어서 정답은 없다고 생각합니다. 오로지 선택만이 있을 뿐이지요."

차분하게 떨어진 말에 아이리스가 고개를 들어 그를 응시했다.

"가족이라서 놓지 못했던 것도, 그럼에도 이제는 놓으려 하는 것도. 선택일 뿐입니다. 그러니 자책하지 마세요."

말을 마치기 무섭게 아이리스를 곧게 응시하던 리오의 시선이 조금 아래로 떨어졌다. 잠시 다른 누군가를 떠올리던 그는 이내 다시 시선을 끌어 올려 그녀를 마주했다.

"저는 영애께서 스스로의 선택에 조금 더 확신을 가지셨으면 좋겠습니다."

"……정말, 그래도 되는 걸까요?"

"네."

단호한 리오의 대답에 아이리스는 웃었다. 그가 그렇게 말하니 정말 그렇다고 믿고 싶어졌다. 어쩐지 자신이 눈앞에 있는 남자에게 홀려도 단단히 홀린 것 같다는 생각이 들었다.

"그렇군요."

짧게 중얼거린 아이리스가 이내 덧붙였다.

"그럼, 제 고민은 이쯤에서 해결된 것으로 하고. 이제 후작님의 고민을 말씀해 주세요."

그녀의 뜬금없는 말에 리오는 의아한 얼굴을 했다. 그러다가 이내 자신이 술을 먹고 입 밖에 낸 질문을 떠올리곤 조금 당황했다.

"……그걸 아직까지 기억하고 계셨습니까?"

"당연히 기억하고 있어야죠. 이제 곧 결혼할 사이인데."

"이런, 그럼 전 결혼하기도 전부터 추한 꼴을 보인 게 되는군요."

"추하다뇨. 제법 귀여우셨어요."

당연하다는 듯 이어진 아이리스의 말에 리오는 웃었다. 그 웃음에 아이리스는 어쩐지 가슴 언저리가 간질거리는 느낌이 들었다. 마치 몸 어딘가가 고장이라도 난 듯한 기분이었다.

"왜 그러십니까?"

그런 리오의 물음에 아이리스는 다시 한번 그 기묘한 감각을 느꼈다.

이에 당황한 그녀가 돌발적으로 입을 뗐다.

"혹시, 키스해도 될까요?"

"네?"

지나치게 충동적이고 돌발적인 발언이었기에 아이리스는 뒤늦게 아차 싶었다. 조금 전 그 과감한 말을 뱉은 장본인이 자신이라는 사실이 믿기지 않았다.

속으로 생각만 한다는 게, 리오의 얼굴을 마주한 순간 입 밖으로 나가고 말았다.

"진심이십니까?"

돌아온 리오의 물음에 아이리스는 얼굴이 화끈거리는 것을 느꼈다. 그가 자신을 이상한 사람으로 보면 어쩌나 걱정이 됐다.

"아, 아니. 그게……."

"싫으십니까?"

"네?"

어쩐지 간절하게 들리는 리오의 목소리에 그녀가 얼떨떨한 얼굴을 했다.

"싫으시다면 하지 않겠습니다."

여유로운 척 떨어진 대답에는 그답지 않은 조급함이 묻어났다. 이를 눈치챈 아이리스가 리오를 향해 한 발 다가섰다. 그리고 그녀는 대답 대신 그의 옷깃을 당겨 입을 맞췄다.

두 사람의 입술이 단단히 얽혀 들었다.

* * *

아이리스와 리오의 결혼식은 성공적으로 끝났다.

아놀만 백작을 반강제로 파혼시키고, 롤렌 백작을 북쪽의 먼 영지로 보낸 것에 비해 평화로운 결말이었다. 결혼식이 끝난 직후, 앙상한 겨울의 정원을 거닐던 에르샤는 그 사실에 크게 안도했다.

이 모든 일을 계획한 것은 리오지만, 대외적으로 나선 것은 그녀와 아르한이었다. 가급적이면 리오나 아르한에게 피해가 돌아가지 않도록 손을 썼으나, 위험 부담이 전혀 없는 것은 아니었다.

그럼에도 에르샤가 이렇게 나선 것은 얼마 전 자신을 찾아온 리오 때문이었다.

'염치없는 부탁이라는 사실을 알지만, 저를 도와주십시오.'

그리 말한 리오는 그대로 에르샤의 앞에서 무릎을 꿇었다. 갑작스러운 상황에 그녀는 적잖게 당황했고, 그는 상황을 설명했다. 아이리스와 자신의 관계에 대한 것부터 아놀만 백작과 그녀가 곧 결혼할 예정이라는 것, 그리고 롤렌 백작이 어떤 사람인가에 대한 것까지.

처음에는 당황했으나, 이러한 이야기들을 듣다 보니 묘한 기분이 들었다. 물론 좋지 않은 쪽으로. 그래서 그녀는 리오 때문이 아니더라도 아이리스를 돕기로 했다.

리오에게도 분명히 말했었다. 아이리스를 돕는 건 그녀에게 마음이 가기 때문이지, 그 때문은 아니라고. 리오가 그 말을 믿었을지는 의문이지만.

"황후 마마."

그때, 그런 에르샤의 상념을 끊고 익숙한 목소리가 들려왔다.

"아델노프 후작? 대체 왜 여기에······."

그녀의 기억이 맞는다면 두 사람은 당장 일주일 정도 결혼을 기념하는 여행을 떠날 예정이었다.

그러니 그런 그가 이런 곳에서 허비할 시간은 없을 텐데.

"준비는 이미 마쳤으니, 걱정하실 것 없습니다."

그런 그녀의 속을 읽기라도 한 듯 리오가 말했다.

"그렇군요."

에르샤가 대답했다. 사실 그녀가 의문을 품은 것은 그가 지금 왜 이곳에 있느냐였지만 그런 것을 일일이 따지고 싶지는 않았다.

"잘 다녀오세요."

그렇다고 따로 할 말이 있는 것도 아니었기에 에르샤는 어색한 인사를 건넸다.

"네. 다녀오겠습니다."

리오 역시 무어라 더 대화를 이어 갈 자신이 없는지 무난한 대답을 건네 왔다.

"네. 그럼 저는 이만."

"잠시만요."

"······?"

인사도 끝났으니 이만 발길을 돌리려는 에르샤를 그가 붙잡았다. 제게 더 남은 용건이 있으리란 생각은 하지 못했기에 그녀는 의아한 얼굴을 했다.

"제게 무슨 용건이라도?"

"감사, 했습니다."

대뜸 등장한 말에 순간 그 의미를 파악하지 못했던 에르샤가 뒤늦게 아, 하는 소리를 냈다.

"아닙니다. 전에도 말씀드렸지만 저는 롤렌 백작 영애의 상황을 두고 보고 싶지 않았을 뿐이니까요."

"압니다. 그러나 제가 청해서 들어주신 것도 맞으니, 인사를 드리는 게 도리라고 생각합니다."

"그렇게까지 말씀하신다면, 편하신 대로."

에르샤가 순순히 동의했다. 감사 인사를 하는 것도, 받는 것도 크게 어려운 일은 아니었으니까.

"정말, 진심으로 감사드립니다."

그리 말한 리오가 한쪽 무릎을 숙이며 에르샤의 손등에 입을 맞췄다. 흔히 기사들이 레이디, 혹은 제 모친에게 하는 경애의 의미가 담긴 인사였다.

"어머니."

"……!"

짧게 떨어진 한마디에 에르샤의 표정이 그대로 굳어졌다.

"이제 와 속물처럼 군다고 비난하셔도 할 말은 없습니다."

혼란스러움이 가득한 그녀의 얼굴을 마주한 상태로 리오가 몸을 일으켰다.

"……진심으로 하는 말씀이십니까?"

"진심입니다. 그리고 앞으로는 말씀을 편히 하셨으면 좋겠군요."

그의 입술이 다시 한번 에르샤의 손등에 닿았다가 떨어졌다. 에르샤는 여전히 복잡한 얼굴로 리오를 응시하고 있었고, 이를 깨달은 그가 덧붙였다.

"그러니 기다리겠습니다. 제 진심을 어머니께서 믿어 주실 때까지."

말을 마친 리오는 이번에야 말로 우아하게 인사를 건네며 돌아섰다.

그런 그를 에르샤는 잡지 않았다. 지금의 상황이 믿기지 않아서, 또 여전히 혼란스러워서 잡을 수 없었다. 이렇게 쉽게 무언가가 바뀌리란 기대는 하지 않았다. 평생이 걸려도 바뀌지 않을 거라고, 혹은 더 나빠지기만 할지도 모른다고 여기며 포기하고 있었다.

그러나 아니었다.

에르샤의 아들인 리오는 그녀가 생각했던 것보다 훨씬 더 마음이 넓고 자비로운 아이였다. 그 사실을 그녀는 몰랐던 것이다.

"어마마마!"

"……황녀, 전하."

지나가다 발견한 에르샤를 놀라게 하기 위해 달려온 라리샤를 그녀가 그대로 품에 안았다.

"어, 왜 우세요? 슬퍼요?"

에르샤의 품에 안긴 라리샤가 어리둥절한 얼굴로 묻자 그녀는 고개를 저었다.

"슬프지 않습니다."

"그럼, 왜 우세요?"

"기뻐서 우는 거랍니다."

"기쁜데 눈물이 날 수도 있나요?"

"그럼요."

그리 말한 에르샤는 곧 제 눈에서 흐르는 눈물을 닦고는 환하게 웃었다.

"이 어미와 오랜만에 정원 구경이라도 하는 건 어떠십니까?"

"와아, 저야 좋죠!"

그리 말한 에르샤가 황녀의 손을 꼭 잡고 차분히 걸음을 옮겼다.

"빨리 봄이 되면 좋을 것 같아요."

"왜죠?"

"지금도 예쁘지만, 작년에 봤던 봄꽃들이 정말 예뻤거든요. 그때 샤이롯과 함께 간 피크닉이 정말 재밌었어요."

아직 어린 황녀가 조잘대며 과거를 그리는 말을 듣고 있으니 기분이 묘했다. 과거를 그리워하는 건 아이든 어른이든 마찬가지구나 싶어서.

"피크닉은 올해도 가면 되죠."

그런 에르샤의 말에 라리샤는 신난 얼굴로 몇 번이나 그녀에게 약속을 받아 냈다. 그런 황녀의 모습을 에르샤는 흐뭇한 얼굴로 바라보았다.

겨울이 가면 봄이 온다. 그 봄이 작년의 봄과 같을 수는 없다.

그녀 역시 그러했다.

모든 일이 일어나기 전으로 돌아갈 수는 없다.

모든 것을 돌이킬 수도 없다.

그러나 현재를 바로잡고 나아갈 수 있다면, 굳이 지나간 봄을 그리워하지 않아도 되는 것이다.

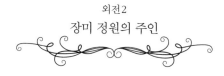

외전 2
장미 정원의 주인

 평소와 다를 것 없는 오후였다. 늘 그렇듯, 아르한은 바쁘게 정무를 보고 있었고, 에르샤 역시 제 앞으로 밀려든 서류를 보느라 여념이 없었다.

 "당신은 제 어디가 그리도 좋으셨습니까?"

 문득 그런 생각이 들었다. 그래서 그것을 입 밖에 냈고, 덕분에 바쁘게 서류를 훑던 아르한의 시선이 그녀에게로 향했다.

 "기억을 공유하는 마법에 대해 아십니까?"

 뜬금없는 질문이었으나, 에르샤는 성실하게 답했다.

 "아뇨. 그런데 그건 갑자기 왜 물으시나요?"

 "지금 시작하면, 오늘 안에 끝나지 않을 테니까요."

 "……."

 담담하기 짝이 없는 대답에 에르샤는 할 말을 잃었다.

"게다가 분명 제 말이 다 끝나기 전에 민망함을 참지 못하고 화제를 돌리실 테니, 차라리 마법으로 전달하는 편이 낫지 않을까 싶었습니다."

정말이지, 이런 아르한의 태도만큼은 아무리 오랜 시간을 함께해도 익숙해지지 않을 것 같다.

"제가 묻고자 한 건, 그런 게 아니었어요."

한숨과 함께 고개를 젓던 에르샤가 말을 이었다.

"같은 아카데미를 다녔다는 것 외에는 저와 별 접점도 없으셨잖습니까. 그런데 대체 왜 저를?"

덧붙여진 그녀의 물음에 아르한은 그제야 질문의 의미를 알아차린 듯했다. 그는 잠시 뭔가를 고민하는가 싶더니 이내 입을 열었다.

"무어라 대답해야 할지 모르겠지만, 그때의 당신은 제법 유명하셨으니 크게 이상한 일은 아니라고 봅니다."

"유명이요? 별로 좋은 의미는 아니었을 텐데……."

확실히 유명하기는 했었다.

마르아넬 공작의 사생아, 주제를 모르는 평민 계집 등으로 불리며 아카데미 내에서 제법 눈길을 끌었으니까. 하지만 아르한이 기억하는 바는 다른 듯, 그는 전혀 다른 이야기를 꺼냈다.

"좋은 의미라. 확실히 제겐 그리 좋은 기억은 아닙니다. 당신을 연모한다 떠들고 다닌 이들이 많았다는 의미니까요."

"……저를요?"

정작 에르샤는 처음 듣는 이야기였다.

가끔 자신에게 청혼하는 이들이 없었던 것은 아니나, 그것은 어디까지나 조롱의 의미였지 진심은 아니었다. 아카데미에 다닐 시기라면 대부분의 귀족들은 이미 가문이 정해 준 정혼자가 있기 마련이다. 그렇지 않은 이는 하자가 있거나, 가문에서 내놓은 자식 취급을 받았다. 에르샤는 후자였다. 그녀는 마르아넬 공작가에서 내놓은 자식이었다.

그런 에르샤에게 청혼하는 사내들의 심리야 뻔했다. 사생아이긴 해도, 귀족이고 따로 정혼자가 있는 것도 아닌 에르샤는 잠깐 놀아나다가 헤어져도 뒤탈이 없는 상대다. 그런 그녀를 어떻게 한번 해 보고 싶어서 안달이 난 것이다.

애초에 마르아넬 공작이 사생아인 에르샤를 아카데미에 보낸 것도 비슷한 이유에서였다. 아카데미 내에서 적당히 돈 많은 귀족 영윤을 잡아 결혼하고, 그 대가를 받아 오라고. 하지만 에르샤는 공작의 바람대로 귀족 영윤들을 만나기 위해 따로 애쓰지 않았다.

그저 적당한 핑계를 대며 학업에 집중했고, 결국 인내심이 한계에 달한 공작의 압박으로 인해 어쩔 수 없이 에반과 결혼했다. 그녀가 뒤늦게 알게 된 사실에 따르면 공작은 에반에게 에르샤와의 결혼을 대가로 별장과 광산을 뜯어냈다고 했다.

정작 광산을 이용해 본격적인 이익을 본 것은 마르아넬 공작이 죽고 난 후인 최근부터였지만.

"그러고 보니 이번 휴가는 어디로 갈지 정하셨습니까?"

에르샤의 표정이 좋지 않음을 눈치챈 아르한이 자연스레 화제를 돌렸다. 그러자 그녀는 조금 의아한 기색으로 물었다.

"여름휴가를 보낼 장소라면, 이번에는 폐하께서 정하실 차례가 아니었나요?"

"전 여름휴가 계획을 논하려는 게 아닙니다."

아르한이 고개를 저었다. 확실히 아직은 조금 이른 이야기였다. 이제 막 봄이 오고 있었으니까.

"그렇다면 다른 휴가를 생각하고 계신 건가요?"

"가끔은 미리 계획하지 않은 휴식도 필요한 법이니까요."

그답지 않은 즉흥적인 제안에 그녀는 조금 의아해하면서도 나쁠 것 없다는 생각을 했다.

황제인 아르한은 늘 산더미 같은 업무 속에서 과로에 시달리고 있었다. 직접적으로 힘든 티를 낸 적은 없지만, 그럼에도 에르샤는 그가 이렇게라도 한 번씩 쉬는 시간을 가졌으면 했다.

"장소는 당신이 원하시는 곳으로 하겠습니다."

"저는 당장 생각나는 곳이……."

무심코 없다고 말하려던 에르샤가 말끝을 흐렸다. 즉흥적으로 떠오른 장소가 있었던 것이다.

황궁에서 그리 멀지 않은 곳에 위치해 있어 짧은 휴가를 즐기기에 안성맞춤이고, 이맘때쯤이면 여러 행사가 열리는 탓에 볼 것도 많은 곳.

"리몬트라는 어떠십니까?"

"리몬트라요?"

아르한은 조금 의외라는 얼굴을 하다가 이내 고개를 끄덕였다.

"그럼 그렇게 알고 준비해 두겠습니다."

"이유는 묻지 않으시나요?"

"당신이 선택하신 일이니까요."

자신을 향한 아르한의 절대적인 신뢰가 느껴지는 말에 에르샤는 어색하게 웃었다. 누군가가 자신을 이렇게까지 신뢰한다는 건 고마운 일이었으나, 그만큼 부담스러운 일이기도 했다.

그래서 그녀는 알아서 이유를 털어놓았다.

"대단한 이유가 있는 것은 아닙니다. 그저, 오랜만에 아카데미 시절의 추억을 되살려 보는 것도 좋을 것 같아서요."

사실 에르샤에게 아카데미 시절의 기억은 두 번 다시 떠올리고 싶지 않은 것들이 대부분이었다.

그럼에도 아카데미가 위치한 리몬트라에 가기로 한 것은 궁금증이 생긴 탓이었다. 자신이 모르는 아르한의 아카데미 시절에 대한 이야기가, 그리고 아직 답을 듣지 못한 그의 마음이 시작된 계기가.

두 사람이 리몬트라로 향한 것은 그로부터 정확히 일주일 후였다.

에르샤는 그런 아르한의 추진력에 놀랐다.

제국의 황제와 황후가 함께 움직이려면 복잡한 절차와 준비가 필요하기 마련이다. 그중에는 두 사람이 황궁을 비운 사이 문제가 생길 경우 일을 어떻게 처리할 것인가부터 자신을 데려가지 않은 것에 대한 어린 황녀의 불만까지 제법 다양한 문제들이 있었다.

그리고 아르한은 그것을 고작 일주일도 되지 않는 시간 동안 모두 해결한 것이다.

"어디 불편한 곳은 없으십니까?"

아르한의 물음에 에르샤는 고개를 저었다.

마차에 오른 지 얼마 되지 않았으니, 불편한 곳이 있을 리가 없다. 게다가 애초에 황궁에서 리몬트라까지는 마차로 반나절도 채 걸리지 않는다. 그럼에도 그는 끊임없이 그녀의 상태를 확인했다. 아르한의 배려에 에르샤는 고마움을 느꼈으나, 동시에 자신이 그에게 짐이 되고 있는 건 아닐까 싶었다.

그래서 그녀는 그대로 말을 돌렸다.

"그보다 저는 폐하께서 아카데미 시절을 어떻게 보내셨는지 궁금합니다."

목적지가 리몬트라이기 때문인지 무의식적으로 자꾸만 아카데미를 언급하게 됐다.

덕분에 잠시 고민하던 아르한은 간단한 대답을 내놓았다.

"그다지 특별할 건 없었습니다. 그저 남들처럼 평범하게 보냈었죠."

"……진심으로 하는 말씀이신가요?"

에르샤는 결코 동의할 수 없다는 기색이었고, 아르한은 무슨 문제라도 있느냐 얼굴이었다.

"전하께서는 참으로 거짓말에 능하시군요."

아카데미 시절의 그는 에르샤와 비슷하게, 혹은 전혀 다른 의미로 눈에 띄는 학생이었다. 자신보다 세 학년 아래였던 아르한을 에르샤가 알고 있었다는 사실부터가 그 증거였다.

학년과 전공이 달라 아르한을 마주할 기회가 없고, 타인의 소문에 무관심한 에르샤가 그를 알았다는 건 아카데미에 재학 중인 거의 모든 이들이 그를 알았다는 의미와 같았다.

"왜 거짓말이라 단정 지으십니까?"

그는 조금 억울하단 얼굴을 했으나, 에르샤는 여전히 단호했다.

"제가 직접 듣고 본 바가 있으니까요."

꽤 오랜 시간이 흘렀기에 썩 선명한 기억은 아니었으나, 확실했다.

아카데미 시절의 아르한은 분명 인기가 많은 사람이었고, 그에게 마음을 고백하겠다며 편지를 쓰는 영애들도 제법 있었다. 남녀 관계에 있어 소극적인 것을 귀족 영애의 미덕이라 생각하는 이들이 대부분이니 그 편지가 실제로 전해졌을 가능성은 낮았지만.

"무엇을 듣고 보셨는지 모르겠지만, 아닐 겁니다."

그는 그 사실을 단호하게 부정했다.

"아카데미에 다닐 나이면, 어느 정도 사리 분별은 할 줄 아니까요."

무심코 그가 한 말의 의미를 물어보려던 에르샤는 뒤늦게 아차 싶었다.

그가 아직 황자였던 아카데미 시절이라면, 라피나 황후의 세력이 제법 컸을 것이다. 대부분의 귀족들은 그녀가 낳은 두 황자를 지지했고, 아르한과 샬롯은 무늬만 황족이었던 시기.

왜 그 사실을 이제야 떠올린 걸까.

제법 오래된 일이라고는 하나, 에르샤는 자신의 저주받은 기억력이 원망스러워졌다. 하지만 여기서 죄송하다며 사과를 했다간 분위기가 더 이상해질 것 같았다. 그렇다고 그냥 넘어가기엔 너무 양심이 찔리고.

"어차피 지나간 일이니, 그런 얼굴을 하실 필요는 없습니다."

그런 그녀의 고민을 눈치챘는지 아르한은 적당한 선에서 이야기를 끝냈다.

아카데미 시절에 대한 이야기를 꺼낸 후로 계속 안절부절못하던 에르샤는 어느새 마차 안에서 잠이 들었다. 아닌 척했지만, 여행을 위해 바로 전날 새벽까지 무리해서 서류를 보느라 많이 피곤했던 모양이다. 게다가 본의 아니게 계속 제 눈치를 보느라 배로 피곤했겠지. 그런 에르샤가 조금 안쓰러웠던 탓에 아르한의 시선이 그녀에게로 향했다.

덜컹거리는 마차 때문에 불편한지 그녀가 몸을 뒤척였다.

이에 아르한은 자리에서 일어나 한 손을 들어 허공에 가볍게 진을 그렸다. 그러자 포근한 무언가가 그녀를 감쌌다. 충격을 줄여 주는 마법이었다.

그 후 다시 자리에 앉으려던 아르한은 그대로 몸을 돌려 에르샤에게 다가갔다.

슬슬 봄이 오고 있기는 하지만, 아직은 날이 차다.

혹여나 그녀가 감기라도 걸릴까 봐 제 옷을 벗어 준 그는 다시 자리로 돌아왔다. 몸을 따뜻하게 데워 주는 마법을 사용해도 되지만, 이런 건 직접 해 주고 싶었다.

툭, 투둑.

무심코 창밖으로 시선을 돌리니, 빗방울이 청량하게 창문을 두드리고 있었다. 겨울과 봄을 왔다 갔다 하던 날씨가 한층 봄에 가까워졌다는 증거이기도 했다.

그러고 보니 꼭 이런 날이었던 것 같다. 아르한이 에르샤를 처음 만난 건.

* * *

약간의 비가 내리고, 희뿌연 안개가 낀 날이었다.

아르한은 제 정체를 감춘 채 정신없이 인파를 헤치며 걷고 있었다. 그때의 그는 아카데미에 입학한 지 얼마 되지 않아 교내의 지리나, 행사에 대해 잘 알지 못했다.

아르한보다 먼저 입학한 샬롯은 건강이 좋지 않아 수업에 나오지 않는 날이 많았고, 그에게 따로 아카데미에 대해 설명해 줄 사람이 있는 것도 아니었다. 원래 황족쯤 되는 인물이 아카데미에 입학하면 붙여 주기 마련인 도우미 같은 것도 아르한에게는 없었다.

교우 관계 역시 없다시피 했다. 당시의 그는 신입생들 사이에서 상당히 애매한 존재였기 때문이다.

시트라 제국의 황자이나, 현 황후가 아니라 죽은 전 황후의 아들인 그는 가까이 하기엔 위험하고, 대놓고 멸시를 하기엔 찜찜한 위치에 있었다. 그래서 그들은 아르한을 투명 인간 취급하는 쪽으로 결론을 내렸고, 덕분에 학사 일정을 잘 알지 못하게 된 그는 종종 그날처럼 타이밍을 잘못 맞춰 위 학년들의 행사에 휘말리곤 했다.

당시에는 몰랐지만, 아마 그날은 3학년의 야외 수업이 있는 날이었을 것이다.

"아! 잠시만요!"

인파 사이를 지나가던 중 들려온 부름과 함께 입고 있던 교복의 소매를 잡히자, 그는 걸음을 멈추고 몸을 돌렸다. 그러자 갈색 머리카락에 푸른색 눈동자를 가진 여학생이 아르한을 보고 있었다.

"무슨 일이십니까?"

"죄송하지만, 거기에 제 머리카락이 걸린 것 같아서요."

그녀의 말을 듣고 보니, 소매 단추에 갈색 머리카락이 엉켜 있었다.

덕분에 그녀는 아르한의 단추에 붙잡혀 오도 가도 못 하는 신세가 된 것이다.

"이런, 실례를 했군요."

"아닙니다. 그저 어쩌다 이렇게 된 거니까요."

이 많은 인파 속에서 굳이 이렇게 얽히기도 쉽지 않을 텐데. 문득 그런 생각을 하던 아르한은 제 단추에 엉킨 갈색 머리카락을 풀기 시작했다. 마법을 사용하면 순식간에 해결할 수 있을 테지만, 굳이 그렇게까지 할 이유는 없었다.

"못 보던 얼굴인데, 야외 수업은 처음이신가요?"

머리카락을 풀며 생긴 잠깐의 정적이 어색했는지 그녀가 말을 걸어왔다.

그때는 몰랐으나, 다시 생각해 보면 아마 에르샤의 딴에는 굉장히 용기를 낸 행동이었을 것이다.

"그런 건 아니고, 잠시 시간표를 착각했습니다."

"아, 다른 학부의 학생이신 모양이군요."

다른 학부인 데다, 학년까지 달랐지만 아르한은 그런 사실들을 굳이 털어놓지 않았다.

"다 됐습니다."

"아."

단 한 올도 끊어지지 않고 말끔하게 풀린 머리카락을 보며 그녀는 감탄했다.

"그냥 잘라 내는 게 더 빠를 줄 알았는데, 감사합니다."

"아닙니다."

예의상의 인사를 마친 두 사람은 그대로 헤어져 각자 가려던 길을 갔다.

당시의 아르한은 그녀가 누구인지 알지 못했다. 그건 아마 에르샤 역시 마찬가지였을 것이다.

자신으로 인해 소란이 일어나는 것을 원치 않았던 그는 강의 시간이 아니면 항상 변장과 은신 마법 등을 사용해 제 정체와 존재감을 감추고는 했으니까.

* * *

두 사람이 리몬트라에 도착해 가장 먼저 방문한 곳은 바로 아카데미였다.

한창 방학 시즌인 아카데미는 신분이 확실한 소수의 인물들에 한해서 내부 견학을 허용해 주고는 했다. 그리고 그런 원칙에 따르면 두 사람보다 신분이 확실한 이는 없었다. 그래서 아카데미 측에서는 특별히 오늘 하루만큼은 오직 두 사람에게만 이곳을 개방하겠다는 뜻을 전해 왔다.

덕분에 소수의 인원만을 호위로 대동한 채, 두 사람은 그 누구보다 자유롭게 아카데미 안을 돌아다닐 수 있게 되었다. 그 호위마저도 대부분 건물 밖에서 대기하도록 했기에 온전한 둘만의 시간을 가질 수 있었다.

"특별히 가 보고 싶은 곳이 있으십니까?"

아카데미 내에 있는 정원을 막 지났을 무렵 아르한이 물어 왔다.

"글쎄요."

그 물음에 에르샤는 잠시 고민에 잠겼다. 가 보고 싶은 곳이라.

애초에 좋은 기억이나 추억이라 할 만한 것은 손에 꼽을 정도로 적었기에 딱 떠오르는 곳이 없었다.

"아, 그럼 화실은 어떠신가요?"

불현듯 떠오른 장소를 그녀는 입 밖에 냈다.

아르한은 조금 의외라는 얼굴을 했다.

"화실이라면 특별히 볼 것은 없을 텐데. 혹, 직접 그림을 그리고 싶으신 겁니까?"

"아뇨, 그건 아니에요."

에르샤가 단호하게 고개를 저었다.

그녀가 종종 화가의 유명세를 따지지 않고 전시회 같은 곳에 참석하긴 했지만, 그건 어디까지나 그림을 보는 것이 좋아서였다.

직접 그림을 그리고 싶다는 생각은 한 번도 해 본 적이 없었다. 그리고 아카데미 시절의 아르한이라면 화실을 자주 드나들지 않았을까 싶었다.

아카데미 시절의 자신을 그린 그림이 있는 것을 보면, 그는 분명 그때도 그림을 그렸을 테니까.

"그냥, 화실이라면 폐하께도 의미 있는 장소가 아닐까 싶어서요."

"아."

지극히 담백한 에르샤의 말에 아르한은 조금 놀란 얼굴을 했다. 그러나 이내 그런 기색을 감추며 말했다.

"그렇군요."

아르한의 짧은 대꾸에는 제법 오묘한 감정이 담겨 있었다. 섭섭함 비슷한 것과 안도감. 그 사실이 조금 의아했으나, 에르샤가 무어라 질문을 할 틈도 없이 그가 덧붙였다.

"그런데 호칭은 계속 그리하실 겁니까?"

"호칭이요? 아."

무심코 되묻던 에르샤는 자신이 조금 전 그를 폐하라 칭했음을 떠올렸다.

그게 무엇이 문제냐고 물으려던 그녀는 그대로 입을 다물었다. 사적인 자리에서는 가급적이면 서로의 이름을 부르자는 약속을 했던 것이 뒤늦게 생각났다.

지나가듯 한 약속이라 완전히 잊고 있었다. 아르한 역시 평소에는 이를 특별히 언급하지 않았기에 더욱 그랬다.

"이렇게 아카데미까지 왔으니 하루 정도는 말을 편하게 하셨으면 좋겠습니다."

"하지만 그러다가······."

"에르샤."

"······."

누가 듣기라도 하면 어쩌하느냔 말은 그대로 들어갔다.

에르샤. 아르한의 입에서 그 이름이 나온 게 얼마 만인가 싶어 순간 아무 생각도 하지 못했다.

"에르샤."

"······."

조금 전의 부름이 착각이 아님을 확인시켜 주듯, 아르한이 재차 그녀를 부르며 다가왔다. 그렇게 성큼 좁혀진 거리 덕분에 그는 어느새 에르샤의 코앞까지 와 있었다.

덕분에 에르샤는 제 심장이 불규칙하게 뛰는 것을 느꼈다. 하지만 아르한은 이 아슬아슬한 거리가 아무렇지도 않은지 여상한 얼굴로 물었다.

"제 이름은 불러 주시지 않으실 겁니까?"

부드러운 강요에 그녀의 긴장이 잠시 풀어졌다.

"아르한."

최대한 담백하게 발음했으나, 어쩐지 기분이 묘했다. 부끄러움에
얼굴이 조금 화끈거리는 것 같기도 하다. 그냥 그의 이름을 불렀을 뿐
인데 마치, 처음 연애를 시작한 소녀가 된 기분이었다.

그러다가 문득, 대답이 돌아오지 않았음을 깨닫고 고개를 들어 아
르한을 응시했다.

"아르……. 아니, 폐하?"

"……."

이번에도 돌아오는 답은 없었다. 동시에 그녀를 보는 아르한의 시
선은 그저 고요했다.

그 점에 에르샤는 조금 실망했지만, 곧 수긍했다. 이런 사소한 행동
에 당황하거나, 어쩔 줄 몰라 하는 그의 모습은 영 상상이 가질 않았
으니까.

"그럼 이젠 정말……."

"잠시만요."

이젠 정말 화실로 가자고 말하며 몸을 돌리려 했는데, 갑자기 손목
을 붙잡혔다.

"다시 한번 불러 주시겠습니까?"

"네?"

"한 번만 더 불러 주십시오. 제 이름."

아르한이 입 밖에 낸 말보다 더 의외였던 건 그녀를 붙잡은 그의 손
이 미세하게 떨리고 있다는 사실이었다. 아르한은 대체 무엇 때문에
떨고 있는 걸까. 무엇이 그리도 절박한 걸까.

그 이유를 알 수 없었던, 아니, 사실은 알 것 같았던 에르샤가 입을 뗐다.

"아르한."

"……."

"아르한."

자신의 이름을 연달아 부르는 에르샤의 행동에 그의 눈동자가 흔들렸다. 잔잔했던 호수에 돌멩이를 던진 것과 같은 파문이 일었다. 그것을 본 에르샤는 직감했다. 아르한 역시 조금 전의 자신과 크게 다르지 않은 마음이라는 걸.

화실로 가는 길은 그리 멀지 않았다. 아니, 그러리라 예상했다.

"하필, 이렇게 대대적인 이동이 이루어졌을 줄이야. 조금 당황스럽군요."

"그러게요. 별관이라고는 해도 귀족들이 다니는 학부일 텐데, 건물을 통째로 옮기다니."

두 사람 다 아카데미에 다녔던 경험이 있기 때문에 자신만만하게 길을 나섰으나, 복병이 있었다.

바로 그들이 다녔던 때와 완전히 달라진 건물의 위치였다. 다른 장소들은 적당히 보수 공사만 이루어진 것에 비해, 화실이 위치한 별관은 아예 건물이 통째로 옮겨졌다. 덕분에 전혀 다른 방향에서 헤매던 그들은 교내에 있는 지도를 본 후에야 그 사실을 알게 되었다.

"이렇게 되면 결국, 왔던 곳을 그대로 되돌아가야겠군요."

에르샤가 조금 안타깝다는 얼굴을 했다.

다시 길을 되돌아가는 것 정도야 별문제가 되지 않지만, 예전 모습 그대로의 화실을 볼 수 없다는 점이 아쉬웠다.

"그것도 나쁘진 않겠지만, 그보다는 화실로 가는 길에 다른 장소에 먼저 들르시는 게 나을 것 같습니다."

"그게 나을 수도 있겠네요."

이미 화실을 찾겠다고 아카데미 이곳저곳을 헤맨 터라, 시간을 많이 허비했다. 그러니 지금부터라도 효율적으로 움직이려면 차라리 그편이 나을 것 같았다.

"특별히 생각해 둔 장소가 없으시면, 제가 가고 싶은 곳들로 안내해도 될까요?"

아르한의 물음에 에르샤는 순순히 고개를 끄덕였다.

당장 생각나는 곳이 없기도 했고, 어쩌면 그의 옛 추억에 대해 들을 수 있을지도 모르니까.

* * *

과거의 아르한이 본격적으로 에르샤의 존재를 자각한 것은 샬롯에게 일어난 사고 때문이었다.

오랜만에 참석한 수업이 마침 야외 수업이었고, 이를 위해 아카데미 내의 호수를 방문한 샬롯은 물에 빠지는 사고를 당했다. 그리고 이러한 상황은 한 학생이 그녀를 구하면서 마무리되었다.

아카데미 측에서는 야외 수업을 하다 보면 충분히 있을 수 있는 일이라며 상황을 정리했고, 황실 역시 약간의 배상금을 요구하는 것으로 문제를 끝냈다.

이는 샬롯이 힘없는 황족이기 때문에 생긴 일이었다. 만약 사고를 당한 것이 황후가 낳은 황자들 중 하나였다면, 분명 현장에 있던 교수와 관계자들의 목이 날아갔을 것이다. 그리고 이러한 상황에 아르한이 분노한 것은 당연한 일이었다.

아무리 힘이 없다지만, 샬롯은 황족이었다. 그런데 황족의 생사와 관련된 일을 이런 식으로 처리하다니.

그는 힘없는 자신의 처지에 분노했다.

"죄송합니다. 누님. 제가 힘이 없어서……."

"아니야. 그냥 내가 발을 헛디뎌서 일어난 사고일 뿐인걸."

사고. 그래, 샬롯의 일은 그저 사고일 뿐이었다.

처음 사고 소식을 들었을 때는 황후가 샬롯의 목숨을 노리고 일을 꾸민 게 아닌가 싶은 생각도 했었다. 그러나 황후는 병약한 데다, 황위를 이을 의지도, 가능성도 없는 샬롯에게 먼저 손을 쓸 사람이 아니었다.

손을 쓰려 했다면, 제 아들들이 황위를 물려받는 데 가장 큰 걸림돌이 되는 아르한부터 죽이려 했겠지. 하지만 그렇다고 해도 아르한은 샬롯이 언제까지나 이런 취급을 받으며 살게 하고 싶지 않았다.

모친이 죽고 난 후, 아르한에게 남은 가족은 오직 샬롯뿐이었으니까.

"그보다 너한테 소개해 주고 싶은 사람이 있어."

"저한테요?"

갑작스러운 샬롯의 말에 아르한은 의아한 얼굴을 했다.

"응. 나를 구해 준 아이."

"에르샤 마르아넬을 말씀하시는 겁니까?"

"어머, 이미 알고 있었니?"

모를 수가 없었다.

최근 아카데미 내에서는 두 명 이상이 모이기만 하면 황녀의 사고 소식에 대해 떠들어 댔으니까. 더불어 아르한은 혹시나 하는 마음에 샬롯을 구해 준 그녀에 대해 조사했다.

그러면서 자연스레 떠올리게 되었다.

에르샤의 머리가 제 단추에 엉켰던 그날의 일을 말이다.

"에르샤는 참 좋은 사람 같더라. 날 그렇게 대하는 아이는 처음 봤어."

어느덧 건강을 회복한 샬롯은 종종 에르샤를 향한 호감을 내비쳤다. 덕분에 아르한은 혹, 에르샤가 어떤 목적을 가지고 의도적으로 샬롯에게 접근한 건 아닌가 싶어 다시 한번 그녀의 뒷조사를 했다.

'에르샤 마르아넬. 마르아넬 공작의 사생아.'

그것은 아르한이 그녀에 대해 조사하며 가장 먼저 알게 된 사실이었다.

가장 많은 이들이 에르샤를 부르는 말이기도 했다. 그리고 그녀는 아카데미 내에서 아르한과 샬롯 못지않은 유명 인사였다.

마르아넬 공작의 사생아인 주제에 단 한 번도 학부 수석을 놓치지 않은 집념의 괴물. 덕분에 뒤에서는 에르샤를 마음에 둔 이들도 제법 있었다. 주변의 시선 때문인지 이를 대놓고 드러내는 이는 거의 없었지만.

어쨌든 결과적으로 아카데미 내에서 에르샤에 대한 평가는 전반적으로 나쁜 편이었다. 공작의 사생아라는 꼬리표가 결코 떨어지지 않았던 탓이다.

성적도 좋고, 성격도 나쁘지 않은 편이었기에 남몰래 에르샤를 마음에 품은 이들은 많았다. 그러나 그 누구도 제 마음을 전하려 하지는 않았다.

에르샤 마르아넬이 사생아였기 때문이다. 덕분에 에르샤는 뒤에서는 제법 많은 이들의 호감을 샀으나, 겉으로는 그 누구에게도 호의를 얻지 못했다.

그 모순이 아르한은 우스웠고, 동시에 씁쓸했다. 그래서 그는 아직 날이 찬 봄날, 별관의 입구에서 우산도 없이 마냥 비가 그치기를 기다리는 에르샤를 모르는 척하지 못했다.

"영애."

머릿속에서 어떤 결론을 내리기도 전에 입이 먼저 그녀를 불렀다.

"영애."

하지만 두 번을 불러도 돌아오는 대답은 없었다. 에르샤는 마치 아무런 소리도 듣지 못한 사람처럼 정면을 응시하고 있었다.

"마르아넬 영애."

추적추적 내리는 빗속을 재차 울리는 부름에 그녀는 그제야 고개를 돌려 아르한을 응시했다.

조금 놀란 얼굴에 의아함까지 번지는 것을 보니, 아무래도 조금 전의 부름이 자신을 향한 것이라고는 생각지 못한 듯했다.

"무슨 일이신가요?"

그녀는 뒤늦게 경계심 가득한 눈으로 그를 응시했다.

"빗줄기가 거센 것을 보니, 해가 지기 전에는 그치지 않을 것 같군요."

"……그럴 수도 있겠네요."

순순한 대답과 달리 에르샤는 뜬금없이 제게 접근한 아르한을 경계하고 있었다. 그리고 그 경계심을 숨길 의사도 없어 보였다.

"그래서 저를 부르신 이유가 뭔가요?"

"비가 그치기를 기다리다가 시간이 늦어지면 곤란하실 것 같아서요."

의미심장하게 던져진 대답에 에르샤는 속으로 조금 움찔했다. 해가 지기 전에 저택으로 돌아가지 못하면 그녀는 저녁을 굶어야 한다. 하지만 그렇다고 해서 비를 맞은 채로 돌아가면 공작가의 명예를 실추시켰다며 매질을 당하고 창고에 갇힐 것이다. 그리고 눈앞의 남자는 마치 이러한 사실을 알고 있는 것처럼 말했다.

설마, 그럴 리가 없겠지만.

"무슨 말씀을 하고 계신 건지 모르겠군요."

그가 대체 무슨 수로 제 사정을 알겠는가 싶어 에르샤는 뒤늦게 아무렇지 않은 척을 했다.

"너무 어렵게 생각하실 필요 없습니다."

어느덧 들고 있던 우산을 편 아르한이 에르샤를 향해 한 발 다가섰다.

덕분에 두 사람은 자연스레 같은 우산 아래에 서게 되었다.

"저는 그저, 비가 오는 날. 우산이 있는 사람으로서 우산이 없는 영애에게 지극히 평범한 말을 하려는 것뿐입니다."

같은 우산을 쓴 탓인지 두 사람의 거리는 제법 가까웠다.

그 사실을 깨달은 에르샤의 기분은 조금 묘했다. 아카데미 내에서 누군가가 자의로 그녀와 이렇게 가까이 있는 것은 결코 흔치 않은 일이었으니까.

아마 그래서였을까?

돌아서면 바로 잊어버릴 것 같을 정도로 평범하고 흐릿한 인상을 가진 눈앞의 남학생에게서 에르샤는 눈을 뗄 수가 없었다. 그리고 그런 그녀의 손에 대뜸 우산 손잡이가 쥐어졌다. 예상치 못한 상황에 당황한 에르샤가 눈을 조금 크게 떴다.

"이게 무슨……."

"받으십시오."

말을 마친 그는 그대로 우산 밖으로 나갔다.

그리고는 그녀가 무어라 할 새도 없이 몸을 돌려 뒤에 있던 건물 안으로 들어갔다. 마치 한 편의 연극을 감상하듯 매끄럽고 우아하게 이어진 동작에 에르샤는 잠시 명한 얼굴을 했다. 그러다가 뒤늦게 정신을 차리고는 뒤를 쫓았으나, 남자는 이미 홀연히 사라진 후였다.

'들키진 않았겠지.'

에르샤에게 우산을 건네준 직후, 창문을 통해 다시 건물 밖으로 나온 아르한이 제 상태를 확인했다.

변장과 은신 마법에는 여전히 이상이 없었다. 아마 그녀는 금세 자신을 만났다는 사실조차 잊을 것이다. 분명 그럴 것임에도 아르한은 불안했다. 익숙한 불안과 불신이었다. 그의 삶이 원래 그러했다.

고작 우산 하나를 건네준 것일 뿐인데, 두려움과 불안에 떨어야 했다. 마법을 사용해 완벽하게 변장하고, 은신을 해도 늘 타인의 시선을 고려하고, 계산하지 않을 수가 없었다. 자신의 사소한 습관이나, 버릇 등을 기억하고 이를 통해 그의 은신을 파악할 수 있는 사람을 남겨 둬서는 안 되니까.

아르한이 마법을 사용한다는 사실을 아는 이는 없지만, 혹시 모를 일이었다.

찰나의 방심이나, 자만은 죽음이란 패배로 이어진다. 그는 그 사실을 하루하루 실시간으로 체감하고 있었다. 그러니 아르한에게 있어서 오늘의 일은 제법 이례적인 것이었다.

애초에 그는 함부로 타인을 가까이하지 않았다. 그들이 아르한을 투명 인간 취급하기도 했지만, 그 역시 마찬가지였다. 입지가 불안한 황자인 그는 제 곁에 타인을 함부로 두어서는 안 된다는 사실을 알았다.

마찬가지의 이유로 자신이 마법을 사용할 수 있다는 사실을 모두에게 숨기고 있는 그였다.

모든 것은 홀로 감당하고, 감내해야 한다. 그 사실을 누구보다 잘 알고 있는 아르한이었으나, 당시의 그는 아직 어렸고 또 지쳐 있었다.

아마 그래서였을 것이다.

"에르샤와 단둘이 소풍을 가기로 했어."

"내가 에르샤한테 뜨개질을……."

"에르샤가……."

샬롯의 입에서 그녀의 이름이 나올 때마다 아르한은 괜히 마음이 들떴다.

허수아비 황족이라 불리며 손가락질 당하는 샬롯을 아무 편견 없이 봐 준 그녀는 대체 어떤 사람일까. 만약 그녀라면 이런 자신의 고민과 갈등을 이해해 주지 않을까.

물론 완전히 확신할 수는 없는 일이었다.

고작 두 번 스치듯 마주친 것을 가지고는 에르샤라는 사람에 대해 알 수 없으니까. 하지만 그렇다고 다시 그녀와 접촉할 용기는 없었다. 제 마음을 털어놓을 용기는 더욱 없다.

일탈은 한 번으로 족하다.

그것이 모두를 위한 일임을 알았다.

그래서 아르한은 샬롯을 통해 에르샤의 이야기를 전해 듣는 것으로 만족했다.

"뒷산의 나무들을 그리시는 건가요?"

그렇게 끝났으면 좋았을 텐데. 운명은 기어이 아르한의 앞에 다시 에르샤를 데려다 놓았다. 그녀에게 충동적으로 우산을 건넨 후, 한 계절이 지난 가을 무렵이었다.

그날따라 노을빛이 좋고, 색색으로 물든 단풍이 좋았다. 그래서 아르한은 답지 않게 화실에 자리를 잡고, 붓에 묻은 물감으로 하얗고 텅 빈 캔버스를 채워 나가는 중이었다.

"늦은 시간까지 홀로 화실에 남아 그림을 그리다니. 열정이 대단하시군요."

아르한이 캔버스 위에 펼쳐 놓은 세상에서 눈을 떼지 못한 채로 그녀가 말했다. 그렇게 순수한 감상은 오랜만이었으나, 그는 그런 것을 신경 쓸 겨를이 없었다.

"여긴 어떻게 들어오셨습니까? 별관의 문은 이미 잠겼을 텐데."

아르한이 마음 편히 그림을 그리고 있던 이유 중 하나였다.

귀족 자제들만 다니는 아카데미 내에서 괜한 사고라도 생겼다간 일이 귀찮아진다. 그래서 도서관과 기숙사가 있는 곳을 제외한 대부분의 건물들은 오후 5시가 넘으면 안에 있던 학생들을 전부 내보내고 문을 잠근다.

화실이 있는 별관 역시 마찬가지였다.

"여기 있는 걸 들키면, 아카데미에서 쫓겨날 수도 있습니다. 아니, 쫓겨날 겁니다."

"그러게요. 아마 그 아이들도 그걸 노리고 절 여기에 가둔 거겠죠?"

가두다니? 그게 무슨 소리인가 싶어 그녀를 빤히 응시하자 돌아오는 것은 어색한 웃음뿐이었다. 그제야 차분히 에르샤를 살피던 아르한은 그녀의 손에 난 상처들을 볼 수 있었다.

여기저기 긁히고, 멍이 들고, 찢어진 상처들.

그건 마치 굳게 닫힌 문을 열기 위해 두드리고, 애원한 흔적 같았다. 하지만 그럼에도 아르한은 제 짐작이 틀렸기를 바라며 물었다.

"손은 어쩌다가 다치신 겁니까?"

"넘어졌다고 말하면 믿지 않으시겠죠?"

담담한 에르샤의 물음에 그는 말이 없었다.

그저 조용히 화실 구석에 비치된 연고와 붕대를 가져왔다.

"잠시, 실례하겠습니다."

"그렇게 거창한 치료를 받을 정도는 아니에요."

"이대로 두면 흉터가 남을 겁니다."

"상관없어요."

에르샤가 거절하자, 아르한은 반강제로 그녀의 손을 잡아챘다.

"제가 상관이 있습니다."

그러자 그녀는 결국, 어쩔 수 없다는 듯 한숨을 내쉬며 손을 맡겼다. 그러면서도 투덜거리듯 덧붙였다.

"그림을 그릴 것도 아니고, 악기를 연주할 것도 아니니 상관없지 않을까요?"

"사람 일은 모르는 겁니다."

단호한 아르한의 말에 에르샤는 무심하게 알았다며 고개를 끄덕였다. 그러다가 이내 다시 아르한이 그리던 그림으로 시선을 옮겼다.

"원래 이 시간에 자주 그림을 그리시나요?"

당연히 그림에 대해 물을 줄 알았는데, 뜻밖에도 그녀의 질문은 아르한을 향했다.

"글쎄요."

애매한 대답을 내놓았으나, 사실 답은 정해져 있었다.

변장과 은신 마법을 사용해 정체를 감춘 상태라고는 해도 타인에게 그림 그리는 모습을 들킨 이상 다음은 없었다.

"그거 아쉽네요."

짤막하게 떨어진 대답에 아르한은 연고를 바르던 손을 잠시 멈췄다. 일부러 모호한 대답을 했음에도 그 뜻을 눈치챈 건가?

그런 생각을 하던 그는 문득 고개를 들었다. 그러자 그림이 아닌, 자신을 바라보고 있던 에르샤와 눈이 마주쳤다.

그녀가 담담하게 말했다.

"만약 저 때문이라면 그러실 필요 없어요. 앞으로 또 별관에 갇히게 되더라도 화실에는 오지 않을 테니."

에르샤가 말을 마치기 무섭게 치료가 끝났다. 덕분에 그녀는 미련 없이 몸을 일으켰다.

"그럼 전 이만 가 볼게요."

짤막한 인사와 함께 에르샤가 문 쪽으로 향했다. 그 찰나의 순간이 아르한에게는 영원처럼 길게 느껴졌다.

그는 그녀를 이대로 그냥 보내야 했다. 그 후엔 에르샤가 나타나기 전처럼 그림을 그리다가 적당한 타이밍에 별관을 빠져나가 다시는 이

시간에 별관에서 그림을 그리지 않으면…….

"영애."

하지만 이번에도 아르한은 그리하지 못했다. 또다시 이성보다 앞선 감정이 충동적으로 그를 배반했다.

"괜찮으시다면 제가 그림을 완성할 때까지 곁에 있어 주지 않으시 겠습니까?"

"……진심이신가요?"

아르한을 향해 몸을 돌린 에르샤는 의아한 기색을 감추지 못하고 있었다.

아주 짧은 시간 안에 그의 태도가 손바닥 뒤집히듯 바뀌었으니 당 연한 일이다.

이에 그는 고개를 끄덕이며 말했다.

"물론입니다. 더불어 오늘이 아니라 언제든 내킬 때 그림을 보러 오 셔도 좋습니다. 물론 별관이 잠긴 후에요."

그때가 아니면 아르한은 자유로이 그림을 그릴 수가 없었다. 그래 서 한 말이었으나, 다시 생각해 보니 그렇게 되면 정체를 감추고 있는 그는 안전해도, 에르샤는 아카데미에서 쫓겨날 위험을 꾸준히 감수해 야 했다.

그 사실을 뒤늦게 깨달은 아르한은 당황했고, 또 후회했다. 그녀에 게 있어 자신과의 만남이 그 정도로 가치가 있으리란 생각은 들지 않 았다.

"좋아요."

496

하지만 돌아온 대답은 긍정이었다.

대체 무엇 때문에 에르샤가 그런 대답을 했는지 그는 이해할 수 없었다. 그리고 마치 아르한의 생각을 읽기라도 한 것처럼 그녀가 말했다.

"전 당신의 그림이 마음에 들어요."

그게 에르샤의 대답이었다.

그날부터 아르한과 에르샤는 피치 못할 사정이나 약속이 있는 날을 제외하고 거의 매일 화실을 찾았다. 두 사람이 만나서 하는 일은 늘 비슷했다. 아르한이 그림을 그리면, 에르샤는 옆에서 그것을 보조하거나 구경했다.

계절이 아예 바뀔 정도로 시간이 흐르지 않으면 그릴 수 있는 바깥의 풍경은 제한되어 있다. 실내는 말할 것도 없다.

하지만 그럼에도 두 사람은 즐거웠다.

매일매일 비슷한 풍경을 보고, 비슷한 그림을 그려도 괜찮았다. 그리고 그 별거 아닌 시간에 아르한은 조금씩 물들어 가고 있었다. 하지만 그 잔잔한 행복이 길어질수록 불안도 커졌고, 이에 비례하듯 자기 합리화도 늘어만 갔다.

항상 변장과 위장 마법을 사용하고 있으니 절대 정체를 들키지 않을 것이다. 전과 달라진 것이 있다면 매일 같은 얼굴을 사용해 변장한다는 점뿐이다.

만약 들키더라도 기억을 지우는 마법을 사용해 모든 일을 없던 것으로 하면 그만이다. 마력 소모가 극심한 마법이지만, 고작 한 명에게 사용하는 정도라면 괜찮겠지.

안일하게도 그때의 아르한은 그렇게 생각했다.

제법 오랜 시간을 함께 보낸 에르샤는 샬롯의 말을 들으며 짐작했던 것처럼 어른스럽기만 한 사람은 아니었다. 그보다 훨씬 더 다채로운 색을 가진 사람이었다. 어른스러운 면이 있기는 하지만, 가끔은 직설적이고, 솔직한 행동으로 그를 놀라게 하기도 했다.

그 점이 실망스럽기보단, 재밌었다. 다음에 이어질 행동과 말을 예상하기 어려운 상대란 흔치 않았으니까. 더불어 그는 어쩌면 그저 또래의 친구 비슷한 것이 필요했을지도 모른다.

"혹, 보고 싶은 그림이 있으십니까? 말해 주시면, 부족한 솜씨나마 열심히 그려 보겠습니다."

"음, 그렇다면 장미를 그려 주셨으면 좋겠어요."

에르샤는 만날 때마다, 무엇을 그려 넣고 싶으냐는 질문을 할 때마다 장미를 입에 담았다.

그래서 어느 날은 그가 물었다.

"장미를 좋아하십니까?"

금세 긍정의 대답이 나오리라 여겼으나, 의외로 에르샤는 오랫동안 입을 열지 않았다.

"……네, 특히 붉은 장미를 좋아합니다."

한참 후에 돌아온 대답은 상당히 평범했다. 덕분에 아르한은 그녀가 대답을 망설인 이유가 궁금해졌으나, 물을 수는 없었다.

대신 그는 다른 것을 물었다.

"왜 하필 장미입니까? 그것도 붉은색의."

이번에도 그녀는 쉽게 대답하지 못했다. 대신 다른 질문을 던졌다.

"보통 붉은색 장미를 보면 어떤 생각이 드시나요?"

뜬금없이 던져진 물음에 아르한은 에르샤가 곤란한 질문을 피하기 위해 화제를 돌리려 한다고 여겼다. 그래서 순순히 답을 골라 입 밖에 냈다.

"보통은 화려하다는 생각을 하곤 합니다."

거짓말이었다. 근래의 아르한은 장미를 볼 때마다 그녀를 떠올렸다. 하지만 그 사실을 순순히 고백할 수는 없었기에 적당한 답을 내놓았다.

"그렇군요."

그리고 그녀는 그 사실을 눈치채지 못한 채 고개를 끄덕이며 말을 이었다.

"원래 자신이 결코 가질 수 없는 것을 열망하는 게 인간의 본능이죠."

문득 들려온 의미 모를 말에도 아르한은 그녀의 말을 끊지 않았다. 그저 이어질 말을 기다렸다.

"제가 죽어도 닿을 수 없는 화려함의 정점이 탐나서, 그래서 저는 붉은 장미가 좋아요."

마치 스스로를 다독이듯, 그리 말한 에르샤의 시선은 아르한이 그린 장미에 고정되어 있었다. 그 모습을 물끄러미 응시하던 아르한은 그제야 한 발 늦게 그녀가 한 말의 의미를 알아차렸다.

붉은 장미는 마르아넬 공작가의 상징 중 하나였다. 그리고 그녀가 결코 닿을 수 없는 화려함의 정점이란, 그런 공작가의 일원으로 인정받는 것일 테지. 하지만 그것은 불가능에 가까웠다. 아르한이 아는 마르아넬 공작은 자신의 사생아인 그녀를 가족으로 인정할 사람이 아니었다.

오히려 제 입맛에 따라 이용하고, 휘두르려 하겠지. 최악의 경우, 제 이득에 맞춰 그녀를 팔아넘기듯 결혼시킬 수도 있었다.

"그분께서는 제가 하루빨리 남편감을 찾아 아카데미를 그만두길 원하세요."

그분. 자신의 부친을 가리킨다고 생각하기 어려울 정도로 거리감 있는 호칭이었다.

그리고 아르한은 그런 에르샤의 마음을 조금은 알 것 같았다. 그 역시 제 부친인 황제에게 어마어마한 거리감을 느끼고는 했으니까.

* * *

"제법 오랜만인데도 이곳은 크게 변하지 않은 것 같아요."

"네. 그런 것 같군요."

에르샤의 말에 아르한 역시 동의했다.

아카데미 내에 있는 훈련장, 기숙사가 있던 건물 등을 차례로 방문한 두 사람은 이제 옛 본관으로 향하는 길을 걷고 있었다.

찰박찰박.

땅에 발을 디디며 앞으로 나아갈 때마다 얕은 물소리가 들려온다.

비는 한참 전에 그쳤으나, 아직도 하늘에는 간간이 잿빛 구름이 펼쳐져 있다. 그와 대조되게도 빗물을 머금은 봄꽃들이 시선이 닿는 곳마다 흐드러지게 피어 있었다.

이쯤이었던가.

기억을 되짚던 아르한이 걸음을 멈췄다. 덕분에 에르샤 역시 걸음을 멈추고 그를 응시했다.

"왜 그러십니까?"

"아뇨, 아무것도 아닙니다. 그저, 꽃이 참 아름다운 것 같아서요."

아무것도 아니라는 듯 고개를 젓던 아르한은 다시 걸음을 옮기기 시작했다.

이곳 어딘가에서 그는 에르샤를 처음 만났다. 그녀의 머리카락이 아르한의 단추에 걸렸던 장소. 즉, 이곳은 그녀와 그의 시작점이지만 이 사실을 아는 것은 아르한뿐이다.

그는 그 사실에 섭섭함을 느끼거나 하지는 않았다.

모든 것은 자신이 한 선택이었으니까. 하지만 그렇게 생각하는 머리와 별개로 몸은 정직했다. 그 섭섭함을 이제라도 보상받겠다는 듯, 충실하게 에르샤를 향해 손을 뻗었다.

하얗고 매끄러운 손이 그의 손에 잡혀 든다.

"……갑자기 왜 이러시는 겁니까?"

"그냥 이리하고 싶어서요."

갑작스레 제 손을 잡은 아르한의 행동에 그녀는 당황했다.

결혼한 지 제법 오랜 시간이 지났으니, 이 정도 스킨십이야 이상할 것도 없었다. 하지만 에르샤의 직감이 말하고 있었다. 오늘의 아르한은 지금까지와는 어딘가 다르다는걸. 그 점이 그녀로 하여금 평소보다 이색하고 쑥스러운 기분이 들게 했다.

"싫으시면 놓겠습니다."

순순한 척 그리 말했으나, 아르한의 목소리엔 아쉬움이 가득했다. 더불어 그녀를 잡은 손에도 조금 힘이 들어갔다. 이렇게 아쉬운 티를 내는데 어찌 놓으라고 말할 수 있을까.

"……싫을 리가요."

그녀가 고개를 저었다. 솔직히 싫지는 않았다. 조금 쑥스러워서 그렇지.

"그럼 이대로 조금만 더 걷는 걸로 하죠."

그는 아이처럼 웃으며 그녀의 손을 꼭 잡았다. 마치, 다시는 놓치지 않겠다는 듯이.

"아, 그러고 보니 본관으로 가는 지름길이 있었던 것 같은데. 알고 계십니까?"

에르샤의 물음에 아르한은 무심코 고개를 끄덕이려다가 이내 고민에 잠긴 얼굴을 했다.

"글쎄요. 딱히 들어 본 적 없는 것 같습니다."

그러자 그녀는 신이 난 얼굴로 자신이 아는 지름길에 대해 털어놓았다.

"기숙사에서부터 본관까지의 거리가 제법 멀어서, 가끔 지각을 면

하기 위해 편법으로 사용했던 길이에요."

"그렇군요."

"그런데 아직도 있을지는 모르겠네요. 워낙 여러 건물들이 옮겨지고 바뀐 터라."

"아마 그대로 있을 겁니다."

아르한이 단언했다.

망설임이라곤 없는 대답에 에르샤는 찰나 의문을 품었으나, 곧 고개를 끄덕였다.

"그러면 좋겠네요."

말을 마친 그녀는 앞장서서 자신이 사용하던 지름길을 찾아 나섰다. 이 순간만큼은 제국의 황후가 아니라, 아카데미에 재학 중인 학생으로 돌아간 것 같았다.

그녀는 천천히 제 기억을 되짚었다.

"유독 잔디가 없고, 돌이 많은 길이었던 것 같아요."

제법 자주 다니던 길이었기에 쉽게 찾을 수 있을 줄 알았는데 쉽지가 않다.

역시 세월의 흐름은 무시할 수가 없는 모양이다. 너무 많은 것들이 바뀐 탓에 길을 찾는 일이 쉽지 않았다.

"이쪽이 아닐까요?"

그의 말에 열심히 땅만 보고 걷던 에르샤가 고개를 들었다.

그리고 이내 그녀의 두 눈이 커졌다.

"맞는 것 같아요."

"다행이군요."

에르샤는 진심으로 놀란 얼굴을 했다.

그렇게 많은 건물들의 위치가 바뀌었는데 이 길은 그대로라니 놀라지 않을 수가 없었다. 또한, 이곳을 자신의 어설픈 설명만 듣고 찾아낸 아르한도 대단했다.

"정말 신기하네요. 주변의 모든 것들이 변했는데, 이 길만은 여전히 남아 있다니."

동시에 뭔가 이상한 기분이 들었다. 예전에 이 길을 누군가와 함께 걸은 적이 있는 것 같은데.

아주 흐릿해서 그게 현실인지, 꿈에서 겪은 일인지조차 분간이 가질 않았다.

"이상하네."

"무엇이 말입니까?"

뒤에서 들려온 아르한의 물음에 그녀는 고개를 저었다.

"아뇨, 뭔가 이 길을 다시 걷게 되니 신기하기도 하고, 기분이 묘해서요."

그 후에도 몇 번이나 신기하다는 말을 중얼거리는 그녀의 모습에 아르한은 옅은 미소를 지었다.

아카데미의 이사장을 통해 이 길을 없애지 말라며 간단한 언질을 해 두길 잘했다는 생각이 들었다. 동시에 화실 역시 비슷한 언질을 해 둘 걸 그랬다는 생각도 들었다.

아카데미의 일에 지나치게 간섭하는 꼴이 될까 봐 일부러 관심을 두지 않았는데. 설마, 이런 식으로 건물들을 죄다 갈아엎을 줄은 몰랐다.

"전하께서는 정말 이 길을 처음 보신 건가요? 아카데미 내에서도 유명하다면 유명한 곳이었는데."

그런 에르샤의 물음은 천진했으나, 약간의 의구심이 섞여 있었다. 그 사실을 안 아르한은 단호하게 답했다.

"네. 세상 돌아가는 일에 관심이 없다 보니 그렇게 된 것 같습니다."

아르한은 거짓말을 했다.

그는 이 길을 알고 있다. 하지만 그녀에게 그 사실을 고백할 수는 없었다.

그것이 규칙이고, 대가이므로.

* * *

에르샤와 아르한은 화실 바깥에서 친분을 드러낼 수 있는 관계가 아니었다.

그 증거로 그녀는 그의 이름조차 몰랐다. 알려고 하지도 않았다. 아르한 역시 직접 그녀에게 이름을 듣지는 못했다.

상대는 나를 모르고, 나도 상대를 모른다. 그것은 그들이 서로에게 솔직할 수 있는 이유이기도 했다.

같은 아카데미에 다니고 있다는 사실을 제외하면, 접점이라곤 없는 관계. 게다가 두 사람의 친분을 아는 것 역시 서로뿐이다.

어느 날 둘 중 하나가 상대를 모르는 체하거나, 화실에 발길을 끊으면 그대로 깨질 관계. 두 사람의 관계를 돈독하게 만든 건 아이러니하게도 그 불완전함이었다. 그리고 아르한은 이제 그 불완전함이 원망스러웠다.

"또 다치셨습니까?"

"그러게요. 제가 보기보다 실수가 잦은 편이라."

아무렇지 않은 척 웃는 에르샤의 모습에 그는 아무 말도 할 수 없었다.

처음부터 자신의 정체를 드러내지 않은 채 시작된 만남이다. 그런데 이제 와 무슨 자격으로 아르한이 그녀의 삶에 개입할 수 있을까.

황자인 자신의 신분을 뒤늦게나마 드러낸 채 움직인다면 그는 충분히 에르샤를 향한 괴롭힘을 막아 낼 수 있을 것이다. 지금처럼 남몰래 뒤에서 그녀를 괴롭힌 이들을 응징하는 정도가 아니라 완전히 박멸할 수 있겠지.

문제는 그다음이다. 그 사실이 황제의 귀에 들어가면?

아카데미 내에 황제가 심어 두었을 눈과 귀를 완전히 피하는 것은 불가능했다. 결국, 아르한이 나서는 순간 황제는 모든 사실을 알게 될 테고. 아마 아카데미 내에서 이어지는 괴롭힘과는 비교할 수도 없을 만큼 끔찍한 일들이 벌어질 것이다.

제 딸인 샬롯의 사고도 대충 무마시켜 버린 황제다. 그런 황제에게 자비를 기대하는 건 명청한 짓이었다. 그는 특히 제 혈육에 한해서 더욱 잔인한 모습을 보이곤 했다.

"악! 으윽."

"괜찮으십니까?"

"괜찮아요. 소독약이 상처에 닿아 조금 쓰라린 것뿐이에요."

하지만 그렇다고 해서 이런 식으로 계속 에르샤가 다치는 모습을 구경만 해야 한다니.

그는 그 사실이 원망스럽고 절망스러웠다. 대체 왜 자신은 이렇게 무력해서 아무도 지킬 수 없는 걸까.

"저는 괜찮아요. 그러니 그런 눈으로 보지 마세요."

아르한이 그런 생각을 할 때마다 마치 그 속내를 읽기라도 한 듯, 그녀는 그를 다독였다.

자신은 괜찮다고, 네가 있어서 다행이라고, 그러니 죄책감을 갖지 말라고. 그 말은 한편으로는 우리는 딱 그 정도 관계라는 의미처럼 들리기도 했다.

뒤늦은 깨달음이지만, 이제 아르한에게 에르샤는 평범한 친구, 그 이상의 의미였다.

그는 에르샤에게 동질감을 느꼈다. 별다른 접점도 없는 그녀에게 아르한이 빠르게 마음을 열 수 있었던 이유였다.

두 사람의 상황은 묘하게 비슷했다. 그들에게 안식처가 되어 줘야 할 집은 지옥이고, 부친은 타인보다 못한 존재이다. 두 사람은 자신이 원해서 그들의 딸과 아들로 태어나지 않았다. 그런데 그들은 왜 제 부친에게까지 손가락질을 받아야 하는가.

사생아를 만든 것은 마르아넬 공작의 잘못이지 에르샤의 잘못이 아니었다. 죽은 황후를 미워하면서도 그녀와 관계를 가진 것은 황제였다.

그래 놓고 그들은 아르한과 샬롯을 배척한다.

태어난 아이들의 잘못은 그 어디에도 없었다. 그러한 사실과 황족으로 태어난 탓에 그 어떤 이도 함부로 곁에 두지 못하는 상황이 아르한을 궁지로 몰아넣었다.

에르샤는 그런 그에게 내려진 한 줄기 빛이자, 같은 아픔을 공유할 수 있는 유일한 타인이었다. 그래서 아르한은 안 된다는 것을 알면서도 자꾸만 흔들렸다.

오늘이 마지막이어야 하는데, 더는 그녀와 만나서는 안 되는데. 그게 자신과 에르샤를 위한 일임을 알면서도 선뜻 그렇게 하지 못했다.

"여쭤보고 싶은 게 있어요."

물어보고 싶은 게 있다는 에르샤의 말에 아르한은 긴장했다.

제 신원이나 이름을 묻지는 않을까 싶어 걱정이 됐던 것이다.

"사람을 그려 본 적이 있으신가요?"

하지만 아르한의 예상과 달리 그녀는 전혀 다른 질문을 던졌다. 그는 고개를 저었다.

"아뇨, 없습니다."

시트라 제국은 화가라는 직업과 그림 그리는 일을 천하다 여겼다. 그래서 아르한은 자신이 그림을 그린다는 사실을 철저하게 숨겼다. 덕분에 그 사실을 아는 건 오직 에르샤뿐이었다.

당연히 누군가를 모델 삼아 그림을 그린다는 건 상상도 못 할 일이었다.

"아쉽네요. 사람을 그리신 것도 꼭 보고 싶었는데."

보고 싶었는데.

덧붙여진 한마디에 아르한의 표정이 굳어졌다. 어쩐지 불길한 예감
이 들었다.

"아마, 저는 이제 다시는 화실에 올 수 없을 거예요."

그리고 그의 예상은 들어맞았다. 그녀는 지금 이별을 고하기 위한
서두를 꺼내고 있었다.

덕분에 아르한은 한참을 고민한 끝에 겨우 물었다.

"어째서입니까?"

멍청하기 짝이 없는 물음에 에르샤는 의외의 사실을 입에 담았다.

"이미 알고 계실 것 같지만, 제 이름은 에르샤 마르아넬이에요. 마
르아넬 공작님의 사생아이기도 하죠."

덤덤하기 짝이 없는 어조였다. 타인의 앞에서 아무렇지 않게 할 수
있는 이야기가 아니었음에도 그랬다.

"그렇군요."

이미 알고 있던 사실이었기에 아르한은 덤덤하게 고개를 끄덕였다.
그 모습을 본 그녀가 말을 이었다.

"공작님께서는 이제 제가 키워 준 은혜를 갚길 원하세요."

은혜. 우스운 단어였다. 적어도 아르한은 그렇게 생각했다.

"그렇다면 공작님께서 바라시는 건, 영애의 결혼입니까?"

"네."

뻔한 이야기였다. 에르샤와 같은 경우가 아니더라도 가문을 위해 정략결혼을 하는 영애들은 얼마든지 있다. 그러나 그 대상이 에르샤라는 이유만으로 그는 분노했다.

"설마, 이미 혼처가 정해지신 겁니까?"

"그건 아니지만, 이야기가 오가는 분들이 있기는 해요."

"어떤 분들입니까?"

아르한의 물음에 에르샤의 표정이 흐려졌다.

그 사실만으로도 어느 정도 감이 왔으나, 직접 이름을 들어 보니 더욱 가관이었다.

위로 열두 살 이상 차이가 나는 건 기본이고, 하나같이 질이 나쁘기로 유명한 사람들이었다. 애초에 사생아인 에르샤에게 괜찮은 혼처가 떨어질 리 없다. 공작의 딸이라고는 하나, 사생아니까. 거기다가 마르아넬 공작 역시, 에르샤를 배려해 괜찮은 혼처를 알아볼 만큼 사려 깊은 사람이 아니었다. 그에게 중요한 것은 그녀를 값비싸게 사 줄 사람이지. 그녀를 존중해 줄 사람이 아니니까.

에르샤 역시 그러한 사실을 모르지 않았기에 제법 복잡한 얼굴을 하고 있었다.

"다른 혼처를 찾을 방법은 없는 겁니까?"

그런 아르한의 말에 에르샤는 잠시 고민하는 기색을 보이다가 입을 뗐다.

"이번에 아카데미에서 열리는 연회가 끝나기 전까지, 그때까지 다른 분을 찾으면 혼처를 바꿀 수도 있다고 말씀하셨어요."

크게 의미 있는 조건은 아니었다. 아카데미 내에서 열리는 연회에 참석할 인물이라면 귀족들뿐일 텐데, 그들 중 사생아인 에르샤에게 청혼을 할 사람이 얼마나 있겠는가.

"그럼, 저는 이만 가 볼게요. 그동안 즐거웠고, 감사했어요."

완전한 이별을 고하는 그녀의 말에 아르한은 당황했다.

아무리 그래도 이렇게 급작스레 이별의 순간이 찾아올 줄은 몰랐던 것이다.

"잠시만요."

그래서 그는 이번에도 해서는 안 될 말을 꺼내며 에르샤를 붙잡고 말았다.

"괜찮으시면 정문까지 모셔다드리겠습니다."

미련 없이 화실을 나가려 했던 것과 상반되게도 에르샤는 순순히 아르한의 동행을 허락했다.

"좋아요. 대신, 본의 아니게 시간을 많이 지체했으니, 지름길로 가는 게 좋을 것 같아요."

"지름길이요?"

아르한으로서는 처음 듣는 이야기였다.

그런 그에게 그녀는 아카데미 내에서 알게 모르게 유명한 지름길을 알려 주었다. 유독 잔디가 없고, 돌이 많은 탓에 걷기 편한 길은 아니었으나, 급할 때 가끔 이용하는 정도는 괜찮을 것 같았다.

"이번 연회에 참석하시나요?"

그림 외에 다른 주제는 거의 입에 담은 적이 없었던 터라, 아르한은 그런 그녀의 질문이 어색하게만 느껴졌다.

"아카데미에 재학 중인 학생이라면 첫날엔 필수적으로 참석해야 하니까요."

아르한의 대답에 에르샤는 고개를 끄덕였다. 이유는 모르겠지만 뭔가를 기뻐하는 눈치였다. 무엇이 그리도 기쁜지 묻고 싶었으나, 그녀가 한발 빨랐다.

"그럼 제 파트너가 되어 주실 수 있나요?"

아. 아르한은 그런 에르샤의 말에 어떤 얼굴을 해야 할지 알 수 없었다.

전혀 예상치 못한 일이었다. 하지만 돌이켜 보면 미리 눈치채지 못한 게 더 이상했다.

오늘이 지나면, 아마 다신 보지 못할 그에게 자신의 사정을 모두 털어놓은 에르샤의 의도를 처음부터 눈치챘어야 했다. 에르샤는 지금 마지막으로 기대를 걸어 보고 있는 것이다. 기적이 일어나지 않을까 하는 마음으로.

아마 지금 붙잡지 않으면 다음은 없을 것이다.

"죄송합니다."

하지만 아르한은 그녀의 손을 잡을 수 없었다. 지금의 그는 에르샤의 상대가 되어서는 안 됐다.

마법을 사용할 수 있다고는 하나 아직 미미한 수준이고, 제 몸 하나 건사하기도 힘든 상황이다. 그러니 지금 에르샤와의 관계를 공표하는 건 그녀를 사지로 몰아넣는 것과 다를 바가 없었다.

"그렇군요."

에르샤는 담담했다. 마치 그럴 줄 알았다는 듯이. 덕분에 아르한은 무슨 말을 해야 할지 알 수 없었고, 그녀는 그대로 입을 다물었다.

그 후로 두 사람은 말없이 걷기만 했다.

아르한은 오늘따라 평소보다 빠르게 목적지를 향해 가는 발걸음이 아쉬웠다. 지름길이 아니라면 더 좋았을 텐데.

"다 왔어요. 이제 더는 함께 가 주지 않으셔도 돼요."

잔인하게도 시간은 너무나 빠르게 흐른다. 제게 이별을 고하는 그녀를 향해 그는 입술을 달싹였다.

"저……."

"그동안 감사했습니다."

하지만 이번에도 에르샤가 더 빨랐다. 인사를 마친 그녀는 그대로 자신을 데리러 온 마차를 타고 돌아갔다.

완벽한 이별의 선언이었다.

에르샤가 화실에 오지 않은 지 딱 이 주째.

그녀를 만나기 전에는 대체 어떻게 그림을 그렸나 싶을 정도로 재미가 없었다.

아무것도 그리고 싶지 않았다. 그럼에도 아르한이 계속 화실을 찾는 건 에르샤와 함께한 흔적이 남아 있기 때문이었다.

그는 이유도 모른 채 본능적으로 그녀의 흔적을 좇고 있었다.

학기가 끝난 탓에 아르한과 샬롯은 황궁으로 돌아왔다.

"황제 폐하께서 찾으십니다."

그리고 황제는 하루가 멀다 하고 그를 찾았다. 특별한 이유가 있는 것은 아니었다. 그저 오랜만에 아카데미에서 돌아온 아르한과 함께 시간을 보내고 싶다는 이유였다.

"제국의 태양이신 황제 폐하를 뵙습니다."

늘 그렇듯 아르한은 성심성의껏 예의를 갖췄다.

황제를 향해 숙인 고개는 올라올 기미가 보이지 않았고, 전체적인 자세 역시 흐트러짐이 없었다.

"왜 나를 그런 눈으로 보는 거지?"

"……."

"네 어미처럼 건방진 눈으로 나를 보지 말라고 했을 텐데?"

하지만 황제는 그가 어떻게 인사를 하고, 어떤 표정을 지어도 비웃고, 트집을 잡기 바빴다.

지금의 상황 역시 그랬다.

아르한이 고개를 숙이고 있는 탓에 황제는 그의 눈을 볼 수가 없었다. 그런데도 눈빛이 마음에 들지 않는다고 말한다.

"……죄송합니다."

그것이 아르한에게 허락된 유일한 대답이었다.

진실과 상관없이 황제는 아르한이 제게 고분고분하게 굴기를 원했다. 만약 그리하지 않는다면 아마 동생을 잘 돌보지 못했다며, 모든 책임을 샬롯에게 물을 것이다.

조금만, 아주 조금만.

자신이 성인이 되고, 그 어떤 것도 두렵지 않은 시기가 되면 샬롯과 함께 이 지옥을 떠날 것이다.

아르한은 오직 그날만을 위해 살아갔다.

에르샤를 만나기 전까지는.

젠장. 그는 답지 않게 속으로 거친 말을 내뱉었다.

도돌이표처럼 모든 생각의 끝에는 언제나 에르샤가 있었다. 덕분에 그는 하루에도 몇 번씩 후회했다. 그녀를 잡을 걸, 어차피 변장 마법을 사용하고 있는 상황이니 문제가 될 건 없지 않나 싶은 생각까지 들었다.

그리고 결국 아르한은 에르샤를 찾아 딱 하루, 뭔가에 홀린 사람처럼 무도회에 참석했다. 늘 그랬듯 스쳐 가는 인연으로 남겨야 한다는 마음과 조금은 괜찮지 않겠느냐 마음 사이에서 갈등하던 그가 후자를 택한 것이다.

* * *

우려했던 대로 이전된 화실은 전과 같은 느낌을 찾아보기 힘들었다. 전에는 햇빛이 좀 더 잘 들고, 사람들이 거의 오지 않는 느낌이었다면, 지금은 빛이 덜 드는 대신 전보다 많은 사람들이 찾는 느낌이었다.

과거에는 황량하기 짝이 없던 화실에 학생들이 그리다가 만 캔버스가 잔뜩 놓여 있는 것이 그 증거였다.

"제법 많은 학생들이 취미로 그림을 그리는 모양이네요."

에르샤가 순수한 감상을 내뱉었다. 솔직히 조금 의외라는 생각이
들었다.

전보다 조금씩 인식이 나아지고 있다고는 하나 시트라 제국은 여전
히 그림 그리는 일을 천하게 여겼고, 아카데미에 재학 중인 학생들은
대부분 귀족이었다. 그런데 학생들이 화실을 자주 찾는다니, 자신이
모르는 사이 무슨 일이라도 있었던 걸까?

"저도 그게 좀 의외긴 하군요. 한번 고정된 인식이라는 게 그리 쉽
게 바뀌지는 않을 텐데."

아르한 역시 비슷한 반응이었다. 이럴 땐, 오히려 아카데미 견학을
허락받은 사람이 그와 자신뿐이라는 사실이 아쉬웠다.

"물어볼 수 있는 사람이 있었다면 좋았을 텐데. 아쉽네요."

"방법이 아예 없지는 않을 겁니다."

"네?"

그녀가 의아한 얼굴을 했다.

현재 아카데미 내에 있는 사람은 고작해야 자신과 아르한, 그리고
입구에서 대기 중일 호위 기사들이 전부였다.

그런데 대체 누구한테 물어보겠다는 걸까.

잠시 후.

"제가 예술에 대한 조예가 없어 자세한 내막은 알지 못하나, 어떤
화가가 그린 그림 때문이라고 합니다."

아르한의 말은 곧 현실이 되었다. 그는 아카데미 내에 있는 통신 시설을 사용해 이사장과의 연결을 성공시켰다. 이사장은 갑작스레 연락을 받은 것을 당황스러워하면서도 나름 성의껏 질문에 답했다.

"한 화가가 아카데미 내의 어떤 장소를 그림으로 그렸고, 그것이 호평을 받으면서 학생들 사이에서도 그림을 그리는 일이 유행처럼 번지기 시작한 것 같습니다."

"어떤 그림이고, 어떤 화가가 그렸는지도 아십니까?"

"그게……."

아르한의 물음에 이사장은 당황한 얼굴로 진땀을 흘렸다. 그러다가 이내 겨우 생각난 듯 덧붙였다.

"녹색 드레스를 입고, 푸른 나비 가면을 쓴 여인의 그림이었을 겁니다!"

"그렇군요."

아르한의 덤덤한 대꾸 이후로 몇 마디의 인사가 더 오간 후 통신은 끊어졌다.

"녹색의 드레스에 푸른 나비 가면이라면, 제가 아는 그림인 것 같네요."

"저 역시 아는 그림인 것 같습니다."

천연덕스러운 아르한의 대꾸에 에르샤는 픽 웃고 말았다. 하지만 그것과 별개로 조금씩 그를 향한 원망의 감정이 고개를 들기 시작했다.

"저한테는 끝까지 아무 말도 해 주지 않으실 건가요?"

"무엇을 말씀하시는 겁니까."

"녹색 드레스를 입고, 푸른색 나비 가면을 쓴 채 무도회에 참석한 여인. 그것은 분명 저를 그린 그림이었습니다."

아마 마르아넬 공작의 명령에 따라 남편감을 찾기 위해 한참 무도회를 전전하던 시기일 것이다.

"마치 그 장면을 두 눈으로 본 것처럼 생생하게 그려진 그림이죠. 하지만 아무리 생각해 봐도 저는 과거에 폐하를 마주한 기억이 없습니다."

그것이 의미하는 바는 명백했다.

"혹시, 마법으로 제 기억을 지우신 겁니까?"

"……."

돌아오는 대답은 없었다. 아르한은 어떤 변명의 말도 하지 않았다. 그 사실이 의미하는 바를 그녀는 알았다.

"왜 그러셨습니까? 지금의 제 머리로는 도저히 폐하께서 그러신 이유를……."

"아르한."

갑작스레 들려온 이름에 그대로 말을 멈춘 에르샤가 그를 응시했다.

"오늘 하루 정도는 그리 불러 주셔도 되지 않습니까."

"……."

무표정하고 담담한 요구에 그녀는 어떤 얼굴을 해야 할지 알 수 없었다.

"제가 그린 그림 때문에 그런 유행이 번지고 있다니, 저 역시 의외입니다."

아르한은 자신의 그림이 그만큼의 파급력을 가졌으리라 생각해 본 적이 없었다. 그저 항상, 내킬 때 그리고 싶은 그림을 그린 것이 전부였으니까.

"그만큼 폐……. 아니, 당신의 재능이 대단하다는 의미겠지요."

에르샤의 말에 아르한은 시선을 잠시 내리깔았다. 재능이라. 그는 자신에게 그런 것이 있다고 생각해 본 적이 없었다. 정확하게는 아무래도 좋다는 쪽이었다. 그림에 대한 재능이 있든, 없든 그런 건 아르한의 삶에 있어서 크게 중요하지 않았다.

오히려 그가 지금까지 살아남을 수 있었던 건 마법에 대한 재능 덕분이었다.

"기억을 공유하는 마법에 대해 아십니까?"

분명 이곳에 오기 전에도 들은 적 있는 물음이었기에 에르샤는 의아함 가득한 얼굴로 그를 응시했다.

"기억이란 건 아주 섬세한 구조로 되어 있어서 조금만 손을 잘못 대도 큰 혼란과 고통을 불러옵니다. 심한 경우 현재의 자신을 잃고, 고통스러워하기도 하죠."

"아."

그녀는 그제야 깨달았다.

아르한은 지금, 그동안 자신이 에르샤의 기억을 되살리려 하지 않았던 이유를 입에 담고 있었다.

"솔직히 아쉽기는 했습니다. 당신은 모르는 기억과 추억을 홀로 간직해야 한다는 게."

당연히 그도 아쉽고 쓸쓸했을 것이다.

그 누구와도 공유할 수 없는 추억과 기억을 홀로 간직해야 한다는 사실이.

"하지만 전 비겁한 사람이라, 겨우 그 기억 하나를 위해 현재의 당신에게 고통을 줄 각오가 되어 있지 않습니다."

"……."

"그리고 그건 지금도 마찬가지입니다."

아르한은 에르샤가 기억을 찾기를 바랐다. 자신과의 추억과 기억을 찾아주길 바랐다. 하지만 동시에 찾지 않기를 바랐다. 그 과정이 고통스러울 것을 아니까.

"나 에르샤 마르아넬은 시트라 제국의 황후이자, 황제 폐하의 반려로서 제국의 번영과 부국을 위해, 그 어떤 순간이 와도 진실을 외면하거나, 도망치지 않을 것을 맹세합니다."

아르한의 즉위식 때와 두 사람의 결혼식 때 그녀가 읊었던 맹약이었다. 에르샤가 아닌 로젤의 이름으로 해야 했던 약속을 그녀는 지금 자신의 진짜 이름으로 다시 했다.

"고작 잃어버린 기억 하나 감당하지 못하고 도망칠 거였다면, 지금 이 자리에 있지도 않았을 겁니다."

"……."

"제게 떳떳하게 당신의 곁에 설 자격을 주세요."

고집스럽다는 생각이 들 정도로 단호한 에르샤의 말에 아르한은 고민에 잠겼다.

하지만 그 고민 끝에 도달할 수 있는 결론은 뻔했다.

"……많이 고통스러우실 겁니다."

한숨을 내쉬며 말을 꺼낸 아르한은 여전히 내키지 않는다는 얼굴이었다.

그녀가 제 말에 겁을 먹고 그대로 포기하기를 바라는 것 같기도 했다.

"괜찮습니다. 제가 감내할 몫이죠."

물론 그런 일은 없었다. 에르샤는 고작 이 정도로 제 결정을 번복할 사람이 아니었다.

그래, 애초에 자신이 그런 그녀의 모습에 반했다는 사실을 아르한은 뒤늦게 떠올렸다.

결국 얼마간의 망설임 끝에 아르한이 에르샤의 턱을 가볍게 쥐었다. 그리고는 그대로 그녀의 입술에 제 입술을 맞대었다.

"이, 이게 무슨……."

에르샤의 목소리가 그대로 입 안에 먹혀 들었다. 기습적으로 이어진 입맞춤에 그녀는 당황한 얼굴로 눈을 굴렸다.

설마, 지금이라도 자신이 한 말을 번복하길 바라며 아르한이 심술을 부리는 걸까. 라는 생각이 들었으나, 곧 그게 아니라는 걸 알 수 있었다.

'여긴 어떻게 들어오셨습니까? 별관의 문은 이미 잠겼을 텐데.'

'이대로 두면 흉터가 남을 겁니다.'

'장미를 좋아하십니까?'

'죄송합니다.'

잊었던 기억들이 흘러 들어온다. 그중 가장 선명하게 그려지는 지점이 있었다.

녹색의 드레스를 입고, 푸른 나비 가면을 쓰고 무도회에 참석했던 그날. 그날은 바로 아르한이 에르샤의 기억을 지워 버린 날이었다.

* * *

가면무도회에 참석한 아르한은 계속 에르샤를 찾아 헤맸다. 미친 사람처럼 인파 사이를 헤매고 다니다가 연회장 안에는 그녀가 없다는 사실을 깨닫고 밖으로 나왔다.

에르샤가 없는 연회장은 그에게 아무 의미가 없었으니까.

"당장 이 손 놓으세요."

그러다가 마침내 연회장 바깥에 위치한 정원의 미로 근처에서 에르샤를 발견했다. 그녀는 한 사내와 실랑이를 벌이고 있었다.

"이거 놓으시라고요."

"뭘 그리 비싸게 굴어? 어차피 오늘이 지나면 늙은 영감탱이한테 팔려 갈 처지라며?"

너도 그 전에 나랑 한번 노는 게 낫지 않겠어?

덧붙여진 말에 에르샤의 표정이 굳어졌다. 아무리 가면무도회라지만 아카데미 내에 이런 정신 나간 작자가 있을 줄은 몰랐다. 사생아긴 하지만, 그래도 일단은 마르아넬 공작가의 사람인 에르샤다. 그런 자신을 이런 식으로 대하는 얼간이가 있다니.

"여기가 너무 환해서 별로면 저쪽으로……. 윽!"

억지로 에르샤를 끌고 가려던 남자는 외마디 비명과 함께 바닥에 쓰러졌다. 그대로 의식을 잃었는지 찍소리도 내지 않았다.

"괜찮으십니까?"

순식간에 일어난 일이었기에 그녀는 뒤늦게 상황을 파악하기 위해 고개를 돌렸다. 그러자 그곳에는 남자를 기절시킨 인물이 있었다. 결코 잊을 수 없는, 자신을 거절한 사내가.

"……도와주셔서 감사해요."

왜 하필 이런 곳에서 이런 몰골로 마주친 걸까. 도움을 받은 것은 고맙지만, 그를 다시 보고 싶진 않았기에 에르샤는 조금 복잡한 얼굴을 했다.

남자 역시 그 마음을 눈치챈 듯 말없이 그녀의 상태를 살폈다. 과거, 에르샤의 상처를 봐주던 그때와 한 치의 다름도 없는 다정함이었다. 그 다정함이 오히려 에르샤를 비참하게 만들었다. 그래서 그녀는 자신도 모르게 물었다.

"여긴 무슨 일로 오신 겁니까."

다소 퉁명스러운 어조였다. 남자는 그 사실을 지적하는 대신, 다른 이야기를 했다.

"영애께서는 단번에 저를 알아보신 모양이군요."

"그거야……."

당연하지 않으냐 말하려던 에르샤는 그제야 이상한 점을 눈치챘다.

그는 분명 얼굴의 대부분을 가리는 가면을 쓰고 있었다. 그런데 자신은 대체 어떻게 남자를 알아본 걸까. 남자 역시 마찬가지였다. 에르샤가 쓰고 있던 나비 가면은 얼굴의 대부분을 가리고 있었다.

눈썰미가 좋은 편이라 해도 쉽게 알아볼 수 없을 텐데, 대체 그는 어떻게 자신을 알아본 걸까.

"조금 전의 저 남자와는 어떤 사이십니까."

대뜸 들려온 남자의 물음에 그녀는 생각을 멈추고 그를 응시했다. 어떤 사이냐고? 그런 건 왜 묻는 거지? 그런 의문이 얼굴에 그대로 드러났는지, 남자가 덧붙였다.

"혹여나 영애의 지인이라면, 계속 저렇게 둘 수는 없으니까요."

남자의 대답에 에르샤는 스스로를 비웃었다. 대체 뭘 기대한 건지. 그리고는 고개를 저었다.

"아무 사이도 아닙니다. 홀로 정원을 걷고 있었는데, 다짜고짜 제 가면을 벗기고 정체를 확인하더니 계속 무례를 범하시더군요."

"……그랬군요."

아주 찰나였기에 에르샤는 보지 못했지만, 아르한의 표정이 싸늘하게 굳어졌다.

"일단, 자리를 옮기는 게 좋겠습니다."

그의 말에 에르샤 역시 동의했다. 지금은 의식을 잃었지만, 남자가 깨어난다면 분명 일이 귀찮아질 것이다. 하지만 그렇다고 연회장으로 돌아가고 싶은 마음은 없었다.

"혹, 따로 가고 싶은 곳이 있으십니까? 있으시다면 그곳까지 모셔다드리겠습니다."

그런 에르샤의 마음을 눈치챈 듯 아르한이 말했다. 그러자 그녀는 말없이 고개를 끄덕인 후 앞장서 걷기 시작했다.

에르샤가 몸을 돌리기 무섭게 쓰러진 남자의 손목에서 으드득 소리가 들려왔다. 아르한이 방음 마법을 사용한 탓에 그녀는 이런 상황을 알지 못했으니, 이건 그 혼자만의 화풀이였다.

두 사람은 조금 전에 있던 정원보다 더 안쪽에 있는 곳으로 들어왔다.

"그런데 여긴 어쩐 일로 오신 겁니까?"

오랜 적막 끝에 먼저 입을 뗀 것은 에르샤였다. 그녀는 그가 자신을 만나러 왔으리란 생각은 하지 않았다. 착각이 쌓일수록 괴로워지는 것은 자신이니까. 이를 증명하듯 얼마간 돌아오는 대답은 없었다. 그래서 그녀는 스스로를 보호하기 위해 서둘러 결론을 내렸다.

"무슨 일로 오셨는지 모르겠지만, 도와주셔서 감사합니다. 부디 즐거운 시간 보내다가 가시길."

말을 마친 에르샤가 몸을 일으킨 것과 아르한이 그녀를 부른 것은 거의 동시였다.

"잠시만요."

더 이상 상처받고 싶지 않아 선을 긋는 것이 분명한 에르샤의 태도에 그는 차마 그녀를 보러 왔다 말할 수가 없었다.

"저는……."

우선 말문을 열기는 했으나, 무슨 말을 해야 할지 알 수 없었다. 진실을 말할 수 없게 되니 더욱 그랬다.

"친우를 따라 왔습니다."

그래서 아르한은 어쩔 수 없이 거짓을, 그것도 한 박자 늦게 입에 담았다. 조금 뜬금없다는 생각이 들 만한 타이밍이었다.

"그러시군요."

에르샤는 별다른 반응을 보이지 않았다. 그 사실에 아르한은 찰나 안도했다. 그녀가 자신을 완전히 놓아 버리지 않았다는 의미처럼 들린 탓이다.

"친우와 함께 오셨다는 건 일행이 있으시다는 의미겠군요. 부디 함께 즐거운 시간 보내시길 바랍니다."

하지만 덧붙여진 말은 여전히 단호했다. 더는 그와 엮이고 싶지 않음을 말하고 있었다. 그리고 그것은 에르샤가 아르한을 완전히 놓으려 한다는 의미이기도 했다.

그녀가 내민 손을 먼저 거절한 주제에 그는 새삼 그 사실에 가슴이 아렸다.

"영애는 왜 이곳에 오신 겁니까?"

그래서 아르한은 그런 질문을 던졌고, 에르샤는 왜 그런 것을 묻나 싶은 얼굴이면서도 순순히 답했다.

"전에도 말씀드렸듯 공작님의 뜻에 따라 적당한······."

"아뇨, 제가 묻고 싶은 건 그런 게 아닙니다."

단호하게 그녀의 말을 자른 아르한이 덧붙였다.

"왜 하필 이 정원에 오셨습니까?"

"……."

"혹, 여기가 아카데미 내에서 유일하게 장미가 핀 장소이기 때문입니까?"

그녀가 가장 좋아하는 꽃, 마르아넬 공작가의 상징. 에르샤가 늘 아르한에게 그려 달라 말했던 꽃.

그 모든 미련을 에르샤는 아직도 떨쳐 내지 못하고 있었다. 정곡을 찌르는 물음에 그녀는 말이 없었다. 얼마간 아무 대답도 하지 않은 채 그를 응시했다.

"당신께서는 정말, 끝까지 잔인하시군요."

긴 텀을 두고 돌아온 것은 지친 기색이 가득한 에르샤의 원망이었다.

"제겐 끝까지 이름 하나 알려 주지 않으셨으면서, 저에 대한 모든 걸 안다는 듯 말하지 마세요."

지금껏 쌓여 왔던 것이 터지듯 그녀는 처음으로 제 진심을 드러냈다. 내일이면 에르샤는 자신보다 훨씬 나이가 많은 귀족에게 팔려 갈 것이다. 마르아넬 공작의 눈에 찰 정도의 사내를 찾지 못했다. 아니, 찾을 수가 없었다.

"기대하게 만들지 말란 말입니다. 어차피 버릴 거고, 책임지지 않을 거라면 그냥 놔두라고!"

이미 자신의 마음은 다른 곳에 가 있는데, 그런 사람을 찾는 게 무슨 의미가 있을까. 그렇게 제 감정을 전부 쏟아낸 에르샤를 향해 아르한이 말했다.

"친우 같은 건."

그 한마디에 그녀는 고개를 들어 그를 응시했다.

체념 섞인 에르샤의 시선을 마주한 그는 차분히 덧붙였다.

"처음부터 없었습니다."

"……."

"제게 딱 두 명 있는 친우는 모두 일찍 가문을 물려받은 탓에 아카데미에는 발조차 들이지 못했습니다."

그리고는 진실을 고백했다.

"제가 오늘 이곳에 온 건 당신을 만나기 위함입니다."

평소의 아르한이라면, 평소의 에르샤라면 절대 하지 않았을 고백이 맞닿은 순간이었다.

"……또 저를 기대하게 하시는군요."

에르샤는 그런 아르한의 고백을 부정했다. 여기서 또다시 상처를 받으면 정말 돌이킬 수 없을 것 같았다. 하지만 그럼에도 그녀는 묻고 말았다.

"이럴 거였다면, 왜 저를 거절하셨습니까?"

그의 답이 돌아오기 전에 에르샤가 재차 물었다.

"제가 사생아기 때문입니까?"

"그런 이유는 아닙니다."

아르한은 지체 없이 부정했다. 덕분에 에르샤는 한층 더 혼란스러운 얼굴을 했다.

"그럼 왜……."

저는 이 제국의 황자입니다. 황제의 눈 밖에 났고, 계승권은 있으나 세력이랄 것이 없는 황자. 차마 입 밖으로 내지 못할 진실이 머릿속을 맴돌았다. 그는 결코 그 사실을 고백할 수 없을 것이다.

"제 보잘것없는 가문은 결코 당신을 지킬 수 없습니다."

아르한은 적당히 사실과 거짓을 섞어 말했다. 이에 그녀는 즉각 반응했다.

"저는 그런 것을 원하지 않아요."

"압니다."

그래서 안 되는 것이다. 에르샤가 자신에게 도움이 되지 않는 사내를 망설임 없이 버릴 수 있는 사람이었다면 그도 진실을 숨기지 않았을지 모른다.

"그러면 당신은 대체 뭘 위해 이곳에 계신 건가요?"

그녀는 진심으로 그의 의중을 모르겠다는 얼굴이었다.

"저를 동정하시나요?"

비참함이 묻어나는 에르샤의 물음에 아르한은 망설였다. 그것을 그녀는 자신의 짐작이 맞았다는 뜻으로 받아들였다.

"그 값싼 동정 때문에 신세를 망치고 싶은 게 아니라면 돌아가세요."

신랄한 에르샤의 말에 아르한은 즉시 반박했다.

"저는 남을 동정할 처지가 못 됩니다."

하지만 에르샤에게는 그저 변명처럼 들렸다. 그것을 지적하기 위해 입을 뗀 순간.

"그러니 사랑이라 하겠습니다."

그대로 입을 닫을 수밖에 없었다. 저 무미건조한 말 한마디에 한심하게도 가슴이 묵직하게 내려앉았다.

사랑. 우습게도 사랑을 내뱉는 남자의 눈은 고요했다. 하지만 그 모습이 지독하게 잘 어울려 이상하다는 생각은 들지 않았다.

"저는 가문에서 버려진 거나 다름없는 처지입니다."

대뜸 들려온 고백에 에르샤의 눈이 잠시 커졌다가 다시 원래대로 돌아왔다.

그런 가정을 해 보지 않은 것은 아니다. 수업이 끝난 후 매일 화실에 홀로 남아 그림을 그린다는 것 자체가 이상하다고 생각했다. 친우도, 가족도, 그 누구도 그를 찾지 않는 것처럼 보였으니까.

그런 에르샤의 의문을 읽은 것인지, 아니면 조금 전에 한 고백의 연장선인지 아르한은 계속 말을 이었다.

"저는 가진 게 아무것도 없는 사람입니다. 그럼에도 염치는 있어 차마 지금의 제게 와 달라는 말은 할 수 없습니다."

말을 마친 그가 한 걸음을 걸어 거리를 좁혔다. 남자의 손이 에르샤의 머리카락으로 향한다.

"그러니 제가 갈 때까지 기다려 주십시오."

말을 마친 아르한이 그녀의 머리에 붙은 나뭇잎 조각을 떼어 냈다.

그 자연스러운 동작에 순간 넋을 잃고 있던 에르샤가 뒤늦게 놀란 얼굴을 했다.

"⋯⋯지금 제게 청혼하신 겁니까?"

뒤늦게 혼란스러운 얼굴을 하던 그녀는 금세 평정심을 되찾았다. 그리고는 웃음기 한 점 없는 얼굴로 물었다.

"맨입으로요?"

"⋯⋯."

"반지 하나 없이?"

"그게⋯⋯."

아르한이 난처한 얼굴을 했다. 급한 마음에 반지를 준비해야 한다는 생각을 하지 못했다. 사실 알았어도 준비하지 않았을 것이다. 반지를 나눠 갖는 것만으로도 에르샤에게 어떤 위험이 닥칠지 모르니까.

"그동안 저를 애태우신 게 있으니, 빈말로라도 아무것도 필요 없단 말은 못 하겠습니다."

이어진 에르샤의 말에 아르한은 고민했다. 반지를 대체 할 다른 무언가가 필요했다.

"저를 그린 그림 한 점."

그런 그의 고민을 읽은 듯 그녀가 명쾌하게 덧붙였다.

"그거면 될 거 같습니다."

"그림이요?"

확실히 그림이라면 흔적이 남을 걱정은 덜했다. 여차하면 누구인지 알아볼 수 없도록 그려서 선물해도 되니까.

"알겠습니다. 부족한 솜씨나마 발휘해 보죠."

그런 아르한의 말에 에르샤는 픽 웃었다. 그러나 곧 그녀의 얼굴이 조금 어두워졌다.

"그런데 제가 그때까지 무사히 혼자일 수 있을까요?"

문득 깨달은 현실의 벽은 너무나 두꺼웠다. 당장 오늘 마땅한 남편 감을 찾아오지 못하면 누구에게 팔려 갈지 모를 노릇이니까.

"그건 걱정하지 않으셔도 됩니다."

아르한 역시 그 사실을 알았기에 무턱대고 기약 없는 기다림을 부탁할 생각은 없었다.

"제 친우 중 한 명이 제가 없는 동안 당신의 약혼자 노릇을 해 줄 겁 니다."

이미 오늘 이곳에 오기 전에 말까지 맞춰 놓았다.

아르한이 이렇게까지 한 이유는 간단했다. 그는 곧 황제의 명령에 따라 전쟁터에 나가게 된다. 전쟁이라는 게 그렇듯 제법 오랜 시간 수 도를 떠나 있어야 할 테고, 그동안 에르샤를 지키기 위해서는 타인의 도움이 절실했다. 그래서 그는 제 친우인 에반의 도움을 받기로 했다.

"그는 좋은 사람입니다. 그러니 아마 당신을 부족함 없이 도와줄 겁 니다."

"꼭 다신 안 볼 사람처럼 이야기하시네요."

정곡을 찌르는 에르샤의 말에 아르한은 동요하지 않으려 노력했다. 하지만 그녀는 그 찰나의 망설임을 읽어 냈다.

"혹시, 곧 있을 전쟁에 참전하시나요?"

이 물음만큼은 아르한도 부정할 수 없었다. 덕분에 그의 침묵에서 긍정의 뜻을 읽어 낸 에르샤는 망연한 얼굴을 했다.

"······그러셨군요."

그녀의 얼굴빛이 찰나 흐려졌다가 곧 원래대로 돌아왔다.

"늙어 죽을 때까지 기다릴 거예요."

"······."

"그러니 살아서 돌아오세요."

그 협박 같은 애원에 아르한은 고개를 끄덕였다.

"약조하겠습니다."

망설임 없이 돌아온 대답에 에르샤는 만족스러운 얼굴을 했다. 동시에 아르한의 입이 열렸다.

"딱 하나만 더 욕심을 내도 되겠습니까?"

대체 무엇을? 에르샤가 그런 의문을 입 밖에 내려던 찰나, 그가 입술을 맞대어 왔다. 설레고 달콤하기보단, 위태롭고, 위험하며 절박한 입맞춤이었다. 지금이 아니면, 오늘이 아니면 안 되는 것처럼 절실하게 두 사람은 서로를 탐했다.

"죄송합니다."

마침내 입술이 떨어지고, 그가 가장 먼저 한 말은 저것이었다. 그점이 에르샤는 실망스러웠다.

뭐가 그리 죄송하다고.

"잊으십시오."

뒤이어 들려온 말이 불길하다. 잊으라니? 미래를 약속한 상황에서 할 말로는 적합하지 않았다.

얼마 후 전쟁터에 나갈 몸이라고는 하지만, 이건 아니었다.

"그게 무슨…… 아."

갑자기 머리가 어지러웠다. 이 기분은 대체 뭐지?

"다시 눈을 떴을 땐 아무것도 기억하지 못하실 겁니다."

담담한 남자의 말에 에르샤는 멍한 얼굴을 했다.

"제가 살아 돌아오지 못한다면 그대로 저를 잊으십시오."

그녀를 아프게 할 바에야 아무 기억도 남기지 않고 죽는 게 나았다.

"만약 우리에게 다음이 있다면, 그땐 제가 죽을 만큼 노력하겠습니다."

말을 마친 아르한은 완전히 정신을 잃은 에르샤를 근처에 있던 의자에 눕혔다.

그는 그녀가 모든 것을 잊어도 괜찮았다. 냉정하게 생각했을 때, 그가 살아 돌아올 확률은 크지 않다. 그러니 그 희박한 확률에 에르샤의 인생을 걸 수는 없었다. 만약 자신이 죽는다 해도 그녀는 그저 아무것도 모른 채 행복하길 바랐다.

그것이 아르한의 이기심이고 욕심이었다.

* * *

제 친우인 에반 아델노프에게 에르샤를 부탁한 채 아르한은 전쟁터로 떠났다. 전쟁터에서 그는 매일 삶과 죽음의 경계에 아슬아슬하게 걸쳐 있었다.

오늘은 살아남았지만, 내일은 또 어떻게 될지 모르는 나날들이 이어졌다. 그리고 그런 상황 속에서 그는 황태자가 되었다. 역병이 황후가 낳은 두 황자들을 덮친 탓이다.

모두가 역병이라 말하는 상황에서 황후는 아르한을 의심했다. 그가 자신의 두 아들을 죽였다고 믿었다. 그리고 그런 황후의 의심은 곧 은밀하게 황제에게로 향했다. 그때의 아르한은 진실을 알지 못했지만, 당시의 황후는 뒤늦게나마 진실을 알고 말았다.

얼마간의 시간이 더 흐르고 전쟁은 끝을 향해 달려갔다. 황제가 아르한을 수도로 부른 것은 그쯤이었다.

전쟁을 완전히 마무리 짓고, 화려하게 귀환할 아르한의 모습이 보기 싫었던 그는 애매한 시기에 그를 수도로 데려왔다. 그리고 적당히 구색만 갖춘 승전 축하 연회에서 아르한은 에르샤와 재회했다.

"에르샤 아델노프입니다. 제국의 차기 태양이신 황태자 전하를 뵙게 되어 영광입니다."

제 친우인 에반의 아내가 된 에르샤와.

"……반갑습니다."

아르한은 애써 동요를 감춘 채 그린 듯 우아한 미소를 지었다. 속으로는 죽고 싶을 만큼 슬펐지만, 이를 티 낼 수는 없었기에 울고 싶은 만큼 웃었다.

전쟁터에서 돌아온 그날, 모든 사실을 알게 된 그날 아르한은 에반을 죽여 버리고 싶은 충동에 휩싸였다. 하지만 죽이기는커녕 손가락 하나 댈 수 없었다. 그는 에르샤가 선택한 남자였으니까.

이런 상황에서도 아르한은 그녀에게 미움받을까 두려웠다. 그래서 애먼 곳에 화풀이를 했다.

"왜 진작 내게 말하지 않았지?"

"……미안해. 그건 내가 입이 열 개라도 할 말이 없다."

그런 크리스의 대답에 아르한은 차마 그를 더 몰아붙일 수 없었다.

에르샤의 소식을 미리 자신에게 알리지 않은 크리스의 뜻을 모르지 않았다. 전쟁터에 나와 있는 사람의 머릿속에 잡념이 자리하는 게 얼마나 위험한 일인지 그는 알고 있는 것이다. 찰나의 방심이 죽음으로 이어지는 곳이 바로 전쟁터니까. 하지만 그 사실을 안다고 해도 아르한은 그가 원망스러웠다. 사실은 스스로가 원망스러웠다.

에르샤를 위한답시고 그녀의 기억을 지운 과거의 자신이 원망스러웠다. 이럴 거면 차라리 살아 돌아오지 말 걸 그랬다는 생각도 들었다.

하지만 그는 늘 그랬듯 살아가야 했다.

"너, 그림도 그려?"

불쑥 들려온 크리스의 물음에 아르한은 그제야 정신을 차렸다. 무의식적으로 손이 가는 대로 붓을 움직이며 그림을 그리고 있었다.

"게다가 제법 잘 그리는데?"

그런가? 하지만 이제 와 그런 게 다 무슨 소용일까 싶었다.

자신의 그림을 인정해 주던 에르샤는 이제 없는데.

'저를 그린 그림 한 점.'

'그거면 될 거 같습니다.'

"너, 미술관이 하나 있다고 했었지?"

"어, 그랬지. 그건 왜?"

"거기 전시실 중 하나만 비워 줘."

일종의 착각이고 욕심이었다.

계속 그림을 그리다 보면 언젠가는 에르샤가 다시 예전처럼 자신을 봐 주지 않을까 하는 착각. 혹은, 이제는 혼자만의 추억이 된 시간들을 그림으로 그려 내고픈 욕심.

결국 그는 그 헛된 마음들을 담아 붓을 잡았다.

에르샤와 처음 만났던 화실도, 전쟁터에 나가기 전 마지막으로 만났던 그날도. 전부 아르한의 손에서 아름다운 그림으로 탄생했다. 물론, 누구도 그림의 주인공을 알아보지 못하도록 손을 쓰는 일도 잊지 않았다.

그렇게 그는 계속 그림을 그려 나갔다. 마치, 에르샤와 함께 했던 추억 속에 영원히 멈춘 사람처럼 끊임없이.

더불어 아르한은 또 다른 욕심으로 장미 정원을 만들었다.

'제가 죽어도 닿을 수 없는 화려함의 정점이 탐나서, 그래서 저는 붉은 장미가 좋아요.'

에르샤가 있는 아델노프 후작가에는 장미가 없었다.

선대 후작도, 에반도 화려한 향기가 나는 꽃을 좋아하기는커녕 정원을 가꾸는 데 관심이 없었던 탓이다. 그 사실을 떠올린 아르한은 태어나 처음으로 황제의 반대도 무시한 채 직접 장미를 공수해 왔다.

하나같이 붉고 화려한 색과 향기를 가진 장미들로. 게다가 정원에 놓을 구조물 하나하나까지 정성스레 고르고 손봤다.

비록 에르샤가 자신을 기억하지 못한다 해도 그녀가 붉은 장미를 통해 위안을 얻는다는 사실은 변하지 않는다. 그러니 자신은 끝내 기억하지 못하더라도 가끔 생각이 날 때마다 장미 정원을 찾아 준다면. 그리고 멀리서나마 그 모습을 볼 수 있다면 아르한은 그걸로 족했다.

* * *

"아……. 으, 으흑!"

기억을 되찾은 여파로 인한 고통과 혼란이 동시에 에르샤를 덮쳤다. 눈에서 나온 뜨거운 액체가 쉴 새 없이 뺨을 타고 흐른다.

왜 이제야 모든 사실을 알게 된 걸까. 그는 왜 이제껏 아무 말도 해 주지 않은 걸까. 이렇게 아프고, 슬프고, 괴로운 기억을 아르한은 왜 홀로 간직하려 했던 걸까.

"많이 아프십니까? 급작스레 기억을 공유한 부작용으로 인해 생긴 통증일 가능성이 큽니다."

그답지 않게 당황한 기색이 묻어났다. 그 사실을 깨달은 그녀가 고개를 저었다. 이건 단순히 머리가 아프고 마는 정도가 아니었다. 당시의 아르한이 느낀 절망과 슬픔까지 공유한 탓에 느껴지는 정신적 고통이었다.

"일단, 의원을 불러오겠습니다."

다급하게 자리를 떠나려던 아르한을 에르샤가 붙잡았다.

"……가, 지 마세요."

그 손길에 순순히 붙잡힌 그가 몸을 돌려 그녀를 응시했다.

"미, 미안해요. 아무것도 몰라서, 이제야 기억해 내서."

"……."

자신을 응시한 채 쉴 새 없이 눈물을 흘리는 에르샤를 아르한은 말없이 안아 주었다.

"괜찮습니다. 또 괜찮아질 겁니다."

자신에게 하는 말인지, 에르샤에게 하는 말인지 알 수 없었다.

"그리고 저도 함께하겠습니다."

그리 말한 아르한은 가볍게 등을 두드리던 것을 멈추고 그녀의 손등에 입을 맞췄다.

"이렇게 한다고 당신이 느끼는 고통이 줄어들지는 않지만, 그래도 같이 아프면 그나마 나을 거 같아서요."

말을 마친 아르한이 옅게 웃었다.

머리가 깨질 것 같은 통증과 쉴 새 없이 흘러 들어오는 감정 속에서 허우적거리던 에르샤는 잠깐 잠이 든 것 같았다.

"이제 좀 진정이 되십니까?"

"……."

아르한의 물음에 돌아오는 대답은 없었다.

평온하게 감겨 있는 두 눈을 응시하던 아르한의 시선에 문득, 뺨을 타고 흐른 눈물 자국이 들어왔다. 그것을 제 손으로 닦아낸 그가 다시 물끄러미 그녀를 응시했다.

아카데미에 도착해, 과거의 기억을 차례대로 되짚은 지금, 아르한 은 이 순간이 새삼 꿈만 같았다.

이게 꿈이라면, 영원히 깨지 않기를.

"……폐, 하?"

그때였다. 잠에서 깬 에르샤가 그의 옷자락을 잡으며 그를 부른 것은.

"정신이 드십니까?"

아르한의 물음에 누워 있던 몸을 일으킨 그녀가 고개를 끄덕였다. 제대로 된 말을 내뱉을 힘조차 없는 것 같았다. 그런 에르샤의 몸을 제게 기대도록 한 아르한이 다시 입을 뗐다.

"힘들면 더 주무셔도 됩니다."

"……힘들지 않다면 거짓말이겠지만 잠을 더 자는 것보단."

잠시 숨을 고르듯 말을 멈췄던 에르샤가 다시 말을 이었다.

"역시, 이렇게 있는 게 더 좋은 것 같습니다."

단호한 대답에 아르한은 어떻게 하면 그녀가 조금이라도 힘을 덜 들인 상태로 제게 기댈 수 있을까를 고민했다. 그 은밀하고도 진지한 고민을 알아챈 에르샤가 피식 웃었다.

두 사람의 과거를 생각한다면 믿기지 않을 정도로 평화로운 시간이 었다.

"여쭤보고 싶은 게 있습니다."

차분한 어조로 떨어진 에르샤의 말에 아르한은 말없이 그녀를 응시
했다.

"아무것도 기억하지 못하는 저를 원망한 적은 없으십니까?"

"없습니다."

한 번의 호흡을 뱉을 여유조차 없이 돌아온 대답에 에르샤는 어떤
얼굴을 해야 할지 알 수 없었다.

"그건 제 선택이었고, 제가 감내해야 할 몫이었습니다."

"……."

"타인을 아예 원망하지 않았다면 거짓말이겠지만, 그 안에 당신은
없었습니다."

그 안에 당신은 없었다.

너무 아르한다운 대답이라 오히려 할 말을 잃었다. 그래서 그녀는
다른 것을 물었다.

"두렵지는 않으셨습니까?"

에르샤가 끝까지 그를 기억하지 못한다면 아르한은 둘만의 추억을
영원히 홀로 간직해야 했을 것이다.

"두려웠습니다."

이번에도 대답은 지체 없이 돌아왔다.

당연한 일이지만, 당시의 그는 그만큼 확고한 두려움을 느꼈다.

"하지만 동시에 운명이라는 말을 믿고 싶었습니다. 우리는 운명이
니, 다시 만날 거라고."

운명. 지독히 낭만적인 동시에 아르한과는 어울리지 않는 단어였

다. 에르샤와도 마찬가지였다.

그녀는 운명을 믿지 않았다. 아르한을 만나기 전까지는 말이다.

"그렇군요."

그의 어깨에 머리를 기댄 채로 에르샤가 말을 이었다.

"하긴, 저희가 아니면 대체 누구를 운명이라 할 수 있겠어요."

얕은 웃음기가 묻어나는 에르샤의 말에 아르한 역시 웃었다.

"저 역시 같은 생각입니다."

말을 마친 아르한은 여전히 미소를 띤 얼굴로 에르샤를 품에 안았
다. 그리고는 과거를 되짚었다.

첫 만남, 화실에서 쌓아 올린 추억, 두려웠던 이별 그리고 재회, 그
많은 것들을 지나 도착한 종착역은 오늘의 우리였다. 결코 짧지 않았
던 이별의 아픔으로부터 몇 번의 계절이 스치고, 아르한과 에르샤는
다시 만났다.

그들은 그것을 운명이라 부른다.

공녀의
두번째 시간 Ⅱ

초판 1쇄 발행 2020년 3월 27일
초판 2쇄 발행 2021년 1월 18일

지은이 성지혜
펴낸이 이범상
펴낸곳 (주)비전비엔피 · 로맨티카

기획 편집 이경원 차재호 김승희 김연희 고연경 황서연 김태은 박승연
디자인 최원영 이상재 한우리
마케팅 이성호 최은석 전상미
전자책 김성화 김희정 이병준
관리 이다정

주소 우)04034 서울시 마포구 잔다리로7길 12 (서교동)
전화 02)338-2411 | **팩스** 02)338-2413
홈페이지 www.visionbp.co.kr
인스타그램 www.instagram.com/visioncorea
포스트 post.naver.com/visioncorea
이메일 visioncorea@naver.com
원고투고 romantica@visionbp.co.kr

등록번호 제2016-000153호

ISBN 979-11-958178-2-5 04810

이 도서의 국립중앙도서관 출판예정도서목록(CIP)은 서지정보유통지원시스템 홈페이지(http://seoji.nl.go.kr)와
국가자료종합목록 구축시스템(http://kolis-net.nl.go.kr)에서 이용하실 수 있습니다. (CIP제어번호 : CIP2020010668)